A CURA INVISÍVEL

ANDREW SMITH

A CURA INVISÍVEL

ALIADOS. INIMIGOS. HERÓIS. SANGUE.

TRADUÇÃO: Rodrigo Seabra

GUTENBERG

Título original: *Ghost Medicine*

EDITORA
Silvia Tocci Masini

EDITORES ASSISTENTES
Felipe Castilho
Nilce Xavier

ASSISTENTES EDITORIAIS
Andresa Vidal Branco
Carol Christo

ADAPTAÇÃO DE CAPA
Guilherme Fagundes
(sobre arte de April Ward)

DIAGRAMAÇÃO
Guilherme Fagundes

Dados Internacionais de Catalogação na Publicação (CIP)
Câmara Brasileira do Livro, SP, Brasil

Smith, Andrew

A cura invisível / Andrew Smith ; tradução Rodrigo Seabra.
-- 1. ed. -- Belo Horizonte : Editora Gutenberg, 2016.

Título original: Ghost Medicine.

ISBN 978-85-8235-361-5

1. Ficção norte-americana I. Título.

16-00500 CDD-813

Índices para catálogo sistemático:
1. Ficção : Literatura norte-americana 813

A **GUTENBERG** É UMA EDITORA DO **GRUPO AUTÊNTICA**

São Paulo
Av. Paulista, 2.073,
Conjunto Nacional, Horsa I
23º andar . Conj. 2301 .
Cerqueira César . 01311-940
São Paulo . SP
Tel.: (55 11) 3034 4468

Belo Horizonte
Rua Carlos Turner, 420
Silveira . 31140-520
Belo Horizonte . MG
Tel.: (55 31) 3465 4500

Rio de Janeiro
Rua Debret, 23, sala 401
Centro . 20030-080
Rio de Janeiro . RJ
Tel.: (55 21) 3179 1975

Televendas: 0800 283 13 22
www.editoragutenberg.com.br

Para Jocelyn,
Trevin
e Chiara,
com todo o meu amor

PRÓLOGO:
TRÊS QUESTÕES

Posso me ver deitado de costas no chão de terra em uma noite quente e estrelada, com os pés apoiados nas pedras, em volta de uma fogueira rodopiante e estrepitosa, ouvindo, rindo, assistindo às fagulhas subirem em espirais, girando acima de mim rumo ao céu negro como se fossem estrelas moribundas, se apagando e desaparecendo, se tornando outra coisa; na cabeça vai o chapéu, de modo que só vejo meus amigos com os cantos dos olhos. Posso sentir a poeira quente no meu cabelo e o cheiro da fumaça, posso ouvir os cascos dos cavalos enquanto eles se movem desassossegados na escuridão úmida do verão. E, ao fechar os olhos, posso ver os contornos mágicos, eletrificados e inconstantes das montanhas de granito como dois grandes dedos dividindo o vento e atraindo os raios que caem naquela época do ano.

Eu nunca entendi de verdade por que aqueles garotos tiveram de morrer. Mas tudo começa em outro lugar e então continua para sempre, mesmo que você não possa ver, mesmo que não possa enxergar mais nada. Acredito que há uma razão atrás disso tudo, mas vou tentar parar de pensar em qual seria essa razão, porque nunca tive muita certeza nem sorte, nem uma única vez. Pelo menos, eu posso contar a verdade, tão bem quanto consigo me lembrar, a respeito de como desisti de todos aqueles fragmentos de mim mesmo e fiquei assistindo enquanto eles dois faziam o mesmo. Porque ainda consigo fechar os olhos e sentir a umidade da chuva daquele verão, o cheiro dos cavalos, do sangue, do rio na montanha que conclamou três garotos a subi-la, consigo me lembrar de como aqueles três garotos morreram também. E foi algo terrível, realmente de dar medo, mas foi o que nós queríamos. *Eu sei que é isso o que eu quero.* Ainda posso me ouvir dizendo.

Vou me virar e olhar de volta para todas as coisas que aconteceram comigo nesse último verão e sempre vou me perguntar de onde elas vieram e nunca vou conseguir adivinhar para onde elas irão; mas quanto mais penso naquela época, mais certeza tenho de que, de algum modo, tudo começou já na metade, naquele dia depois da comemoração, e então se desdobrou em todas as direções possíveis, fugindo do centro, e assim colidiu com todos nós.

Foi naquele dia em que Tommy Buller, Gabriel Benavidez e eu fomos nadar de cueca na lagoa grande e Chase Rutledge roubou nossas roupas, acho que só por maldade e nada mais. Mas, claro, não deixamos aquilo para lá como se fosse só uma brincadeira.

Tentei tanto quanto pude achar um sentido maior nisso tudo; procurei uma cura, procurei sinais e alguma solução naqueles eventos isolados — a fuga, a chegada em casa, a briga de Tom e também aqueles belos e espetaculares cavalos selvagens que não pertenciam a ninguém, mas eram acolhidos por aquela mulher que vivia do outro lado da cerca quebrada.

E não posso deixar de me perguntar, às vezes, o que teria acontecido se nós não tivéssemos atirado em Chase Rutledge.

Aquele foi o dia em que tudo explodiu na nossa cara.

* * *

Mas se eu vou contar toda a história, então acho melhor começar do começo.

UM

As pessoas me diziam que, aos 16 anos de idade, eu era muito jovem para ter perdido minha mãe. Ela morreu em junho, logo antes do verão.

* * *

EU TINHA PLANEJADO acordar mais cedo, às três da manhã, esperando que àquela hora meu pai ainda estivesse dormindo. Mas quando olhei o relógio e vi que já eram 3h, me convenci de que mais dez minutinhos não seriam problema, e então mais dez, aí já eram 4h15 e eu vi que teria de correr.

Eu me vesti, calcei os tênis e peguei meu chapéu. O resto das coisas já estava arrumado na sela do Reno lá no celeiro. Saindo, parei do lado de fora da porta dos fundos e segurei a tela externa com minha mão enluvada para que ela não batesse assim que eu passasse.

Ainda estava escuro. Apertei entre os dedos para firmar as luvas nas mãos e virei para cima a gola do casaco; devia estar fazendo uns 5 °C lá fora. Uma coruja piou de algum lugar em meio às árvores. Não havia lua no céu e por isso eu tinha de chegar à baia do Reno de cabeça, já que não conseguia ver nem o chão à minha frente. Ele estava animado, emitindo aqueles sons equinos de surpresa e excitação, como se estivesse rindo de uma piada que tivéssemos contado. O celeiro ficava distante o suficiente de casa, de modo que mesmo que meu pai acordasse e abrisse a janela, ele provavelmente não nos ouviria.

Tinha até uma certa beleza na confusão que eu arrumei naquela manhã. Eu tinha planejado ir em direção ao sul, parar na casa do caseiro e chamar o Tommy para vir comigo. Só que, na hora em que acabei de selar o Reno, o céu já estava sendo tomado de um azul pálido a leste. Haveria gente acordada em Three Points, então eu não podia ir por aquele lado.

Na noite anterior, eu tinha ido até a mesa da cozinha e vi um bloquinho de notas amarelo que continha uma espécie de registro arqueológico da minha família; as páginas de cima viradas para trás revelavam a mais recente evidência de vida. Puxei de volta para ver as primeiras.

Pai, servi o jantar para a mamãe e ela comeu bastante. Ela parece estar muito bem hoje. Te vejo amanhã. Com amor, Troy.

E assim se seguia por todas as páginas amarelas com pautas azuis, algumas escritas a lápis, outras a caneta, alguns recados meus, outros dele, alguns arrancados, outros rasgados pela metade. E alguns bem lá para trás traziam também a letra dela. Passei meus dedos sobre as palavras e senti as marcas que ela tinha deixado no papel.

Pai, estou indo acampar com o Reno por uns dias. Pode ligar para a casa dos Bullers e ver se o Tommy foi comigo. Estou indo para aqueles lados. Não se preocupe. Volto logo.

Eu não tinha planos de ir embora para sempre. Não estava fugindo de casa. Só estava indo passear com meu cavalo em uma manhã de junho, levando provisões suficientes para o caso de não voltar de imediato.

Partindo de casa, segui rumo ao norte em meio ao bosque escuro que cobria o sopé dos morros na porção superior de nossas terras. Passado o pomar de maçãs, Reno caminhou com mais entusiasmo em direção às enormes montanhas à nossa frente.

Agora, estávamos sozinhos e era isso. O caminho adiante era muito mais fácil do que aquele começo.

Gosto muito de como a temperatura pode variar em até 10 graus ou mais no mês de junho, gosto de como fica cada vez mais frio logo antes do amanhecer, de como os primeiros raios de luz se embrenham como uma névoa brilhante em meio às árvores, gosto do cheiro e do som das coisas sob aquela luz.

Na metade da manhã, eu já estava suando. Apeei do meu cavalo baio e tirei o casaco e as luvas. Dei um gole do cantil e o enchi de novo na água fria que corria ali ao lado. Vínhamos seguindo aquele regato para depois chegar ao rio, rumo às montanhas. Ficávamos próximos da água sempre que possível, mas aqui e ali as grandes lajes de granito que conduziam o riacho tornavam impossível segui-lo, a não ser pelo som. Naquele ponto, havia grandes quedas que desaguavam em lagos verde-claros. Os lagos eram cheios de trutas, e eu sabia me virar com elas. Já tinha inclusive matado e limpado outros animais antes, para comer, mas não queria ter de apelar para isso a não ser que realmente precisasse. Estava com meu rifle calibre .22, mas sempre preferi pescar. E nem isso eu precisaria fazer durante algum tempo, porque tinha algumas latas de atum e carne de porco com feijão, além de uma embalagem plástica com ovos cozidos, biscoitos de água e sal e umas barras de chocolate.

Tirei meu chapéu — um Stetson preto de aba aplainada – e o deixei sobre uma pedra perto de onde Reno bebia água. Aquele tinha sido o presente de Natal de meu pai e minha mãe, grande demais para mim quando eu ainda tinha 12 anos, e veio com uma aba bem curvada como se fosse um suvenir de parque de diversões. Cheguei a queimar meus dedos para desdobrar aquela aba usando uma chaleira fervente, de um jeito que ela ficasse retinha como eu queria. Mesmo aos 12 anos, eu nunca usaria um chapéu com aquela aba, todo engomadinho como um acessório de programa de TV. E eu também nunca usava botas de caubói. Usava tênis durante o verão ou então botas impermeáveis para caminhar pelos úmidos e nevados meses de inverno. O único estilo de música que eu ouvia por prazer era o *bluegrass*, menos as canções que eram religiosas demais, porque eu gostava muito dos instrumentos que eles usavam. Todas as minhas calças eram jeans, e eu preferia aquelas bem folgadas na cintura, por isso a gente sempre comprava números maiores. Mas eu não usava cinto, por mais que a irmã do Gabriel, Luz, tivesse me dado um bem bacana no meu aniversário de 16 anos. Eu o deixava em permanente exibição no meu quarto como uma espécie de troféu. Isso porque eu achava a Luz linda e nutria muitos sentimentos por ela. E eu só usaria uma camisa social se fosse para a escola ou se tivéssemos de ir a algum lugar especial, porque o tempo todo eu só queria saber de camisetas, sempre bastante largas e sujas de alguma coisa.

Você some dentro dessas roupas largas, Troy.

Enquanto Reno bebia água e descansava, eu escalei as pedras da margem da cascata, que formava uma queda de uns seis metros até o lago lá embaixo. Ali, de onde eu estava, podia ver montanha abaixo como se estivesse na torre de uma igreja. No ponto onde as árvores ficavam mais espaçadas próximo à beira do rio, o cenário parecia uma foto que eu tinha visto antes, tirada do alto de São Pedro. Àquela distância, podia ver o espaçamento das árvores e uma porçãozinha fina da grande lagoa azul. Passava do meio-dia quando finalmente cheguei àquele lugar. Achei que seria um ponto muito bom para passar a noite. Improvisei um curral de corda entre as árvores depois que tirei a sela do Reno.

Encontrei um lugar plano e macio no chão embaixo de uma sequoia bem densa e pus minha mochila contra o tronco. Abri o saco de dormir e fui buscar algumas pedras arredondadas da beira do riacho para fazer um círculo em volta daquilo que seria minha fogueira. Andei para lá e para cá, indo e voltando, juntando uma pilha de galhos e pinhas secas. Lavei minhas mãos na água fria, sentei sobre o saco de dormir com as pernas cruzadas e abri a mochila. Tirei só a comida que seria o meu jantar e pendurei a fronha com o resto em um galho alto da sequoia. O sol já tinha sumido, mas era só por causa dos altos picos de granito que se projetavam do topo da montanha. Ainda haveria umas boas horas de luz no céu, mas o ar já estava esfriando, então acendi o fogo e jantei.

Ali estava eu, a menos de um dia de viagem de casa, mas nunca tinha estado naquela altura da montanha antes. Olhei em meio à copas das árvores, que ficavam cada vez mais escuras em contraste com o céu pálido, e vi os enormes picos lisos. À distância – do outro lado da lagoa –, eles pareciam dois dedos de algum santo em uma daquelas pinturas medievais.

Reno deu uma fungada.

— E aí, amigão? Estou bem aqui do seu lado.

Tirei os tênis e improvisei um travesseiro com a parte mais fofa da mochila, se é que havia alguma parte macia. Logo que me estendi no chão e percebi que poderia dormir por ali mesmo, tratei de sentar de novo e alimentar o fogo com mais alguns gravetos. Minha .22 estava embrulhada no casaco bem ao lado do zíper aberto do saco de dormir.

— Eu vou dormir agora, então fique bem quietinho.

Reno deu aquela risada tão característica.

* * *

DE REPENTE, me vi sonhando.

Você some dentro dessas roupas largas, Troy.

Nós estávamos no meu antigo quarto, na casa onde vivíamos em Guadalupe, antes de nos mudarmos para perto da lagoa grande. Nessa época, eu devia ter uns 4 anos, mas, no sonho, era eu mesmo aos 16. Minha mãe estava sentada em uma poltrona branca entre meu pai e a porta. O recinto parecia pequeno, mas acho que é porque agora eu tinha 16 anos e estava no meu antigo quarto.

Os objetos em volta estavam organizados de maneira diferente. Minha mãe olhava pela janela, enquanto eu estava na frente dela olhando para minha mãe. Mas a janela no sonho era bem estreita e alta como a de uma igreja, não do jeito que era de verdade na nossa casa. Às vezes, a gente gostava de se sentar no parapeito. Eu nem estava virado para a janela, mas sabia que lá fora, logo do outro lado, tinha uma cerca feita de cedro e em seguida uma outra casa.

Tive um irmão que morreu em um acidente. Eu era muito pequeno e não me lembro direito dele, ainda que às vezes ele apareça nos meus sonhos. O seu nome, Will, mesmo que nunca pronunciado, estava o tempo todo na minha cabeça, sempre acompanhado de uma dúvida a respeito do quanto sua morte machucara nossa mãe e a deixara muito mais calada, e também se foi isso o que nos afastou da casa onde morávamos quando eu era pequeno.

Quando eu me sentei ao lado dela perto da janela, Will estava entre nós.

Meu irmão parecia ótimo, como se realmente estivesse lá e não fosse só uma lembrança de um garoto de 10 anos que tinha morrido tantos anos antes.

Você é um cara legal, Troy.

Não estou tentando sumir, Will. Gosto destas roupas. Eu não queria estar aqui.

E eu chorava e me sentia exatamente como se estivesse chorando; e pensava: *será que estou chorando enquanto durmo?* Não sabia dizer.

Ela deu tapinhas no assento ao lado, fazendo menção para que eu me sentasse próximo a ela como sempre fazia quando era pequeno e ela ainda não estava doente. Mas então eu já me vi sentado à beira da cama, cuidando dela quando estava perto de morrer e já não comia mais nada. Dali, eu olhava para além da janela de pontas estreitas, por sobre a cerca envelhecida, para a casa que ficava do outro lado e perto demais.

E então eu estava correndo. Eu adorava correr. Se a nossa escola tivesse mais de 65 alunos em todas as treze turmas, nós teríamos formado uma equipe de corrida como a que eles tinham em Holmes, e eu certamente entraria para o time. Eu estava correndo sobre uma ponte com a água agitada bem lá embaixo. Uma cadela grande e marrom me perseguia e tentava morder minha perna. Eu a levantava enquanto ela tentava morder e a erguia sobre a mureta.

Quero acordar, mãe.

Você desapareceu.

Eu estava imerso na escuridão. Tudo era tão preto que eu me sentia como se estivesse tentando respirar em águas mornas e densas. Então, ouvi uma voz em tom baixo e ameaçador, dizendo e repetindo: *o anjo dorme no bosque.*

Vi Gabriel Benavidez dormindo sob uma árvore. Tudo estava cinzento e meio apagado, mas eu conseguia ver um ligeiro reluzir do pequeno crucifixo de ouro que ele sempre usava, cintilando como uma brasa em meio à névoa. Chovia, mas ele não se movia. E eu gritava: *Gabey! Gabey!*

O anjo dorme no bosque.

* * *

SENTI MEU ROSTO AO ACORDAR. Eu não tinha chorado. Mas, dentro do meu peito, era como se eu tivesse. Só tinha dormido por alguns minutos, mas meu coração pulava como se eu tivesse corrido um quilômetro. Tentei fechar os olhos, mas eles continuavam querendo abrir e encarar o céu, fixos.

Olhei um pouco em volta para ver se tinha alguém por lá me vendo dormir.

E nós partimos.

Subimos a montanha.

Eu estava tão cansado. Tirei meus tênis e os amarrei no pito da sela do Reno. Dobrei minhas pernas sobre o cavalo, cruzei meus pés sobre suas ancas e passei os braços em torno do pescoço dele. Reno seguia em frente em um passo vagaroso. Fechei meus olhos e dormi ali mesmo, no lombo do cavalo.

Ele poderia vir para San Diego e passar o verão conosco e com os primos.

Depois do enterro, a irmã do meu pai falava de mim como se eu fosse um visitante estrangeiro que não entendia a língua dela. A comida foi toda disposta em círculos bem arrumados nas mesas compridas. Flores foram trazidas depois da cerimônia. Os convidados iam de prato em prato, de um arranjo ao outro, lendo os cartões de condolências, certamente comparando sua generosidade com a dos outros.

E eu estava sentado entre Luz e seu irmão.

Vamos lá fora pegar os cavalos.

Você quer?

Acho que ele não vai querer que você vá com a gente, Troy.

Gabe apontou para o meu pai. Naquele sonho que eu tive, Luz e eu estávamos em um zoológico olhando para as jaulas, que estavam todas vazias. Apenas uma jaula tinha cavalos, mas ela estava tão lotada que eles ficavam tentando pôr as cabeças para fora da grade.

Já sei o que vou te dar no seu próximo aniversário, Troy. Um cinto. Ou isso ou então você começa a ir jantar lá em casa mais vezes.

Eu adorava ir à casa dela, mesmo tendo medo do pai e da mãe deles e... por que mesmo ele me deu aquele cavalo?

Você não vai comer nada, Troy? Você vai sumir dentro dessas roupas largas.

E então eu estava olhando de novo por aquela janela alta e fria, para além das muitas ripas de cedro envelhecidas da cerca, que pareciam um monte de lápides e se misturavam às paredes dos celeiros mais adiante e às montanhas que se erguiam ao fundo. Novamente em mutação, as rochas viravam dois enormes dedos de um Cristo iluminado, como que segurando um cigarro aceso com seu brilho alaranjado explodindo no fogo galopante que saltitava por sobre os topos dos rochedos ondulados e escuros, que era como os víamos da janela do carro enquanto meus pais dirigiam de volta para casa ao sair do hospital naquela noite em que meu irmão morreu. E eu me sentia como se nós não devêssemos simplesmente ir embora para casa e deixá-lo lá, como se tivéssemos esquecido alguma coisa e precisássemos voltar para buscar. Eu só tinha 4 anos naquela época, mas o que mais me lembro daquela noite é de ver aquele brilho, as línguas de fogo alaranjadas serpenteando feito uma cascavel, ou como o sorriso torto do Tommy. Era tudo o que eu conseguia ver naquele silêncio horrível, a escuridão dos morros contra a escuridão gradual do céu, e então aquele fogo pulsante e veloz que corria em direção à nossa casa, movido pelos ventos secos e quentes do outono. E o fogo laranja se transformou em cavalos galopando: o Reno, sem cavaleiro, ia à frente; então Luz em seu pampa de preto, o Doats; e Gabriel montando seu baio cinzento, Dusty; e Tom no xucro e artrítico Flecha, tentando acompanhar e morrendo de rir enquanto a encosta se desmanchava sob os dois.

O anjo dorme no bosque.

* * *

SACUDI AS MÃOS NO SUSTO, como que tentando evitar bater em alguma coisa. Vi estrelas no céu preto. Estava deitado de costas na grama alta, sem meus tênis. Minha cabeça doía. Levei a mão à cabeça, procurando meu chapéu e ele não estava lá. Quando voltei a mão do cabelo, ela cheirava a sangue. Reno estava ao meu lado com o focinho enfiado na grama perto da minha cabeça, me investigando.

E eu só fitava o céu, me lembrando da vez em que caí do Reno enquanto Tommy, Gabriel e Luz assistiam à cena.

Que diabos, Stotts! Quem foi que te ensinou a montar?

Acho que eu aprendi mais caindo do que montando este aqui.

Machucou, Troy?

Não.

Ele é alto demais. Acho que é grande demais pra você, Troy. Vou falar com meu pai para trocar por outro.

Não, Luz, não se preocupe. Eu estou bem.

E ela já estava apanhando meu chapéu e tirando a poeira. Ajoelhou ao meu lado e penteou meu cabelo sobre as sobrancelhas com os dedos, esfriando minha pele e curando minha dor. Achei que aquele era o momento mais perfeito que eu já tinha vivido, e senti que Tom e Gabe ficaram com inveja de mim.

Estou bem, Luz. Olha só, ele mesmo quer que eu monte de novo.

Stottsy, esse olhar dele é só o de quem ainda não desistiu de tentar te matar...

E Gabe riu.

Por quanto tempo eu dormi ou, sei lá, fiquei apagado? Estava até suando nas costas em contato com o chão. Me sentei e puxei os joelhos ao encontro do peito. Então, vacilante, fiquei de pé.

Podia ver os contornos escuros da copa das árvores que pareciam recortar o céu pálido. O sol já começava a nascer no leste. Me apoiei em Reno, limpei as solas das meias, uma de cada vez, e calcei os tênis de volta. Me perguntei se já era o suficiente, se aquela já era a hora de descer a montanha e voltar para casa.

Reno deu um assoprão.

— Eu estou bem, meu camarada.

Tirei a tampa do cantil e deixei cair um pouco d'água no cabelo. Limpei com as mãos nuas mesmo. Não havia muito sangue, só um corte pequeno, mas tinha um galo considerável.

— Cadê meu chapéu?

Reno esfregou o nariz no meu peito como que tentando responder.

— É o seguinte: quando eu achar o chapéu, se ele estiver virado do lado certo, nós vamos pra casa; se estiver de cabeça pra baixo, a gente segue em frente.

Estava a uns três metros dali. E de cabeça para baixo.

Comi a última barra de chocolate e dei a última mordida para o Reno. Não estava mais cansado e, ainda que minha cabeça tenha doído um pouco quando recoloquei o chapéu, até que eu estava me sentindo muito bem quando seguimos pela trilha que ia pelos morros em direção ao norte. Reno também parecia bem-disposto a ir em frente.

Fomos mais alto na montanha até quase o meio-dia, parando uma vez ou outra para beber água ou para deixar Reno pastar um pouco enquanto eu apreciava a vista e me perdia em pensamentos. Nós tínhamos seguido o curso d'água tanto quanto possível e, à medida que ele ia se ramificando e ficando cada vez menor, íamos seguindo junto com os pequenos afluentes que vinham do leste.

À frente, já podia ver o ponto onde as árvores cessavam e davam lugar ao granito desbotado e à neve nos cumes mais altos. No ponto onde a trilha se dividia e seguia para o alto da montanha, havia um laguinho de tamanho razoável, de um verde pujante, cercado pelo que provavelmente era um último reduto de floresta de pinheiros.

Ali já era longe o suficiente, eu pensei.

Você correu quanto mesmo?

Mais de 25 quilômetros, eu acho.

Caramba, Stottsy. Eu não ia gostar nem de dirigir 25 quilômetros sem ar-condicionado e uma Coca entre as pernas.

E pra quê você fez isso, Troy?

Não sei. Quando eu comecei, não estava pensando no quão longe eu iria, mas antes que me desse conta, já estava chegando a Holmes pela estrada de terra. E ali era correr de volta ou então ir adiante e nunca mais voltar. Mas, sabe, eu não sou assim um grande fã de Holmes.

E você está cansado?

Estou bem.

Bem o suficiente para fazer de novo?

Sim.

Você é doido.

* * *

CAVALGAMOS POR TODA a margem do lago. O fundo era rochoso e a água, bem clara e fria. Sob o sol da tarde, que incidia anguloso, dava para ver peixes parados que de repente se debatiam para águas mais profundas assim que os cascos do Reno faziam qualquer barulho.

Na arredondada extremidade norte do pequeno lago, havia uma cabana velha e decadente, montada sob os escurecidos pinheiros mais baixos, quase enterrada sob uma pilha de lascas de rocha e terra, de um jeito que quase não dava para perceber que ela estava lá. O telhado era reto, feito de toras, e tinha acumulado tanta poeira e detritos ao longo dos anos que até mesmo pequenos arbustos e flores roxas selvagens cresciam no topo. Uma chaminé de metal de um velho fogão se projetava do alto, à direita. A cabana tinha uma entrada retangular, mas nenhuma porta, e apenas uma janelinha com o vidro ensebado e trincado.

Eu já sabia que lenhadores tinham construído cabaninhas nos terrenos mais baixos da montanha cerca de cem anos antes, na época em que as florestas de sequoia foram exploradas. Uma vez ou outra, havia sinais mais claros dessas velhas construções perto de cabos enferrujados e restos de maquinário que foi usado até quando as empresas deixaram de cortar árvores. Aquela devia ter sido a cabana de algum caçador, talvez um ermitão, e parecia até bem segura. E, além disso, estava vazia.

— Me faz um favor, Reno? Não fuja, tá certo? — falei para o meu cavalo quando apeei de cima dele.

A cabana tinha uns três metros de profundidade, e a janelinha até deixava entrar claridade suficiente para que eu pudesse ver tudo o que tinha por lá. O teto estava cedendo em alguns pontos, mas, mesmo com o chapéu, eu ainda conseguia ficar de pé lá dentro sem problemas. O fogão a lenha se apoiava em quatro pés no fundo, no canto oposto à janela. Assim como a cabana, ele também não tinha porta, mas a chaminé parecia ainda funcionar. Perto do fogão, havia uma cama feita de tábuas secas de sequoia apoiadas na parede de madeira parcialmente escavada. O chão era de terra, mas estava coberto por uma mistura bem eclética de tampas de garrafa, latas amassadas, pedras, vidro quebrado e cartuchos vazios de balas de todos os calibres.

Um engradado de madeira da Coca-Cola estava pregado na parede, e suas grades vazias provavelmente serviram para ajudar a pessoa que o pôs ali a organizar suas coisas. Uma mesa sob a janela estava coberta de poeira e agulhas de pinheiro, com vasilhames vazios e sem qualquer identificação, mais um prato, dois garfos e dois livros de capa mole, amarelados e manchados de ferrugem: *O Idiota*, de Dostoiévski, e *Judas, o obscuro*, de Thomas Hardy. Folheando sem muito cuidado, decidi que leria o livro de Hardy se ficasse por ali tempo o suficiente ou acabasse entediado, porque as primeiras páginas de *O Idiota* tinham sido rasgadas, provavelmente para atiçar as chamas do fogão.

Voltei lá fora e tirei a sela e a mochila de cima do Reno. Do lado da cabana, um cano de aço galvanizado tinha sido instalado numa beirada cavada do morro, com um filete de água descendo continuamente por ele. Reno aproveitou para beber dali.

Escalei o morrinho junto ao fundo da cabana até perto do telhado e, com muito cuidado, andei sobre o teto. A chaminé tinha uma tampa rudimentar, feita de uma latinha de café toda corroída e já esburacada. Puxei aquela tampa e olhei para dentro do tubo para ver se ele estava desimpedido. Um ninho de passarinho veio junto com a latinha de café quando eu a removi. Tinha sido abandonado há tempos, mas ainda havia dentro dele meia casca de ovo azulada, fina como papel, e uma gota de sangue seco escorrida na parte interior.

Dava para ver a luz entrando pela base do tubo, então eu sabia que provavelmente podia fazer fogo ali sem a preocupação de não acordar no dia seguinte.

Estendi meu saco de dormir sobre a cama de tábua. Esvaziei a mesa e pus os livros no engradado que ficava na parede. Deixei minha mochila e a sacola de comida na mesa e fui lá fora catar galhos secos para alimentar o fogão a lenha. A lua estava começando a aparecer por trás das árvores do outro lado do lago. Reno descansava pacientemente no curralzinho improvisado que eu tinha feito para ele com cordas ao lado da cabana. De uma hora para a outra, eu estava morrendo de fome e de sono.

Acendi o fogo na barriga do fogão sem ter de apelar para as páginas dos livros como mecha. Abri uma lata de carne de porco com feijão e deixei em cima do fogão. Quando minha comida esquentou, sentei na cama e jantei. Olhando pela porta da cabana, pude ver a lua branca lá fora, congelada no reflexo imóvel do lago como um cometa encharcado. Mesmo agora, só lembrando disso, aquele me parece ser o lugar mais perfeito que já vi na vida.

* * *

RENO ME ACORDOU na manhã seguinte com seu habitual relinchado de acorda-e-me-dá-comida, aquele som que lembrava uma insistente risada que só os cavalos sabem fazer quando querem te avisar de que estão prontos para seguir em frente mesmo que você não esteja. Deslizei os pés para dentro dos tênis e saí para ver todo o brilho daquele dia claro.

Reno ainda estava em seu cercado, pacientemente esperando por mim, como se dissesse que aprovava nossa nova casa. Eu desatei o nó e o deixei livre um pouco, ao que ele prontamente correu para o lago, escoiceando com as patas traseiras como se quisesse se livrar de algo desagradável que estivesse preso a elas.

Quando deu meio-dia, eu já tinha pescado três trutas de bom tamanho e as deixara amarradas por uma corda na beira do lago. Não estava com fome, então guardaria os peixes para mais tarde. Andei de volta à cabana onde encontrei Reno sugando água da calha de metal.

— Hora de um pouco de limpeza, meu amigo. Eu estou fedendo mais do que você.

Eu sempre carregava a mesma bagagem-padrão quando ia acampar por mais do que um dia com o Tommy e o Gabriel: uma muda extra de roupas, uma barra de sabão e uma escova de dentes, que eu levava dentro de um estojinho de metal para utensílios dos escoteiros. Lavei minhas roupas sujas com o sabão no lago e as pendurei para secar no peitoril da janela. Escovei os dentes e tomei banho na água gelada da beira do lago. Então vesti minhas roupas secas, que ainda estavam sujas e manchadas de sangue da minha queda. Eu as lavaria no dia seguinte. Me sentei sob uma árvore com meu cantil e alguns biscoitos recheados que tinha levado, e comecei a ler o livro de Hardy. Era algo que agradaria meu pai; eu sabia que teria mesmo de lê-lo no ensino médio, se sobrevivesse ao fundamental. Do jeito como iam as coisas para o meu lado na semana anterior, e sabendo que eu tinha de lidar com um sujeito como o Chase Rutledge na escola, aquela aposta ainda estava em aberto.

Hoje, sei reconhecer que, quando saí sozinho pela montanha naqueles dias, era o meu modo de dizer para mim mesmo que eu estava com raiva do meu pai e simplesmente não queria vê-lo durante um tempo. Mas a verdade era que tudo estava muito confuso, também. Eu já não falava com ele havia dias, desde a briga que tivemos na noite em que minha mãe morreu, e eu estava muito frustrado com o modo como ele apenas tocava adiante, sem demonstrar que as coisas o afetavam e o machucavam mesmo que fosse o caso. Se aquele era o verdadeiro significado de "ser um homem", eu certamente não via sentido algum.

Ele era sempre daquele jeito. Eu sabia que ele tinha crescido ali junto do Sr. Benavidez e que eles inclusive tinham sido melhores amigos quando crianças. Mas depois que ele cresceu e se mudou dali para trabalhar como professor em outro lugar, eles simplesmente pararam de se falar. Quando nós voltamos, depois que meu irmão morreu, meu pai e o Sr. Benavidez sempre se trataram de um jeito excessivamente polido, como se ambos fossem membros do mesmo clube de filatelia ou algo assim. Talvez o Sr. Benavidez não soubesse bem o que dizer a um velho amigo que tinha perdido um filho, mas, para mim, aqueles dois homens sempre deixaram transparecer que não queriam demonstrar o quanto as coisas do mundo os afetavam, e aquilo sempre me fazia questionar o preço de ser um adulto.

E eu também me perguntava por que é que eu não conseguia enxergar o luto do meu pai. Ou por que ele não me mostrava o que estava sentindo.

Depois de umas duas horas, o vento tinha aumentado e enormes nuvens negras de chuva começaram a aparecer por detrás do topo da montanha. Havia uma tempestade chegando, então eu tratei de cercar o Reno em seu curralzinho de corda e comecei rapidamente a limpar os peixes com minha faca Dawson na beira do lago. Bem na hora em que terminei, o primeiro ribombar de trovões veio ecoando montanha abaixo, e um relâmpago eletrificou o ar do outro lado do lago.

Reno relinchou nervosamente em seu cercado, enquanto eu corri para a porta e as primeiras gotas grossas começaram a se espalhar para todo lado. A chuva então caiu, trazendo com ela aquele aroma denso como mel das tempestades de verão, e o céu em um instante deu lugar ao crepúsculo. Me sentei dentro da cabana enquanto a chuva arrefecia, comendo o peixe que tinha preparado no fogão e lendo enquanto houvesse luz.

Li o dia inteiro e nem vi o tempo passar. Eu gostava de ler, mesmo que fossem histórias como a daquele Judas Fawley, que não conseguia que nada de bom acontecesse ao seu redor.

Eu já estava no capítulo treze, que era quando Judas chegava a Christminster. A linguagem do livro era estranha e um pouco difícil, então eu tinha de parar várias vezes para admirar o cenário dramático dos relâmpagos que brilhavam pelo âmbar transparente da janelinha dividida em quatro. O telhado era razoavelmente sólido, com buracos apenas ao redor da chaminé do fogão, o que fazia com que as goteiras se formassem ali e escorressem ardendo sobre o ferro quente. Meus olhos começaram a embaçar enquanto eu lia.

Reno jamais ficava atiçado com tempestades. Na verdade, era uma verdadeira aporrinhação ter de conduzi-lo ao celeiro sempre que havia mau tempo. Quando chovia ou nevava, ele só ficava lá parado, se encharcando ou acumulando gelo nas costas, dependendo do clima. Eu tinha um grande peru macho, todo branco, muito arisco, que pesava uns 18 quilos. Por causa dele, eu sempre sabia prever quando uma chuva forte estava vindo no inverno; o peru pulava no lombo do Reno como se estivesse montando o meu cavalo. Eu odiava aquele bicho. Sempre que tinha chance, ele corria atrás de mim mostrando suas garras, pulando e arranhando como se fosse um galo de briga.

Está chegando o Dia de Ação de Graças, Troy...

E eu mal posso esperar, pai, mas não quero ser eu a fazer o serviço.

Bem, então ele só vai ficar cada vez maior e mais brabo.

A casa onde nós morávamos tinha ficado vazia por muitos anos até que nós fomos para lá. Ela pertencia ao meu avô, mas eu nunca o conheci. Meu pai às vezes falava de como nunca tinha tido nenhum apreço pela fazenda, e então se mudou de lá quando foi para a faculdade e virou professor. Foi minha mãe que o fez voltar, e ele ficava quieto e irritado toda vez que ela trazia algum animal para casa. Ele já tinha mesmo desistido dos bichos, mas pelo menos me avisou:

— Olha, Troy, eles vão morrer de fome se você não der comida, porque eu me recuso a fazer isso mesmo que seja uma única vez.

A chuva parou logo antes do pôr do sol.

* * *

NA MANHÃ SEGUINTE, Reno estava louco para andar. Batia os cascos no chão e os jogava para trás como se tivesse força suficiente para fazer o mundo girar sob suas patas. Deixei as roupas que eu tinha lavado no dia anterior perto do fogão à noite e, embora ainda estivessem meio úmidas, tirei as que estava usando e as vesti. Me sentindo mais limpo e desperto, lavei a outra muda de roupas e as coloquei também no peitoril da janela. Pus um último pedaço de peixe dentro do estojo de metal, acomodei o livro e o rifle na mochila, selei o Reno e o apontei para o norte, ao longo da linha das árvores.

Cavalgamos bem rápido. Reno, sempre tão entusiasmado de manhã, queria a todo custo galopar pesado nos lugares onde o chão ainda estava lamacento por causa da tempestade. À medida que as árvores foram ficando mais espaçadas e tortas, descascadas pelo vento sempre do mesmo lado, como se uma manada de bodes correndo toda na mesma direção tivesse passado por ali, eu olhei para o alto onde havia um banco de neve e finalmente pude distinguir algo que meus olhos sempre acharam que era parte daquela branquidão: os destroços, quase intactos, de um avião, tanto asa quanto fuselagem.

Mesmo que eu quisesse, não tinha como chegar naquele avião. Estava muito alto, e o terreno rochoso e cheio de neve em volta demandava um equipamento especial de montanhismo para abrir caminho. Então, largado lá aos pedaços como uma estátua despencada de um anjo caído, um gigantesco pássaro morto, um crucifixo. Era lá que ele ficaria, guardando sua história para sempre consigo.

Quando cavalguei para longe, aquilo de repente começou a pesar um pouco mais na minha cabeça. Era como se me lembrasse de todas as coisas que eu vinha tentando esquecer quando deixei a casa do meu pai.

DOIS

Depois da primeira semana, parei de contar os dias.

Caí em uma rotina que consistia em pescar, procurar frutas e lenha no mato, ler aquele livro que contava a vida miserável de Judas Fawley e levar o Reno para dar umas voltas. A cada dia me sentia mais confortável com a vidinha tranquila que levava na cabana, onde nunca precisava conversar com ninguém nem pensar em ninguém — ainda que não conseguisse evitar.

Na maioria das manhãs, eu acordava com os guinchos de um casal de falcões que se comunicava de lados opostos do lago. Dava para ter uma noção melhor do tamanho do avião se eu ficasse logo depois da margem oeste do lago e, vez por outra, eu até dava um pulo por lá para observá-lo, meio que esperando que ele tivesse sumido.

Comecei a ler *O Idiota* na página 78, mas lá pela 200 eu ainda não tinha entendido quem era quem e por que eles ficavam mudando de nome a cada diálogo; depois teria de perguntar ao meu pai a respeito daquilo. Estava sentado em uma pedra com minha linha de pesca na água e o livro aberto, virado para o chão, ao meu lado, quando Reno deu uma fungada diferente, farejando o ar, dobrando o beiço e mostrando os dentes. Outro cavaleiro aparecia por entre as árvores, vindo da mesma trilha por onde eu tinha passado dias antes, e, sem dúvida, seguindo a fumaça que espiralava da chaminé da cabana.

Era Luz Benavidez montando seu malhado preto e branco, o Doats.

Eu era apaixonado por ela desde que conseguia me lembrar, mas nunca tinha dito nada que desse a entender isso. A gente se via todos os dias desde criança. Eu sempre achei que Luz era de certa forma fascinada por rebeldia, algo que eu nunca teria, alguém que eu nunca poderia ser. E, fosse como fosse, eu não me achava bom ou atraente o bastante para ela.

Tantas vezes, mordi meu lábio quando ela estava por perto, só para sentir a dor e conseguir pensar em alguma coisa que não fosse aquela menina. Mas isso nunca funcionava, e então tinha dias em que eu chegava da escola e me jogava na cama completamente frustrado porque ela nunca me notava e continuava me tratando do mesmo jeito que tratava seu irmão mais novo, o Gabriel.

Nós éramos tão amigos que eu tinha medo de estragar tudo falando para ela que estava apaixonado. Às vezes, era difícil até dizer um simples "oi".

Fiquei olhando quando ela veio trotando pela margem do lago, toda confiante e ereta sobre o cavalo. Não tinha me dado conta, até aquele momento, do quanto estava com saudades dos meus amigos. E ela estava tão linda, com aquele cabelo, entre o louro e o castanho, amarrado em duas tranças que se entrelaçavam em torno da cabeça e se enfiavam dentro do chapéu, e aqueles olhos verde-claros que brilhavam e se destacavam mesmo a distância. Ela olhava diretamente para mim e sorria.

Luz pulou do Doats e me deu um abraço apertado.

— Tudo bem com você?

— Acho que sim.

— Bom, se queria mesmo sumir, acho que poderia ter feito melhor do que isso. Digo, saí pra te procurar hoje de manhã e já vim direto pra cá — ela explicou, exalando um suspiro. — Olha só pra você, Troy... Está tão magro.

Acho que estava mesmo. Mas realmente não estava me preocupando muito com comida desde que tinha partido. Naquele momento, me deu uma súbita vontade de contar a ela tudo pelo que eu tinha passado naqueles dias e o porquê de eu ter ido parar ali. Luz... A cada verão, a pele dela ficava mais bronzeada e o cabelo mais claro. Havia laivos de puro louro em algumas partes e um pouquinho de suor que grudava os fios mais finos em torno de seu pescoço tão suave. Os olhos eram como os do irmão, sérios e serenos, grandes e questionadores.

— Bom, é que eu só tenho comido peixe e fruta.

— E isso vai acabar te transformando em um urso, Troy Stotts. Um urso bem magrelo.

Vi que ela estava justamente observando como meus jeans estavam folgados na cintura, então puxei meu cinto para que ele corresse mais um furo e subisse minhas calças.

— Me desculpa, Luz — disse, sentindo como se a tivesse desapontado mais uma vez. — É que encontrei essa cabana e resolvi morar aqui por um tempo.

— Sua casa é lá embaixo, na lagoa grande. Seu pai está quase doente de tanta preocupação. Todo mundo estava te procurando, até o xerife.

Tratava-se do pai de Chase Rutledge. E estava me procurando. Eu sabia que ele não estava se esforçando muito nessa tarefa. Todo mundo sabia a verdade a respeito de Clayton Rutledge, só que ninguém falava abertamente.

— Bem, então você pode ir lá e dizer a ele que eu estou bem. Quer dar uma volta por aqui?

— E você está bem de verdade?

— Estou te dizendo...

— Você diz um monte de coisas — ela suspirou. — Mas nunca conta pros seus amigos o que está realmente te perturbando.

Eu sabia que ela dizia a verdade.

Pensei em Tommy e Gabe. Quando éramos crianças, tínhamos prometido uns aos outros que seríamos amigos para sempre. Mas, de repente, ali mesmo, senti que os tinha traído de alguma forma por fugir daquele jeito.

Reno gostava de Doats, que era mais velho e meio que indiferente ao meu cavalo. Seu nome verdadeiro era Wild Oats, mas o Gabe e a Luz inventaram aquele apelido quando Gabe era muito pequeno e não conseguia dizer o nome todo.

— Bom, seja como for, trouxe um pouco de comida de verdade, se é que você vai fazer algum esforço pra comer.

— Posso tentar...

Mostrei para ela como eu tinha organizado a cabana. Andamos com os cavalos pela margem do lago e fui contando para Luz como eu vinha vivendo só de pesca. Mas não contei o que eu queria de verdade, qual era minha intenção ao ir para aquele lugar ou sobre como me senti ao vê-la; isso tudo ficou entalado na minha garganta, pronto para sair, mas sem palavras. Na maior parte do tempo, fiquei apenas ouvindo o que Luz tinha para contar das pequenezas que vinham acontecendo lá em casa; contou como estavam Tom Buller e Gabe, disse que o pai dela e o do Tom tinham ido a um leilão de cavalos em Wyoming, e também que sua mãe não sabia que ela tinha saído para me procurar.

Deu para notar que Luz tinha toda a certeza de que iria me encontrar. Ela trouxe bolo de chocolate e sanduíches de presunto. E também umas cenouras para os cavalos.

Comemos na mesinha da cabana ao cair da tarde. Estendi o saco de dormir no chão para que a gente pudesse se sentar na cama de tábua. Eu queria tanto olhar para ela, mas acabei olhando só para a comida que ela ia desembrulhando. Senti meu rosto corar, e então percebi que ela olhava para mim, sentada tão perto que dava para perceber as fagulhas entre nós, como faíscas pulando de eletroímãs invisíveis.

— Quando é que você volta, Troy?

— Ainda não pensei nisso.

— Vou falar pro seu pai que você está bem e que vai voltar em breve.

A mão dela tocou de leve minha perna quando ela se ajeitou para sentar na cama. Torci para que não tivesse sido o suficiente para notar o quanto eu estava suando.

— Tudo bem, se é isso o que você quer fazer.

Esfreguei meu pescoço, me lembrando da briga que tive com meu pai como se fosse um sonho, meus dedos se retorcendo estupidamente como se quisessem opinar também, mostrar alguma evidência do que ele tinha feito.

Dei outra mordida no sanduíche como quem dá a entender que eu não queria continuar naquele assunto. Pude perceber que aquilo a magoou um pouco, então continuei falando.

— Sabe, quando meu avô morreu, nós nos mudamos para cá porque aqui era a casa dele, onde meu pai cresceu junto com o seu pai. No enterro da minha mãe, todo mundo ficou comentando sobre eu ir embora de lá e coisas assim, para viver em algum lugar mais normal ou sei lá o quê. Mas eu não quero sair daqui. E o meu pai e eu, a gente não está muito bem no momento, por um monte de motivos que não quero falar. Talvez eu devesse ter conversado com ele a respeito, mas estava com raiva. Estava com raiva de todo mundo, mas especialmente dele porque eu sentia como se ele não estivesse lá enquanto a mamãe estava morrendo. E eu sei que fui burro e egoísta por pensar assim, mas é que eu achei que estava passando por um sofrimento maior que o de qualquer outra pessoa, como se eu fosse algum tipo de santo ou coisa assim. Foi burrice minha, e hoje eu vejo isso. E eu nem chorei nem falei nada no enterro, de tanta raiva que estava. Precisava sumir um pouco para colocar minha cabeça no lugar. Mas nem sei se deu certo, porque, honestamente, agora me sinto mais perdido e confuso do que estava antes. E ele tem toda razão de estar fulo da vida comigo, também. Mas não estou fugindo de casa, porque fugir significaria que eu saberia para onde deveria ir, e essa é a coisa que mais preciso descobrir no momento, eu acho. Mas eu estava ficando cada vez mais confuso. Aí, quando saí, achei que devia passar no Tommy e falar com ele para vir junto, mas me atrapalhei com o horário e dormi demais e acabei vindo por esse lado, em vez de passar pela casa dele. Acabei dormindo em cima do Reno, caí e bati minha cabeça...

— Uau, muito bom, Troy! Você falou tudo. Muito obrigada por essa confusão! — ela riu e me olhou atravessado. Mas vi que seus olhos estavam marejados. — Eu me lembro de quando você ganhou o Reno, e então o Tommy te disse que esse cavalo nunca se cansaria de tentar te matar.

Também me lembrei daquele dia.

— Acho que agora ele realmente cansou. Mas isso não significa que vá deixar de tentar.

— Seu pai não está com raiva, Troy. Só está esperando você voltar pra casa.

— É, eu sei. É o mais provável.

Ela tinha levado café também. Eu geralmente não bebo café, mas ele caiu muito bem depois de toda aquela comida. Nós o esquentamos no fogão e dividimos uma caneca que ela trazia na mochila. Me sentei no chão e ela na cama atrás de mim. Ficamos contemplando o fogo na barriga do fogão.

— Troy, eu queria te falar uma coisa...

Eu não disse nada ao ouvir aquilo, só fiquei esperando e olhando para o fogo. Tomei um gole de café e deixei a caneca no chão de terra ao meu lado.

— Troy, nós somos amigos desde os 4 anos. Eu também amava a sua mãe. Só queria te dizer que sinto muito. Nem consigo imaginar o quanto isso deve doer. Mas você tem que voltar pra casa. Não pode ficar aqui sozinho e por sua conta desse jeito.

Agora, dava para perceber que ela estava chorando.

Aproximei meus joelhos do rosto e fechei os olhos. Senti a mão dela no meu ombro e depois deslizando até pegar minha mão. Então, eu chorei também e isso me deixou muito zangado comigo mesmo. Queria tanto parar de me sentir daquele jeito, mas o sentimento sempre voltava e eu odiava aquilo.

— Vai ficar tudo bem, Troy.

— Não sei...

Porque eu realmente não sabia se as coisas iam ficar melhores ou piores do que já tinham sido até então. Os dias apenas se sucederiam e se empilhariam, estivesse você pronto para enfrentá-los ou não. E não importava o quanto você estivesse desapontado ou exultante com a vida, as coisas sempre continuariam acontecendo, caindo sobre você em um fluxo constante e sem descanso. Caindo como chuvisco, eu acho. Bocejei. Meus olhos estavam molhados, minha mão estava quente e suada entre os dedos.

Ambos caímos no sono daquele jeito mesmo, como estávamos, eu sentado no chão e Luz deitada atrás de mim segurando minha mão.

Olha, isso flutua. Fica em cima. Você flutua também. Te vejo lá embaixo da cachoeira, e aí é a vez do Gabe.

Você some dentro dessa água, Troy. Não vai para o fundo.

Tommy e Gabe desciam a correnteza em direção às águas calmas que precediam a lagoa grande. A água espumante ferroava como se carregasse estilhaços de gelo em seu fluxo turbulento, comprimindo meu peito e fazendo minha camiseta e meus jeans se apertarem na pele, gelando meus ossos e rodeando meu rosto como um travesseiro que tenta me sufocar.

Troy, Troy.

Gostou do chapéu, filho?

A aba é muito dobrada. Mas eu vou consertar. E vou tirar essa fita com a pena colada. Mas, uau, é um Stetson de verdade! Adorei, pai! Muito obrigado. Você é demais!

E a água gelada e dolorosa agora me engolia, fazia meus olhos ficarem arregalados, só enxergando branco e cinza como se eu estivesse olhando fixamente uma lâmpada fluorescente. Agora, estava do lado de fora olhando para dentro pela janela. Minha mãe estava sentada na poltrona branca. E, em silêncio, como sempre, meu irmão estava ao lado dela.

De repente, eu estou na poltrona, afundando mais e mais. A água está me cobrindo.

* * *

QUANDO ABRI meus olhos, estava escuro. As brasas da fogueira brilhavam em seu forte laranja dentro do fogão. Eu estava deitado no chão, todo encolhido, com a cabeça apoiada no braço já dormente e dolorido. Luz estava coberta em meu saco de dormir, repousando de lado na cama de tábua, com um braço caído pela beirada tocando meu ombro gentilmente só com as pontas dos dedos.

Ela não deveria estar ali. Tinha certeza de que ela teria problemas em casa, mas não queria acordá-la. Olhei para Luz, em seu sono profundo, e pensei em quanta sorte eu tinha de estar ali sozinho com ela. Queria que eu pudesse voltar para casa e que tudo voltasse a ser como foi um dia, a gente em volta da fogueira com Tommy e Gabriel, rindo, embriagados pela fumaça e pelo tempo quente. Fiquei sentado ali no chão vendo Luz dormir, assistindo com inveja à coberta subir e descer em cima daquele corpo.

Me forcei a ir lá fora e selar o Reno. Ele estava no cercado de corda junto com Doats. O malhado foi nos seguindo quando levei meu cavalo para o outro lado do lago para dar uma corrida na quietude da manhã, o momento quando o céu escuro dava lugar a um pálido cinza cor de ardósia e em seguida suavizava para o azulado.

Ela já estava de pé quando voltamos.

— Achei que você tinha roubado meu cavalo — disse, saindo pela porta enquanto chegávamos.

— Ele nos seguiu, eu não pude evitar.

— Fiz café.

— Você faz café para ladrões de cavalos?

Ela soltou um muxoxo que me deixou um pouco desconfortável.

Apeei do Reno enquanto Luz se aproximava de seu cavalo. Percebi que a sela e a mochila estavam arrumadas e prontas para partir. Fui lá, peguei a sela e a levei para perto de Doats, que bebia água da calha de metal.

— Eu não queria ver você se metendo em confusão nenhuma por minha causa, Luz. Sinto muito, de verdade.

— Bom, é um alívio que meu pai esteja fora da cidade. O caminho de volta vai ser longo e eu vou pensando no que dizer pra minha mãe.

— Acho que não haveria estrada longa o suficiente para arrumar uma desculpa boa assim...

Apertei a sela do Doats no lugar.

— Como você pode fazer uma coisa dessas, Troy? — ela disse em tom bastante sério. — Sei que você acha que a vida é muito engraçadinha. Às vezes, você diz coisas realmente engraçadas que fazem todo mundo rir. Mas seus lábios sempre estão caídos e tristes. Quando é que eu vou poder te ver sorrindo para as coisas em vez de fazendo graça delas?

Eu nunca tinha pensado naquilo antes, mas logo percebi minha própria expressão de perplexidade. Acho que não fiquei triste de ouvir aquilo, de verdade, pelo menos não naquele momento. É só que às vezes eu me sentia como se estivesse em meio a uma plateia, assistindo a mim mesmo enquanto eu fazia coisas normais entre um e outro momento de distração.

E então, antes de que eu me desse conta, Luz se aproximou, agarrou minha nuca com as duas mãos e deu um beijo bem forte nos meus lábios semicerrados. E de repente já estava montada em Doats, gritando um comando, ao que eles sumiram por entre as árvores, descendo a montanha.

Acho que sempre acreditei que um de nós finalmente cederia e faria isso algum dia, e tantas vezes eu me imaginei levando um tapa logo em seguida.

Exclamei bem alto um "Uaaaaaau!" para que ela pudesse ouvir mesmo de longe, em cima do cavalo. Fiquei lá parado, assistindo à sua partida, de boca aberta, batendo no peito e com um sorriso imenso.

Voltei para dentro da cabana e dei um bom gole no café que ela tinha deixado na caneca de metal, me perguntando de que lado ela teria bebido e tentando conservar aquela sensação dos lábios dela nos meus. Me sentei na beirada da cama de madeira olhando para o fogão sem nem piscar. Estava cansado e um pouco tonto. Podia sentir o cheiro dos cabelos dela, uma mistura de morangos e ervas, no lugar onde ela tinha apoiado a cabeça no saco de dormir. Aquilo me lembrou de todas as vezes em que fomos para a casa dos Benavidez quando eu era pequeno. Gabe corria descalço em volta da casa, aos 3 anos de idade, sempre com aquele rastilho de catarro escorrendo do nariz; Luz tentava me convencer a brincar de casinha ou então com os cavalinhos dela; e o som das vozes de nossas mães vinha lá de dentro, rindo de coisas que nós nunca sabíamos quais eram.

Chamei pela porta:

— Reno, quer ir pra casa?

E Reno, claro, me respondeu usando aquele idioma que eu até consigo entender, mas não traduzir nas minhas próprias palavras.

Comecei a juntar as coisas, mas as embalei com bem menos cuidado do que as tinha organizado quando saí de casa semanas antes.

TRÊS

Me perguntei que atitude eu teria tomado se Luz não tivesse vindo me procurar. Quem sabe eu só ficaria lá no alto, esperando alguma coisa acontecer.

* * *

MEU PAI apenas esperava; era o que ele sempre fazia. Sua paciência e seu jeito quieto levavam as pessoas a acreditar que ele era indiferente e não ligava para nada. E aquilo frustrava a mim também, ficar vendo ele esperar que tudo saísse da maneira previsível de sempre, e então tentar não demonstrar surpresa quando o que ele estava esperando não acontecia. Mas eu sabia de coisas a respeito do meu pai das quais eu não precisava falar; todas as crianças sabem de coisas dos seus pais.

Depois que Will nos deixou, meu pai passou a dizer só algumas palavras a cada dia. Eu pensava nele como um tipo de professor que apenas avaliava calmamente o experimento que era as nossas vidas com seu olhar frio e distante. E eu notava que às vezes ele tinha coisas a dizer também, mas guardava para si, e eu tentava ser um garoto bom e forte como tinha sido o seu filho mais velho. Eu também queria dizer coisas para ele, mas, depois que minha mãe morreu e ficamos só nós dois, eu não conseguia mais me colocar em posição de conversar, mesmo que ficasse me convencendo o tempo inteiro de que seria o melhor a fazer.

À medida que Reno e eu percorríamos nosso caminho abaixo em meio às árvores, eu ia prestando atenção no som que vinha do rio.

Me lembrei de Tommy e Gabriel indo à minha casa e me raptando no meu aniversário de 16 anos, e em como meu pai insistiu para que eu fosse com meus amigos enquanto minha mãe dormia no quarto onde ela logo morreria. Eu não queria ir, não queria fazer nada, mas meu pai disse para eu sair, e Tommy e Gabe praticamente me arrastaram para fora antes mesmo que eu pudesse vestir uma camiseta. Foi quando pegamos o caiaque que Tommy tinha encontrado e corremos para as cachoeiras. Eu perdi meus tênis e quase me afoguei; e me lembro deles depois me levando para a casa do caseiro, do cheiro do bolo que a Luz tinha feito para mim, e eu, completamente despido das minhas roupas gélidas, tremia envolto em uma toalha que tinha apenas um buraco para a minha cara, enquanto Luz ria e insistia em tentar tirar uma foto minha na festa-surpresa que eles tinham preparado.

Naquela noite, quando voltei para casa vestindo as roupas de Tommy, meu pai não disse nada. Não perguntou onde nós estivéramos ou por que eu estava usando as coisas de Tom, ainda que eu tenha percebido que ele, reservadamente, estava avaliando tudo o que eu tinha de diferente, a uma distância segura.

* * *

ASSIM QUE CHEGAMOS ao sopé do morro e passamos pelo buraco na velha cerquinha branca de madeira que rodeava o pomar de maçãs, Reno começou a andar com mais confiança, sabendo exatamente onde e quando deveria parar. As maçãs ainda não estavam nem perto de amadurecer, mas algumas já estavam grandes o suficiente para que o cavalo tivesse de parar por alguns instantes frente a um dos galhos curvados pelo peso, antes de se virar para o lado e prosseguir em seu passo acelerado rumo ao ambiente mais familiar de seu estábulo.

A tarde já ia alta. As longas sombras da montanha, dos morros e dos topos das árvores já escureciam nosso celeiro branco de paredes de madeira encaixada, com um largo corredor de ventilação construído em um ângulo que evitava os ventos do inverno. A baia do Reno ficava junto de outras de um dos lados, com o galinheiro do lado oposto, e tudo protegido por uma extensa cerca de arame e tubos. Nossas três cabras estavam em frente ao corredor fechado comendo uma porção de feno fresco que meu pai deve ter deixado para elas. As galinhas ciscavam e se esfregavam no chão, tentando resfriar as penas após um dia quente demais.

Desci de cima do Reno e abri o portão feito de tubos que conduzia à sua baia. Ele entrou por conta própria, espontaneamente, dando suas risadas. Passei as rédeas por cima da cerca, removi a sela e a manta embebida em suor e as deixei sobre o mourão. Enquanto o livrava dos arreios, procurei o prego que ficava na parede e me certifiquei de que a escova dele estava pendurada lá.

— Está com fome, Reno?

Eram provavelmente as palavras que o cavalo mais reconhecia, e por isso ele jogava a cabeça para cima e para baixo, como que assentindo e relinchando, já sentindo próximo o cheiro da alfafa.

— Então eu vou te escovar e depois a gente vai arrumar comida.

Fechei o portão atrás de mim e passei pelo corredor fechado até o pequeno cômodo onde armazenávamos a ração. Podia ouvir o Reno batendo os cascos na parte baixa da cerca, tentando abri-la, como se estivesse com medo de que eu fosse embora sem lhe dar comida.

— Troy? Troy?

Da baia do Reno, ouvi meu pai chamando lá de fora.

Ele estava na outra ponta do corredor coberto quando eu saí do quartinho de ração com os braços cheios daquela alfafa onde cresciam florzinhas azuis.

— Estou aqui, pai.

Ele veio rápido pelo corredor diretamente para onde eu estava e pôs as mãos nos meus ombros. E então me deu um abraço bem forte, apertando o monte de feno no meu peito. Acho que ele estava chorando.

Tirou meu chapéu de um jeito estabanado e passou a mão pelo meu cabelo. Me deu um beijo na orelha e disse:

— Ah, meu Deus, Troy... Você não sabe o quanto eu te amo, meu filho?

Quem é o meu menino preferido no mundo inteiro?

Sou eu.

E você sabe o quanto eu te amo?

Muito e pra sempre.

Ele brincava daquele jeito quando eu tinha 4 anos. Todo santo dia. Todos os dias mesmo, até quando eu, talvez, tenha ficado velho demais para aquilo, ou então quando ele achou que eu tinha esquecido de como responder. Mas, mesmo aos 4 anos, eu percebia o receio em sua voz e sabia que ele estava procurando um modo de se aproximar de mim porque não tinha mais como criar laços com o filho que viera antes.

— Me desculpa, pai. Eu te amo também. Me desculpa.

Ele estendeu os braços, me afastando um pouco e olhou para mim do alto da cabeça até os tênis sujos.

— Ela sempre dizia que você estava sumindo aos poucos. Olha pra você, garoto, você perdeu uns dez quilos que não tinha de onde perder.

Puxou a cintura da minha calça para o lado e ela fez uma folga de uns dez centímetros do meu corpo.

— Você também não parece que anda comendo muito bem, pai.

— Então, por que a gente não faz alguma coisa pra consertar isso, Troy?

Olhei para todo o feno que caía pelas minhas pernas, dentro das calças, nos bolsos, até dentro dos tênis.

— Aposto que o Reno quer que a gente se lembre dele também.

— Você acha que tem o suficiente aí pra ele?

— Estou carregando o bastante pra alimentar todos os cavalos dos Benavidez.

Pensei na minha língua afiada.

— Mas é melhor eu não dar muito para ele agora, senão ele vai ficar com dor de barriga.

Meu pai não sabia nada de cavalos. Ele só pôs a mão no meu ombro direito e nós andamos até a baia do Reno. Deixei o monte em seu cocho e ele correu direto para cima. Eu o escovei enquanto ele comia.

— Você tem um bom cavalo, filho.

— É, eu sei.

— Mas me surpreende que ele fique tão parado enquanto é escovado por um garoto tão fedorento quanto você está agora.

Olhei bem para o meu pai. A mesma língua afiada. Eu nunca tinha notado aquilo antes.

— É, acho que eu devia tomar um banho e trocar de roupa antes de comer.

— E eu não vou ficar no caminho.

O vapor do chuveiro ia aos poucos embaçando o espelho. Tirei minha camiseta e a deixei ao lado da pia. Ela tinha pequenas manchas escuras no ombro, daquele dia em que caí do Reno de cabeça no chão enquanto estava dormindo. Percebi então que não vinha cuidando de mim mesmo desde que ela tinha morrido. Estava mesmo magro demais. E eu parecia mais velho, também. Me perguntei qual teria sido a impressão que Luz teve de mim.

Quando o espelho embaçou de vez, fiquei parecendo meu pai. Encarei com olhos vidrados o reflexo no qual eu via aquela pessoa pela primeira vez; era o rosto de meu pai. Então limpei o vapor do espelho e subitamente estava olhando bem nos olhos de minha mãe. Esfreguei os olhos para me livrar daquela imagem e entrei no chuveiro.

Nos sentamos à mesa da cozinha um de frente para o outro, ele me olhando detidamente por um longo tempo. O velho caderninho amarelo não estava mais por lá, mas havia um novo, ainda não usado. Comemos presunto e ovos no jantar. Ele me serviu um copo de leite, mesmo sabendo que eu detestava. Bebi assim mesmo.

— Estava com tantas saudades, filho. Fiquei até meio louco aqui por um tempo. Mas eu sabia... Não, eu tinha esperança de que você ia voltar.

— Eu também tinha — respondi. E então perguntei. — A Luz não passou por aqui hoje mais cedo?

— Passou sim. Foi como eu fiquei sabendo que você estava bem.

— Obrigado pelo jantar, pai. Acho que é a melhor comida que já comi na vida.

Ele ficou me olhando enquanto eu tomava um gole bem difícil daquele leite. Estava tentando fazê-lo se sentir melhor, mesmo sabendo que eu não conseguiria.

— Para onde você foi esse tempo todo? O que estava fazendo?

Contei para ele que eu tinha ido montanha acima. Deixei de narrar algumas partes, sei lá por quê, mas descrevi a cabana e o belo laguinho onde pesquei trutas quase todos os dias.

— Fico com inveja, Troy. Eu gostaria de saber fazer isso. Talvez um dia desses a gente possa ir lá em cima juntos e viver desse jeito por um tempo, só nós dois.

— Mas primeiro precisamos te arrumar um cavalo.

E meu pai riu. Ele gostava dos cavalos tanto quanto eu gostava de leite. Mas eu bebi assim mesmo, por ele, então pensei que ele encontraria um jeito de tolerar cavalos também.

— Li uns livros também, pai, e tenho umas perguntas a respeito de um deles...

* * *

NA MANHÃ SEGUINTE, liguei para a casa dos Benavidez para ver se o Gabe estava por lá. Claro, não era o Gabe que eu esperava que atendesse o telefone, mas mesmo falar com ele teria sido melhor do que ter de encarar a Sra. Benavidez. Enquanto ouvia o telefone chamar, fiquei repassando todas as coisas que eu poderia dizer, dependendo de quem atendesse.

Luz atendeu. E mesmo que fosse exatamente o que eu queria mais do que tudo, percebi que não tinha a mínima ideia do que dizer.

— Oi. Eu voltei ontem à noite.

— Oi, Troy.

— Eu queria dar um pulo aí agora de manhã pra ver o Gabey, se vocês não estiverem muito ocupados.

— Quer falar com ele?

— Não, não precisa — eu respondi, me sentindo muito estúpido por dizer aquilo. — Só avisa para ele, por favor.

— Tudo bem.

Entrei em pânico pensando que ela iria desligar logo em seguida.

— Luz, você não está de castigo, está?

— Não. Depois eu te conto.

— Ah... Porque, olha... — eu engoli em seco. — Eu saio daqui a uns dez minutos e vou chegar pelo portão oeste com o Reno. Tá certo?

— Certo. Te vejo depois, Troy.

E assim eu sabia que ela estaria lá.

A entrada oeste do rancho dos Benavidez era enorme, feita com três toras retas de sequoia, sendo que a horizontal no topo era gravada com o nome da família. Eles estavam naquelas terras por mais de cem anos e criavam os melhores cavalos de apartação e de corrida que alguém poderia querer. De ambos os lados do portão, junto à cerca, havia bancos feitos de rodas de carroça. Luz estava sentada em um deles quando cheguei.

Ela estava vestida como sempre: jeans justos e botas cinza, uma camisa folgada, para fora da calça e desabotoada no alto, o cabelo solto e sem chapéu.

— Você fica bem melhor arrumadinho assim, Troy Stotts.

Apeei do Reno.

— É, eu faço isso uma ou duas vezes por ano — disse, já me sentando ao lado dela e puxando meu chapéu para baixo, bem junto das sobrancelhas, como sempre preferi.

— Tudo bem com seu pai?

— Tudo. Ele ficou bem feliz por eu ter voltado pra casa. E eu também me sinto bem melhor a respeito de tudo, agora. Queria te agradecer muito, Luz, por ter ido lá me procurar — eu disse, pegando a mão dela —, e por ser uma amiga tão boa. Espero que você não tenha tido problemas com a sua mãe.

— Ela ainda nem falou nada a respeito, na verdade. Depois que você ligou, ela mandou te convidar pra jantar com a gente hoje à noite.

— Pro jantar? Sozinho?

— Não, Troy, todos nós planejamos comer também. Vou dizer pra ela que você confirmou. E o Gabe está todo empolgado em te ver de novo. Eu tive de sair de fininho agora há pouco pra vir aqui sem que ele me seguisse. Mas dá pra você tirar esse chapéu, por favor?

Luz tirou meu chapéu e o deixou no banco, bem ao meu lado. Meus cabelos louro-escuros caíram pela testa até meus olhos e ela os afastou com a mão esquerda.

— Prefiro seu cabelo comprido assim, Troy. Por favor, não corta ele curtinho de novo.

Não dava mais para aguentar, então dei um beijo na bochecha dela, e aí ela se virou e eu beijei sua boca; e dessa vez eu sabia que meus lábios não estavam semicerrados. Dei um suspiro, aliviado por finalmente ter dado um grande passo com aquela garota.

— Tudo bem. Eu posso voltar pro jantar.

— Nós vamos mandar alguém te buscar às 17h, que é pra você não matar esse cavalo de cansaço — ela disse, olhando bem diretamente para mim com um sorriso. — E também pra você não se sentar pra jantar fedendo a suor de cavalo.

— Troy Stotts! Troy!

Era Gabriel, que chegava correndo pelo caminho que ligava a casa à entrada. Gabe era como um irmão para mim, e eu certamente estava ansioso por revê-lo, mas senti um aperto no coração quando pensei que ele poderia ter me visto beijando sua irmã.

— Ah, Deus... Me desculpa, Luz.

— Não, não se preocupe com o Gabey. Eu converso com ele.

* * *

EU ESPEREI E ESPEREI. Já eram 17h15 e ninguém tinha aparecido na frente da nossa casa ainda. Eu suava dentro da minha camisa social, aguardando na porta. E não estava usando chapéu. Meu cabelo meio que caía sobre o olho esquerdo.

— Não acha que é hora de cortar o cabelo?

— Não.

— Tá parecendo que você vai sair com alguma garota ou algo assim, filho...

Meu pai estava sentado na sala sob a grande janela da frente com as pernas cruzadas, lendo. Nós e os Bullers éramos as únicas pessoas que eu conhecia que não tinham televisão. Com o tempo, me acostumei com isso, mas ainda gostava de assistir um pouco na casa do Gabe, quando o dia estava chuvoso.

Deixei escapar um "Oh".

— E então? É um encontro?

Me sentei perto do meu pai.

— Mais ou menos.

— Eu também gosto dela, Troy.

Dei outro suspiro.

— Eu só queria já estar a caminho de lá, porque estou começando a me sentir meio enjoado.

— Calma. Se for o caso, eu mesmo posso te levar.

— Não...

Finalmente ouvi o ronco da F-150 cuspindo poeira e vibrando na porta de casa. Me virei, olhei por detrás do meu pai e vi Tommy Buller ao volante. Eu sabia que meu pai iria comentar alguma coisa a respeito de Tom estar dirigindo, porque ele não gostava da ideia, mesmo que os Benavidez já o tivessem enviado para me buscar um monte de vezes. Corri para a porta.

— Volto logo — eu disse, deixando claro para ele que eu voltaria para casa dessa vez.

Depois que abri a porta e saí pelo terreiro empoeirado, meu pai me gritou lá de trás:

— Troy, divirta-se!

Abri a porta enferrujada do carro, olhei para o lado do motorista e lá estava Tom Buller com um sorriso tão largo que eu podia até ver um pedacinho de tabaco em seu lábio. Ele estendeu a mão direita, eu lhe dei a minha e ele me puxou para o banco do carona da caminhonete. Mesmo que ele já tivesse 17 anos, nós estávamos no mesmo ano na escola, porque o Tom sempre gostou de ter seu próprio ritmo quando se tratava de coisas como estudar.

— Bem-vindo de volta, Stottsy! Nós todos estávamos com medo de que você e seu cavalo tivessem deixado a gente para sempre.

Ele sorria enquanto engatava a marcha para partir.

— E você está meio arrumadinho demais pra alguém que só vai jantar com o Gabe e família — Tom disse, obviamente insinuando alguma coisa.

Eu não disse nada enquanto ele manobrava a caminhonete em frente de casa. Desci o vidro da janela e olhei para fora como se nem tivesse ouvido o comentário. Vi meu pai nos observando da janela de casa enquanto íamos embora.

Tom estava com uma expressão no rosto como a de um coiote malicioso. Ele sempre fazia essa cara quando estava para tentar alguma travessura, como na vez em que me convenceu a descer com o caiaque pelas corredeiras.

— E aí, Stotts, quer uma cerveja?

Pegou uma latinha aberta que estava junto ao painel do carro, dentro do cinzeiro imundo. Eu sabia que era brincadeira dele, porque aquela era sua latinha de cuspir fumo.

— Ah, cara, bem que eu tomaria uma cerveja agora — eu disse, pegando a latinha da mão dele e chegando bem perto dos lábios, inclinando e fingindo que bebia. — Valeu, Tommy. Era justamente do que eu precisava.

Tom deu uma bela risada.

— Ah, seu Stotts maluco! Você me assusta!

E eu só estendi a latinha de volta e perguntei:

— Quer um pouco também?

Tom seguiu devagar enquanto nos afastávamos de casa, mas depois pisou fundo quando já estávamos mais distantes, derrapando com os pneus traseiros e levantando terra ao pegar a direção sul, rumo à lagoa e ao rancho dos Benavidez.

— Você vai ficar pro jantar? — perguntei a ele.

— Nah... — Tommy soltou com ar descompromissado. — Eu já jantei.

Claro que eu sabia que os Bullers não comeriam na mesma mesa do patrão, mas tinha de perguntar assim mesmo. Arturo Benavidez tinha feito fortuna criando e vendendo seus cavalos pelo país inteiro, e tinha grande respeito pelos Bullers, a ponto de deixá-los morar na casinha do caseiro. Mas eles eram seus empregados, e ele nunca cruzava aquela linha da socialização. Então eu me sentia meio bobo e envergonhado de pensar que um amigo que eu admirava, como era o caso de Tommy Buller, pudesse achar que eu era mais privilegiado que ele.

— Bom, e onde é que você esteve, Stotts?

— Ah, nem sei, Tom. Hora dessas eu te conto.

— Tudo bem.

* * *

LUZ BENAVIDEZ usou um vestido durante o jantar, então fiquei aliviado de ver que o meu capricho com a camisa social tinha valido a pena. O vestido dela era vermelho, amarrado atrás do pescoço, de tal modo que era possível ver os ombros e o alto das costas. Era justo na cintura e ia até abaixo dos joelhos. Seus cabelos estavam amarrados também, o que evidenciava ainda mais os ombros e as costas. Ela era nada menos que a garota mais bonita que eu já tinha visto na vida.

Estava um cheiro muito bom na casa dos Benavidez e eu estava morrendo de fome; mas como poderia sentar à mesa e comer com a Luz ali, vestida daquele jeito na minha frente, e não me atrapalhar todo com o garfo e a faca?

O pai dela e o Carl Buller tinham voltado de Wyoming naquela tarde mesmo. Quando me viu chegando, o Sr. Benavidez, sempre cheirando a sabonete e charuto, veio me cumprimentar e apertou minha mão tão forte que poderia ter quebrado meus ossos. Aquela casa me parecia muito grande e vazia; fazia ecos como uma caverna enquanto eu andava, procurando meu lugar à mesa. Então, seríamos só Luz, Gabe, seus pais e eu.

Fernanda Benavidez era quem cozinhava todos os dias para a família. E ela nem precisava fazer isso; afinal, eles tinham dezenas de empregados em seu rancho. Ela era italiana e tinha um sotaque pesado e a voz grave, sonora e envolvente que intimidava bastante, porque sempre soava como se ela estivesse com raiva, muito embora raramente estivesse.

Uma coisa era meu pai fazer ovos com presunto para mim; mas comer na casa dos Benavidez era como um banquete no melhor restaurante. Entretanto, era tudo muito silencioso e eu tinha de me obrigar a manter o olhar baixo enquanto me esforçava para partir um bife do tamanho do prato.

— É muito bom ter você de volta, Troy — disse a Sra. Benavidez. — Como está seu pai?

— Ele está ótimo, obrigado. Nós dois já estamos bem melhores.

— Você precisa comer melhor, Troy. Olha só para você.

Ela me olhou com certo desapontamento. Será que todas as mães falavam daquele jeito? Não sei, mas todo mundo notou que eu fiquei um pouco triste de ouvir a mãe de alguém falando aquilo comigo. Ficou um pouco mais difícil continuar comendo. Então, bebi um pouco d'água. Gabe limpou a garganta. Mas lá estava a mãe dele, olhando diretamente para mim com um ar zangado. Eu nem mesmo entendi o porquê daquilo. A Luz podia falar da minha língua afiada o quanto quisesse, mas era Fernanda Benavidez quem tinha aquela boca que sempre arqueava para baixo, mesmo que ela estava sorrindo.

— Ele é um corredor — protestou Gabe. — Corredores não comem muito. Dá um tempo pra ele, mãe.

A Sra. Benavidez olhou com desaprovação para o filho. Aquilo fez eu me sentir ainda mais desconfortável. Gabriel nunca parecia estar à altura das expectativas de seus pais.

— O jantar está excelente, Sra. Benavidez — disse, limpando a garganta e bebendo mais um pouco. — Muito obrigado.

Queria que Luz dissesse alguma coisa. Eu a peguei olhando para mim do outro lado da mesa, mas ela desviou o olhar de volta para a comida. Deu para notar que alguma coisa estava errada.

— E você está indo para o ensino médio agora, Troy? — perguntou o Sr. Benavidez.

Eu sabia que ele já tinha resposta para aquela pergunta, porque eu vinha junto com a Luz em todos os anos desde o jardim de infância.

— Estou. E meu pai vai me aplicar alguns exames de admissão nos próximos meses.

— Seu pai vai voltar a lecionar?

Meu pai tinha pedido folga no segundo semestre e não estava dando aulas no colégio.

— Ele está planejando voltar.

— O conselho vai ficar feliz em saber.

O conselho da escola consistia justamente no Sr. Benavidez, no xerife Clayton Rutledge e em outro pai de aluno.

— Ainda demora muito para a escola voltar — disse Gabriel. — Vamos falar de alguma outra coisa mais divertida.

— O senhor trouxe algum cavalo de Wyoming, Sr. Benavidez? — perguntei.

Aquilo o entusiasmou.

— Ah, nunca vi cavalos mais feios que aqueles! E ainda por cima caros demais. Que perda de tempo! Até o Carl disse que preferia montar um burrinho do que aqueles ali.

Eu não estava conseguindo comer nada do que eles me serviam e estava muito sem jeito. Quando finalmente terminamos de jantar, o Sr. Benavidez disse para Luz ir com a mãe para a cozinha fazer um café e mandou Gabriel buscar uma dose de conhaque. Então se virou para mim:

— Vamos lá fora para a varanda, Troy.

Eu preferiria me lambuzar de mel e ir para a varanda com um urso, mas naquele ponto já não havia nada que pudesse fazer.

Fiquei bem nauseado quando ele abriu as portas de madeira e vidro que davam passagem entre a sala de jantar e o lado de fora.

— Venha, está muito bom aqui fora — disse, sorrindo para mim.

A varanda era um deque de madeira, esplendidamente mobiliado, que ficava no andar de cima da casa. Era ampla e comprida, cercada por um gradeado também de madeira muito bem trabalhado. Vasos perfeitamente espaçados traziam jasmins. Andei até a grade e apreciei a bela vista da propriedade dos Benavidez, que se estendia até bem longe, muito mais longe do que eu conseguia ver sob a luz do luar. O Sr. Benavidez veio logo atrás de mim.

— Você acha que algum dia será professor também?

— Só se eu não puder fazer o que realmente quero da vida.

— E o que seria?

— Bom... — comecei, engolindo em seco. — Eu queria escrever livros. E gostaria de ser o dono deste rancho aqui.

Ele riu.

— Você teria de mudar de nome.

— Ou então mandar gravar outras toras de sequoia para fazer outros portões.

Ver aquele sorriso era um alívio, mas isso durou pouco.

Gabriel abriu a porta e foi lá fora carregando um copo bojudo com dois dedos de um líquido âmbar.

— Gabriel — disse Benavidez, — dá licença pra gente uns minutos. Troy e eu estamos conversando coisas muito importantes. Vá ajudar sua mãe e sua irmã.

Se eu estivesse usando gravata, teria me enforcado do alto da varanda ali mesmo naquele momento. Pensando bem, em algumas situações, se vestir bem realmente tem alguma utilidade.

Gabriel fez uma expressão desapontada e bateu a porta ao voltar para dentro.

— Seu pai e eu nos conhecemos desde que éramos crianças — continuou Benavidez. — E, com exceção daqueles anos quando ele foi para a faculdade, a sua família, tal como a minha, vem morando aqui na beira da lagoa grande por muitos e muitos anos. O pai de seu pai era fazendeiro. Talvez você não se lembre dele, mas ele era um homem bom. Teria orgulho de te conhecer, Troy, tenho certeza. Nós tínhamos este rancho aqui deste lado da lagoa e a sua família tinha a fazendinha do outro lado. Mas sempre fomos muito amigos, apesar das diferenças.

Ele deu um gole no drinque.

— Você sabe a diferença entre fazendeiro e rancheiro?

Claro que eu tive de me conter para não dizer alguma coisa espertinha, como eu sempre faço quando estou nervoso ou com medo.

O Sr. Benavidez deu outro gole e prosseguiu:

— No fim do dia e no fim de cada ano, o fazendeiro sempre faz as contas do quanto perdeu. Mas o rancheiro contabiliza o quanto ele continua a ter. É desse jeito que eu penso, e o seu pai do outro. É assim que fomos criados, e, mesmo que pensemos diferente, ainda somos grandes amigos.

Ele bebeu mais um pouco.

— E então, como é o seu jeito de fazer as contas?

Achei que teria uma resposta, mas disse:

— Não sei.

E nunca pensei que um café pudesse demorar tanto para ficar pronto.

— Vou conversar com seu pai. Gostaria que você viesse trabalhar aqui, começando na segunda de manhã, às 6h. Você já tem idade suficiente. Posso te pagar 300 por semana, como eu pago para o Tom Buller.

Eu estava chocado. Nada podia ser melhor do que trabalhar naquele rancho com aqueles cavalos incríveis. Nada!

— Pode contar comigo!

Benavidez bebeu mais uma vez. Chegou mais próximo de mim, se apoiou no gradil e olhou bem nos meus olhos.

— Conversei com a Luz esta tarde. A mãe dela estava bastante chateada com o fato de ela não ter voltado pra casa na outra noite. Bastante mesmo. Eu poderia virar pra você e dizer que nunca mais quero que vocês se vejam de novo, mas acho que não seria muito esperto da minha parte. Luz está se tornando uma moça e poderia encontrar outro rapaz... Mas quem? Minha filha nunca mentiu para mim. Fico feliz pelo seu pai que ela tenha te encontrado lá e te trazido de volta para casa. As coisas poderiam ter acontecido de maneira bem diferente. Mas eu estou te dizendo, Troy: o que aconteceu naquela noite nunca mais deve acontecer de novo, ou então eu vou mandar ela pra longe e vocês nunca mais vão se ver. Nunca mais.

Eu olhei de volta bem nos olhos dele e disse muito sério:

— O senhor me desculpe. Nós... — e parei de falar exatamente o que eu sabia que Luz já tinha dito a ele.

— Eu gosto de você, Troy — ele disse. — Gosto muito. É por isso que estamos tendo esta conversa agora. E é por isso que estou te oferecendo esse emprego. Mas vou ficar de olho em você agora. E na minha filha também. E vou te pedir pra respeitar isso, e que respeite Luz também.

Ele se voltou para a casa e apontou para a porta. Os três estavam lá dentro olhando para nós pelo vidro.

— Olha só, eles já voltaram com o café.

Eu devia estar pálido feito um fantasma.

Estava com tanto medo daquele homem que quase vomitei. Se não fosse pelo gradil, meus joelhos provavelmente teriam cedido e eu teria ido para o chão. Não sei se eu falei mais do que três palavras o resto da noite, mas, assim que terminamos o café, Benavidez mandou Gabriel ir chamar o Tommy para me levar de volta.

— O Gabe e eu podemos ir junto? — Luz perguntou.

Eu queria muito dizer a ela que não, mas a Sra. Benavidez intercedeu:

— Podem ir os dois com o Troy. É uma boa ideia.

Ela parecia muito zangada também, como sempre parecia, ainda que não estivesse.

Senti os olhos do Sr. Benavidez em mim.

* * *

— PARE A CAMINHONETE aqui mesmo, Tom — eu disse logo que saímos de vista da casa, depois do portão oeste.

Luz e Gabe estavam na carroceria.

— Quê?

— Pare aqui. Vou andar de volta pra casa. É o que eu quero fazer.

Tom parou a caminhonete bem no meio da estrada de terra e cascalho.

— Você não vai andar o caminho todo de volta pra casa, Stotts — disse em tom sério.

Abri a porta e pulei. Tom saiu pela porta do motorista e perguntou:

— O que você está fazendo?

— Por que a gente parou? — perguntou o Gabe, sentado com a costas contra a cabine, com o braço apoiado na lateral.

Comecei a andar pela estradinha, saindo dos cones de luz dos faróis e sumindo na escuridão.

— Troy! — chamou Luz. — Tommy! Você não pode deixar ele ir andando sozinho!

Ouvi a caminhonete ligando de novo e o som dos pneus moendo o chão bem devagar atrás de mim. Já podia ver os faróis iluminando meu caminho e projetando uma longa sombra distorcida à minha frente e então brilhando bem brancos nas minhas costas.

— Ah, vamos! Entra aí, Stotts. O que há com você?

Parei de andar e voltei à caminhonete. Fiquei bem ao lado da caçamba.

— Gabey, vai lá pra frente. Preciso falar com sua irmã.

— Vamos todo mundo aqui atrás — disse o Gabe.

— Ah, que ótimo — Tom completou, sarcasticamente.

— Gabe. Por favor...?

— Oh...

Gabe entrou na cabine e eu pulei para a parte de trás com a Luz. Me sentei bem ao lado dela.

— Podemos ir agora — eu disse, dando dois tapinhas na janela de trás.

Tommy pôs a caminhonete para andar em meio à escuridão de novo. Luz e eu ficamos sentados lá, falando do pai dela, sobre aquele nosso acordo e com as mãos dadas.

— Ele só quer te dar um susto e, ao mesmo tempo, te fazer entender que ele gosta de você — ela disse. — Poderia ser bem pior. Além disso, está te oferecendo um emprego.

— Só pra ficar de olho em mim.

— Ele acredita muito em você, Troy. Você é como parte da família.

Eu queria tanto beijá-la ali mesmo. E aquilo me fez sentir ainda mais raiva, então comecei a encarar meus pés.

Era por volta de 10h da noite quando nós chegamos em casa. Pela janela grande da frente, pude ver que meu pai estava lá, indo da cozinha para a sala de estar. Tommy desligou a caminhonete e eu larguei a mão de Luz.

— Ei, Troy — disse Gabe, pulando do assento. — Eu quero dar um pulo com o Tommy lá no celeiro para ele dar uma olhada naquela parte lascada no casco do Reno.

— Pode ir, Gabey. Obrigado!

Tom Buller era um casqueador até bem decente. E Gabriel Benavidez era um bom mentiroso também. E ainda que ele só estivesse fazendo um joguinho quando disse que iríamos todos sentados lá na caçamba da caminhonete, ele sabia muito bem que eu beijaria sua irmã de novo antes de chegar em casa.

Os três se sentaram na cabine depois que Tommy voltou tagarelando sobre o quanto os cascos do Reno estavam muito bem cuidados e saudáveis. Seguiram de volta pela estrada de terra e eu entrei em casa.

* * *

DEPOIS DAQUELA NOITE, Luz e eu nos falávamos pelo telefone todos os dias. Tommy e Gabriel ficavam me enchendo, dizendo que eu estava o tempo todo conferindo com ela o que eu podia ou não fazer, como que pedindo permissão para estar com meus amigos. Mas eu tolerava bem as provocações, porque sabia que eles estavam errados; havia algo muito maior acontecendo entre Luz e eu, e nenhum dos dois podia fazer nada para impedir aquilo, mesmo que quiséssemos.

* * *

— COMO FOI?

Meu pai estava sentado no sofá com os braços apoiados dos dois lados. Usava uma camiseta branca e seus óculos de leitura.

— Foi muito bem — eu disse. — Eles perguntaram do senhor. Nós comemos bife. E o Sr. Benavidez quer que eu vá trabalhar para ele a partir de segunda-feira, se o senhor estiver de acordo.

Eu sempre chamava o pai de Luz de "senhor". E, desde crianças, meu pai só o chamava de Arturo, ainda que a maioria das pessoas em Three Points tenha abreviado para Art.

— Uau, é mesmo? Parece ser uma boa, Troy — ele respondeu. — Mas fique sabendo que ele vai pegar pesado com você. Digo, acho que você está pesando menos que um fardo de feno.

— Ah, eu consigo levantar um fardo daqueles. Vai ficar tudo bem. Boa noite, pai!

E ele apenas observou calmamente enquanto eu desaparecia para dentro do meu quarto.

QUATRO

Não foi preciso muita provocação para que Tom Buller entrasse numa briga com Chase Rutledge naquela noite logo depois que comecei a trabalhar no rancho. E Chase também parecia bem-disposto a provocar mais do que o necessário. Eu estava com Reno, pois o tinha levado para que Tom cuidasse dos cascos. Estávamos passando pela igreja quando vimos Chase parado em pé no escuro com uma pá. Sabíamos que ele estava fazendo alguma coisa errada.

Tom primeiro falou para ele:

— Está olhando o quê?.

E Chase só deu um meio-sorriso, respondendo:

— Estou só assistindo à menininha do professor e ao filho do bêbado.

Ele estava terminando um cigarro e jogou fora a guimba com a unha do dedo do meio. Pareceu um pequeno cometa alaranjado que soltou faíscas ao bater no pescoço do Flecha, o que fez o cavalo de Tom se retorcer como se tivesse sido chicoteado.

Tommy inspirou profundamente e olhou para mim, e então voou de cima do Flecha para o chão de terra, jogando para longe a pá que estava na mão de Chase. Ela caiu de lado com um barulho alto e súbito, e isso espantou nossos dois cavalos, que recuaram nervosamente para trás em meio à escuridão. Eu escorreguei da sela do Reno e fui cair lá embaixo com os cotovelos e o traseiro na terra.

Me perguntando se eu tinha quebrado o braço, assisti espantado o franzino Tom encarar o outro rapaz, muito maior do que ele. Nunca tinha visto alguém brigar como o Tommy, todo joelhadas e cotoveladas sobre o outro garoto, atingindo sua costelas e as pernas e fazendo Chase se encurvar sobre a terra.

Então, Tommy o virou de bruços e puxou as pernas de Chase em um V, montando-o como se estivesse laçando um novilho fugidio. Agarrou o cabelo do rapaz, pressionando seu rosto ensanguentado no chão, e gritou:

— Esse merda está com uma arma no bolso!

Fiquei de joelhos e depois de pé, tirei os cascalhos dos cotovelos que sangravam e vi Tommy puxar um revólver pequeno, com cabo de madeira, do bolso traseiro de Chase.

— Aqui, Stotts.

E jogou a arma que caiu na minha frente, ao que me abaixei para pegá-la. Eu não sabia o que ele queria que eu fizesse com aquilo, então só abri o tambor e deixei caírem as cinco balas calibre .22 no chão de terra. Em seguida, joguei a arma tão longe quanto pude em meio às árvores, do lado oposto da rua. Foi quando vi Jack Crutchfield correndo dali, rua abaixo e para longe da igreja, justo onde eu tinha jogado o revólver de Chase. Mesmo no escuro, percebi que era o Jack porque ninguém mais era tão barrigudo nem corria devagar daquele jeito. Chase e Jack faziam tudo juntos. Eram dois moleques que achavam que podiam fazer o que quisessem que sairiam ilesos, e nós nos odiávamos.

— Beleza. Agora eu já acabei, Rutledge.

Tommy arfava e empurrava o rosto de Chase contra o chão com força. O outro só gemia e tossia.

— Eu vou te largar agora. Acho que você já levou o bastante, mas, se quiser mais, eu tenho mais pra te dar.

Tommy se levantou e ajeitou a camiseta e a calça jeans. Não tinha nem sombra de ferimento. Chase pelejou para ficar de quatro, com a cabeça pendendo, e só conseguiu cuspir um punhado de sangue enquanto um cordão de gosma vermelha descia de seu nariz.

Peguei as rédeas dos dois cavalos e os conduzi até onde nossos chapéus tinham caído na terra. Entreguei o chapéu do meu amigo, sempre de olho em Rutledge, que ainda se ajoelhava tomando fôlego. E Tommy perguntou:

— Que diabos, Stotts? O que aconteceu com você?

— Eu caí do Reno.

— Caramba!

E Tommy ria de mim, com seus olhos negros brilhando espremidos pela risada. Puxou sua latinha redonda de fumo do bolso de trás.

— Se você não tivesse jogado aquela pá... — foi tudo o que eu disse, justificando minha inabilidade como cavaleiro.

— Foi divertido — Tommy disse, cuspindo no chão perto de Chase.

E Chase já tinha ficado de pé e mancava para longe de nós como se estivesse voltando para casa, segurando a ponta dobrada da camiseta sobre a boca e o nariz. Sua voz soou abafada, quase fraca, quando ele disse:

— Um dia desses eu vou te matar, Buller.

Tommy só sorriu, cuspiu de novo e respondeu:

— Bom, então apareça com uns amigos. Acho que a briga vai ser mais justa assim.

Acho que eu admirava Tommy Buller mais do que qualquer outra pessoa no mundo naquela época. Queria ser como ele, daquele jeito tão destemido e ainda sorrindo na pior hora, sem um arranhão depois de uma briga de rua.

A noite estava quente como sempre fica no verão. Eu estava usando só minha camiseta e a calça jeans. A parte de trás da camiseta de Tommy estava fora da calça, mas, fora isso, parecia que ele estava chegando da missa. Bati a poeira do cabelo e pus de volta meu chapéu bem apertado na cabeça, enquanto Tommy só ria, cuspia no chão olhando pra mim e exclamava "caramba...".

E eu só conseguia repetir:

— Ah, você não deveria ter jogado a pá — e nós montamos em nossos cavalos e tomamos o rumo da minha casa, no lado norte da lagoa.

Depois, ficamos sabendo que a caixinha de doações da igreja tinha sido arrombada e uma estátua de São Francisco tombada. Não era nenhum exagero presumirmos que Jack e Chase tivessem feito aquilo, mas ficamos calados, já sabendo que o xerife Rutledge faria de tudo para se certificar de que seu filho e o amigo nunca pagariam por nenhuma daquelas "travessuras", como o homem chamava.

Tommy passou a mão pelo rosto.

— Ele me acertou alguma vez? — perguntou, olhando para a mão.

— Ele nem encostou em você. Se tiver algum sangue, pode ter certeza de que é dele.

Tommy parou o Flecha no caminho de terra.

— Desce do cavalo um pouco, Stotts.

— Quê? — estranhei, dando a volta com Reno para olhar para o Tommy.

— Desce aí.

Ele já estava de pé na estradinha, olhando para mim como costumava fazer, com os olhos apertados e todo sorridente, como se estivesse me contando uma piada e eu não pudesse fazer outra coisa que não fosse ouvir.

Eu não discutia com o Tommy, porque às vezes ele encasquetava com uma ideia — ou com um plano — e ia até o fim. Não tinha como redirecionar aquela energia quando ele começava. E ele até insistiu mais uma vez para que eu apeasse do cavalo quando eu ainda estava com uma perna sobre a sela.

— Hã, então tá certo, Tommy. O que é?

A boca de Tommy se esticava em um sorriso de coiote.

— Me dá um soco na cara, Stotts.

Eu suspirei e só baixei os ombros, voltando para o meu cavalo, dizendo:

— Ah, qual é, Tom?

— Vai, Stotts. Me dá um murro.

Tommy pôs a mão no meu ombro para que eu me virasse.

— Ninguém vai acreditar que eu dei uma surra no Chase Rutledge se eu não tiver pelo menos um olho roxo para provar que fui eu.

— Ah, aquele cara nunca vai apanhar o suficiente...

Mas Tommy levantava o queixo bem na minha frente e sorria.

— Vai, Stotts, só uma vezinha.

Eu respirei fundo e segurei seu queixo entre o polegar e o indicador na mão esquerda.

— Bom, então tá certo...

Fechei a mão direita e a puxei para trás, perto da cintura. Então Tommy rapidamente desviou o queixo para longe dos meus dedos e nós dois começamos a rir.

— Caramba, Stotts! — ele disse alto. — Você é louco mesmo! Ia me socar de verdade!

Ele deu outra cuspida de lado e me ofereceu a mão fechada. Eu dei um soquinho e disse:

— Ah, você não devia ter jogado aquela pá!

— E quando é que você vai aprender a ficar em cima desse seu cavalo?

Nós dois rimos, eu puxei para cima a cintura da calça e nós montamos de volta nos cavalos.

— Onde foi que você aprendeu a brigar daquele jeito?

— Perdendo mil brigas antes, eu acho.

E eu pensei comigo mesmo: “é um bocado de vezes. E ele não desistiu nem foi tentar outra coisa”.

— Obrigado por cuidar do Reno, Tommy.

— Sem problemas, Stotts. Só pare de dar tanta alfafa para ele — disse, cuspindo para dentro da escuridão. — E nós ainda vamos na fogueira amanhã à noite, certo?

— Com certeza!

Olhei para ele, mas Tommy já estava com aqueles olhos apertadinhos fixos na estrada à sua frente, ainda sorrindo.

— Você acha que ele faria aquilo mesmo, Tom? Digo, o Chase? — perguntei.

Tommy cuspiu de novo.

— Ele é muito covarde.

— Mas é por isso mesmo que eu pergunto.

Tommy não disse nada quando falei aquilo.

— Eu vi o Jack correr para longe enquanto você batia no Chase — disse para ele.

— Você viu o Crutchfield *correndo*?? — Tommy perguntou, morrendo de rir.

— E o que você acha que ele estava fazendo com aquela pá, afinal?

— Ah, plantando rosas é que não era. Sei lá, ele devia estar esperando eu chegar e tomá-la dele para jogar perto do seu cavalo, só pra eu poder rir de você caindo.

Eu nunca achei que entendia muito de cavalos. Ainda não acho. Tem muita coisa a respeito deles que nem faço ideia. Mas sei que tem certos cavalos que, só de olhar, você já percebe que não gostam de você de jeito nenhum. Com Chase Rutledge era bem daquele jeito, pelo menos comigo, mesmo que eu nunca tenha ficado sabendo o porquê de ele me odiar.

— E que tipo de arma era aquela? — Tommy perguntou.

— Estava carregada. Era uma .22. Eu joguei do outro lado da rua. Acho que não deveria ter feito isso.

— Pois é...

* * *

NA TARDE SEGUINTE, fui para o ponto da fogueira logo que o sol começou a projetar as sombras compridas das imensas árvores que existiam naquelas bandas, nas terras dos Benavidez que ficavam do outro lado da lagoa. Sabia que Tom e Gabriel já estariam por lá alimentando o fogo, rindo alto e contando suas histórias.

Eu adoro as cores que se formam na hora em que o sol está se pondo, sumindo no oeste, transformando o ar em âmbar como se tudo no mundo estivesse sendo visto em meio à fumaça da fogueira de Tom e Gabe. Gosto de como, nessa época do ano, a luz fugidia parece sugar todo o calor remanescente do dia. É a hora em que podemos ver os cervos, a representação da ligeireza. Digo, em um bosque, tudo tem um significado — é o que eu li uma vez em um livro de curas xamânicas. O cervo tem a cura da ligeireza. Um coiote significa que alguém vai tentar te pregar uma peça. Gaviões são mensageiros. A cura da cobra implica mudanças. Eu sempre soube que Tommy Buller tinha em si uma forte cura da cobra, mesmo que ele cultivasse o coiote na maior parte do tempo. Ele tinha uma facilidade enorme para dar de ombros para os problemas e se renovar, exatamente como uma cobra muda de pele. Parecia tudo muito lógico para mim. Bom, pelo menos era tão lógico quanto qualquer outra explicação que eu já tivesse ouvido para o porquê de certas coisas acontecerem ou como elas se encaixam neste mundo. Contei para meus amigos a respeito disso, e o próprio ato de conseguir explicar fez parecer ainda mais indiscutível para mim.

Conversei com Tom e Gabe e eles levaram tão a sério que pararam de rir e começaram a pensar melhor naquilo.

— E ursos significam força — emendei. — Isso se você sonhar com um. Ou se você vir um urso no momento certo.

— Então tudo é algum tipo de sinal, eu acho — Gabe concluiu.

Tommy se inclinou para a frente e deu uma cusparada longa e marrom, cheia de fumo, que ardeu quando chegou à fogueira. Ficamos observando ele jogar também uma pinha seca lá dentro, e ela se incendiou como uma ilusão em um show de mágica.

E aí ele fez aquela expressão zombeteira, com os olhos negros de coiote e meio que piscou para o Gabriel, dizendo:

— É. E pinha seca é a cura do mané.

Todos nós demos risada.

Gabriel pegou carona no gracejo de Tommy e fixou os olhos em mim.

— E a minha irmã é...?

Os dois me olharam, achando que eu terminaria a sentença.

— Eu não sei.

Ficamos os três encarando o fogo por um longo tempo, cada um certamente pensando no que eu teria falado se quisesse dizer a verdade.

— E os cavalos?

E eu expliquei:

— Bom, os cavalos... Cada um é diferente do outro. Alguns são espertos, alguns são burros. Uns são bonzinhos, outros são maus. Tem aqueles de que é impossível gostar, e também tem aqueles de que a gente gosta logo de cara e os entende, e a gente nem sabe dizer por quê.

Tommy bocejou e espreguiçou com suas pernas compridas nas pedras que estavam à nossa frente.

— Eu gosto do seu Reno. Ele é bacana.

— Todo mundo gosta dele.

— Você nunca disse por que o Benavidez te deu ele.

— É porque eu não sei o motivo.

Então, Gabe deu um sorriso, mas a gente nunca sabia o que ele queria dizer com aquilo, porque ele geralmente era bem sério. Ou talvez tivesse medo.

— Eu sei.

Pude notar que ele estava louco para que eu e Tommy implorássemos pela resposta, mas só ficamos olhando para dentro do fogo, meus olhos cada vez mais pesados e ardendo com a fumaça e o brilho. Ficamos sentados lá em silêncio por um tempão, até que Tommy decidiu deitar a cabeça em sua velha sela que estava no chão, como se estivesse se preparando para tirar um cochilo. Eu também cedi; tirei meu chapéu e apenas deitei direto no chão de terra.

— Tudo bem, então vou dizer o que eu penso — começou Gabe.

Estávamos todos deitados encarando o céu, as estrelas e a fumaça que subia, com os pés próximos ao fogo.

— Se prepara aí, Stottsy, porque o garoto agora resolveu pensar. Mal posso esperar...

— Olha, ele é o tipo de cavalo que qualquer pessoa iria querer. Mas o tipo de pessoa que pagaria por ele seria a pessoa errada para o cavalo. Então, meu pai fez um acordo com Reno. O cavalo escolheria você e, em troca, meu pai o fez prometer que um dia ele te levaria para bem longe das terras dos Benavidez.

Resolvi então pegar a isca que Gabe tinha jogado.

— Certo. E por quê?

— Tom, acho que você tinha razão sobre a cura da pinha seca.

— Tinha mesmo, Gabe. Tinha mesmo.

* * *

ACHO QUE EU COMECEI a me sentir bem pequenininho. Era fácil eu me sentir daquele jeito, deitado com as costas na terra, fitando a imensidão da noite e ouvindo meus amigos fazerem piada comigo, porque eles sabiam mais a meu respeito do que eu já tinha mostrado a eles em qualquer momento.

CINCO

Quando cheguei na casa do caseiro naquela manhã, Carl Buller estava do lado de fora com o pé direito no guincho do reboque, o cotovelo apoiado no joelho e fumando um cigarro. Tommy estava saindo pela porta de tela, tirando a camiseta e trocando o chapéu de mãos.

Eu estava trabalhando no rancho há uma semana e até aquele momento ninguém tinha vindo me perturbar com perguntas a respeito de onde eu estava ou o que estava fazendo naqueles dias em que desapareci na montanha, e para mim estava muito bom daquele jeito mesmo. Eu também entendia o que tinha causado certa distância entre nós, pois podia ver que as expressões deles mudavam um pouco quando eles estavam próximos de seus pais. E, afinal, o que um garoto diz a um amigo cuja mãe acabou de morrer? Bem, de qualquer forma, eu relevava tudo isso porque só queria mesmo me livrar daquele fantasma dentro da minha cabeça.

Eu via aquela cena todos os dias desde que Will tinha morrido: ela olhando para mim como se eu fosse alguma coisa muito frágil e passageira, enquanto eu fazia de tudo para não instilar nela o medo de que eu também pudesse deixá-la sozinha no mundo. Então, passei a encarar essa visão como se fosse uma pedra enorme que eu empurrava morro acima, ou pelo menos estava sempre tentando; e tentava também não deixá-la mais com medo. Mas quem estava morrendo de medo era eu, que, sem saber, jogava esse jogo que ela acabou ganhando inadvertidamente ao me abandonar. Hoje, repito para mim mesmo o tempo todo que tive oportunidade de dizer para ela tudo o que quis dizer; e também ouvi as palavras dela muito mais do que qualquer outra pessoa tinha ouvido durante sua vida. Eu sempre sabia o que se passava na cabeça dela e do que ela realmente tinha medo.

Nós nos sentávamos juntos todos os dias, durante uma hora ou mais, antes que meu pai chegasse do trabalho, e conversávamos. Ela me perguntava da escola e como eu estava, e eu contava tudo sobre meus amigos e o que eles tinham dito em torno da fogueira, e como Tommy nunca deixava de nos pregar peças, e ela às vezes ria. Eu sempre tinha certeza de que ela estava me ouvindo, mas também podia ver a expressão em seu rosto. Ela sofria pelo filho que tinha morrido. E eu às vezes ficava com raiva de mim mesmo ou me sentia enganado pelo tanto que eu me cuidava, não por mim, mas por ela, e eu odiava ser daquele jeito e me impor aquilo o tempo inteiro.

* * *

TRABALHAR NO RANCHO dos Benavidez não era exatamente trabalhar, ou pelo menos não era a mesma coisa daquelas obrigações caseiras que meu pai me mandaria fazer e eu nunca queria nem começar. Mesmo que as jornadas fossem exaustivas e que eu constantemente chegasse em casa morto de cansaço e imundo, trabalhar ao lado de Tom Buller fazia eu me sentir vivo e satisfeito.

— E aí, Stotts?

— E aí, Tom?

— Temos que colocar uns cavalos no reboque. Hoje a gente vai se divertir um bocado. Me ajuda a trazer o Flecha pra cá.

— Vocês vão precisar de cordas, garotos — disse Carl.

Eu bocejei e me espreguicei, seguindo o Tom em torno da casa até a baia de madeira do Flecha, onde ele era deixado durante o verão.

— O que é pra gente fazer?

— O CB tem de consertar a cerca do lado sudoeste. Tem uns novilhos soltos por lá que estão invadindo a terra daquela dona louca dos bodes. Ela fica dizendo que a gente corta a cerca e entra lá para matar as cabras dela.

Tom sempre chamava seu pai de CB.

— E vocês fazem isso?

— Às vezes a gente precisa mesmo cortar a cerca, mas sempre reconstruímos logo em seguida. Eu não faço ideia de quem diabos iria querer matar as cabras dela. Pode ser um puma. Ou então pode ser que ela só seja louca mesmo. Eu só sei que ela não toma um banho há anos, desde que a gente começou a trabalhar neste rancho.

— E como você sabe?

— Só espera que você vai ver, se a gente encontrar com ela hoje.

Tommy e eu fomos na caçamba da caminhonete junto com os rolos de arame farpado e ferramentas velhas que Carl tinha jogado por lá desmazeladamente antes de sairmos. Tommy abaixou o chapéu até o nariz como se realmente fosse capaz de dormir naquela caçamba chacoalhante da caminhonete barulhenta e enferrujada.

* * *

ATÉ ONDE EU SABIA, ninguém nas redondezas tinha ideia de qual era o sobrenome dela. Nós a chamávamos de Rose ou "Dona dos Bodes" e todo mundo sabia de quem a gente estava falando. Ela vivia ali há mais tempo do que a maioria conseguia lembrar, em uma área de aproximadamente oito hectares rodeada por terras dos Benavidez ou propriedades do Serviço Florestal dos Estados Unidos. Morava em uma casa feita de um grande pedaço de hangar de avião, daqueles de alumínio em formato arredondado. Tinha um poço para pegar água, mas não tinha eletricidade. De verdade, eu não sei como ela fazia para sobreviver ali.

Pelo menos duas dúzias de novilhos fugidos tinham passado pelo buraco na cerca e ido parar nas terras da mulher. Tommy e eu passamos a maior parte da manhã tocando os bezerros de volta para o rancho dos Benavidez. Dois foram mais longe e sumiram na propriedade. Levaria um bom tempo para os pegarmos de volta.

— Uma coisa para sempre ter em mente — disse Tommy — é que você não deve ficar irritado com as vacas por elas serem tão burras. Esses dois últimos desgarrados vão te fazer querer desistir, pegar uma arma e mirar na cabeça deles.

À medida que o dia ia esquentando, Tommy e eu cavalgamos para ainda mais longe nos morros cheios de carvalhos que formavam as terras de Rose. Carl ficou para trás, estendendo o arame da cerca e usando a caminhonete para deixá-la bem esticada.

— Você acha que o Reno consegue pular essa cerca com você em cima dele?

— Sem dúvida — eu disse. — Vou te mostrar quando a gente voltar.

— Especialmente se o CB conseguir arrumar tudo. Espero que ele deixe um buraco para eu passar com o Flecha.

— Eu queria ver você saltando com ele.

— Olha, se eu tentasse saltar com ele, ele ia me tirar da sela, me dar uns sopapos, montar nas minhas costas e dizer: "agora é você quem pula a cerca, rapaz".

— Ah, e eu aposto que você pularia.

Enquanto seguíamos atrás dos dois últimos desgarrados, Tommy puxou sua latinha de fumo e pôs outro pedaço na boca.

Vimos a reluzente casa da mulher assim que passamos pelo topo de um morro baixo. Havia em torno de uns trinta bodes de tamanhos e cores variados, alguns mochos, outros de orelha caída, todos vagando em torno da casa. Muitos estavam deitados, com os joelhos dobrados, em quaisquer sombras que se fizessem por ali. As duas vaquinhas que procurávamos estavam bebendo em uma calha comprida de metal que era alimentada pela bomba do poço, do lado de trás da casa arredondada. E havia também dezenas de cavalos, todos com jeito de selvagens. Eu nunca tinha visto uma pandilha como aquela antes. Tommy me contou que, quando Rose se mudou para lá, as pessoas diziam que ela só tinha um par de cavalos; ao longo dos anos, ela foi juntando mais e os deixava ficar soltos em suas terras.

Dava para perceber que nenhum deles era domesticado, e muito menos podiam ser montados, mas todos aqueles cavalos juntos formavam uma paisagem bonita — cavalos malhados, alazões, tordilhos, jovens e velhos, nenhum castrado e todos apenas se divertindo no campo. Parei o Reno no alto do morro, sob um carvalho bem frondoso, e fiquei admirando aquilo, maravilhado.

— Não é a coisa mais louca que você já viu na vida? — Tommy perguntou.

— Nem sei definir. Me deu um tipo de inveja.

— Ah, não vem todo babão pro meu lado, Stotts. Eu te falo que, entre as vacas, as cabras e os cavalos bravos, nem saberia te dizer qual é mais burro. Vamos lá pegar esses novilhos pra encerrar o dia.

Tom deu uma cusparada. Eu apertei o chapéu na cabeça, e cavalgamos em direção à casa.

A estrutura da construção sangrava em tons enferrujados nos lugares onde parafusos uniam a pele às costelas. A porta ficava em um dos lados retos, que agora estava à sombra, e havia ainda duas janelinhas com toldos no alto, se projetando das paredes curvas, e uma outra ao lado da porta. Uma caminhonete Chevrolet 53 muito enferrujada jazia sem pneus e com as janelas abertas do outro lado. Uma pilha mal-ajambrada de toras de carvalho, próprias para usar no fogão a lenha, estava ao lado daquela carcaça, com alguns pedaços caindo da caçamba. Havia também um amontoado de garrafões de vinho com vidro verde, daquele tipo bem grande que tem tampas de metal e buracos para encaixar os dedos na lateral. Alguns estavam quebrados, outros intactos, a maioria com os rótulos descascando e pendurados como folhas mortas. Íamos nos aproximando e as cabras iam virando suas cabeças para nos ver, balindo suas patéticas saudações e súplicas.

Assim que passamos em frente à casa em direção a onde estavam as vacas, a porta abriu e Rose saiu lá de dentro carregando uma espingarda junto à parede externa, olhando para o Tommy e para mim.

— Desculpe incomodar — eu disse. — Só estamos tentando pegar as duas novilhas e já vamos sair da sua propriedade.

Pude ouvir o Tommy fazendo graça, bem baixinho e sussurrando ao meu lado, de um jeito que a velha não podia ouvir.

— "Desculpe incomodar? *Desculpe incomodar*??" Pelo amor de Deus, Stotts, não é a rainha da Inglaterra!

Acho que eu tinha mesmo soado bem besta.

Rose parecia ter uns 70 anos. O cabelo era cinza e embolado; dava para notar que ela mesma o cortava porque o comprimento era diferente dos lados, perto dos ombros. Ela era baixinha e gorda, e estava usando um vestido florido imundo que ia até abaixo do joelho. Suas pernas eram algo entre muito machucadas e encardidas, talvez as duas coisas, e ela estava praticamente descalça, a não ser pelas sandálias finas e puídas que usava. Seus olhos nos miravam naquele rosto que parecia o de uma boneca feita com uma maçã desidratada.

— Ah, seus garoto! — ela começou. — Cês fala com seu pai pra pará de cortá a cerca e matá minhas cabra. Tem muito pasto pras vaca dos Benavidi comê do lado de lá da cerca.

— Ele não é nosso pai — eu disse. — Nós só trabalhamos para ele.

— Eu acho que ele num consegue encontrá uns vaqueiro crescido que num usa tênis e camiseta. Quantos anos cês tem, afinal?

— Tenho 16 — eu respondi.

— Eu tenho idade suficiente — Tom falou ao mesmo tempo.

— Cês é só criança — ela continuou. Pegou a arma pelo cano e a encostou no batente da porta. — Cês pega suas vaca tudo e vai embora. Mas já que elas tão nas minhas terra mesmo esse tempo todo, então eu vô pedi procês carregá um pouco dessa lenha pra minha casa.

Tom começou a mover o Flecha para voltar à nossa tarefa.

— Olha, nós realmente precisamos ir...

— Mas que diabo! Num tô pedindo procês levá a lenha toda.

— Nós vamos ajudar — ofereci.

E então Tom disse em um tom bem baixo que só eu poderia ouvir:

— Diacho... — e cuspiu de lado. — Se não for intrometer demais.

Carregamos a madeira para dentro da casa e empilhamos ao lado do fogão. Lá dentro era como uma caverna. O chão era de terra, todos os pertences estavam espalhados ao longo das paredes e, onde havia luz suficiente para enxergar a estrutura, pude ver teias de aranha imensas.

— Cês aceita um leite ou alguma coisa?

Seria leite de cabra. E sem geladeira.

— Não, obrigado.

Tom cuspiu no chão. Ela nem percebeu.

— Cês viro os meus cavalo? Eu comecei só com dois! Daí eu ganhei otros dois dum pessoal que tava morano nas floresta protegida, mas foi ixpurso. E foi isso. Rá! Eles foro cruzano e eu nunca nem fiz nada pra cuidá deles, mas eles são tudo bem bunito.

E se virou para mim.

— Ocê do tênis, cê tem um cavalo bem grande e bunito.

— Obrigado — agradeci, batendo a poeira dos braços. — A senhora acha que está suficiente essa lenha?

— Já tava bão uns minuto atráis, mas eu é que num ia interrompê cês dois.

Tom estava conferindo o teto curvo, preto feito carvão.

— A senhora tem uns cavalos muito bonitos lá fora também — eu disse.

— Acho melhor a gente ir andando — Tom disse, já se dirigindo à porta.

— Eu tinha uns gato tamém. Um monte de gato. Mas eles foro tudo cumido. Eu tinha um de mais de dez quilo. Maior gato que eu já vi! Mas ele num foi cumido, não. Teve uma vez que ele foi murdido por uma cascavel e nem morreu. Mas ele inchô, ficô do tamanho dum sofá. Rá! Juro que eu ia transformá ele num sofá se ele morresse, mas num morreu. Sabe que qui aconteceu com o gato de mais de dez quilo? Tá vendo as teia de aranha? Nos verão, aparece aqui umas viúva negra do tamanho duns caranguejo. Dá até pra fritá e comê. Sabe que qui aconteceu? É que ele gostô do cheiro dum inseticida perfumado que eu pus aqui. Foi lá na lata e bebeu ela toda. Todinha! Desse jeito. Rá! Muito burro, né? Inseticida! Até vi ele comê um cabritinho recém-nascido inteiro uma vez como si num fosse nada.

— Se o Stotts for picado por uma aranha, ele pode virar um cabideiro bem decente — riu Tommy. Cuspiu de novo e, dessa vez, Rose o viu.

— Mas era um gato muito do grande! Rá! — ela continuou. — Todo mundo dizia isso do gato. Era grande o bastante pra gente muntá nele.

Eu achei aquela senhora muito engraçada. Tom já estava a meio caminho da porta. A ideia de ter aquelas aranhas penduradas em cima da minha cabeça estava me perturbando um bocado.

— Eu tive de cavá um buraco bem grande pra enterrá aquele gatão.

Tommy perguntou:

— E como é que você sabe que ele pesava mais de dez quilos? — e cuspiu mais uma vez já do lado de fora da porta.

—Brigada, seus garoto — Rose disse. — Agora, cês fala cos caseiro do rancho pra eles pará de cortá a cerca e pra deixá minhas cabra queta.

— Eu acho que ninguém está mexendo com suas cabras, senhora — eu disse. — Pelo menos, ninguém nunca me disse nada a respeito. Nós estamos consertando a cerca agora mesmo, e é por isso que estamos com um pouco de pressa. Não queremos ficar presos do lado de cá.

Rose foi me seguindo até lá fora, onde fazia um dia claro e quente. Tommy já estava com um pé no estribo, prestes a montar o Flecha.

— Ocê, garoto dos cabelo preto cas bota.

Ele já estava montado no cavalo, mas olhou para ela.

— Tá mascano fumo?

Tom cuspiu em resposta.

— Já faz um tempão que eu num masco fumo. Será que cê me arruma um poco?

Tom olhou para mim com aquela expressão de cansaço. Puxou sua latinha do bolso de trás, tirou um pouco e pôs na boca.

— Aqui — e estendeu para ela a latinha.

Rose abriu o recipiente, cheirou o tabaco e, afobadamente, enfiou um pouco na bochecha.

— Eu vi que cês era garoto bão quando vi cês chegano. Por isso que eu num atirei nocês.

— Obrigado por isso — Tom disse enquanto eu montava o Reno.

— E ocê do tênis. Cê vorta aqui uma hora dessa e pega um dos meus cavalo. Vô deixá cê ficá com ele.

— É sério?

— Cês dois pode — Rose disse, cuspindo tão elegante e profissionalmente como eu sempre vira Tom fazer. Ela estendeu a latinha quase cheia de volta para Tommy, mas ele fez um gesto indicando que ela podia ficar com todo o resto. Rose sorriu e guardou o tabaco.

Levamos o último bezerro para o outro lado da cerca. Mais um mourão no lugar e Carl terminaria o remendo.

— Tommy, se ela tivesse uns cem anos a menos, acho que você ia se apaixonar pela mascadora de fumo.

— Ah, é, Stotts. E eu teria de brigar com você pra ficar com ela, por causa dos cavalos.

— E aí, vocês já terminaram? — Carl gritou de longe.

— Este aqui é o último — ouviu de seu filho.

SEIS

O dia seguinte começou de forma até inocente, eu diria, quando Gabe, Tom e eu fomos praticar tiro.

Nos encontramos na casinha do caseiro às 6h, aquele momento no qual o ar da manhã traz o arrepio seco próprio do verão com a promessa de um calor insuportável ao meio-dia. Carl estava engatando o reboque para cavalos na velha Ford F-150 quando Gabe e eu chegamos.

— Será que você me dá uma mão aqui, Troy? — perguntou. — O Tom acabou de levantar da cama. Vai estar aqui fora em um minuto.

Desci a carretinha no engate da caminhonete depois que Carl Buller freou. Ele então saiu e veio ajudar com o restante das amarras. Cheirava a cigarros, café e bebida alcoólica. Muito embora eu não me lembrasse de alguma vez tê-lo visto sóbrio, pelo menos logo antes de tomar umas doses, Carl conseguia ser daqueles bêbados que ainda se levantava da cama toda manhã e fazia seu trabalho direito. Acho que ele devia ter lá suas razões. A mãe de Tom tinha sumido quando o filho era bebê. Eu já tinha conversado a respeito das nossas mães com o Tom e aquela era provavelmente a única coisa de que falávamos que o deixava desconfortável e em silêncio. Eu agora compreendia melhor o que fazia meu amigo evitar certas palavras, e posso dizer que eu nunca na vida conheci alguém mais forte ou admirável que ele.

— Vai transportar cavalos hoje, Carl?

— O Benavidez comprou um belo *Tennessee Walker* para a esposa. Eu estou indo buscar a égua lá depois de Leona, agora de manhã.

Terminei de apertar o trinco na corrente do meu lado da carreta e limpei a ferrugem das mãos nas calças jeans.

— CB, vou precisar do recarregador quando a gente chegar, mais tarde — disse Tom saindo da casa, arrumando os cabelos lisos com a mão direita e então apertando o chapéu na cabeça. — Gabe, dá um pulo aqui dentro pra me ajudar a carregar umas coisas?

— Se estiver com fome, Gabriel, pode pegar qualquer coisa que a gente tiver aí na cozinha.

— Obrigado, Carl — disse Gabriel, desaparecendo na escuridão lá de dentro e soltando a porta de tela.

Carl acendeu um cigarro, se apoiou na porta da caçamba e olhou para mim e depois para o Reno.

— Onde vocês vão atirar hoje?

— O Tom disse que nós vamos para aquele campo aberto mais ao sul porque tem aquele morrinho com a cruz que serve bem de anteparo, e lá não tem vaca nenhuma pastando nessa época.

— Só fica de olho para não deixar o Gabey estourar a própria cabeça. O Benavidez ia ficar furioso comigo se isso acontecesse.

— É, acho que ele não iria querer me adotar assim tão rápido, também — eu disse.

Carl olhou para mim sorrindo e apertando os olhos com o amargor de seu cigarro sem filtro.

— O cavalo do Tom está lá atrás?

— É, pode ir lá buscar. Se cuidem, hein? — recomendou. Depois gritou em direção à porta fechada. — Tchau, filho!

Pude ouvir Tom e Gabe gritando lá de dentro em resposta, enquanto me dirigia à baia cercada de madeira atrás da casa, onde o Flecha ficava nos meses quentes. Lá da frente veio o som sacolejante do motor da caminhonete dando partida com a carretinha rumo ao oeste.

Tom e Gabe saíram pela porta de trás enquanto eu apertava a sela do Flecha.

— Ah, valeu, Stotts.

Acho que ele nunca me chamava de Troy a não ser que estivesse falando de mim para outra pessoa.

— Pegou sua arma?

— Peguei. Está lá no Reno.

Tom jogou seu alforje por sobre o Flecha e o amarrou à sela. Pôs a mão no bolso de trás, que tinha uma marca permanente, meio apagada, parecendo uma lua, no lugar onde ele carregava o fumo. Puxou sua latinha preta e verde com o logotipo para cima, uma cabeça de urso desenhada, segurando com o polegar e o dedo médio da mão direita. As quatro batidas do indicador sobre a tampinha soaram como quatro tiros. Ele então abriu e tirou um pequeno punhado daquele fumo pastoso, meio marrom e meio preto, e empurrou para o canto inferior da boca. Depois limpou os dedos no traseiro da calça.

— Isso é nojento — disse Gabriel.

Tom estendeu a latinha sem tampa com a mão esquerda. — Vai um pouco, Gabe? Stotts?

Eu não sei por quê, mas queria de todo jeito experimentar aquela coisa. Afinal, sempre estava com o Tommy e o via fazendo aquilo. Então, seja lá por qual razão, aceitei.

— Tudo bem!

— Tá de brincadeira!? — exclamou Gabe.

Tommy riu e também disse:

— Tá brincando, Stottsy!?

Mas eu não estava. Peguei a latinha da mão de Tom e, me sentindo um verdadeiro entendido em fumo depois de vê-lo fazer aquilo tantas vezes, puxei um pouquinho entre os dedos e levei até a boca, entre os lábios e os dentes, só derramando um quase-nada no caminho.

— O segredo é — explicou Tommy, cuspindo aquele cordão comprido perto de seus pés — nunca engolir. Dizem que te faz passar mal, mas nunca aconteceu comigo. E isso te ensina a ficar calado e só sorrir. Ninguém diz, mas esse é um dos pontos positivos do fumo: ele te faz ficar calado — e deu outra cusparada de lado. — Então vamos embora.

Bom, antes de qualquer outra coisa, achei que aquele troço tinha um cheiro muito bom. E o gosto não era nada mau também, ainda que fortemente mentolado, o que fez a minha boca arder um pouco. Mas então, depois de uns vinte segundos, enquanto estávamos levando o Flecha para ficar na frente junto aos outros cavalos, eu de repente precisei segurar firme uma das rédeas para não cair no chão. Tudo pareceu distorcido e distante, como a risada de Tommy e sua voz que ecoava quase inaudível.

— O coice é ótimo, não é não, Stottsy?

— Ô, se é! — eu disse, e cuspi de lado, mas não com a classe e experiência de Tom Buller. Acabei foi atingindo meu tênis.

Gabriel olhava para mim com uma mistura de choque e nojo, com a boca aberta e despencada.

E pensar que eu já tinha visto o Tom dirigir um carro mascando aquilo sem nunca ir parar dentro da lagoa... Pelo menos eu sabia que podia contar com o Reno para me guiar em segurança.

Fomos em passo vagaroso na direção sul, até o campo onde o gado dos Benavidez pastava no final da primavera, mas que agora estava bem limpo. A grama tinha secado e ficado amarelada feito palha. Cuspi o resto do meu tabaco e bochechei para limpar a boca. Depois dei um bom gole do meu cantil. Ainda não tinha decidido ao certo se gostava ou não daquele negócio e se tentaria mascar de novo. Tommy ficou com o dele na boca por muito mais tempo e até conseguia conversar naturalmente sem que a gente percebesse que ele estava mascando. Às vezes, pelo modo como ele pontuava suas palavras com as cusparadas, dava para jurar que ele tinha alguma coisa na boca mesmo que não tivesse.

— Tudo bem, agora dá o dinheiro — disse Tom estendendo a mão.

Cada um de nós deu cinco dólares. Era a nossa aposta em quem era melhor atirador — muito embora eu achasse que seria muito mais fácil eles só me entregarem logo o dinheiro e nem desperdiçarem suas balas.

Tom tinha levado consigo vários alvos, especialmente latas de cerveja vazias e garrafões plásticos de leite. Nunca usávamos nada de vidro para atirar nas terras dos Benavidez. E nenhum de nossos cavalos se assustava com tiros. Mesmo assim, fui amarrá-los à sombra de um carvalho em forma de cogumelo a uns 90 metros dali, enquanto Tommy arrumava os alvos em cima de umas pedras, ao lado de árvores do morro.

Voltei à nossa galeria de tiros improvisada carregando uma caixa de 500 balas e a minha velha Winchester .22. Meu pai tinha me dado aquele rifle quando eu fiz dez anos, e ele já tinha bem uns 40 anos de uso antes daquilo. Mas a manutenção era bem tranquila e ele atirava com muita precisão.

Tom puxou sua pistola calibre .40, o pente pulou e o ferrolho deslizou, revelando que ela estava descarregada. Ele mesmo recarregava suas balas, porque a munição era bem cara, enquanto a de calibre .22 saía quase de graça.

Gabriel não tinha uma arma própria. Inclusive, eu até duvidava de que seus pais soubessem que ele estava conosco. Eu já o tinha levado para atirar antes e ele até que se virava bem com a minha .22, mesmo que parecesse que morria de medo de armas. Mas acho que ele tinha mais medo ainda de admitir isso para mim e para o Tommy, e então atirava também.

É claro que, vivendo onde vivíamos, as pessoas normalmente tinham armas mesmo. Acho que, para um garoto como nós, ter uma arma era o mesmo que ter uma bicicleta se a gente morasse em um subúrbio. E bem que o Benavidez tentou forçá-lo, mas eu sabia que Gabriel tinha aversão a armas e à noção de acertar coisas, mesmo que ele sempre nos acompanhasse para onde quer que fôssemos.

— Muito bem — disse Tommy. — Dez tiros em dez alvos diferentes. Depois de atirar, você vai lá e arruma o alvo. O primeiro a completar 25 leva a grana. Quem vai primeiro?

— Eu não — disse o Gabriel, para surpresa de ninguém.

— Bom, foi você que arrumou os alvos, então vai primeiro, Tom.

Tom enfiou dez daquelas balas bojudas no carregador e o encaixou no cabo com um clique. Destravou a pistola, o ferrolho deslizou. Então levantou a arma com as duas mãos e chegou a cabeça para trás com cuidado.

— Beleza. Eu vou da esquerda para a direita.

Eu estava com os olhos em Tommy e nos alvos, mas quando ele deu o primeiro disparo, pude perceber com o canto do olho Gabriel se encolhendo assustado. Talvez até eu mesmo tenha dado um pulo também. Mesmo ali, em campo aberto, aquela arma do Tom fazia barulho demais.

Ele errou o primeiro tiro.

— Por que vocês simplesmente não me entregam o dinheiro de uma vez?

— Ah, você vai ter a sua chance com esse revolvinho aí, Stotts.

Ele acertou os sete disparos seguintes em sequência, mas errou os dois últimos.

— Minha vez. Vamos lá ver como você se saiu.

Andamos todos para o morro a fim de colocar os alvos no lugar e contar os acertos.

Era meio injusto eu usar meu rifle contra a pistola de Tom, mas ele nunca reclamou. Então, depois que eu acertei todos os dez alvos na minha primeira rodada, sugeri:

— Que tal se a gente trocar de armas na próxima?

— É justo — disse Tom.

— Posso experimentar sua arma? — Gabriel perguntou para espanto de Tommy.

Ele arregalou os olhos, mas respondeu:

— Claro, se é isso que você quer.

Voltamos ao nosso ponto inicial e Tommy entregou a pistola para Gabe junto com o carregador vazio e uma caixa de balas.

— Coloca dez aí como você me viu fazer — instruiu. Depois puxou o ferrolho da .40, travou e a retornou ao Gabe, que enfiou o pente no lugar.

— Certo. Agora, você solta o *slide* e uma bala já vai estar na câmara. Aí você tem de ter cuidado porque ela sempre vai engatilhar outra bala enquanto estiver carregada. Você aponta como se fosse um rifle, mas alinhando com o braço — continuou Tom, cuspindo ao lado das botas.

Ambos recuamos e ficamos atrás de Gabriel, observando enquanto ele mirava o primeiro alvo. Puxou o gatilho — e foi então que cinco segundos se passaram até que percebêssemos que muitas coisas aconteceram subitamente, em sequência. O primeiro alvo, uma lata de cerveja, girou no ar, zunindo como uma hélice e sumindo no arbusto logo atrás. Quando a arma deu o coice, Gabriel puxou a mão para junto do peito e exclamou um "Ah!". Soltou a arma e ela caiu por cima de sua mão. Chegando ao chão, disparou uma segunda vez, lançando uma bala justamente no vazio entre Tommy e eu. E nós estávamos a meros vinte centímetros um do outro.

Olhei para o Tommy de queixo caído, examinando-o instantaneamente de cima a baixo para ver se havia sangue. E tenho certeza de que ele estava fazendo o mesmo comigo. Nenhum dos dois disse nada, só ficamos encarando um ao outro, ambos certamente pensando no risco que corremos.

— Acertei! — comemorou Gabe, e só então percebeu o que tinha acontecido com a pistola, que obviamente não estava mais em sua mão assustada.

— Sabe, Gabey... — disse Tom. — Eu sei que nós juramos continuar amigos para a vida toda, mas é que eu planejava passar dos 17 anos.

— E eu não posso dizer que 16 é muita coisa também — emendei.
— Então, que tal se você continuar só com a minha .22, meu velho?

Tommy cuidadosamente pegou sua arma do meio das plantinhas no pé de Gabriel.

— Espero que você não tenha trazido bolas de beisebol, Gabey. Porque aí com certeza você nos acertaria.

Gabriel sabia lançar uma bola mais rápido e com mais precisão do que qualquer outra pessoa que eu já tivesse visto.

Todos rimos. Vi que Gabe se sentiu péssimo com aquilo, e não melhorou nada quando Tom ainda acrescentou:

— E, a propósito, você só tem mais oito tiros.

— Ah, não é justo — Gabe disse. Só que, depois de ele quase nos matar, protestar daquele jeito certamente não iria dar em nada.

Ele acabou acertando cinco em sua primeira rodada. Percebi que ficou nervoso com o acontecido e isso o prejudicou, porque já o tinha visto fazer bem melhor com a minha arma. A pistola de Tommy era pesada e difícil de mirar. Quando eu a levantei, meio que tive a sensação de que ela estava ávida por tomar uma vida.

Mesmo usando uma arma que não era a minha, ainda acertei nove na minha segunda rodada, então achei que já estava claro para todo mundo que eu seria o campeão mais uma vez naquele dia.

— Não acabou ainda, Stotts — Tommy disse. — Vamos lá contar.

E fomos todos em direção aos alvos. A primeira lata de cerveja estava em péssimo estado; a tampa já quase tinha sido arrancada. Ela tinha sido atingida de novo e estava caída atrás de um tronco, em meio à grama seca.

— Aí está ela — Tommy disse, e deu um passo próximo ao tronco enquanto Gabe e eu procurávamos em volta os outros alvos derrubados.

Foi quando Tom Buller se abaixou bem em cima de uma das maiores cascavéis que eu já tinha visto.

A coisa que eu mais odeio naquelas cobras é que, sempre que você está de olho para não topar com uma, com aquela sensação de que ela está por ali e tomando cuidado para vê-la antes que ela te veja, aí é que você nunca acha a maldita. E então, em um dia qualquer, você está só caminhando e com a cabeça nas nuvens, talvez preocupado com alguma coisa que te aborrece ou então admirando um belo dia ou pensando em uma garota, e é justamente quando você vai se xingar de tudo quanto é nome ao quase pisar em uma.

Tom deixou escapar um grito abafado e tentou recuar, mas era tarde demais. A cobra enorme deu o bote e o mordeu, perfurando a calça logo abaixo do joelho direito.

— Ah, diabo! —Tommy gritou, agarrando sua perna bem forte com as duas mãos e rolando para o lado.

A cobra, preta e bem grossa, deslizou pela grama para baixo do lugar onde estavam os alvos. Eu fui atrás. Tínhamos deixado nossas armas lá no ponto de tiro, mas encontrei um galho de carvalho e comecei a bater na cobra. Acertei bem no meio de sua extensão, e ela de repente se dobrou rija, em um ângulo reto, e se virou para mim. A espinha estava quebrada e ela logo morreria, mas ainda levaria um tempo. Empurrei a cabeça para junto do chão de terra com a ponta do galho e o corpo dela se retorceu em protesto. Então pisei na cabeça com o pé esquerdo e puxei minha faca Dawson do bolso de trás, abrindo-a com o polegar. A cobra se debateu violentamente enquanto eu decepei sua cabeça, e o corpo começou a vomitar aquele sangue violeta aos borbotões. Mesmo sem cabeça, o bicho ainda tentou se arrastar por alguns centímetros para dentro do mato.

Pisei na ponta do corpo decapitado e cortei fora o chocalho que ela tinha no rabo. Enquanto eu cortava, a cobra ainda se contorcia e enrolava em mim e tentava fugir. Gabriel estava em choque, congelado, olhando para o Tommy e sem conseguir se mexer.

Às vezes eu tinha vontade de pegar Gabriel pelos ombros e sacudi-lo para ver se ele despertava. Não tinha como culpá-lo pela falta de autoconfiança, porque eu sabia que o pai dele sempre achou que ele nunca seria homem o suficiente para tocar o rancho, e que Luz era muito mais capaz e mais esperta que o garoto. Mas tinha momentos em que eu, com raiva, esperava que meu amigo deixasse de lado seu complexo de inferioridade, pelo menos quando estava comigo e com Tommy — especialmente quando precisávamos dele.

Eu ainda estava com a Dawson em uma das mãos e o chocalho na outra.

Tom estava deitado de lado, rolando de leve, agarrando o joelho direito e gemendo.

E eu não sabia bem se deveria rir ou chorar daquilo, ou talvez devesse chutá-lo no chão por ser tão descuidado. Pude ouvir a mim mesmo dizendo "não dá pra ficar bravo com Tom Buller só por ele ser Tom Buller". Cuspi de lado, desejando ter mais daquele fumo de antes.

— Você vai ficar bem, amigo. Aqui...

Me ajoelhei ao lado dele e pus o chocalho em seu bolso.

Gabe ainda não se movia.

— Vou precisar de ajuda aqui, Gabe — eu disse, e ele finalmente deu passos tímidos em direção ao tronco.

— Olha, Tommy, nós precisamos ver se foi muito feio. Se está sangrando muito ou se foi só na pele — eu disse, já cortando a costura lateral do jeans, começando da barra. — Tira essa bota pra mim, Gabe.

Gabriel conseguiu puxar a bota de Tommy e eu cortei a calça até o joelho.

— Tá queimando demais! — Tommy exclamou. — Eu acho que vou vomitar.

— O que nós vamos fazer? — perguntou Gabe com a voz trêmula.

— Escuta, Gabe, vai ficar tudo bem. Só faz o que eu mandar. Não foi você que foi mordido.

— Cara... É como se o seu cavalo estivesse de pé em cima da minha perna! Dói demais, Troy, demais!

Foi quando percebi que ele estava em maus lençóis. Ele falou meu nome. Vi os pequenos buracos rosados que indicavam onde a cobra tinha mordido. Era incrível para mim comparar aqueles dois machucadinhos insignificantes com a imensidão da dor que Tom parecia estar sentindo.

— É, é uma bela mordida. Mas está só na profundidade da pele, Tom, não é tão grave.

— É grave sim, Stotts!

— Você vai ter de chupar o veneno pra fora? — Gabriel perguntou.

— Não. Não é assim que a gente faz.

Meu Deus, eu não conseguia acreditar que Gabriel tinha vivido até aquele momento sem saber o que fazer em caso de mordida de cascavel. Na minha cabeça, todo mundo sabia como tratar aquilo. Mas eu mesmo tive de me lembrar do que tinha lido em um livro.

— Eu vou pegar esse fumo da sua boca, Tom — eu disse, enfiando os dedos na boca dele e tirando o chumaço de fumo. — Você não quer isso na sua boca agora. É pra pôr aqui — continuei, pressionando o tabaco mascado sobre as marcas da mordida.

— Minha boca tá com um gosto horrível, Stotts. O que que tinha na sua mão??

— Nada, Tom, isso é coisa do veneno. Ele faz você sentir esse gosto. Vem aqui.

Puxei seu braço direito para longe da perna que ele ainda agarrava e o passei atrás do meu pescoço.

— Gabe, você tem de me ajudar a carregá-lo até a sombra onde os cavalos estão — eu disse. — Nós vamos encostá-lo na árvore. Você o mantém sentado e frio. Põe água na cabeça dele e dá um pouco para ele beber, se ele conseguir. Eu vou correr com o Reno até a casa do caseiro e chamar ajuda. Entendido?

— Isso eu consigo fazer — disse Gabriel.

Pusemos Tommy sentado junto a uma árvore. Ele estava todo amarelado, suando, e sua boca estava aberta como se tivesse alguma coisa lá que a gente não pudesse ver. Peguei os três cantis que estávamos carregando e os joguei ao lado de Gabriel, no chão.

— Não faz nenhum torniquete, certo? — eu avisei. — Vou chamar alguém. Pode ser que eles mandem um helicóptero.

Tirei os cabelos de Tommy da testa ensopada.

— Você vai ficar bem, meu velho. Você é muito mais forte do que qualquer gato de dez quilos.

— Mas será que eu vou conseguir dançar de novo, doutor?

— Não se preocupe, Tommy — eu disse. — A Christy McCracken já está até com as entradas para o baile da escola.

Ouvi o Gabriel rir nervosamente atrás de mim. Pensei que ele talvez estivesse imaginando o casalzinho se agarrando no baile.

— Se eu não estivesse prestes a vomitar em cima de mim mesmo, juro que te dava uma surra por falar isso.

Montei rápido na sela do Reno.

— Stotts — Tommy me chamou com a boca escancarada, praticamente balbuciando as palavras bem devagar e encarando o joelho ferido que agora começava a inchar. — Uma vez na vida, corre direito e vê se não cai do cavalo, viu?

Eu agarrei o Reno bem firme em torno do pescoço e o deixei correr. Nunca o tinha cavalgado rápido daquele jeito antes. Eu sempre pelejava para contê-lo, porque ele era grande e forte demais para alguém do meu tamanho.

Você gosta dele? Porque parece que ele gosta muito de você, e é assim que as coisas são com os cavalos, às vezes.

É um ótimo cavalo, Sr. Benavidez.

Ele é seu, Troy. Pode levar para casa.

O quê? Por quê?

Eu só tinha 13 anos. Sentar no Reno era como ficar no alto de uma roda gigante. Ele era tão imenso, e seus grandes dentes dançavam de um lado para o outro como se ele estivesse pronto para disparar do portão da corrida. O Sr. Benavidez o segurou quieto para mim e, quando viu que meus tênis já estavam nos estribos e que eu tinha puxado o chapéu para junto das sobrancelhas, soltou o cavalo.

Ele é meu?

Com certeza é seu.

Muito obrigado, Sr. Benavidez.

Por nada, Troy.

* * *

OLHEI PARA AS MONTANHAS, aqueles dedões de granito. O suor salgado e irritante embaralhou minha vista. Olhei procurando aquele avião em formato de cruz, ou pelo menos para onde ele estaria se eu pudesse ver através das pedras à minha frente.

Ele vai ficar bem, ele vai ficar bem.

Reno correu com valentia e eu permaneci montado o tempo todo, sem puxar as rédeas e o guiando apenas com o movimento do meu rosto e ombros, pressionados contra seu pescoço forte e pulsante. Me senti como Tommy Buller, um cavaleiro de verdade. Queria que ele pudesse nos ver cruzando os campos do sul em direção à casa dele.

Chamei por socorro na casa do caseiro. Carl ainda não tinha voltado, mas, como de costume, as portas tinham ficado abertas à vontade. Então, liguei para a casa dos Benavidez e Luz, preocupada, correu para me encontrar no caminho de volta aos campos. Quando chegamos, o helicóptero já estava pousando.

Tommy ficou quatro dias no hospital. Depois que saiu, nunca mais ele conseguiu andar certinho. Parte dos perigos de viver onde nós vivíamos, em meio às montanhas, era esse caso das emergências, quando tínhamos de lidar com as coisas nós mesmos ou então esperar vir ajuda e torcer pelo melhor. Muitos dos garotos com os quais íamos para a escola não gostavam do fato de que o cinema mais próximo ficava a quase 50km. Mas também não havia semáforos ali para o nosso lado, e era assim mesmo que Tom e eu gostávamos. O joelho dele nunca se recuperou totalmente daquela mordida de cascavel, mas Tom nunca reclamou disso.

* * *

NÓS SABÍAMOS que Tom não deveria montar em um cavalo tão cedo de novo, mas ele só esperou que Carl estivesse um pouco distraído — o que não era difícil — e cavalgou outra vez para nos encontrar na fogueira, no dia seguinte àquele em que saiu do hospital.

— Você precisava ver o que aquele bicho fez com a minha perna — Tommy contou. — Ela ficou toda preta e inchadona. Parecia alguma coisa que a gente encontraria boiando depois de uma inundação. E ainda está bem roxa. Nem sei se algum dia ela vai ficar boa de novo.

— Deixa eu ver — Gabriel pediu.

Tommy puxou a perna do jeans até o alto da bota e acima do joelho. A ferida tinha uma aparência horrível. A carne estava meio exposta e tinha um vermelho intenso no lugar onde os médicos tiveram de retirar o tecido morto e depois costurar com uma grossa fibra preta. Parecia bem doloroso, mas Tommy só sorria e cutucava as bordas com o dedo.

— Será que você vai ficar bem, Tom? — perguntei.

— A sensação é a de que meu joelho nunca mais vai funcionar direito de novo — ele respondeu, mancando de leve ao estender a calça de volta sobre a bota. — Mas tem uma coisa que vocês precisam ver.

Ele levantou a camiseta acima das costelas aparentes e abaixou um pouco a cintura da calça jeans, enquanto a fumaça de nossa fogueira contornava seu corpo pálido como a mão de um fantasma gigantesco. Gabe e eu então vimos a tatuagem de cascavel em seu quadril direito. Era pequena e toda preta, com losangos nas costas, e parecia estar se arrastando pela barriga dele em direção ao coração.

— Doeu? — perguntei.

— Não tanto quanto a mordida — disse Tommy. — Mas até que doeu direitinho. Ainda arde um pouco.

— Ficou boa — Gabe disse.

— Você devia ter feito uma da pistola calibre .40 também — eu acrescentei.

— Eu até queria, mas o rapaz não sabia desenhar a arma.

Claro que, com aquele sorriso, Tom estava mentindo. Nós sabíamos que ele mesmo tinha desenhado a cobra. Ele sabia desenhar qualquer coisa.

— Ah, qual é? — Gabriel disse, rindo.

— Quando foi que você fez a tatuagem? — perguntei.

— Ontem à noite. Eu fui lá em Holmes.

Me inclinei para mais perto de Tommy e olhei bem de perto para a figura de tinta fresca em sua pele. Era tão preta nos pontos onde a agulha tinha furado que até parecia veludo, mas a pele em volta dos contornos do desenho estava rosada e inchada. Pus o dedo por cima da tatuagem e pude sentir o calor emanando da pele, e então a toquei.

— Aaai! — Tommy gritou de repente, e eu dei um pulo pra trás.

Tom e Gabe começaram a rir muito. Dei um tapinha que derrubou o chapéu de Tom de sua cabeça, me sentindo meio bobo por tomar aquele susto.

— E por que você fez isso, afinal?

— O quê? Te assustar? — Tommy perguntou.

— Não — respondi, apontando para a cintura dele. — Por que você fez isso aí?

— Eu sei lá — Tommy respondeu. — Acho que é meio que um lembrete pra mim. É um lembrete de que há outras cobras por aí. E essa aqui vai mantê-las longe.

— Ou talvez vá atraí-las... — eu provoquei.

Então olhei bem para o Tommy e vi que ele estava me olhando também, com o reflexo da fogueira nos olhos.

— Tom, eu fiquei com muito medo aquele dia, sabe?

— Eu sei — ele respondeu. — E muito obrigado mesmo, Stotts.

Tommy só deu aquele sorriso confiante e meio torto que ele sempre tinha, e olhou para si mesmo admirando a cobrinha preta que se arrastava por sua barriga. Deixou cair a camiseta e a cobriu de novo.

SETE

— Ocê é mesmo um caubói bem magrinho, moço do tênis.

— É, todo mundo diz isso. Mas não tem nada que eu possa fazer.

— Eu acho que, enquanto ocê tiver muntado na sela, suas carça não cai mesmo.

Voltei à casa de Rose sozinho alguns dias depois. Levei um pouco de fumo para ela e um gatinho filhote que eu tinha pegado em frente ao mercado de Holmes. Falei para ela pôr o nome de Tabaco. Também consegui que o Carl Buller comprasse para mim um garrafão de vinho daqueles que eu tinha visto ao lado da casa dela. Ele pensou que fosse para mim. Eu nem contestei.

Fiquei assistindo enquanto Rose o abria. Estávamos sentados na frente da casa em duas cadeiras dobráveis que eu tinha trazido lá de dentro. Reno estava por perto, bebendo da calha.

— Sabe aqueles garrafão lá fora? Num é porque eu gosto muito de vinho não. É os povo da fábrica de vinho que me deu. Rá! O povo do vinho. Viero ver minhas terra. Queriam prantá uva aqui. Falei pra eles num vortá aqui se num truxesse vinho pra mim na próxima vez. Sabe que qui eles fizero? Vortaro com vinte caixa! E eu nem nunca pensei em vendê as terra mesmo. Falei pra eles que, se eles prantasse uva aqui, elas ia saí com gosto de vaca e cavalo. Rá! Qué bebê um poco, garoto?

— Sou novo demais pra isso.

— Aqui nas minhas terra num tem essa lei não.

— Meu nome é Troy. Troy Stotts.

— É um nome bem forte pra um garoto. E o outro, o seu irmão, aquele do cabelo preto que usa as bota?

— Ele é o Tom, mas não é meu irmão. Ele ainda não está andando bem por causa da mordida de cobra.

— Cobra? Rá! Ele foi murdido? E ele inchô todo?

— Bom, a perna dele mudou de cor, com certeza.

— Já te contei do gatão de mais de dez quilo que eu tive?

— Já.

— Bão, é que todas veiz que eu vô na cidade, nunca tem um gato pra mim. Então, muito agradicida, Troy Stotts, porque esse aqui é dos bão.

— A senhora anda daqui até a cidade?

— Eu tenho uma peruinha lá atráis. Mas num é boa não. Eu tenho tamém um adevogado que toma conta do meu dinheiro e paga os imposto das minhas terra, e é pur isso que eu vô lá. Cê tem namorada?

— Tenho — respondi, pensando em Luz. Eu nunca tinha dito aquilo em voz alta e então me perguntei se fazê-lo tornava aquilo mais verdadeiro.

— E ela é bunita?

— É. E é bem inteligente também.

— Então melhor cê tomá cuidado. Comé que ela chama?

— Luz.

Rose sorriu. Deu um tapinha de leve no meu joelho com sua mão enrugada.

— Num se preocupe em abri mão das coisa. Nós tudo temo de fazê isso.

— Quê?

— As coisa que cê vai tê de abri mão pra ficá cum ela. Num se preocupe com essas coisa. Mas num esquece delas tamém não.

Eu não tinha ideia do que ela estava falando, então só fingi que tinha entendido, fiquei de boca fechada e assenti com a cabeça.

Rose bateu no meu joelho de novo.

— Cê vai ficá bem, moço do tênis. Isso eu posso te dizê.

— A senhora disse aquele dia que o Tom e eu podíamos voltar e pegar dois cavalos.

— Eu vi que cê gostô deles. Deu pra notá logo de pronto. Claro que cê pode pegá um cavalo. Eu falei que pudia, num falei? Eu num monto neles mesmo. Eu nem dô cumida pra eles de verdade, só às veiz.

— Nós vamos trazer um pouco de feno da próxima vez.

— Cê pode carregá um poco mais de lenha tamém?

— Vou fazer isso agora de uma vez.

— Agradicida pelo gato, garoto. Acho que esse num vai ficá enorme daquele jeito.

— A senhora tem uma égua grande lá fora, toda preta, que está prenha. Ela é uma beleza. E parece braba, mas às vezes até que eu gosto disso num cavalo. Desde que ela não seja braba e louca, sabe? Se ela não for louca, então ela que vai ser minha, e de mais ninguém. A senhora sabe dessas coisas com os cavalos?

— Parece que cê quer mais do que só uns cavalo pra ocês dois...

— É o que eu quero.

— Cê vai trazê mais fumo?

* * *

NUNCA GOSTEI mesmo de Chase Rutledge, o filho do xerife. Ele já tinha 18 anos e só recentemente tinha se formado na escola, de modo que Tom, Gabe e eu tínhamos passado os últimos oito anos aguentando suas provocações, seus xingamentos e, de maneira geral, suas atitudes desagradáveis. Mais do que qualquer outra coisa, acho que havia um ressentimento natural de Chase contra a nossa amizade, coisa que ele nunca teve com os marginaizinhos egoístas e estúpidos que o chamavam de amigo. Enquanto crescíamos juntos, ele até não mexeu muito com o Tom, muito provavelmente porque meu amigo tinha a reputação de ser bom de briga e Chase sabia muito bem disso.

Então me deu verdadeiro desgosto quando montei no Reno para ir até a Lojinha do Papai uma noite qualquer, depois do trabalho, para comprar o tabaco de Rose, e vi o melhor amigo de Chase, Jack Crutchfield, parado na varanda em frente à loja. E aquele gordo sacana sabia que eu estava lá, mas nem olhou pro meu lado quando eu passei por ele.

Lá dentro topei com Chase, alto e imundo como sempre, parecendo que nunca tinha tomado um banho ou vestido uma roupa limpa. Ele estava próximo ao balcão de atendimento discutindo com George Hess, que se recusava a vender uísque para o rapaz.

Chase me encarou e eu olhei para o outro lado, só endireitando meu chapéu.

Quando George me deu as latinhas de tabaco, pude até sentir o calor raivoso emanando de Chase, que se enfureceu.

— Você vai vender fumo pra esse garoto, mas não me vende nem uma garrafa? — reclamou, coçando o cabelo ensebado sob o boné.

Eu apenas dei um pigarro e olhei para baixo, esperando George chegar com meu troco.

— Vender tabaco é uma coisa — George disse — , mas uísque pra você está fora de questão, Chase. O que seu pai diria? Além disso, eu sei que isso aqui não é para o Troy. Ele não masca. É para o Tommy ou outra pessoa. Não é isso, Troy?

— Hã, é — gaguejei de volta.

George me deu o troco. Enquanto eu me afastava de Chase, embolei o dinheiro junto com o fumo e enfiei no bolso de trás. Abri a porta e ainda pude ouvir Chase implorando.

— Por favor, George.

Ao que George respondia:

— Já falei que não, Chase. Agora vai pra casa.

Chase bateu a mão no balcão e me seguiu até lá fora. Pude notar que ele já estava com a intenção de criar algum problema, então comecei a desamarrar o Reno do poste na porta da loja.

— Stotts.

— O que foi, Chase?

Jack estava logo atrás do filho do xerife, resfolegando alto pelo nariz.

Chase olhou bem para os dois lados da rua escura. Não havia ninguém por perto. Percebi que ele estava conferindo se Tommy estava comigo.

— Volta lá dentro e fala pro George te vender uma garrafa de uísque.

Inspirei profundamente. Jack grunhiu para mim.

— É, pergunta lá, Troy.

— Ele não vai vender para mim, Chase — respondi.

— Aposto que vai. Ele acha que você é um bom menino.

Chase se aproximou. Dava para sentir o cheiro dele. Continuei segurando as rédeas do Reno, já me sentindo encurralado.

— Você vai fazer isso, Stotts — Chase insistiu, já tão perto que eu podia sentir seu bafo quente.

— Esquece, Chase.

— Você acha que pode me encarar sem o Tommy Buller do seu lado?

Olhei bem para ele.

— Acho. Acho sim.

Chase Rutledge então respondeu:

— Você é uma bichinha, Troy!

E antes que eu pudesse fazer qualquer coisa, ele já tinha fechado a mão e me dado um soco no estômago. Eu me dobrei e caí de joelhos, com as mãos no chão, mas ainda segurando as rédeas do Reno e assim puxando-o sem querer. Devo ter ficado naquela posição por mais de um minuto tentando recuperar o fôlego, porque, quando me dei por mim de novo e levantei a cabeça, Chase e Jack já tinham ido embora.

Pude ouvi-los rindo em algum lugar em meio à escuridão.

Nunca falei nada daquela noite para Tom e Gabriel. Só queria esquecer que aquilo aconteceu. Mas a sensação de desforra passou a me incomodar bastante.

* * *

TODA MANHÃ começava do mesmo jeito na minha casa: dar comida para o Reno, limpar a baia dele — sempre de olho naquele peru maldito —, alimentar as cabras, jogar a quirera das galinhas e limpar seus ninhos, recolhendo os ovos que foram botados durante a noite, muito embora a maioria prefira botar ovos à tardinha. Eu até gostava dessa rotina e apreciava em particular as manhãs na minha casa por causa da cor do céu e do cheiro do ar. Meu pai disse uma vez que se ressentia de ter de executar essas tarefas domésticas quando era garoto. Mas, quando nos mudamos de volta depois que meu irmão morreu, eu comecei a fazer tudo isso espontaneamente mesmo sendo ainda muito novo. No começo, pensei que meu pai só queria esquecer qualquer coisa que o lembrasse de sua infância, enquanto minha mãe sofria tanto com aquela morte que só pensava em encontrar alguma cura para a dor, algo que levasse para longe o espírito de seu filho mais velho. Então, mesmo só tendo 4 anos de idade, eu já sabia que o melhor era deixar os dois quietos, especialmente de manhã, e aí eu acordava e sempre ia lá para fora respirar aquele ar puro e ver as cores oblíquas e espichadas do sol nascente, justamente procurando alguma coisa que pudesse se tornar minha rotina. Mas na manhã seguinte ao dia em que levei o gatinho para Rose, as coisas começaram a mudar e a se distanciar daqueles dias rotineiros que apenas se sucedem e são logo esquecidos.

Senti o aroma do café que me esperava na cozinha. Passei a apreciar um gole de café todas as manhãs desde aquele dia em que Luz apareceu na cabaninha e nós dividimos uma caneca. Então, eu calçava meus tênis largos, vestia uma camiseta limpa e meu chapéu, tomava café e ia lá fora cuidar das tarefas matinais. Enquanto eu fazia isso, meu pai preparava o nosso desjejum.

Juro que o Reno conseguia me ouvir enquanto eu trocava de roupa, porque todas as manhãs, logo que eu calçava os tênis, ele já começava sua cantoria, como que dizendo "me dá comida!" lá do celeiro. Mas, naquela manhã, junto com seus relinchos, notei que ele também estava dando voltas em seu pequeno confinamento.

Desci os três degraus de madeira até o chão — o do meio estava meio solto. No quartinho de ração, separei fardos de alfafa para o Reno e para as cabras. Apanhei dois pequenos baldes cor de laranja e enchi o primeiro com milho moído e o outro com a mistura de cereais adoçados.

Sabe como, às vezes, você está tão absorto, hipnotizado pela atividade rotineira, que o mundo podia estar pegando fogo à sua volta e você só perceberia quando uma árvore em chamas ou coisa do tipo caísse na sua cabeça? Bom, foi exatamente assim que as coisas aconteceram naquela manhã de verão. Havia algo terrivelmente errado bem na minha frente, mas é como se eu estivesse cego para aquilo.

Pois eu deixei um pouco do feno no chão para as cabras, pus a parte do Reno no cocho, afastei o focinho dele de cima de mim, porque ele sempre ficava me empurrando até eu despejar a mistura de grãos, depois ainda joguei o milho no chão de terra em frente ao galinheiro — sempre de olho no peru brabo —, e só então percebi o largo rastro de sangue que se estendia como uma repugnante trilha indicativa de um tesouro escondido, indo desde a beirada do cercado até o espesso aglomerado de pinheiros onde um diminuto córrego fluía durante a maior parte do ano. Lembro-me de pensar "*Oh! É sangue*". E também parecia algo meio ridículo, como tinta derramada ou uma maquiagem de palhaço — mas eu sabia que era mesmo sangue e não podia ser nada diferente.

A primeira coisa que fiz foi examinar o Reno, suas pernas e sua barriga; ele parecia estar bem. Fui caminhando na direção apontada pelo sangue até a metade do cercado, e então percorri o restante da trilha com os olhos até o meio das árvores. Bem do outro lado do mourão da cerca, imóvel e atento, havia um puma. Estava me encarando com a boca aberta e arfando sem fazer qualquer ruído. Seu focinho e sua boca também estavam cobertos de sangue, mas bastante escuro, não do mesmo vermelho cor de bala de morango como do rastro que eu via à minha frente. Logo embaixo da cerca, metade para dentro e metade para fora de nossa propriedade, via-se a carcaça de um de nossos cabritos pretos.

O puma ficou olhando para mim como se dissesse "*e aí, vai fazer alguma coisa a respeito?*". Procurei em volta, mas não havia nada que eu pudesse jogar na direção dele. Tirei meu chapéu, mas claro que não iria jogá-lo. Aliás, se eu tentasse, ele nem voaria muito longe mesmo. Então, comecei a abanar de longe e a gritar "*sai daqui!*".

Reno se assustou um pouco e trotou para o meu lado enquanto eu acenava e gritava.

O puma pegou o cabrito com os dentes, puxou uns dois metros para longe da cerca e então sumiu em meio à escuridão das árvores.

Ainda dava para ouvi-lo arrastando a carcaça, pisando duro e quebrando gravetos no caminho. E assim ele simplesmente se foi.

Ouvi as batidas da porta de tela vindas lá de casa e depois o som de meu pai correndo na minha direção, seguindo minhas pegadas até onde eu parei e fiquei assistindo àquela cena, com o Reno ao meu lado, e admirado com aquela vermelhidão insana manchando o curral. Eu não estava com medo, mas meu coração pulava no peito e eu sentia a ferroada da cafeína e da adrenalina misturadas arrancando gotículas de suor das minhas têmporas.

Meu pai chegou ao cercado e abriu o trinco.

— Você estava gritando?

— Um puma enorme pegou um dos cabritos. Foi aquele pequeno e mais burrinho.

Chamar um cabrito de burro é como dizer que a água é molhada.

Mas não foi isso que você quis dizer daqueles cavalos selvagens, foi, Tommy?

Bom, talvez eles não sejam tão burros assim.

Você quer ir lá comigo e voltar trazendo dois deles?

Bem, ela disse que a gente podia.

Leva mais um pouco daquele tabaco pra ela. E... Tommy? Se quer saber, eu pegaria todos os cavalos se ela deixasse.

Mostrei para o meu pai onde eu tinha visto o felino carregar sua presa. Passamos pelo meio da cerca e fomos seguindo a trilha de sangue em meio às árvores. Depois de certo ponto, não havia mais marcas no chão, de modo que seguir o puma era bem mais difícil. E nós também percebemos que nenhum dos dois estava disposto a chegar muito perto daquele bicho.

— Acho que a gente poderia avisar o Departamento Estadual de Caça e Pesca...?

— Pai, eles só mandariam alguém lá para abril. Eu vou é conversar com o Carl Buller e ver o que a gente deveria fazer. Eles provavelmente já tiveram de lidar com pumas lá nas terras dos Benavidez.

— É, você pode falar com ele. Mas acho que o puma não deve voltar por esses lados. Veja você, há quanto tempo nós moramos aqui e nunca tínhamos visto um?

Voltamos para dentro de casa e tomamos nosso café. Fiquei apreensivo por deixar o Reno lá fora, mas não acreditava que um puma iria mexer com ele. Trancamos os outros dois cabritos no celeiro e fechamos também o galinheiro. Meu pai telefonou para o Departamento de Caça e Pesca e acabou tendo de ligar para o outro lado do estado atrás do telefone do sujeito responsável pela nossa área. No fim, só conseguiu deixar uma mensagem de voz. Eu voltei para o meu quarto, peguei minha .22 de dentro do armário junto com a caixinha de munição e a carreguei na cozinha, perto da porta.

— Olha, eu não atiraria em um puma com uma .22, Troy, a não ser que você tenha certeza de que consegue correr mais do que ele.

— Me deixa usar aquela .30-06, então.

— Acho melhor a gente só esperar por um tempo. Aquele bicho não vai voltar pra pegar mais nada por aqui.

Mas meu pai estava errado.

* * *

CHOVEU NA TARDE SEGUINTE. A trilha de sangue desapareceu.

Luz saiu para me ver. Eu estava trabalhando sozinho aquele dia. Tinha levado a F-150 até o pasto para deixar lá alguns fardos secos de alfafa para os cavalos depois de tanta chuva. Foi quando a vi montada no Doats e me perguntei como é que ela teria conseguido escapar sem ser notada, sob tanta vigilância dos pais.

Nos sentamos na caçamba aberta da caminhonete, com os pés no ar, encostados no feno, com os ganchos de alfafa espetados e pendendo como orelhinhas caídas nas quinas desbeiçadas dos fardos. Passei meu braço por trás dela, sobre os ombros, enganchamos nossos calcanhares e balançamos as pernas juntos como se fôssemos um só, para cima e para baixo da portinha do bagageiro. Apenas ficamos sentados lá enquanto os cavalos começavam a se ajuntar em torno do carro, enfiando os focinhos entre os postes de metal que seguravam os fardos e tentando comê-los, às vezes olhando em volta com as orelhas de pé e nos farejando. Não consigo imaginar um lugar melhor em que pudéssemos estar naquele momento.

Ela então beijou meu rosto muito suavemente. Só ficamos sentados, observando os cavalos e o céu e sentindo o cheiro da terra.

— Você não acha que este é o lugar mais lindo do mundo, Troy?

Tirei meu chapéu e o coloquei na cabeça dela.

— Eu não conseguiria pensar em nenhum lugar melhor.

Ela pegou um pedacinho de palha e passou embaixo do meu queixo, e nós simplesmente ficamos lá parados um tempão sem dizer nada, só olhando em volta.

— O que você quer da vida, Troy?

— Você diz, mais do que isso aqui?

E percebi que naquela hora eu deveria estar engasgado de tanto nervosismo, mas na verdade me sentia muito relaxado ao lado dela.

— É, mais do que isso.

— Nada pode ser melhor do que isso aqui, Luz.

Ela passou a palha pelo meu cabelo, por cima da orelha.

— E você? — perguntei de volta.

Luz limpou a garganta e pousou a mão sobre o meu joelho.

— Meu pai sempre me diz que um dia todo esse rancho vai ser meu — ela começou. — E também que eu seria a única mulher que poderia tocá-lo adiante.

— E eu aposto que isso é verdade.

Encostei a cabeça mais fundo no feno e estiquei minha perna bem reta, mantendo-a firme, de um jeito que eu pudesse ver bem os contornos dos tornozelos dela sobre o meu pé.

— E é isso o que você quer pra você mesma? — continuei.

— Ah, eu amo isso aqui — ela respondeu. E disse aquilo de uma maneira vagarosa, então meu coração quase pulou pela boca, porque achei que ela fosse dizer outra coisa. Talvez algo a meu respeito, algo que eu queria muito ouvir, mas que me dava muito medo ao mesmo tempo.

Minha garganta permaneceu entalada.

— E o Gabey sabe disso?

— Não.

— Ah...

Abaixei minha perna e recomecei a balançar nossos pés da beirada.

— Mas, de qualquer modo, ele não quer este lugar — Luz disse.

— Ele não quer?

— Não. Ele só quer que meu pai pense que ele também seria bom o suficiente para o trabalho.

— Mas ele *é* bom o suficiente.

— Eu sei.

* * *

ATÉ A SEXTA-FEIRA daquela semana, o puma já tinha levado outro de nossos cabritos, e o encarregado do Departamento de Caça e Pesca não tinha nem dado sinal de vida. Carl disse que nós deveríamos ir atrás do felino e matá-lo nós mesmos, e eu começava a me sentir cada vez mais inclinado a fazer exatamente isso. Então, quando voltei para casa aquele dia, nervoso porque de manhã tive de deixar o Reno em sua baia e ir de carro com o Tommy até Holmes, a primeira coisa que fiz fui dar um pulo no estábulo e ver se estava tudo bem com meu cavalo. Começou a chuviscar bem leve.

E lá estava aquele puma de novo. Eu o vi logo de cara, apesar de sua pelagem se misturar bem demais aos tons terrosos do chão, ainda mais naquele momento cinzento de fim de tarde chuvoso. Ele estava bem no meio do nosso cercado, encurvado em cima do grande peru macho, com a boca no pescoço da ave que ainda tentava protestar de maneira fraca e cada vez mais fugidia. E, ainda que eu estivesse de certa forma feliz de ver aquele peru malvado finalmente encontrar um adversário bem mais à sua altura, fiquei também furioso de pensar que o felino se sentia à vontade para voltar todo dia e continuar tomando de nós o que bem entendesse. Então, apanhei um longo ancinho que estava escorado junto ao curral do Reno e joguei como se fosse uma lança. Ele girou no ar e caiu com a ponta de cima bem nas costas do puma, entre os ombros.

O gato se encolheu alarmado. Sem nem olhar para mim, pulou por entre as ripas da cerca e sumiu. O peru ficou lá em meio à lama, um monturo de penas brancas ensanguentadas, espirrando um jorro espumante de sangue pelo pescoço quase totalmente decepado.

Enquanto isso, Reno apenas ficou parado em pé na lama, tomando chuva e assistindo impassível a tudo o que acontecia, do jeito que os cavalos normalmente fazem.

— E ainda faltam uns dois meses para o dia de Ação de Graças... — murmurei, com expressão séria, enquanto olhava para os restos mortais da ave.

Levei o Reno e os outros animais para dentro do estábulo e fechei a porta. Peguei o peru no chão pelos pés afiados e enlameados, com sua cabeça arroxeada pendendo sem vida sob a enorme carcaça e as asas espalhadas como leques imundos. Ele era pesado, com seus mais de 20 quilos, e estava em tão bom estado que eu me perguntei se meu pai iria me pedir para limpá-lo e depená-lo.

Pus a ave morta em cima de um saco de lixo na varanda de trás da casa e esperei meu pai voltar da rua.

Liguei para o Tommy.

— Nós temos que pegar esse puma. Eu acertei ele com o cabo do ancinho. Ele acabou de matar nosso peru.

— Com o ancinho? Meu Deus, Stotts, você parece um homem das cavernas!

— Nós podíamos ir agora à noite mesmo, mas vai escurecer daqui a uma hora e eu não queria ficar lá no escuro, sabe? Será que você poderia dar um jeito para a gente faltar ao serviço amanhã, e você e o Gabey me encontrarem aqui de manhã cedo?

— Claro. O CB vai encobrir a gente. Vai ser divertido.

— Traz a sua arma.

— Tudo bem, mas desde que você mantenha o Gabey longe dela.

— E... Tom? Não vamos falar nada pro meu pai, tudo bem?

— Nem se um de nós acabar morto, meu chapa.

— A gente tem que sair antes de ele levantar. Me encontra na ponte às 5h, então.

— E um feliz sábado pra você, Stottsy!

Meu pai me mandou depenar e limpar o peru por dentro e por fora. Disse que então iria assá-lo. Eu não me importava de ter essa tarefa pela frente e meio que já esperava que fosse ser assim. Mas nunca tinha feito aquilo, e hoje, quando penso naquele momento, acho que nunca mais faço de novo.

— Mas... como? — perguntei a ele.

— Bom, você sabe como é a aparência de um peru quando a gente o compra na loja. Então, faça ele se parecer com aquilo — respondeu com um sorriso.

E essa foi toda a instrução que recebi. Mas ele ainda ficou em volta observando enquanto eu fazia tudo. Não pedi ajuda, e nem ele em momento algum me disse que eu estava fazendo alguma coisa errada. Só ficou observando e sorrindo.

Depois que eu arranquei a cabeça, o que não foi nada difícil, considerando que o puma a tinha arrancado quase toda mesmo, tive de lidar com todas aquelas penas. Já tinha visto minha mãe jogar a ave em água fervendo para facilitar essa parte, mas não tínhamos uma panela grande o suficiente para aquele bicho. Então, trabalhei em cima dele por mais de uma hora, jogando água fervente nas penas com a chaleira e depenando-o dentro da pia. Isso fez a ave cheirar como um estábulo inteiro cozinhando.

Depois da limpeza por fora, ele já estava com uma aparência bem melhor. Arranquei os pés pela articulação e abri a cavidade torácica. Foi quando o intenso fedor do peru exalou lá de dentro, como uma mistura de fumaça de cigarro, lustra-móveis e perfume barato. Aquilo quase me fez vomitar, ainda mais junto com a textura das vísceras, os balõezinhos cheios de ar dos pulmões, que pareciam um caviar rosado. Meu pai estava parado silenciosamente atrás de mim, me observando, o sangue escorria da louça amarelada da pia, e eu estava com o braço enfiado dentro da ave até os cotovelos e prendendo a respiração o tempo inteiro. Já tinha tirado a camiseta porque não queria que caísse nela nenhum sangue ou víscera, que agora estavam espalhados pelo meu peito e barriga.

— Cara, aposto que nem uma criança de 10 anos tem tanta tripa dentro dela — eu disse, apertando os olhos e com os cantos da boca curvados em desgosto.

Meu pai riu.

Comecei a limpar o papo, que estava cheio de quirera mastigada, parecendo um prato de aveia branca e morna, o que só piorou o fedor horrível que já estava instalado. Quando terminei, lavei a ave inteira. Estiquei meus braços para longe do corpo, com os dedos virados pra cima, como se fosse um cirurgião, ou como aquelas montanhas que tínhamos em volta. Mas terminei o serviço.

— Pronto! Pode cozinhar o bicho agora. Eu vou pro chuveiro pelo resto da noite.

Deixei meu pai parado lá em pé na cozinha.

Mesmo sob a água corrente do chuveiro, ainda podia sentir o cheiro daquele peru. Algo de que eu sempre me lembrava com carinho e associava a feriados e reuniões de família agora tinha se transformado em outra coisa muito maior e muito desagradável. Pus uma roupa limpa, mas aquele fedor já tinha se espalhado pela casa inteira.

Estava chovendo forte agora. Passei pela sala, parei e me abaixei próximo ao fogão a lenha para sentir o cheiro reconfortante do carvalho queimado.

Meu pai estava sentado à mesa da cozinha esperando por mim.

— Se sente melhor?

— Sim.

— O cheiro está bom, não está?

— Bom, é um cheiro forte, sem dúvida.

— Mas acho que não vai ficar pronto até a meia-noite, pelo menos.

— Acho que não consigo comer nada agora, pai. Melhor eu ir para a cama.

E eu não comeria peru de novo até o ano seguinte.

* * *

ACORDEI ÀS 4H da manhã. A casa toda fedia a peru. A chuva ainda caía, mas bem mais fraca e esporádica. Vesti os jeans sobre as ceroulas que usei para dormir e mesmo assim as calças ficavam caindo. Depois de não ter comido nada na noite anterior, senti como se estivesse encolhendo. Sobre as mangas compridas do pijama, vesti uma camiseta e depois um suéter por cima.

Tive sorte de meu pai ter ficado até tarde cozinhando o peru, pois sabia que ele não acordaria caso eu resolvesse fazer um café antes de sair. Enquanto o café passava, enchi meus bolsos da blusa de frio com doces e biscoitos e uns pedaços de pão. Suspirei ao puxar para cima minhas calças mais uma vez, tentando estufar a barriga para mantê-las na cintura, mas não consegui me esticar o suficiente para impedir as calças de ficarem frouxas.

Servi um pouco de café puro. Soprei e tomei de uma vez um gole só. Tinha gosto de sopa de peru. Quase cuspi tudo. Virei o resto da caneca de volta na cafeteira e deixei para meu pai. Sem dizer nada, amaldiçoei aquela ave maldita por arruinar meu apetite por praticamente qualquer coisa. Espero que ela tenha sofrido enquanto estava jogada na lama. Espero que tenha sentido tudo enquanto estava cozinhando.

Meu rifle ainda estava encostado ao lado da porta. Virei o conteúdo da caixa de balas em um dos bolsos. Queria poder pegar o rifle de caçar veados do meu pai, mas era impossível naquele momento. *Vou ficar bem com este mesmo*, pensei.

Saí em meio à escuridão chuvosa.

O ar tinha um aroma muito bom, límpido e fresco. Mantive a cabeça baixa, olhando para meus pés que levantavam filetes de água enquanto eu andava, medindo em silêncio o tempo que levaria para que a água começasse a pingar da frente do meu chapéu.

A tal "ponte", na verdade, não era ponte nenhuma. Era só uma manilha de concreto que tinha sido colocada no córrego que corria nos fundos de nossa propriedade. Antes que meu pai a pusesse lá, nós tínhamos de passar por dentro do córrego toda vez que chegávamos ou saíamos de carro, e isso às vezes significava que haveria obstáculos para ir ou voltar durante o inverno, de modo que precisávamos atravessar a pé, o que não tinha graça nenhuma quando a correnteza estava muito rápida e a água muito lamacenta ou gelada. Enquanto andava para lá, fui observando minha respiração formar nuvenzinhas que saíam da boca, e vez por outra eu afundava o rosto no colarinho levantado do blusão para esquentar um pouco.

Tommy e Gabe estavam sentados na caminhonete me esperando. Fiquei feliz de vê-los chegar mais cedo, porque isso era sinal de que eles também queriam estar ali. Ambos saíram da cabine ao mesmo tempo, com Tommy movendo-se mecanicamente do assento do motorista. Sua perna tinha ficado meio enrijecida desde a mordida da cascavel, era ainda pior de manhã, mas Tom quase nunca reclamava. Sempre que ele chegava perto de falar alguma coisa a respeito, Gabriel e eu o lembrávamos de que o deixamos ficar com os 15 dólares naquele dia. Tom fingia não se lembrar, mas se recordava muito bem de quase ter tomado um tiro do Gabe.

— Diabo, Stotts, você só trouxe isso? — perguntou Tommy, apontando o polegar para o meu rifle e depois cuspindo um punhado de fumo no chão ainda encharcado de chuva. — Você poderia pelo menos ter trazido o ancinho.

— É, não pude pegar o rifle do meu pai — me desculpei.

— Bom, se você conseguir dar um tiro no bicho, é melhor matá-lo, porque eu não quero estar por perto se você só deixar ele bravo.

— Acho que ela não ficou muito feliz com o ancinho também.

— Você acha que pode ser uma fêmea? — Gabe perguntou.

— Acho que pode inclusive estar prenha — eu disse.

— Por quê?

— Jesus, Gabey. Você não sabe por quê as fêmeas ficam prenhas? — Tommy disse, e todos nós rimos.

Gabe deu um soquinho no braço de Tom.

— Ah, cala a boca...

— É claro que agora ela acha que aqui é o lugar dela — continuei. — E eu não quero que ela ataque tudo o que a gente tem. Ou que comece a se interessar pelo Reno. Ou por mim.

— Por que seu pai simplesmente não vai lá no mato e dá cabo dela? — Gabe perguntou.

— O pessoal de Caça e Pesca não vai fazer nada por agora, mas mesmo assim ele quer dar tempo para que eles cuidem disso, porque é o certo de acordo com a lei.

Eu sabia que meus amigos pensavam que meu pai, todo certinho e professoral, nunca corria riscos e sempre seguia as regras. Meu nariz escorreu e limpei com a manga do casaco.

— Acho que a gente deveria subir o córrego. Tommy, você vai por um lado e eu e o Gabey vamos pelo outro, já que ele não está armado.

— É, e ele provavelmente tem um gosto melhor também. Chegou hoje de manhã com um cheirinho de bacon quando veio me acordar — brincou Tommy com um sorriso, tentando assustar Gabriel.

Bacon. Carne. Eu podia sentir meu estômago querendo pular garganta acima, aquele gosto apimentado e ácido de vômito queimando o fundo do nariz.

— Ah, cala a boca — disse Gabe. E cheirou as mãos.

— Bom, acho que ela está entocada naquele morrinho de pinheiros que fica nos fundos do nosso curral, então é lá que a gente deve tomar mais cuidado.

Tommy puxou sua pistola do bolso do casaco e engatilhou uma bala. Eu carreguei meu rifle com um tiro.

— Então está certo, vamos andando.

Tommy estendeu a mão fechada de lado. Gabe e eu fizemos o mesmo e nos cumprimentamos.

Então, Tommy entrou dentro do córrego ficando com água até o joelho, molhando as calças. Quando chegou ao outro lado, todos começamos a subir o morro atrás da minha casa.

* * *

CONTEI A Tom e Gabe sobre meu pai ter me pedido para limpar o peru na noite anterior. Gabe deu um resmungo e disse que aquilo parecia ter sido "nojento", mas Tommy só pôs o dedo em frente aos lábios e me lançou um olhar atravessado, avisando que eu estava falando alto demais. Eu não disse mais nada depois disso, mas retribuí o olhar, e nós entramos mais fundo na escuridão da mata silenciosa.

Eu me sentia diferente naquela manhã, como se alguma coisa tivesse se esvaído de dentro de mim. Mas não era um vazio por não ter comido nada, era algo mais intenso. Ao tirar os pés encharcados das pedras escorregadias e firmá-los no chão da floresta, pensei no que Rose tinha me dito, a respeito de abrir mão de alguma coisa; e achei que aquilo começava a fazer algum sentido.

Eu brincava de ser adulto quando era criança, mas era só brincadeira e eu sempre conseguia diferenciar bem as coisas. Acho que qualquer garoto fantasia em ser adulto quando é pequeno. Então, à medida em que íamos avançando, eu ia olhando para Tommy do outro lado e para Gabe atrás de mim e de tempos em tempos tentava recordar quais eram minhas primeiras lembranças deles, pensando se eles também estariam muito diferentes dos garotos que eu tinha conhecido. Gabe me pegava olhando e perguntava “o quê?”, mas eu só virava a cabeça de volta e dizia “nada”. Tom passava a manga da camisa no nariz.

Se eu fechasse os olhos, quase podia ver Luz e eu sentados juntos naquela caminhonete cheia de feno.

Meus amigos e eu saímos para matar alguma coisa, e eu não conseguia parar de pensar no quanto aquilo era grande, me sentindo de certa forma empolgado, voltando meu olhar para o Gabriel, vendo-o morder o lábio, enquanto Tommy só se arrastava pela lama e pelo lodo do outro lado do córrego, tão silenciosamente quanto se nem estivéssemos lá.

OITO

— Preciso mijar — sussurrou Gabriel, já se virando para uma árvore.

Olhei do outro lado da água e vi a silhueta de Tommy se movendo meio enrijecida, de um tronco escuro ao outro, como um fantasma ou como uma coruja grande que eu às vezes via voar à noite, mais preta que o próprio céu atrás dela e sem fazer qualquer ruído.

Tentávamos ser tão silenciosos quanto podíamos naquele momento. Já tínhamos deixado para trás a minha casa e estávamos muito além do ponto onde eu tinha visto o felino desaparecer nas duas vezes anteriores.

Tom não percebeu que tínhamos parado. Continuou seguindo a margem do córrego, às vezes se abaixando sob os galhos ou arbustos encurvados até sair da minha vista em meio ao escuro. Ainda chovia, mas a maior parte da chuva ficava retida no alto das árvores, então só sentia um ou outro pingo ocasional. Quando fechava os olhos, o som das gotas caindo aleatoriamente era como o de fogo queimando lentamente.

— Já acabou aí? O Tommy está lá na frente.

Gabe não falou nada. Ainda estava de costas para mim com as mãos abaixadas. Ouvi alguma coisa se mexer em meio às árvores perto de onde ele estava se aliviando.

— Ouvi alguma coisa — sussurrei para ele.

— Você acha que é ele? — perguntou Gabe, quase sem fazer som, se atrapalhando com sua braguilha.

— Shhhh... — eu disse, apontando meu rifle para o lado da cabeça de Gabriel.

— E o que que eu faço, Troy?

— Fica atrás de mim, mas não faz barulho nenhum.

— Ah, diacho, mijei na minha perna!

Ficamos parados ali pelo que pareceram ser 20 minutos, com Gabe atrás de mim e os dois arfando de boca aberta, apenas ouvindo atentamente tudo o que podíamos – a correnteza, a chuva, os pássaros uma vez ou outra. O sol começava a dar um tom cinza ao céu.

Algo se moveu.

Eu vi o gato. Estava a apenas uns três metros de distância olhando para nós com uma expressão impassível e destemida.

— Você consegue ver?

— Ah, meu Deus — Gabe sussurrou com a boca bem perto do meu ouvido. — Troy, deixa ele ir.

Era como uma ilusão de ótica. Ele estava bem ali na nossa frente, enorme, totalmente visível. Mas sua cor e marcas no pelo o deixavam quase transparente entre os troncos das árvores e a poeira e demais coisas caídas no chão da mata.

— Vou atirar nele — falei tão baixo que nem eu mesmo consegui ouvir.

— Não! — Gabe sibilou. — Por favor, Troy. Deixa ele ir. Por favor!

— Não posso, Gabey.

Fiz mira com o rifle. Apontei para o ombro do gato. Havia um galho no caminho e era difícil dizer o que era a árvore e o que era parte do bicho. Mudei a mira para um dos olhos dele.

— Nós não podemos só ficar aqui e deixar ele ir. Vou atirar.

Não tenho problema em admitir que estava apavorado. Percebi que minha visão trêmula até perdia a mira. Respirei fundo, expirei, procurei soltar os ombros e afrouxar o dedo no gatilho.

Na mira de novo.

Assim que atirei, Gabriel puxou a arma para o lado. Pude ouvir a bala atingindo galhos adiante, indo longe e rápido.

— Que diabo, Gabey!?

Puxei o ferrolho e a cápsula pulou sem fazer barulho, só deixando um rastro brilhante por sobre meu ombro. Eu podia ver a língua rósea na boca aberta do felino, indo e voltando conforme ele arfava como um brinquedo de apertar. Os olhos cor de âmbar, tão metálicos quanto a cápsula da bala, estavam fixos em Gabriel enquanto ele se abaixava ao meu lado e murmurava "*não, Troy, por favor...*".

Enfiei a mão no bolso e procurei outra bala. Sem tirar os olhos do puma, enfiei a munição na arma e engatilhei outra vez.

— Que merda, Gabey! Se encostar em mim de novo, vou dar um tiro *em você*!

Podia ouvi-lo respirar de maneira breve, como se estivesse chorando.

Levantei o rifle novamente. O gato estava se abaixando, passando sob um arbusto preto e ensopado de chuva, ainda encarando o Gabriel e vindo na nossa direção. Sua cabeça saiu por detrás do arbusto. Atirei.

— Acertei!

Bem no olho, tinha certeza.

Ele soltou um urro curto, um som que eu só poderia ter imaginado existir na minha cabeça até aquele momento. Podia sentir seu cheiro àquela distância de apenas alguns passos. Ele pulou no ar e deu uma cambalhota para trás, com as patas traseiras encolhidas feito um acrobata. Então voltou ao chão dando um tranco leve, mas sobre as quatro patas.

Puxei o ferrolho outra vez, a cápsula vazia se ejetou e quicou no braço levantado de Gabriel. Pus a mão nervosamente dentro do bolso e tentei enfiar rápido outra bala na câmara, mas ela entrou torta. Eu não conseguia fazer a arma funcionar.

— Troy! — gritou Gabe, já se virando e sumindo de vista entre as árvores e em direção ao córrego. Pude ouvi-lo correndo, trombando nos galhos, pisando na água.

O felino estava de pé bem à minha frente. Balançou a cabeça diversas vezes, espalhando um pouco de sangue em volta como se estivesse se livrando de um sonho ruim.

Estava vindo na minha direção.

Puxei a bala torta de dentro do cano para tentar endireitá-la. Deixei cair e senti quando ela bateu na minha bota e pulou para longe. Tirei outra do bolso e tratei de enfiar no rifle aberto.

O bicho mal sangrava, caminhando devagar pela relva encharcada como se nada tivesse acontecido. Será que eu tinha errado? Vinha balançando a cabeça de um lado para o outro como se dissesse *"ah, não, você não deveria ter feito isso"*.

Chegando mais perto.

Consegui carregar. Levantei o rifle e atirei antes mesmo de fazer mira.

Errei feio. Pensei em correr, mas decidi que iria tentar bater no bicho com a arma mesmo, se chegasse a tanto. Pensei que não teria chance de carregar outra bala a tempo, e minhas mãos tremiam demais mesmo que eu tivesse.

Então veio aquele estrondo. Era o som familiar da .40 de Tommy despejando tiros e, entre cada estouro, o sibilo das cápsulas pulando e das balas voando ao meu lado e acertando árvores. *Bam! Bam! Bam! Bam!*

O puma caiu sem vida.

— Tudo bem, Stotts?

Exalei. Era tudo o que eu conseguia fazer naquela hora.

— Você é louco, cara! Louco! — Tom disse com a mão no meu ombro. — Gabey! Gabey! Nós o pegamos! Gabey!

Gabe já estava do outro lado do córrego.

Percebi que tinha deixado meu rifle cair e o apanhei. Consegui ouvir Gabriel voltando pela água, arfando alto.

Sentei ali mesmo onde estava e senti a umidade do chão se entranhar nas minhas calças.

— Obrigado, Tom. Te devo 5 dólares.

— Eu vou aceitar.

Tom estendeu o punho fechado para mim. Ainda anestesiado, retribuí o cumprimento.

Gabe estava pálido e parecia que ia passar mal. Abaixou a mão aberta para me ajudar a levantar. Eu nem olhei para ele.

— Troy, você tá sentado no xixi...

— Obrigado, Gabey. Muito obrigado.

Abaixei a cabeça entre os joelhos e apenas fiquei sentado lá sem dizer nada pelo que pareceu ser uns 5 minutos. Gabriel começou a chorar.

— Me desculpa, Troy.

— Stotts? O que aconteceu?

Mantive a cabeça baixa.

— Nada. Você não fez nada, Gabey.

Estendi a mão para ele, mas foi Tommy quem me puxou. Gabe estava com o rosto afundado em seu braço, encostado em uma árvore, soluçando enquanto chorava sem fazer barulho.

— O que há com ele? — perguntou Tommy.

— Nada não...

Eu deveria ter pensado melhor antes de deixar Tom Buller trazê-lo com a gente naquela manhã. Sabia como o Gabe era, apavorado com tudo, um coelhinho em um mundo de lobos. Ele sempre cedia sob qualquer pressão, como quase fez no dia em que Tom foi mordido pela cobra. Mas eu conhecia aquele menino desde que éramos bebês e o amava quase tanto quanto amava sua irmã.

Pus meu braço em torno do ombro de Gabriel e abaixei a cabeça ao lado dele. Falei bem baixinho:

— Está tudo bem, Gabey. De verdade. Eu não queria...

— Troy! — ele exclamou chorando alto. Teve que esperar um minuto antes que conseguisse dizer mais qualquer coisa. — Me desculpa por te deixar com raiva. Eu não queria que você fizesse isso — e respirou fundo algumas vezes antes de continuar. — Eu só queria que ele fosse embora. Não era culpa dele.

— Eu sei, Gabey, eu sei.

— Gente do céu... — Tommy disse. Eu o ouvi dar uma cuspida de lado. — Aquela coisa estava a dois segundos de te pegar, Stotts.

Me senti mal pelo Gabe. Quase comecei a chorar junto com ele quando vi aquele belo animal caído em meio à terra molhada, querendo que Gabriel fosse uma pessoa ainda melhor do que ele era. Ouvi Tommy caminhar em meio aos arbustos e puxei Gabriel para longe da árvore onde ele se encostava, com meu braço ainda firme em torno de seu ombro. Nos viramos e fomos ver o que Tommy e eu tínhamos feito.

O puma estava apenas jogado lá, deitado de lado, com a cabeça sob uma pata.

Tommy desengatilhou seu revólver.

— Bom, meus caros, vamos ver de perto o que nós abatemos.

O puma era enorme, muito robusto e pesado. Eu fui o primeiro a tocá-lo, maravilhado com a textura e espessura de seu pelo. Os olhos eram como vidro amarelo, escancarados. Eu o tinha atingido justo na órbita, mas parecia só um machucadinho trivial, como se a bala tivesse apenas atravessado sua pálpebra. Um filete de sangue corria pela sua cara como uma lágrima. Pegamos o bicho pelas pernas para virá-lo e deixá-lo em uma posição melhor para observarmos. As patas eram quase tão grandes quanto a minha mão aberta. Apertei entre os dedos para revelar suas garras negras e afiadas.

Pelas marcas dos tiros, dava para dizer que ele estava se movendo bem rápido quando Tommy atirou. Nenhuma das balas fez uma linha reta de um lado ao outro, mas todas o atravessaram. Saiu bem pouco sangue daqueles ferimentos.

Nós todos estávamos muito tristes. Pude sentir isso no ar. Olhando para aquele felino, eu só conseguia me perguntar o que teria passado por sua cabeça e onde estaria naquele momento aquela parte dele que era capaz de pensar. E então imaginei minha mãe na última vez em que a vi, com os olhos abertos e quieta, tal como o gato, com uma expressão de quem simplesmente pularia de cabeça contra uma coisa que ele sabia que conseguiria derrotar e não se importava com mais nada que viesse em seguida.

O rosto de Gabe estava coberto de lágrimas e ele enxugava o nariz com a manga de seu casaco.

O puma era tão lindo e impressionante, mesmo jogado ali na umidade da mata.

— Eu sinto muito, gato — eu disse. — Nós tínhamos que fazer isso.

Então ouvi Gabe chorando de novo, soluçando alto. Olhei para Tommy e vi que ele estava chateado também. Não tinha mais aquele brilho nos olhos e, quando percebeu que eu olhava para ele, se virou e deu uma cusparada no chão. Mesmo com toda a facilidade que Tom Buller tinha de lidar com as coisas ruins que aconteciam com ele, ainda se abalava e sentia ao ver um animal como aquele ou um de seus amigos sofrendo. Essa era uma das coisas de que eu mais gostava nele. Nenhum de nós iria aporrinhar o Gabey por ter chorado ali. Eu não precisava falar nada com o Tommy, nem ele precisava dizer nada para mim.

Tom se ajoelhou ao meu lado para vermos o bicho juntos. Ambos tocamos sua barriga. Tom pôs o dedo em um dos ferimentos de bala, afundando a unha no sangue. Então riscou uma linha com o sangue no meio da testa, logo no alto de seu nariz, e depois sentiu o gosto em seu dedo.

Engoliu e fez uma expressão séria. — Muito bem, pinha seca, que tipo de cura você vê neste aqui?

Suspirei, notando uma espécie de névoa que se formava entre o puma e eu e se misturava ao calor que exalava e se exauria de seu corpo. Eu sabia qual era a cura. Podia me lembrar.

— A cura do fantasma — disse, engolindo em seco com a garganta embargada.

Passei dois dedos da mão direita pelo sangue que escorria na cara do puma e fiz duas linhas por cima do meu olho direito, começando sobre a sobrancelha e terminando na bochecha.

— Sinto muito, gato.

A cura do fantasma. Eu conseguia senti-la.

— O que ela faz? — perguntou Tommy.

— Sabe como você olha direto para eles e mesmo assim não consegue vê-los? Os gatos, digo. E o jeito como eles se movem em silêncio? Eles são como fantasmas.

A chuva caía em meio às arvores crepitando como fogo. Um vento forte soprou as copas, dizendo *ssshhhhh*.

— Essa cura te dá isso. Te deixa como um fantasma. As pessoas podem olhar pra você, mas não vão te ver se você não quiser que elas vejam.

Pus os dedos no sangue mais uma vez e fiz as duas linhas sobre o outro olho. Fechei os olhos e então provei o gosto do sangue também.

— E ela faz outra coisa ainda.

Quando tirei os dedos da boca, pude sentir como o sangue ainda parecia vivo.

— Ela faz os outros fantasmas te deixarem em paz. É tudo o que a gente sempre quis.

— Caramba, Stotts... — disse Tommy, olhando para a mancha vermelha em sua mão. — Vai se juntar à tribo, Gabey?

Gabe não disse nada. Estava ofegante, meio que ainda chorando. Se abaixou em um joelho ao nosso lado. Pôs o polegar em um dos buracos de bala como se estivesse tirando impressões digitais depois de ser preso e, sem expressão alguma no rosto, desenhou uma linha de sangue na bochecha.

— Não vou provar isso de jeito nenhum — disse, limpando o dedo nas calças. — Vocês são doentes.

— Eu acertei aquele primeiro tiro. Está vendo aqui? Eu sabia que tinha acertado. Ele teria morrido.

— Ah, é. De velhice. Ou talvez fosse engasgar até a morte tentando engolir a sua carcaça magra com uma mordida só — disse Tommy. — Seja como for, a gente pode ter muito problema por causa disso. É contra a lei, você sabe. Então talvez seja melhor a gente se mandar rápido daqui.

Era algo que eu não conseguiria fazer naquele momento.

— Vamos voltar lá na caminhonete e pegar uma pá pra enterrá-lo.

Nós três, pintados e cansados, descemos pelo córrego até a ponte. No caminho, fomos falando do cavalo custoso de Tommy, da Dona dos Bodes e seu gatão de dez quilos, dos cavalos que ela nos daria em breve e da irmã de Gabriel. E Tommy sorria, brincando de não conseguir nos ver porque tínhamos desaparecido com aquela pintura.

Enquanto andávamos pela mata com água acima dos joelhos, Tommy agitava as mãos no ar, tentando sentir se seus amigos agora invisíveis tinham sumido e onde estariam.

NOVE

Nós já sabíamos que era melhor juntar uma boa pilha de tocos de lenha para o fogão antes mesmo de bater na porta dela.

O lado de dentro daquela casa redonda de metal guardava todo o frio de um ano inteiro de noites. Mas talvez nem fosse tanto pela temperatura em si; era pior pensar nas tais viúvas negras penduradas no teto. Rose sempre aparecia enrolada no que pareciam ser no mínimo seis camadas de blusas de frio. A mais externa era rosa e se esticava toda, pronta para arrebentar os botões.

— Senta aí, seus garoto — ela disse apontando para duas cadeiras dobráveis e para o meio barril de carvalho que fazia as vezes tanto de mesa quanto de terceiro assento. Deixamos a lenha apanhada no chão de terra perto do fogão.

— Trouxemos outras coisas para a senhora. E um pouco de comida também — eu disse. — Vamos lá pegar e já voltamos.

Fomos lá fora buscar as mercadorias que tínhamos levado para ela.

— Mas com toda certeza — Tommy respondeu quando Rose perguntou se tínhamos comprado fumo.

Logo que nos sentamos, o gatinho marrom pulou no meu colo e eu o empurrei de volta para o chão. Tom cuspiu na direção dele, e o gato soltou um miado, deu como que um coice com as patas de trás e sumiu nas profundezas escuras da casa de Rose.

— Esse gato é marvadão — Rose disse. — Isso é bão, porque desse jeito ele vai vivê aqui por essas banda até ficá véio. Bão, e eu num uso mais aquele inseticida.

E Rose então deu um cuspida na lateral do fogão a lenha, a qual ardeu com um assovio.

— Ocês garoto viero atrás dos cavalo, num foi? Bão, então é melhó cês ir lá fora e pegá eles. Num vai sê muito fácil, sabe...

— Acho que não vai ser tão difícil — disse Tommy, mais uma vez cuspindo no chão.

— Tem certeza de que vai ficar tudo bem se cada um de nós pegar um? — perguntei, talvez ainda não acreditando que ela fosse nos deixar pegar os cavalos assim, sem pagar nada.

— Às veiz, as pessoa vão só te dar as coisa, moço do tênis, sem esperá nada em troca — ela disse, empurrando o fumo rente ao beiço com a língua. — É tão difícil assim de ocê aceitá isso?

— Às vezes, tudo é difícil demais pra esse menino entender, Dona Rose — disse Tommy. — Mas nós estamos dando jeito nele. Só vou ajudá-lo a montar no cavalo e ele logo vai parar com essa história de querer tanto que a senhora diga "não" pra ele.

Rose se afastou do fogão e se virou para mim.

— Bão, levanta então. Quero vê os dois vaquero pegá aqueles cavalo.

Tommy estendeu a mão direita e me puxou para ficar de pé. Eu geralmente não tirava meu chapéu dentro da casa de Rose, mas não porque estivesse com medo das aranhas. Era mais porque eu sentia que, naquele lugar, não tinha necessidade nenhuma de fazer isso e ninguém se importaria. Apenas afundei meu chapéu na cabeça enquanto caminhamos de volta à porta, em direção à luz do sol. Tommy sacou sua latinha de tabaco e a estendeu para mim.

— Vai um pouco?

— Tudo bem.

Rose riu atrás de mim quando enfiei os dedos na lata.

— Rá! Olha o que ele tá fazeno com o garoto agora! Rá!

E eu disse a Tom:

— Da última vez que eu fiz isso, você foi mordido por uma cobra.

* * *

NÃO CONSEGUIMOS pegar nenhum dos cavalos de Rose naquele dia. Podia ouvi-la morrendo de rir de nós enquanto tentávamos pegá-los, com o Reno correndo bem em meio a eles e o Flecha dando a volta. Tom e eu nos dobrávamos sobre os pitos de nossas selas, correndo cordas para tentar isolar aqueles animais em que estávamos de olho. A égua preta que eu tanto admirava parecia que estava para ganhar seu filhote em breve, de modo que eu não queria assustá-la. Mas ela era mesmo esperta e conseguiu ficar longe de nós se escondendo em meio aos outros cavalos. Tom estava atrás de um rosilho avermelhado bastante alto que parecia ter uns dois anos e por volta de 1,70m. E dava para notar que ele comandava os outros, porque, onde ele ia, o resto seguia, com os machos mais jovens marchando bem atrás. Não teria jeito de o Flecha deixar Tommy chegar perto daquele garotão.

Além disso, nós não estávamos acostumados a montar daquele jeito. O Reno era alto demais e as pernas do Flecha já estavam muito rijas com a idade. Apartar cavalos selvagens do restante de uma tropa nervosa era bem mais difícil do que eles faziam parecer nos filmes, onde ninguém nunca se sujava nem cometia erros, e nem fazia o cavalo ir para a direção contrária à desejada.

Tommy foi o primeiro a ir para o chão. Caiu bem em cima do cotovelo e sangrou um bocado, mas então só se levantou, tirou a poeira, xingou o Flecha e montou de novo para tentar mais uma vez.

Eu ri quando ele caiu, e imediatamente caí eu mesmo quando o Reno fez uma curva muito fechada à esquerda e eu voei sobre seu pescoço de cara no chão. Bati o queixo, enchi a boca de terra e cortei a sobrancelha. Mas ainda assim era divertido. Voltei para cima cuspindo poeira e o fumo junto com ela. Limpei o sangue com a parte de trás da luva e pus meu chapéu de volta na cabeça enquanto Tom chegava galopando ao meu lado.

— Vai querer mais? — perguntou, me estendendo a latinha de tabaco.

Cuspi mais um pouco de terra.

— Vou.

— É impressão minha, Stotts, ou esses cavalos são os mais assustados que eu já vi? E também os mais rápidos.

— Só consigo chegar perto dos mais feinhos.

— Acho que eles vão com a sua cara.

— Bom, aquele rosilho que você quer só vai chegar perto da sua mão se nós dermos um tiro nele.

— De bazuca.

— Duas vezes.

Olhei para baixo e percebi que um dos meus tênis tinha saído e estava a uns três metros dali, em meio a uns matinhos. Manquei até lá, o peguei e enfiei o pé com a meia encardida de sujeira sem nem amarrar. Joguei para Tom sua latinha, no que ele a apanhou e tirou mais um pouco para si mesmo.

— O que você acha de a gente tentar outro dia, Stottsy?

— Só estava esperando você sugerir isso. Vamos lá falar pra Rose que a gente tenta de novo depois que melhorar dos tombos. E depois de tomarmos um banho.

Rose estava esperando na porta da casa quando fomos até ela. O gatinho marrom nos viu chegando e correu para trás de um arbusto como se estivesse pegando fogo. O sol estava baixando e a tarde ficando mais fria.

— Rá! Os dois caubói parece que enfrentaro uma tribo de índio!

— É como se fosse — disse Tom com mais uma cuspida.

— Nós estamos pensando que, se a senhora não se importar, a gente gostaria de voltar outro dia e tentar de novo — eu disse.

— Me importá? Me importá? Ocês que devia se importá de num tentar de novo. Rá! — e então virou-se em direção à porta. — Agora cês apeia aí que eu vou dá uma coisa procês bebê antes de ir pra casa. Claro que eu num me importo docês voltá pra pegá os cavalo. Eu dei eles, num dei? — e abriu a porta.

Tommy olhou para mim. Eu dei de ombros, e então, dolorosa e vagarosamente, descemos dos cavalos.

Rose estava abrindo um dos garrafões verdes de vinho quando entramos.

— Seus garoto, toma um copo disso aqui e cês vão se senti bem melhor.

— Por mim, está ótimo — Tom disse.

Nos sentamos em volta do fogão iluminado em nossos lugares já tradicionais, com Tommy sempre olhando para o gato, e ela deu para cada um de nós um copão do vinho amarelado.

Tinha um gosto horrível no começo, mas meio que mudava o sabor à medida que eu ia bebendo. E ela tinha razão: aquilo fazia mesmo a dor passar, e ainda por cima me fazia sentir mais aquecido por dentro. Tommy terminou seu primeiro copo e Rose ofereceu mais, mas eu disse que não, porque a gente tinha de ir antes que escurecesse. Nos levantamos com as pernas bambas, mas eu me sentia com mais vontade de montar meu cavalo naquele momento do que antes. Ali mesmo, o Tom nem precisaria me perguntar duas vezes se eu voltaria com ele lá fora pra gente tentar pegar o rosilho e a égua preta. Agradecemos a Rose e dissemos que voltaríamos em breve.

Partimos.

— Cara, preciso muito mijar — eu disse.

— Eu também. Vamos ali atrás daquelas árvores. Acho que seria muito grosseiro mijar bem aqui na frente da casa dela.

— Grosseiro? Pelo amor de Deus, Buller, não é a rainha da Inglaterra!

Nós dois caímos na gargalhada.

O sol já tinha se posto e o céu estava limpo e pálido na hora em que deixamos a casa de metal. No caminho, notei que Tommy estava conseguindo fazer o Flecha andar até bem e com muita confiança, apesar do problema nas pernas dianteiras.

— Você está terrível, Stotts.

— Ah, você já teve companhias piores. O corte não está muito feio, só sangrou bastante — respondi. — Nem dói.

— Aposto que não dói agora, mas vai.

— Quando você quer voltar?

— Amanhã mesmo. E eu vou trazer um inseticida para aquele gato novo dela.

— Aí você não vai ter em quem cuspir.

— Aposto que você não é muito maior do que aquele tal gato, Stottsy.

— Você acha que ela sabe que nós não sabemos muito bem o que estamos fazendo?

— Não seria muito difícil de adivinhar isso — ele disse com uma cuspida, limpando a boca com as costas da mão.

— Podemos fazer um cercado de tubos de metal do outro lado da cerca depois que a gente os pegar — eu disse. — O Benavidez não vai se importar. Aí, nós podemos amansá-los ali.

— Nós não vamos conseguir pegá-los — Tommy disse. Levantou o chapéu e passou os dedos pelos cabelos pretos.

— Eu vou conseguir.

— Pensou em alguma estratégia?

— Só vou tentar ser mais legal com eles, eu acho.

Tommy se dobrou de rir.

— Caramba, Stotts. Essa é bem boa. Sabe de uma coisa em que eu acredito?

Inclinei para a frente na minha sela. O Tommy tinha de estar bêbado, só podia. Afinal, ele nunca tinha me falado sobre nada do que acreditava, nem uma única vez na vida.

— O quê?

— Cavalos selvagens nem fazem ideia do que seja açúcar.

Nós dois rimos e nos acomodamos em nossas selas seguindo a trilha que levava ao rancho enquanto a escuridão tomava conta, e já quase chegávamos àquela passagem que tínhamos feito na cerca.

— Olha só, Tommy. Vou pular por cima.

— Acho que ainda tem bastante sangue pra sair da sua cabeça.

Aticei o Reno com as rédeas, afundei o pé nele e demos uma volta. Fomos para cima daquela cerca de arame farpado e eu o puxei para cima, mantendo o corpo baixo e inclinado para a frente, e ele deslizou no ar por cima da cerca como se nem houvesse nada ali.

DEZ

Acredito que as coisas acontecem por uma razão, mas não acredito, como a maioria das pessoas que eu conheço, que essa razão seja intencional ou direcionada. Pode ser que haja um deus, mas, se houver, sei que ele não é benevolente. Na melhor das hipóteses, ele é ambivalente com relação a todas as coisas que estão sempre se movimentando neste mundo. Ou seja, as coisas não acontecem por coincidência, e tudo o que existe é na verdade um entrelaçamento de trajetórias. De modo que a sorte, na qual eu também não acredito da mesma forma que muita gente acredita, é apenas uma sequência de entrelaçamentos fortuitos.

Acredito que todas as coisas acontecem por uma razão e depois expandem sua influência, como acontece na superfície de um lago quando jogamos uma pedra lá no meio. E acredito nas curas, nos sinais. Tom Buller sofreu o efeito da cura da cobra, que trouxe mudanças, a troca de pele e aquela habilidade de simplesmente rastejar para longe de seu passado e ser outra pessoa. Parecia que nada importava muito para ele ou deixava nele qualquer marca. Naquele verão, nós três tivemos contato com a cura fantasma que nos fez sumir de vez ou desaparecer lentamente de jeitos que nunca pensávamos ser possíveis e nunca tínhamos visto. De qualquer forma, era justamente o que queríamos. E eu acho que é assim que todos os garotos morrem.

Lembro-me bem agora de que, depois daquele episódio da cura fantasma, passei muitos dias me perguntando como foi que eu acabei esbarrando e tendo de lidar com tantos problemas em um período de tempo tão curto, em uma época da vida em que era muito jovem.

* * *

EU ME LEMBRO de chegar furtivamente à casa dela para encontrá-la na noite seguinte àquela em que Chase Rutledge me deu um soco. Quase consigo ouvir a fragilidade de nossos sussurros e o calor de sua respiração em minha orelha.

— Luz?

Ela olhou para mim. Seus pés estavam descalços; ela não queria que o pai a ouvisse se esgueirando pela casa para encontrar um rapaz na porta da frente. Parou no segundo degrau, bem na altura certa para me olhar direto nos olhos.

Tirei meu chapéu e o segurei ao lado. Sabia que ela podia ver o suor atravessando meu cabelo e escorrendo pelas orelhas e pelo pescoço. Eu deveria estar em casa, na minha cama. Mas não conseguia dormir, pensando no soco que levei de Chase e ruminando todas as coisas que deveria ter feito e não fiz. Então fui vê-la, com um nó na garganta, determinado a dizer tudo aquilo que eu sabia que deveria dizer.

— Você é a pessoa mais importante que existe pra mim. Nós estamos juntos praticamente desde que eu me entendo por gente, e você é minha melhor amiga. Sei que devemos ficar juntos por muito tempo. Nunca vá embora. Eu não sei o que faria se ele te mandasse pra longe.

— Ele te disse que faria isso?

— Disse.

Estávamos tão próximos um do outro que eu podia sentir o calor de nossas bocas se juntando à nossa frente, nos envolvendo e nos conectando.

— Não dê ouvidos a ele.

— Eu preciso ouvir. Tenho medo dele.

— Ele tem medo de você.

* * *

E EU ME LEMBRO de Tom Buller dentro de um cercado, ao lado de um dos garanhões reprodutores do Benavidez, prestes a tocar o focinho do cavalo e tomando muito cuidado ao lado dele. O cavalo foi lá e tentou morder a mão de Tom. Nós dois sabíamos como o funcionário chamado Ramiro tinha perdido um dedo para um garanhão parecido com aquele. E então Tommy ficou furioso com o cavalo e o esmurrou no pescoço com tanta força que o som era o de uma melancia sendo atingida com um bastão de beisebol; balançava os braços e gritava, enquanto o cavalo pulava e tentar dar um coice. Tom então apenas respirou fundo, subitamente calmo não mais que dois segundos depois, e começou a falar de forma suave e gentil com o cavalo, novamente com a mão estendida para o focinho. E me disse:

— Eu tenho medo dele, mas ele tem pavor de mim. Então nós dois vamos aprender a bancar o valente perto um do outro e ver quem desiste primeiro. Vamos assim até ele entender que eu sou mais importante que ele. Olha bem, Stotts. Aposto que esse garanhão nunca mais chega nem perto de me dar uma beliscada de novo.

Então, acariciou o focinho do animal e apenas se afastou em seguida. E o cavalo nunca mais mordeu de novo.

Tom Buller era a pessoa mais jeitosa com cavalos que eu já tinha visto ou veria na vida.

* * *

— ESTÁ BEM frio aqui — eu disse.

Era o dia seguinte àquele em que a gente tinha tentado pegar os cavalos de Rose. Voltamos lá de caminhonete depois do trabalho.

— Eu sei — Rose respondeu. — Eu só num tava cum vontade de saí da cama hoje de manhã.

Tom cuspiu e olhou para mim.

— Vou acender aquele fogão — disse.

— Brigada, seus garoto.

— Olha aqui — disse Tommy estendendo três latinhas de fumo. — Se a senhora não saiu da cama, aposto que é porque sentiu falta disso aqui.

Rose pelejava para abrir uma lata; Tommy pegou da mão dela, depois de acender o fogão, e fez um corte circular em torno usando a unha. Bateu algumas vezes na tampa para acomodar o conteúdo e devolveu.

— Ocês garoto são muito bão pra mim.

— Um de nós é mesmo.

Dei um suspiro e disse:

— Olha, isso não é bom, Rose. O que a senhora iria fazer se a gente não tivesse aparecido hoje? Ia só ficar na cama?

— Cê nunca teve um dia daqueles em que só qué ficá na cama?

— Acho que nunca tive um dia diferente disso.

— E vai ter outro amanhã de manhã — Tom acrescentou.

— Bão, depois que cê já viveu o tanto que eu vivi, cê pode fazer isso às veiz. Rá!

Abri uma lata de sopa e pus em cima do fogão.

— A senhora precisa comer alguma coisa.

— Nunca pensei que um dia veria Troy Stotts dizer isso pra alguém — Tom comentou com mais uma cuspida.

— Comê na frente dos otro dá azar — Rose disse.

— Ah, a gente não te daria azar.

— Bão, acho que nóis pode evitá isso se ocês garoto tomá um copo de vinho cumigo. Rá!

— Pode deixar que eu sirvo — Tommy disse. — Vai nos deixar aquecidos e nos preparar pra pegar o caminho de casa.

Levei a lata de sopa até a cama de Rose. Tommy levou o vinho e então nós dois nos sentamos perto do fogão e bebemos nossos copos. Aquilo me esquentou logo de começo. Tommy os encheu prontamente outra vez antes mesmo que eu sugerisse irmos embora depois do primeiro, mas nem reclamei.

— Quantos ano tem a sua garota?

— 16.

— 16 ano? Rá! Com 16 eu já era casada!

— Ele é praticamente casado também.

Lancei um olhar cortante para Tom, que só cuspiu de lado, ignorando minha repreensão, e seguiu adiante:

— Ele não faz nada sem avisá-la antes, então ela sempre sabe onde ele está o tempo todo.

— Mais intão eu fiquei viúva logo depois e, com 18, fui trabalhá e fazê rôpa pros filme e nunca casei de novo depois disso. Rá! Nunca tive vontade mesmo.

— A senhora não teve filhos? — perguntei.

Rose olhou para mim e depois para a janela. Pude ver o reflexo do fogo em seus olhos. Ela parecia cansada e triste.

— Nunca tive ninguém — disse. — Mais agora eu tenho dois cauboizinho bão comigo. Rá!

— A senhora não iria querer nada conosco — Tom disse. — Pode acreditar.

Ela sorriu para ele e virou seu copo de uma vez. Depois, enfiou a colher na lata de sopa.

— Me fala dos pai docês.

— Eu só tenho o meu pai, que é professor. Minha mãe morreu em junho passado.

Eu nunca tinha dito aquilo em voz alta. Ficou preso na minha garganta. Me senti como se estivesse nu.

— Ah, mais isso é muito ruim. Meus sentimento, Troy.

— Obrigado.

Foi a única vez em que me lembro de Rose me chamar de Troy. Então se virou para o Tommy, sentado do outro lado da caverna de metal.

— E os seus pessoal, Tom?

Também foi a única vez em que ela o chamou de Tom.

Eu o vi desfazer o sorriso por um minuto. Virou o rosto e fingiu olhar para o chão, da mesma forma como tinha feito quando estávamos observando o felino que tínhamos matado.

— Eu também moro só com meu pai. Minha mãe foi embora quando eu era muito novo e eu nem me lembro.

— Aaaah... As criança num devia tê de passá pur isso. E cês dois crescero bem e ficaro perfeito assim mesmo. E muito bunito e simpático tamém. Cês tem muita sorte.

Ela ficou de pé, meio cambaleante, e andou para perto de onde eu estava, ao lado do fogão. Então levantou meu chapéu e me deu um beijo bem no alto da cabeça. Eu olhei para o Tommy. Pude sentir meu rosto corando. Depois ela se virou para ele, que meio que se encolheu de medo.

— Tira seu chapéu pra eu dá um beijinho nocê tamém.

— Eu não estou com um cheiro muito bom...

— Rá!

Ele também ficou todo sem jeito quando ela o beijou.

— Cê tem cheiro de fumo mascado e cavalo. Se eles pusesse isso numa garrafa, eu bibia.

— Mas eles vendem isso sim. Chama-se veneno de barata.

— Rá!

Ela se sentou de novo e cruzou as mãos no colo.

— Eu sabia que cê era assim, moço do tênis. Pude percebê logo que te conheci que cê tinha essa tristeza toda. Deu pra vê no seus olho. Mas esse aqui...? Ele tá sempre filiz, num tá? Nóis sempre qué tê uns amigo assim, que é pra quando nóis tá morrendo de fome ou de frio, cê sabe que ele só vai dizê que pudia sê pió.

Terminamos um terceiro copo antes que eu finalmente convencesse Tom a irmos embora. Eu sabia que ele precisava urinar logo depois, então tirá-lo da casa não foi problema.

— Ela não estava com uma cara muito boa — eu disse.

— Caramba, Stotts. Se ela algum dia teve uma aparência boa, a gente nem tinha nascido ainda. É capaz que nossos pais nem tivessem nascido ainda.

Eu ri.

— Você sabe o que eu quero dizer.

— É, acho que sei.

Tommy deu um pigarro.

— Stotts, eu nunca falei nada, mas sinto muito sobre a sua mãe.

— É...

Vi Tommy levantar a latinha amassada até a boca e cuspir sem nunca desviar o olhar da estrada à frente. Me lembro de quando ele e o pai vieram para Three Points; Carl se mudou justamente para trabalhar com o Sr. Benavidez. Aos 11 anos, Tommy era só "aquele menino magrinho sem mãe". Era a primeira criança que eu conhecia que não tinha mãe.

— Sinto muito sobre a sua também, Tom.

Ele ficou muito sério, de um jeito que eu nunca tinha visto antes.

— Sua mãe foi tirada de você — disse. — A minha foi embora.

Olhei para as terras em volta que iam sumindo, fugindo dos meus olhos em meio ao crepúsculo.

— Eu fiquei com raiva — falei. — Você alguma vez sente raiva?

— Nah... — disse, olhando para mim e começando a formar aquele sorriso que era a cara dele. — Se tudo o que me aconteceu não tivesse acontecido, eu não estaria aqui agora. Quer mais fumo?

— Quero.

ONZE

O fato de Chase ter roubado a caminhonete Ford na frente da casa do caseiro naquela manhã estava ligado a todos os problemas que nós vínhamos causando um ao outro.

Era manhã de segunda. Eu vinha trabalhando no rancho dos Benavidez praticamente todos os dias. Era logo antes da alvorada. Eu estava montando o Reno em direção à casa dos Bullers quando vi o que aconteceu.

No dia anterior, Carl e Tommy tinham entregado um potro castrado em um rancho a meio dia de viagem dali. Acho que, quando voltaram naquela noite, Carl estava tão cansado que deixou a caminhonete com a carretinha engatada ainda meio na estrada de terra principal que levava à casa dos Benavidez. Era uma daquelas coisas tão inesperadas e fora do usual que a gente não tem como não perceber, ao contrário das cascavéis e pumas que se misturam ao cenário. Assim que a casinha entrou no meu campo de visão, pude distinguir Chase Rutledge andando na direção da porta do motorista, entrando, ligando e indo embora com o reboque e tudo. E ele não simplesmente "foi embora"; acelerou de um jeito que a carreta atrás chacoalhou violentamente como a cauda de um girino.

Parte de mim não queria admitir prontamente que tinha sido o Chase, porque ainda estava muito escuro e eu estava longe demais para ver o rosto. Mas eu sabia que era ele pelo jeito como andava e por causa de seu boné de beisebol.

E hoje sei também que Chase Rutledge fez o que fez conosco exatamente porque eu o vi naquela manhã.

— Eia, Reno! — gritei, apertando os calcanhares contra a barriga do cavalo, e ele começou a correr em direção à casa. Logo que chegamos à varanda, Carl saiu pela porta abotoando a camisa sobre a camiseta branca.

— Mas que diabos...?

— Acabei de ver o Chase Rutledge levar a caminhonete! — disparei.

As luzes se acenderam lá dentro da casa e Tommy também saiu à varanda.

— Jesus, que frio! — disse descalço. — O que é esse barulho todo, Stotts?

— Chase roubou a caminhonete! Chase acabou de sair daqui correndo com a caminhonete e a carretinha e tudo o mais.

— Bom, então vamos atrás dele — Tommy disse, voltando para dentro de casa para terminar de se vestir.

— E por que diabos o Chase Rutledge iria pegar a caminhonete bem aqui na frente da minha casa? — perguntou Carl.

Eu não queria dizer a ele que ela não estava exatamente em frente à casa.

— Temos de falar com o pai dele.

Carl olhou pra mim e depois para a estrada de terra enquanto pegava um cigarro de forma atrapalhada. Sua mão tremia um pouco.

— Você vai ter que contar o que viu, Troy. Tem certeza de que era o Chase?

Fiquei olhando enquanto ele acendia o cigarro.

— Talvez seja melhor você ir até a sede do rancho e ver o que fazer com o Art. Talvez ele saiba do que se trata. E, de qualquer forma, você sempre pode ligar para o Clayton de lá. É melhor ter certeza de tudo antes de acordar o xerife para dizer que seu filho roubou uma caminhonete.

Eu realmente não queria ter de ligar para o xerife Rutledge, mas estava com tanta raiva do Chase que isso nem me importava mais.

— É melhor eu conversar com o Sr. Benavidez antes, então — eu disse.

— Espera um pouco, Troy. Quer que o Tom vá com você?

— Diz pra ele que eu já volto assim que entender melhor essa história. Ele pode ir selando o Flecha enquanto isso, porque é provável que a gente tenha que ir até o xerife.

O sol ainda estava despontando quando amarrei o Reno no poste em frente à casa dos Benavidez. A Sra. Benavidez apareceu à porta quando bati. Eu sabia que não estava acordando ninguém, já que a família toda sempre tomava café junta antes de começarem os trabalhos do rancho.

— Olha só. Bom dia, Troy — ela disse com aquela voz sempre desgostosa e um leve e intermitente sotaque quase indetectável.

— Me desculpe por bater tão cedo na sua porta — eu disse — mas é muito importante que eu fale com o Sr. Benavidez o quanto antes. Acho que alguém roubou a caminhonete do Carl.

— Por que então você não entra, Troy? Estávamos nos preparando para o café da manhã. Vou pedir para Luz arrumar mais um lugar. Arturo está na cozinha.

Tirei o chapéu e entrei. O Sr. Benavidez sempre apertava minha mão quando me via, e sempre era forte, como se ele quisesse passar alguma mensagem. Gabriel estava sentado à mesa na cozinha, bebendo leite. Luz olhou para mim por apenas um segundo e logo se levantou para me arrumar um lugar. Eu não a via há alguns dias, só tinha ouvido sua voz ao telefone, e acho que estava com saudades dela, porque fiquei vendo ela se movimentar na cozinha como se fosse um espírito. Mas a presença do Sr. Benavidez me lembrou de que eu estava lá por outra razão, mesmo que agora eu já não tivesse pressa nenhuma em resolvê-la.

A Sra. Benavidez me serviu uma xícara de café.

— E aí, Troy? — Gabriel disse assim que me sentei.

O Sr. Benavidez limpou a garganta, impaciente.

— Me desculpe a hora, Sr. Benavidez, mas acabei de ver o Chase Rutledge levar aquela caminhonete que o Carl Buller dirige para o senhor. A caminhonete e a carreta. Então tive que vir aqui pedir permissão ao senhor antes de ligar para o pai dele.

— Chase Rutledge? — Luz perguntou.

O café estava escaldante e eu quase o cuspi de volta. Acho que meu rosto estava semicongelado depois da cavalgada até a casa.

— Bom, estava escuro, mas eu tenho certeza de que a pessoa que vi levando a caminhonete era ele.

— Não... — disse o Sr. Benavidez. — Eu não estou sabendo de nada disso. O que o Carl disse?

— Apenas para eu falar com o senhor e depois ligar para o xerife.

A Sra. Benavidez estava descarregando comida no meu prato.

— Põe bastante carne para ele, mãe — disse Gabe com um sorriso maldoso.

— Põe bastante de tudo — Luz acrescentou. Pude notar que ela estava olhando para mim e tentando ver se eu usava o cinto que ela tinha me dado. Claro que não estava. Mesmo com a camiseta para fora da calça e usando uma jaqueta jeans, não consegui esconder isso.

— Obrigado, Gabey — respondi. Olhei para o prato que sua mãe tinha posto à minha frente. — Obrigado, Sra. Benavidez.

— Acho então que a gente deveria ligar para o Clayton — disse o Sr. Benavidez.

— Por mais que eu não queira fazer isso, é melhor então eu ligar — eu disse — porque fui eu que vi tudo.

Não fiquei muito surpreso de o Sr. Benavidez ter demonstrado tão pouca preocupação a respeito. Afinal, não tinha mesmo como o Chase ir muito longe dirigindo uma caminhonete com carreta que todo mundo sabia que pertencia ao Sr. Benavidez.

— É melhor você terminar seu café antes — disse o Sr. Benavidez. — Você bem sabe que o Clayton Rutledge não vai estar pronto para resolver problema nenhum assim tão cedo.

Eu estava aliviado e grato por poder ficar mais alguns minutos à mesa.

— Não gosto nada daquele garoto — Luz disse.

— Nem eu. Nunca gostei — respondi, olhando para ela.

— O que será que ele está pensando, levando a caminhonete? — perguntou Gabriel.

— Eu sei lá — disse. — Mas provavelmente é só alguma brincadeirinha estúpida que ele está fazendo para aparecer para os colegas. Espero que cause muito problema para o pai dele por conta disso.

— Duvido que vá... — disse Gabe.

Achei que Gabriel tinha razão em pensar aquilo. A vida inteira, Chase só vinha se metendo em problemas, mas nunca sofria as consequências. Se alguma coisa na cidade estava faltando, quebrada ou pegando fogo e não tinha sido obra direta dele, então ele sabia quem tinha sido.

O telefone tocou e o Sr. Benavidez nos deixou na cozinha.

— Depois que você terminar o trabalho hoje, vou te acompanhar até a sua casa — Luz disse.

A Sra. Benavidez levantou os olhos de seu prato para ver o que eu responderia.

— Vou gostar muito se você fizer isso.

Ela deu um gole em seu café e sugeriu:

— O Gabriel pode ir também.

— E se eu não quiser ir? — Gabe retrucou.

Eu sabia que ele só estava querendo provocar a mãe. Dava para dizer pelo sorrisinho matreiro. Normalmente, ele nunca negaria cavalgar até a minha casa. A Sra. Benavidez só expirou pelo nariz e olhou para nós três.

— Tenho que fazer uns trabalhos de manutenção e limpeza dos cavalos com o Tommy e é melhor não me atrasar, a não ser que essa história com a caminhonete seja mais importante.

Foi quando o Sr. Benavidez voltou à cozinha com uma expressão carregada.

— Obrigado pelo café, Sra. Benavidez — eu continuei, já me levantando. — Estou bem satisfeito.

Ela deu uma olhada no meu prato para avaliar o quanto eu tinha comido e deu um muxoxo.

— Acho que você deveria ligar para o Clayton agora — disse o Sr. Benavidez. — Tem mais coisa nessa história do que só a caminhonete e a carreta. Era o Carl que acabou de ligar. Ele tinha deixado 5 mil dólares em dinheiro no porta-luvas, que recebeu depois de vender aquele castrado ontem.

* * *

— DELEGADO RUTLEDGE? Aqui é Troy Stotts.

Eu sempre soava bobo no telefone. Ficava nervoso de falar com pessoas que eu não conhecia bem. Além disso, toda a família Benavidez estava lá parada me olhando como se eu fosse um cantor em um palco.

— Stotts? O filho do professor? O rapaz que sumiu no mês passado?

— Sim, senhor, sou eu.

— Mal passa das 7 da manhã, rapaz. Tem algum problema?

— Tem sim, senhor. Eu estava indo para o trabalho agora de manhã no rancho dos Benavidez e vi alguém roubando a caminhonete F-150 que os Bullers usam a trabalho. Tinha também uma carretinha de cavalos engatada.

— Você trabalha no rancho dos Benavidez? Você não é meio franzino para isso? Quantos anos você tem, afinal?

— 16. E, sim, senhor, eu trabalho aqui. Estou ligando da casa dos Benavidez neste momento.

— O que você faz para eles?

— Bem, delegado, estou ligando porque vi alguém roubar a caminhonete.

— Pode ser que alguém a estava pegando emprestada com o Carl. Tem certeza?

— Sim. Eu vi acontecer. Já falei com o Carl e com o Sr. Benavidez a respeito e ninguém deu autorização para levarem a caminhonete.

— Onde você viu isso?

— Na frente da casa do Carl. Foi esta manhã, por volta das cinco e meia.

— Na frente da casinha do caseiro? O que você estava fazendo lá às 5h30 da manhã?

Tive de expirar alto no bocal do telefone. Aquele era o momento em que eu mais tinha conversado com Clayton Rutledge a vida inteira. E talvez eu o tenha acordado cedo demais.

— Eu estava indo trabalhar.

— No rancho? Tudo bem, então. Vou ter que dar um pulo aí e nós vamos resolver isso. Tenho certeza de que não é nada de mais. Enquanto isso, você pode ir e fazer seu trabalho, garoto, que eu vou à casa dos Buller agora de manhã. Mas aposto que a gente encontra essa caminhonete antes mesmo de eu chegar, se eu conheço bem o Carl.

Meu coração estava acelerado e eu suava um pouco. Talvez tenha sido aquele café preto tão forte. Então eu disse:

— Sr. Rutledge, acho que foi Chase quem eu vi levando a caminhonete. E tinha dinheiro lá dentro também.

— Chase? Mas ele estava na casa do Jack Crutchfield desde ontem pegando uma motocicleta. Tem certeza de que era o meu garoto?

Eu percebi a mudança no seu tom de voz e sabia que ele não estava apenas irritado por eu tê-lo acordado.

— Bom, ainda estava escuro.

— Vamos lidar com um problema de cada vez, garoto. Eu vou dar um pulo na casa dos Bullers daqui a pouco.

E desligou.

E ele não apareceu durante toda a manhã. Tommy e eu trabalhamos no estábulo principal até depois do meio-dia. Quando já tínhamos terminado o trabalho, voltamos à casa dele. Nada de caminhonete. Nada de xerife. Carl estava sentado na varanda da frente fumando. Estava com uma aparência bem pouco saudável. Tinha bebido.

— O Rutledge não apareceu? — Tommy perguntou.

— Diabos... — respondeu o pai com uma nuvem de fumaça.

— O senhor acha que eu deveria ligar de novo?

Carl balançou a cabeça e se recostou na cadeira.

— Ele é um caso difícil, esse xerife, agindo como se tivesse muito trabalho pra fazer aqui neste lugar. Diabos.

Gabe e Luz devem ter ido até o estábulo procurando por nós, porque vieram a galope daquela direção. Enquanto isso, nós dois só estávamos lá sentados olhando para o Carl e um para o outro, nos perguntando o que deveríamos fazer.

— Bom, CB, todos nós vamos acompanhar o Stotts até em casa. Então, se o sujeito aparecer, pode dizer pra ele onde a gente está se ele precisar. Vamos lá, Stotts, vamos embora.

Tommy pareceu ter sentido nojo de seu pai naquela hora. Puxou o Flecha, virando a cabeça do cavalo na direção oposta, e eu o segui montado no Reno para encontrar Luz e Gabe.

Era mais um daqueles momentos perfeitos, como quando Luz gentilmente afagou meu cabelo para trás depois que eu caí do Reno, ou quando eu estava sentado na carroceria da caminhonete cheia de feno à tardinha, observando tudo e fazendo nada ao mesmo tempo. Quando olho para trás e vejo aquele verão e os anos que vieram antes, é daqueles momentos que me lembro com mais nitidez, as cores, sons, cheiros... E, claro, cavalgar ao lado dos três amigos que tinham crescido comigo – Tommy em seu cavalo temperamental, Gabe em seu Dusty, que eu sabia que era louco para correr muito mais do que Gabey deixaria, e Luz em seu malhado Doats – no fim da tarde, depois que o sol já tinha ameaçado esquentar e foi então se esconder atrás do friozinho e das sombras espichadas que se projetavam em nosso caminho de terra em torno da lagoa e em direção à minha casa.

Soltei um enorme bocejo.

— Está cansado? — Luz perguntou, já rindo. — Tommy, você e o Carl não estão fazendo ele trabalhar demais, estão?

— Trabalhar? — Tommy disse. — E por acaso você trabalha, Stotts?

— No rancho dos Benavidez, senhor.

— Você é bem franzino para trabalhar naquele rancho, não? — Tommy continuou. É claro que eu já tinha contado para ele sobre o telefonema.

— A que horas você começa a trabalhar? — Gabe perguntou, entrando na brincadeira.

— Às 5h30.

— O que você estava fazendo no rancho dos Benavidez às 5h30 da manhã? — disse Tommy.

— Indo trabalhar.

— E onde você trabalha? — Luz perguntou.

Eu só suspirei e bocejei mais uma vez.

— Se você dormir aqui no meio da gente, Troy, nós vamos te esticar em cima da sela como se tivéssemos te caçado — Gabe disse.

— Eu nunca mais durmo em cima do Reno de novo — respondi, me lembrando do galo na cabeça. — Você e o Dusty querem apostar corrida até aquela árvore ali? Eu deixo você falar "vai".

E antes mesmo que eu terminasse de falar, Gabe e Dusty já tinham largado e tomado três corpos de vantagem quando eu apertei os calcanhares no Reno. Poderia ter esperado mais, mas o Reno não esperaria. No momento em que ele percebeu que iria participar de uma corrida, largou desembestado e deixou os outros para trás em meio à nossa poeira. Aquilo me ajudou a acordar, e é claro que o Reno ultrapassou Dusty e inclusive a árvore. Gabe perdeu o chapéu logo antes da linha de chegada. Eu virei o Reno de volta enquanto ele e o Dusty nos alcançavam.

— Melhor pegar essa coisa aí antes que ela suje o chão — brinquei.

Reno estava escavando a terra e arrastando os cascos, louco para correr de novo. Gabe desceu e andou para apanhar o chapéu.

— Caramba, esse seu cavalo sabe correr, hein? — disse, pegando o chapéu e pondo de volta sobre os cabelos penteados para trás. Ele deve ter se arrumado antes que a Sra. Benavidez o despachasse para ficar de olho em mim. Em nós.

— Tudo bem, seus aparecidos, se vocês não queriam que a gente viesse, deviam ter falado e a gente teria ficado em casa! — Tom gritou de longe na estrada de terra. Andamos de volta para alcançá-los. — Caramba, Stotts, eu estava aqui apostando com a Luz o quanto ia demorar pra você cair de novo.

Luz e Doats chegaram perto de mim e ela se inclinou.

— Ele disse que você está ficando um cavaleiro e tanto.

Eu queria tanto beijá-la. Olhei para o Tom e o Gabe, depois de volta para Luz.

— E o que você respondeu?

— Eu disse que, se você caísse, eu te daria um beijo.

— Devia ter me falado isso antes de eu largar — falei com expressão séria.

Continuamos juntos, os quatro cavalos alinhados até a árvore que tinha sido nossa linha de chegada, ouvindo o *clop clop* dos cascos na terra. Foi então que ouvimos também o motor da velha caminhonete Ford vindo na estrada bem à nossa frente.

— Não acredito nisso... — Tommy disse.

A caminhonete parou e virou de lado na estrada, sem poder seguir em frente porque nós quatro e os cavalos estávamos bloqueando o caminho. E Chase Rutledge estava na direção.

Tommy foi o primeiro a descer do cavalo, seguido de mim e depois de Gabe. Luz ficou no Doats e ambos mantiveram os outros cavalos quietos em seus lugares. Tommy foi até a porta do motorista e a abriu. Chase apenas ficou sentado, com o olhar parado no para-brisa à sua frente, encarando Luz e os cavalos. Estava usando o mesmo boné de beisebol encardido e ensebado, com as mãos pousadas no volante.

— O que diabos você acha que está fazendo, Chase? — Tom já foi perguntando.

Eu sabia que Chase era sempre muito cuidadoso com tudo o que dizia para Tom Buller, e também como dizia.

— Só estava usando a caminhonete e a carreta para transportar a moto do Jack para minha casa — ele disse. — Pedi pro seu pai e ele deixou.

— Isso é mentira — respondi. — O Carl nunca disse que você podia pegá-la. Eu liguei para o seu pai hoje de manhã depois que te vi roubando o carro.

— Eu não roubei nada — ele insistiu.

— Eu te digo o seguinte, Stotts: nós já chamamos o xerife para ele. O que você acha de nós darmos voz de prisão a esse sujeito? Eu tenho uns cordames no meu alforje. A gente o amarra pelos pulsos e deixa aqui para o papaizinho dele vir buscar — Tommy disse, se aproximando do rosto de Chase.

Chase não disse nada. Só ficou olhando para Luz. Fechou o punho, e eu sei que Tommy também o viu fazer isso, então não falei nada. Chase não seria burro de partir para a briga ali, eu pensei, porque ele não teria de lidar só com Tom, mas comigo, Gabe e provavelmente até com Luz também.

— Isso aí, vamos amarrá-lo, Tommy — Gabe concordou.

— Acho que é uma ótima ideia — Tommy disse. — A gente o amarra e talvez depois nem chame o pai dele. Só o deixamos aqui.

Pude notar que Chase estava ficando com raiva e com medo. Mas também sabia que Tommy não estava falando sério sobre amarrar as mãos de Chase.

— Olha, você vai fazer o seguinte, Chase — eu comecei. — Você vai dirigir essa caminhonete de volta para a casa do caseiro e vai estacioná-la no mesmo lugar onde a achou. Depois você vai voltar pra casa a pé e vai falar com o seu pai. E é melhor a gente nunca mais te ver por perto do rancho dos Benavidez de novo.

Chase não me respondeu nada, mas só de vê-lo sentado lá, turrão, na caminhonete que não era dele, fui ficando com mais e mais raiva. Então acrescentei:

— Ou então da próxima vez a gente vai acabar com a sua raça.

— O que você quer dizer com isso, Stotts? — Chase perguntou.

Tommy interveio:

— É um belo jeito de tomar um tiro.

Tom bateu a porta e deu uma cuspida. Chase olhou para ele e depois para mim, e então voltou a encarar o vidro à frente.

— E Chase? — eu disse. — Vá devagar.

Nós três voltamos aos cavalos e os puxamos para a beira da estrada para dar passagem. Chase não olhou para nós ao passar devagar, e foi assim até sumir de vista.

— Você não falou nada do dinheiro — Gabe disse.

— É melhor esperar e ver como fica depois que ele devolver a caminhonete — Tommy disse. — Pelo menos nós temos certeza de que foi o Chase.

— Talvez você devesse voltar — eu disse a ele — pra dar uma mão pro Carl.

Tommy entendeu o que eu queria dizer. Puxou as rédeas do Flecha e o virou na direção de onde tínhamos vindo.

— Alguém quer vir comigo? Gabey? — perguntou.

Gabe olhou para mim e para Luz.

— Minha mãe me mataria. Você sabe disso. E depois meu pai cuspiria no meu cadáver.

— Por que vocês dois não voltam com ele? — sugeri.

— Você não vai querer voltar pra casa sozinho — disse Luz.

— Foi assim que eu vim. Te vejo amanhã cedo, Tom.

— A gente se vê, Stotts.

E eu voltei para casa no meu cavalo, com o coração pulando depois de ter encarado Chase, e arrependido de não ter caído do Reno.

DOZE

Quando estava perto da manilha que chamamos de ponte, ouvi um carro chegando atrás de mim. Era o Ford Bronco preto e branco do xerife. Os faróis estavam acesos, mas não as luzes no alto. Parei o Reno, esperando que Clayton Rutledge fosse apenas passar por nós, mas ele abaixou o vidro do passageiro e parou ao nosso lado.

— Troy Stotts?

— Sou eu.

— Faz o favor de descer do cavalo um minuto, filho. Preciso falar com você.

Eu o ouvi puxar o freio de mão e ele saiu lá de dentro, deixando o carro aberto, ligado e parado meio que na diagonal da estrada de terra como se estivesse fazendo algo muito importante e perigoso, ainda com os faróis ligados. Desci do Reno, pus as mãos nos bolsos do casaco e andei na direção dele, que estava parado na frente do carro.

— É um cavalo bem grande esse que você tem aí, filho. Qual é a altura dele?

— Ele é bem mais alto que eu. Disso eu sei.

— Aposto que você pagou um bocado por ele.

— Menos do que deveria — respondi, olhando para meus pés.

— E o que é que você faz lá no rancho?

— O que os patrões me mandarem fazer.

Clayton Rutledge então chegou mais perto de mim. Pôs a mão direita no capô do carro que tremia e voltou o rosto para baixo. Dava para sentir seu bafo quente e úmido, e vi que ele não tinha feito a barba naquele dia. Mas sei que tivera a oportunidade de comer um bocado na vida, julgando pela pança redonda que se projetava por cima do cinto – que eu não entendia como ou por quê ele usava, a não ser para segurar sua arma, uma grande

Smith & Wesson .357. Sua voz subiu um tom e aumentou de volume um pouco. Pude notar que ele estava desconfortável, mas também tentando me intimidar.

— Então você diz que viu o Chase roubando aquela caminhonete que o Carl Buller dirige?

— Eu vi.

— Ele arrombou?

— Não senhor.

— Ele tinha as chaves?

— Elas estavam lá dentro, pelo que eu sei.

Ele exalou uma lufada úmida e nojenta bem na minha cara.

— Olha, o Chase não roubou nada. Ele só estava usando a caminhonete para carregar a motocicleta que comprou do Jack Crutchfield. Ele me contou que achou o carro abandonado bem longe da porta do caseiro com as chaves dentro. Então resolveu voltar com ela e a usou para transportar a moto. Disse que tinha permissão.

— Não de qualquer pessoa que pudesse dar essa permissão.

— Ele só pegou emprestado. Carl Buller disse que não tinha problema.

— Não antes de ele pegar o carro.

— Bom, você conhece o Carl — ele disse, e eu sabia o que queria dizer.

Eu comecei a olhar para além dele, às vezes desviando o olhar para o Reno. O xerife estava ficando com raiva, pelo que pude notar.

— Escuta, Troy, meu filho é um bom rapaz. Ele acabou de se formar na escola. É salva-vidas em uma piscina lá em Holmes. Ele não se mete em problema. É um bom garoto.

— Bom, eu também sou, mas nunca roubei uma caminhonete antes.

Ele então me empurrou só o suficiente para me chegar para trás um pouquinho, com a mão esquerda no meu ombro.

— Escuta aqui, espertinho. Eu vou te falar então como funcionam as coisas de verdade. Eu estou a dois anos de me aposentar. Dois anos. E esse emprego que eu tenho hoje é muito bom, de patrulhar a região mesmo ficando em casa, e eu não quero ter que ir pra outro ponto do país. Já chega disso pra mim. Aqui, nós fazemos as coisas diferente e você deveria saber disso, já que mora aqui há mais tempo que eu. Não é como na cidade grande. As pessoas deixam as portas abertas e as chaves nos carros. Eu digo pra elas não fazerem isso. E aqui por essas bandas, nós mesmos é que temos que tomar conta das nossas coisas. Pra mim, isso só significa ter que resolver os problemas de todo mundo. Eu vou me aposentar logo e não preciso de confusão nenhuma pro meu lado. Meu filho é um bom rapaz, e ele só estava usando a caminhonete para transportar a moto, e agora já inclusive levou o carro de volta, então está tudo bem. A verdade é que você nem sabe bem o que viu hoje de manhã.

Eu sabia que ele só estava tentando me fazer duvidar do que eu tinha visto com toda certeza.

— O dinheiro ainda estava lá?

— Que dinheiro?

— Havia 5 mil dólares em dinheiro que o Carl tinha deixado no porta-luvas depois de vender um cavalo do Sr. Benavidez ontem.

— Eu vou procurar saber isso. Se estava lá hoje de manhã, continua lá agora. Mas você sabe como é o Carl Buller.

— É, eu sei.

— E você falou pro Chase que o mataria se o visse de novo perto do rancho dos Benavidez?

— Disse — respondi. Nem pensei em mentir. Falei aquilo porque odiava o filho do xerife.

Clayton balançou a cabeça.

— Você sabe que eu podia te jogar na cadeia só por dizer isso? Sabe que é contra a lei?

Eu esperei um pouco. Mas então disse sem nem me alterar:

— Se o senhor não vai prender um ladrão de carro, então acho que não vai me prender só por dizer alguma coisa, xerife.

Eu não estava raciocinando. Não estava tentando deixar o xerife com mais raiva ainda. Apenas aconteceu.

Foi aí que, com a mão que antes estava em cima do capô, ele me acertou bem no rosto. Tentei me abaixar, mas ele atingiu meu nariz com aqueles dedos grossos e eu girei de lado. Pude sentir o sangue começando a sair, quente e espesso e com cheiro de metal.

* * *

CLAYTON RUTLEDGE me passou um daqueles guardanapos azuis que eles dão em lanchonetes de beira de estrada. Lá estava eu, sentado no acostamento com o Reno farejando minha cabeça, que estava entre as pernas. O sangue descia pela minha camiseta e pingava nas calças e no casaco. Minha visão estava turva.

— Aqui. Se limpa com isso, garoto.

Ele então foi para o carro. Ouvi quando abriu a porta.

— Isso é pra você saber que, da próxima vez que sair por aí acusando alguém de alguma coisa, é melhor ter uma história muito boa pra contar, garoto. Ou então deixe a polícia de verdade dar conta disso. Fique satisfeito por eu não te algemar aqui mesmo e sair te arrastando, porque eu podia fazer exatamente isso.

Bateu a porta e arrancou o carro. Abaixei minha cabeça enquanto ele se distanciava. Eu estava chorando. Não é porque tinha doído tanto assim. É que eu estava com muita raiva e um pouco assustado também.

As coisas vão melhorar, Troy

Eu não sei se vão.

Não chora, Troy. Não chora mais não, filho. As coisas vão melhorar agora. Ela estava cansada. Cansada demais. Lutou por muito tempo e nós fizemos o melhor que podíamos, e ela pôde ficar conosco até o fim. É tudo o que ela queria. Então, não chora, filho. Somos eu e você agora. Nós temos um ao outro e vamos ficar bem. Eu prometo. Eu odeio te ver chorando, Troy. Isso me magoa mais do que qualquer outra coisa.

Eu acho que isso só vai passar quando resolver passar.

Meu pai não estava em casa quando cheguei, e fiquei aliviado por isso. Tomei um banho e pus uma roupa limpa. Então liguei para o Tommy e perguntei se teria problema eu dormir na casa dele aquela noite e se ele podia vir me buscar. Não falei mais nada, apenas desliguei, com a certeza de que Tommy saberia que alguma coisa estava errada e que viria assim que possível.

Daí comecei a escrever um bilhete para meu pai naquele bloquinho amarelo que ficava na cozinha, e foi justamente quando ele abriu a porta. Deve ter ido longe, porque tinha sacolas de uma mercearia nos braços. Entrou na cozinha, pôs as sacolas ao lado da pia e então olhou para mim com uma expressão incrédula e surpresa.

— Meu Deus, Troy... O que aconteceu com você?

— O Reno me jogou bem contra uma árvore. Estava escuro e eu não estava prestando atenção.

Meu pai pegou minha cabeça com as duas mãos e olhou bem dentro dos meus olhos.

— Seus olhos estão horríveis. Você está bem, filho?

— Estou. É só o meu nariz que não parava de sangrar. Você sabe o que isso faz com os olhos da gente.

— Parece que você vai ficar com os dois olhos roxos, filho.

— Eu sei. Eu sou muito burro — e parei de falar porque percebi que ia começar a chorar. — Pus as roupas com sangue para lavar.

— Eu juro que aquele cavalo vai te matar um dia desses.

Stottsy, aquele olhar que ele está fazendo significa que ele não vai parar de tentar te matar tão cedo, é só isso.

— Ou vai morrer tentando.

Então eu dei uma meia-risada, o que com certeza foi a dica para o meu pai de que alguma coisa não estava bem mesmo.

— Tem certeza de que você está bem, Troy? Tem alguma coisa errada?

— De verdade, pai. Estou bem sim. E pai, o Tom Buller vai vir me pegar e eu vou dormir na casa dele. Nós temos muita coisa para fazer de manhã. Tudo bem?

— Você está trabalhando demais, filho — respondeu. Foi até o congelador e o abriu. — Vamos pôr um gelo nesse nariz. Ele deve estar quebrado.

— Pai, não estou trabalhando demais. Adoro aquilo lá.

Ele veio da pia com uma toalha cheia de cubos de gelo. Me sentei no sofá com o embrulho no rosto e esperei para ouvir o barulho da caminhonete Ford me dizendo que Tom estava lá. Ele chegou em poucos minutos. Eu dei boa noite para meu pai e saí.

* * *

— ELE PEGOU O DINHEIRO — Tom disse logo que eu abri a porta.

— Eu sabia.

A luzinha da cabine brilhou no meu rosto.

— Caramba, Stotts. O que aconteceu com você?

— Clayton Rutledge me deu um soco por falar demais — respondi, respirando fundo, nervosamente, para tentar me acalmar.

— Troy Stotts falando demais? De jeito nenhum, cara. Quem poderia pensar isso?

Dei um sorriso e doeu tudo.

— O que o seu pai falou? — ele perguntou.

— Não contei para ele. Disse que o Reno me jogou em uma árvore. E o que o seu pai falou do dinheiro?

— Ele foi até o Benavidez e disse que se demitiria se fosse a vontade do patrão, mas o Benavidez não deixou. Disse que o Rutledge explicou tudo para o Benavidez e ficou tudo bem assim. E aí o CB ficou muito mal e bebeu até apagar.

— Me leva até a sede do rancho, Tommy. Eu vou andando até a sua casa depois de falar com o chefe.

Partimos da minha casa em silêncio, com os faróis formando triângulos compridos de luz no breu da noite, a estrada cheia de cascalho correndo por baixo deles, monótona e cinzenta como a superfície da Lua.

— O que nós vamos fazer, Tommy?

— Eu acho que não tem nada que a gente possa fazer — ele disse.

— Ele disse que ia me prender.

— Seria esforço demais para ele — explicou Tom. — Acho que o Clayton Rutledge trabalhou mais nessas últimas doze horas do que no resto do ano inteiro.

Já passava das 20h quando Tommy me deixou na frente da casa. Eu bati bem baixinho por causa da hora. Esperei um pouco e bati de novo. Luz apareceu à porta e engoliu em seco quando me viu. Então saiu e fechou a porta atrás dela.

— Ah, Troy! O que aconteceu?

— Clayton Rutledge.

— Ah, não! — e pegou minha mão e tocou gentilmente em torno do meu nariz e olhos com a outra mão, tão fria e delicada. Eu apanharia novamente só para que ela me tocasse daquele jeito outra vez. Fechei os olhos sentindo que ia chorar. — Sinto tanto, Troy. Nós não podemos deixá-lo sair impune disso. Você precisa falar com meu pai.

— É por isso que eu estou aqui. Mas não posso entrar agora. Me dá só um minuto.

Então nos sentamos nos degraus em frente à casa, observando a noite. Não falamos nada. Ela pôs o braço em torno de mim enquanto eu abaixava a cabeça entre os joelhos, do mesmo jeito que fiz quando Clayton me bateu. E ficamos apenas ali parados por um bom tempo, eu me sentindo terrível e afortunado ao mesmo tempo, sentindo o calor de Luz Benavidez ao meu lado.

— Tudo bem, posso entrar agora.

A gente se levantou e se beijou uma vez antes de ela abrir a porta.

Então falei bem baixinho:

— Mas Luz, não quero todo mundo me olhando e perguntando o que aconteceu. Estou bem cansado e dolorido. Só quero falar com ele a sós.

— Suba as escadas e espere no escritório. Vou chamá-lo.

Estava assustado, sentado sozinho naquele escritório, só esperando. Então ouvi os passos subindo a escada e desejei que não tivesse ido lá. Me levantei quando a porta abriu, segurando o chapéu à minha frente com as duas mãos, como se fosse um escudo. O Sr. Benavidez parou e olhou bem para mim. Estendi a mão.

— Boa noite, senhor.

Ele apertou minha mão, não com tanta força desta vez.

— Troy? O que aconteceu?

Então contei toda a história. Ele só ficou parado em pé em frente à porta, como se estivesse bloqueando minha fuga, ouvindo e balançando a cabeça ocasionalmente.

— Isso é um absurdo, filho — ele disse. — Logo de manhã, vou ligar para o xerife do condado e ver se tem alguma coisa que a gente pode fazer com relação ao comportamento do Rutledge. Seu pai viu isso?

— Fiquei com medo de falar pra ele. Disse que tive um acidente — respondi. — Que o Reno me derrubou.

— É, logo vão começar a falar que eu te dei um cavalo ruim — disse o Sr. Benavidez com um breve sorriso. — Mas quero que você saiba que o Clayton veio aqui para explicar o que houve com a caminhonete. E eu tenho que te dizer que a história do filho dele e a sua não batem. Então é a palavra dele contra a sua, e, nesta cidade, isso significa que a sua vale menos.

— E quanto ao dinheiro?

— Esse é um problema à parte. O Carl já cometeu erros antes, ainda que nenhum tão dispendioso. Clayton explicou que qualquer um pode ter pegado esse dinheiro. Mesmo o Carl, ainda que eu saiba que não é o caso. Então não sei ainda o que vou fazer quanto a isso, a não ser esquecer por enquanto e tentar desfazer o prejuízo vendendo dois outros cavalos amanhã. Você vê, é assim que os rancheiros pensam. E o Clayton disse que não há nada que possa ser feito oficialmente. Agora, quanto ao seu caso...

— E o senhor vai deixar barato assim? — eu disse. Meu medo do Sr. Benavidez era muito menor naquele momento do que a raiva que eu sentia por ele não tomar uma atitude mais séria contra Clayton Rutledge e o filho, mas tentei sinceramente não soar desrespeitoso depois do que ele tinha dito sobre o pai do Tom.

— O xerife diz que nada pode ser feito. Disse que, se a gente der queixa, ela vai ter que incluir você também. Então é melhor deixar quieto. As coisas vão se ajeitar, tenho certeza.

— É, tenho certeza.

Senti a garganta fechar e o choro chegando mais uma vez. Queria xingar muito naquela hora, mas aquela era uma coisa que eu nunca fazia.

— Vou dar aquele telefonema pela manhã.

— Obrigado, senhor — disse, e passei por ele, saindo pela porta. — Boa noite.

Luz estava esperando no *hall*. Percebi que ela pôde ver a decepção nos meus olhos inchados quando desci as escadas e passei por ela.

— Boa noite, Luz — eu disse, e saí daquela casa imensa.

* * *

TOMMY ESTAVA me esperando no caminho entre as duas casas, à beira da estradinha de terra. Estava usando uma jaqueta marrom pesada com o colarinho voltado para cima, tão alto que quase tocava seu chapéu.

— Está esperando há muito tempo?

— Acabei de chegar, Stotts — ele disse. — Toma aqui — e puxou duas latas grandes de cerveja de cada um dos bolsos. — Achei que você iria gostar disso.

— Acho que vou.

Abrimos as latas e elas esguicharam um pouco, depois de sacudirem nos bolsos de Tommy. Dei um belo gole. O gosto era ruim, mas a sensação era refrescante, formigante e calmante quando o líquido desceu. O vento soprava sem parar do noroeste, e então andávamos os dois com as cabeças abaixadas e os chapéus afundados, às vezes nos inclinando para trás para beber.

— Nem precisa me dizer que o Benavidez não está nem aí para o dinheiro e tudo mais, porque logo saquei que seria assim.

— Ele disse que ligaria para o xerife do condado de manhã — respondi.

— É, mas ele não vai tentar fazer nada para resolver nada — Tom disse. — Porque eles são como reis, o Benavidez e o Rutledge. Os dois controlam totalmente tudo o que você vê aqui em volta. Nenhum dos dois quer ir à guerra com o outro porque ambos têm muito a perder. Eu podia ter te falado isso tudo antes.

— Vou me demitir.

— Não, não vai não, Stottsy. Não vou te deixar fazer isso.

— Bom, então o que devo fazer?

— Não sei. Vamos entrar e tomar mais cerveja. Acho que o CB não vai acordar até quarta-feira mesmo.

Tiramos nossos sapatos empoeirados na varanda e entramos na casa. Dava para ouvir Carl roncando de um quarto mais ao fundo. Jogamos nossos casacos e chapéus no banco de madeira comprido logo ao lado da porta, como sempre fazíamos. Segui Tommy até a cozinha.

— Tá com fome? — perguntou.

— Estou.

— Então espero que você saiba fazer comida, porque eu também estou.

— Vamos ver se tem alguma coisa que é só abrir e comer — eu disse.

Nos sentamos no sofá da sala e comemos *pretzels* e sanduíches de mortadela, conversando e bebendo cerveja. Eu logo caí no sono ali mesmo no sofá antes de terminar minha segunda lata. Tommy jogou um cobertor em cima de mim e me deixou lá.

O anjo dorme no bosque.

Não. Não sei de você, Stottsy, porque você é esperto demais.

Estávamos sentados em volta da fogueira, eu, Gabey e Tommy, e meu pai também estava lá. Me lembro de que Gabe estava todo de branco. Meu pai fumava um cigarro. Olhei em meio às chamas e havia fogo nos morros, subindo pelas montanhas, fazendo um círculo em torno dos dois dedões de granito, um enorme cinza-esbranquiçado contra o céu iluminado de estrelas. Estava segurando minha faca Dawson, mas sabia que, de algum modo, ela estava quebrada, já que a lâmina não queria se desdobrar. Senti que havia sangue em minha mão.

Meu pai balançava os braços em meio às línguas de fogo envolventes, falando com Tommy. Cobras saíam dos canos das botas de Tommy e ele só ficava tentando afastá-las de suas pernas, mas rindo, enquanto saíam mais e mais.

Então meu pai pegou Gabey, todo pequenininho e amontoado como se fosse um saco de gelo, e o jogou dentro da fogueira. Tommy e eu nos levantamos e fomos olhar o fogo, que ia afundando na terra como se tivesse sido colocado de cabeça para baixo. Tentei estender a mão para Gabey, dobrando o corpo, entrando com os braços na fogueira, mas ela tinha se tornado uma água quase congelada que borbulhava, e tudo o que eu conseguia ver era a espuma formada bem na frente dos meus olhos, e sei que de repente parei de respirar também, e sabia que estava sonhando, mas gritei mesmo assim.

Gabe! Gabe!

Tudo era luz em volta. Ouvi Tommy sair correndo de seu quarto e chegar pelo corredor. Eu estava ensopado de suor.

— Stottsy, você está bem? Ouvi você gritando o nome do Gabe ou coisa assim.

— Ah, cara... — eu disse, esfregando os olhos e tirando a mão bruscamente ao sentir a dor lancinante no topo do nariz. — Tive um sonho muito ruim. Aquele soco ontem deve ter sido bem feio.

— Nah, acho que a mortadela estava estragada...

Me sentei no sofá e bocejei.

— Posso fazer um café, se você souber onde ele fica.

Joguei o cobertor de lado e fui com Tommy até a cozinha. Eles tinham uma daquelas cafeteiras que vão direto ao fogão, como as que a gente usa para acampar. Levamos um tempo para achar a vasilha com o pó, mas finalmente encontramos e eu consegui combinar tudo para fazer um café decente.

— E aí? — perguntou Tommy. — O que tinha de tão assustador no seu sonho?

— Não sei bem. Foi esquisito. Eu estava tentando tirar o Gabe de uma fogueira, mas ela estava me puxando para dentro.

— Nem vou falar nada, Stotts. Você já sabe o que eu diria.

— É, eu estou doido.

O café começava a ferver. Tommy espreguiçou e esfregou os olhos.

— E então, vamos trabalhar hoje mesmo que o CB nem levante da cama?

Respirei fundo. Queria desesperadamente esquecer o dia e a noite anteriores e o sonho que tinha me acordado.

— É o que eu quero — disse.

TREZE

Os incêndios chegaram cedo aquele ano, no verão em que minha mãe morreu.

O inverno de antes tinha vindo com muita chuva e neve sobre seus ombros cinzentos, e então veio o verão do puma e da cura fantasma que prometia nos fazer desaparecer e curar nossos próprios fantasmas, e trouxe com ele um crescimento farto e rápido do capim; e aquele capim todo, por sua vez, murchou e secou sob o calor de um mês de julho particularmente severo.

Tommy e eu estávamos próximos à cerca externa, no curral temporário que tínhamos feito para os cavalos que finalmente conseguimos pegar com Rose. Eles estavam calmos e mansos agora, o que nos deixava contentes. O rosilho alto já tinha inclusive chegado em um ponto em que se aproximava para cheirar o Tommy e se deixava tocar quase todos os dias, então já estava quase pronto para receber o cabresto. Ele parecia ter em torno de uns três anos, então concluímos que não tinha sido selvagem por tanto tempo que a gente nunca fosse conseguir amansá-lo, e nem era velho demais para ser castrado também.

— Dói só de pensar — Tommy disse.

— Mas você não ia querer ficar com ele se não pudesse castrá-lo — respondi.

— É, é só a ideia disso que dói tanto.

— Mas ele já teve tempo de dar suas voltinhas. Tenho certeza de que a minha égua está carregando um filhote dele. Isso faz a gente pensar, digo, quando a gente vê um cavalo como esse. Olha pras pernas dele, como são fortes. E olha como ele é alto. Poderia facilmente te matar, se quisesse, e praticamente fez isso naquele dia em que você finalmente conseguiu laçá-lo. Mas agora ele te deixa entrar lá e fica te cheirando, e até te deixa tocar nele.

— Quero muito montá-lo.

— E ele vai te deixar montar um dia desses. E não é porque ele precisa fazer isso, não, sabe, porque ele poderia facilmente te matar. Mas ele vai te *deixar* fazer isso com ele sem sentir humilhação nenhuma. Para ele, é uma troca.

— Cara, você é muito esquisito quando se trata de cavalos. Acho que o Reno bagunçou sua cabeça.

— Só se for de me jogar de cima dele tantas vezes.

A minha égua também estava indo bem. Eu já tinha posto os arreios nela e conseguia levá-la para passear, montado no Reno e a guiando. Mas, como acontece às vezes com os cavalos, ele tinha ciúmes dela e eu percebia isso. Vez ou outra, ela até nos seguia mesmo sem arreios. Estava ficando bem grande e gorda, como se já estivesse prestes a parir. Dei a ela o nome de Cura Fantasma, em homenagem ao puma que matamos daquela vez. Tommy chamou seu garanhão de Duke.

O Duke sabia ser bem malvado quando queria, então nós o separamos em metade do curral com tubos de cerca, bem no ponto onde havia a calha que era mantida cheia d'água pelo caminhão de abastecimento dos Benavidez. Os cavalos estavam próximos à cerca, enfileirados, um infernizando o focinho do outro com o rabo, na parte sombreada de um enorme carvalho em formato de guarda-chuva.

Foi quando vi uma coluna de fumaça meio dispersa vindo do meio da mata, a alguns quilômetros ao sul.

— Está pegando fogo ali — eu disse, apontando.

Tommy apertou os olhos negros para ver melhor.

— Parece que é perto da estrada, talvez a uns cinco ou seis quilômetros daqui.

— Você acha que a gente deveria ir lá na sede e avisar?

— Vamos ficar um pouco e ver como evolui. Pode ser que seja só o Serviço Florestal queimando alguma coisa de propósito.

Então ficamos lá assistindo à fumaça, sentados com as pernas para dentro do curral e os braços em cima da cerca. No primeiro momento em que vi a fumaça, ela estava translúcida e com uma cor de areia. Alguns minutos depois, já estava mais densa e com um branco intenso; e aí começou a formar cogumelos grandes e redondos em cinza escuro e preto, espessa e ameaçadora. Não era um bom sinal. E parecia estar se aproximando rumo ao norte, ou seja, para o rancho dos Benavidez.

— Isso vai ser bem feio — eu disse.

— O que você acha que a gente deve fazer, Stotts?

Fixamos os olhos na fumaça distante que saía do topo das árvores.

— Vamos falar com a Rose, porque pode ser que ela tenha que correr de suas terras. Se piorar muito, podemos tentar atrair os cavalos dela para cá.

— Tudo bem. Mas e esses dois aqui?

— Bom, se ficar muito ruim mesmo, aí nós vamos ter que soltá-los e deixar ir embora. Se eles forem espertos, vão correr pra lagoa grande, que não é tão longe assim.

— Podemos pegar a carretinha.

— O seu ainda não entra naquela carretinha de jeito nenhum.

— Verdade. Então vamos lá falar com a Rose.

Pulei com o Reno sobre a cerca e abri a passagem para Tom e o Flecha. A fumaça já estava quase enchendo o céu todo na direção sul, e nossas sombras começavam a rarear no chão. A luz do sol estava alaranjada. Ouvi o ronco dos motores do primeiro dos aviões-tanque que jogariam água na região.

Vi o moinho de Rose aparecer por cima do morro antes de ver sua casa. Estava girando e voltado para o sul. O vento, quente e seco, vinha aumentando. Rose estava do lado de fora da casa com as mãos na cintura, usando aquele imundo vestido florido de sempre e encarando a fumaça como se estivesse furiosa com ela. O céu já tinha quase desaparecido àquelas alturas e a fumaça descia até o chão. O ar fedia a mato e árvores queimadas.

— Rá! Meus dois caubói voltaro pra vê o fogo — disse. — Bão, eu tava aqui no primeiro fogo mais de vinte ano atrás. Mas a casa de metal num queima!

— Mas aposto que ela dá um forno ótimo, Rose — Tom falou.

A perua Ford Falcon estava parada ali perto, com suas laterais imitando chapas de madeira, as cores apagadas e já descascando. Rose a usava algumas vezes por ano para comprar mantimentos e visitar o advogado, então eu sabia que ela teria como correr dali se precisasse.

— A senhora precisa da nossa ajuda para carregar alguma coisa no carro? — perguntei. Eu sabia que o problema ali era que o caminho que ela tinha autorização de usar para atravessar as terras dos Benavidez e chegar à estrada ia justamente para o sul, na direção do fogo.

— Eu num vô saí daqui pra lugá nenhum por enquanto — ela disse. — Mas se tivé de saí, acho que levo o gato.

— Olha, a situação parece bem feia pro lado de lá — eu disse. Cinzas caíam do céu, delicadas como flocos de neve. Algumas eram bem pretas e espiraladas. Algumas ainda queimavam. Nossas sombras já não apareciam no chão, mas ainda era o meio da tarde.

Tom apeou do Flecha e me passou as rédeas.

— Eu vou pegar umas coisas dentro da casa, caso ela decida sair daqui.

Amarrei os dois cavalos no poste que ficava ao lado do bebedouro das cabras. Tommy já vinha pela porta carregando dois garrafões de vinho.

— Estou com o fumo dela no bolso. É tudo o que ela vai querer, mesmo.

— Rá! Cê tá com os fumo? Ocês garoto são bão mesmo! — Rose disse.

— Você viu o gato lá dentro? — perguntei.

Tom continuou contornando a casa para chegar à perua.

— Se eu tivesse visto, não diria nada.

Entrei na casa e me virei para a parede do fundo. Comecei a andar e me enfiei bem no meio de uma teia de aranha grossa e pegajosa. Senti meu estômago se revirar. Tirei meu chapéu e comecei a abaná-lo, na certeza de que haveria uma viúva negra por ali em algum lugar. Dei uma olhada rápida para o que Rose chamava de "sala de estar", onde ficavam as cadeiras perto do fogão. Nada do gato. Já era o bastante para mim.

— Não o achei lá dentro — eu disse, saindo pela porta.

Mas Tom já estava segurando o gato marrom, as patas no ar como se ele fosse usar o rosto do meu amigo para afiar as garras. Fiz uma careta, ainda sentindo as teias de aranha em cima de mim.

— O que você tem? — ele perguntou.

— Nada. Vamos, põe o gato no carro dela e vamos ver se a gente consegue atrair esses cavalos pra outro lugar.

Deixamos Rose lá, parada ao lado da perua com um garrafão de vinho aberto, do qual ela bebia direto do gargalo, com o braço dobrado segurando por baixo o vidro verde como se fosse uma garrafa de cachaça. Fiquei feliz de ela não oferecer, porque o Tom teria aceitado e isso significaria que eu teria de aceitar também, e aí nós todos queimaríamos até a morte, sem dúvida. Acho que ela entendeu que nós só estávamos determinados a tocar alguns dos cavalos para longe dali, para algum lugar perto da lagoa, então ela só sorria e nos observava. O gato estava com as patinhas sobre o aro de metal do volante da perua como se estivesse pronto para ir mesmo que Rose ficasse ali.

— Você vai ter de sair dessa área daqui a pouco, Rose — eu disse.

— Cê se cuida, moço do tênis. Rá! Eu só vivi muito na minha vida porque nunca fiquei de correria.

Tom e eu cavalgamos até os morros e árvores que ficavam a oeste das terras de Rose. Vimos os cavalos logo que chegamos, e eles estavam andando uns entre os outros nervosamente, com os potros mais velhos espremidos em meio às éguas e os outros machos imitando os garanhões que levantavam os focinhos e farejavam o ar enfumaçado. Estavam todos agitados, e o céu estava raivoso em um tom marrom-alaranjado como se o fim do mundo estivesse próximo.

— Você os segura pelo lado de cá — eu disse ao Tom. Então, Reno e eu passamos ao largo do rebanho, entre os cavalos e as árvores. Reno corria rápido e em linha reta como se soubesse melhor do que eu o que deveríamos fazer.

Começamos a espantar os cavalos para a frente, partindo do fundo; adultos, potros e potranquinhas se ajuntavam e se assustaram todos ao ver outro cavalo montado por uma pessoa. O rebanho inteiro começou a se mover, e vi Tom e o Flecha do outro lado da linha ondulante de cavalos, levando-os para o norte e abrindo caminho para que eu os espantasse para o leste. Era uma cena bonita, e fiquei orgulhoso de ver meu amigo do lado de lá daquele mar equino, sabendo exatamente o que deveria fazer sem nem precisar trocar uma palavra comigo, só mascando seu fumo e gritando "Rá!" como uma das risadas de Rose, a fim de fazê-los andar na direção certa.

Era como cavalgar em meio a um sonho. A luz do dia estava praticamente apagada agora e a poeira formava uma nuvem junto ao chão. Eu tinha certeza de que o incêndio chegaria a nós em breve.

Pusemos os cavalos no rumo da ladeira que levava à casa de metal de Rose, espalhando as cabras que berravam nervosas. O Ford Falcon tinha sumido, e por isso fiquei aliviado de ver que Rose tinha decidido ir embora pelo menos por enquanto. Virei de volta e vi Tom olhando na minha direção enquanto conduzíamos os cavalos. Ele também tinha notado a partida de Rose.

Vez por outra, um ou dois cavalos resolviam se afastar, e aí então o Reno ou o Flecha alargavam seu percurso para tocá-los de volta, de modo que, quando chegamos à cerca, não tínhamos perdido nenhum deles, pelo que eu pude constatar. Corri com o Reno para a frente do bando e desci, a fim de abrir a passagem que tínhamos feito na cerca. Montei de novo e ajudei Tom a conduzir os líderes.

Devia ter em torno de cinquenta cavalos. Eu sabia que nosso curralzinho meio improvisado não seria suficiente, especialmente se algum deles começasse a empurrar os mourões ou tentasse pular por cima. Por isso, logo que entramos todos, pulei com o Reno de novo sobre a cerca e os levei para as terras abertas dos Benavidez para que ficassem soltos, sem precisarmos soltar também os dois cavalos que Tom e eu vínhamos amestrando no curral. Não havia mais nada que pudéssemos fazer pelo bando de Rose. Apenas esperávamos que eles fossem se safar do fogo e que as terras ali tivessem espaço suficiente para eles correrem, oferecendo também a segurança da lagoa.

Destranquei o portão principal e o deixei escancarado enquanto me empoleirava na cerca, vendo todos aqueles cavalos passarem a toda, galopando como trovões por mim e pelo Reno em direção ao norte. Olhei para o Tom, que estava do outro lado da cerca próximo à passagem, e mal pude vê-lo em meio à poeira levantada. Ele acenou para mim com o chapéu.

— Conseguimos, Stotts.

— É melhor a gente sumir daqui rápido, Tom. O incêndio está vindo pra cá.

Pela cortina de fumaça, pude ver uma erupção de línguas de fogo laranja pulsando na copa de um dos carvalhos nas terras de Rose.

* * *

O FOGO QUEIMOU por três dias. A primeira noite foi a pior. Todos nós pensamos que teríamos de sair da região. Sempre associei aqueles incêndios noturnos, as linhas alaranjadas se contorcendo e serpenteando como cobras nos morros, à morte; e só conseguia pensar naqueles cavalos que deixamos soltos e no fogo se aproximando. Fiquei na casa de Tom todos aqueles dias, apenas quieto e cabisbaixo enquanto trabalhávamos. Disse a meu pai que eles precisariam de mim no rancho caso tivéssemos de mudar os animais de lugar, o que era verdade.

— Tudo bem por mim se você não quiser conversar, Stotts.

Olhei para o Tommy. Tínhamos ido a cavalo para a cerca que rodeava o pasto principal na manhã seguinte ao começo do incêndio, para vigiar os animais dos Benavidez e as paredes de fumaça que se erguiam como enormes almofadas cor de laranja em frente ao sol. As cinzas salpicavam as bordas de nossos chapéus, e ambos tínhamos panos amarrados em frente ao rosto para bloquear o cheiro forte, mas isso nem ajudava muito.

Era tudo tão terrível e ainda assim impossível de ignorar.

— Porque também estou preocupado, sabe... — ele continuou. — Então, se você preferir que eu fique calado, eu vou ficar, mas é bem difícil pra mim estar aqui isolado com você e não conversar sobre coisa nenhuma. E aí, prefere que eu cale a boca?

— Não.

Tommy cuspiu.

— Então me conta.

— Contar o quê?

— Me conta a respeito, Stotts.

Tommy chegou com o Flecha bem perto do Reno, de um jeito que estávamos quase nos tocando. Eu só mantive os olhos presos à fumaça. Estava tão cansado. Não tinha dormido e, a noite inteira, não conseguia fazer minha cabeça parar de relembrar as coisas que tinham acontecido na minha vida.

Eu me lembrava da minha mãe.

Você some dentro dessas roupas largas, Troy.

Ela tinha me levado ao baile do centro comunitário, o primeiro dos bailes do ensino médio, em setembro, logo antes de ficar tão doente. Fiquei sentado no carro, com medo de sair, olhando enquanto o Chase Rutledge passava rindo pela porta com o braço em torno de uma garota aparentemente bêbada que andava aos tropeços.

Eu quero ser diferente, mãe. Queria ser bonito. Eu sou o mais baixo aqui.

Estou vendo todos os outros garotos passando por nós, Troy. Você é o mais bonito que vi até agora.

Suspirei e olhei pela janela do carro.

Com quem você vai ao baile?

Ninguém. Eu nem conheço nenhuma das meninas.

A Luz vem também.

Tudo bem, então. Com a Luz.

Aposto que as outras vão pedir para você dançar com elas, você vai ver.

Afundei o chapéu na cabeça, sobre os olhos, e abri a porta. Ela ficou me olhando, me observando como se eu estivesse prestes a desistir.

Relaxa, Troy. Tente se divertir. Luz vai querer dançar com você. Ela disse isso na semana passada.

Vocês não deveriam ter conversado nada na semana passada. Te vejo mais tarde.

Bati a porta e fui.

* * *

— VOCÊ NÃO VAI contar pra ninguém? — perguntei.

— Stotts, é comigo que você está falando — Tommy disse, puxando o pano para baixo do queixo para que eu pudesse ver que ele estava olhando sério para mim, sem sorrir. Então puxou o pano de volta para o rosto. — Cara, isso fede. Com certeza não tem aquele cheiro da nossa fogueira, não é?

— É que eu estou sofrendo, Tom.

— Eu sei.

Suspirei.

— Parece que nada está certo.

Tommy cuspiu.

— Muita coisa está certa. Você bem sabe disso.

— Quando vi aquelas chamas nas montanhas ontem à noite, aquilo me lembrou muitas coisas que eu tento esquecer — continuei. — Quando eu tinha 4 anos e meu irmão morreu, nós voltamos do hospital durante a noite e estava pegando fogo também. O carro estava tão silencioso. A única coisa que eu ouvia era o barulho da estrada e meu pai e minha mãe na frente, chorando, sem conseguir falar nada e só olhando um para o outro. Tudo o que eu via pela janela era o escuro e aquele zigue-zague louco das chamas nas montanhas. Parecia que a gente estava indo pro inferno. Eu só conseguia pensar "*cadê meu irmão? Não podemos simplesmente ir embora e deixá-lo lá*". Eu tento não pensar nisso. Tento não pensar na minha mãe e nele, mas às vezes não consigo evitar. Sinto muito por isso.

Tommy olhou para mim e depois para as nuvens de fumaça que eu observava.

— Eu sinto muito também, Stotts. Como ele morreu?

— Nós estávamos fazendo algo que não devíamos. Estávamos brincando no telhado. Ele caiu e quebrou o pescoço.

Tommy cuspiu de novo.

— Eu brinquei no telhado muitas vezes. Que garoto não faz isso?

Meus olhos ardiam. Esfreguei.

— Nunca contei isso pra ninguém, Tom.

— E ninguém nunca vai ouvir isso de mim, Stotts.

Estendeu a mão fechada e eu o cumprimentei com um soquinho.

* * *

QUANDO O INCÊNDIO se apagou, o dano tinha sido enorme. Ele tinha chegado inclusive às terras dos Benavidez, mas não próximo dos animais e das construções do rancho. Duas pessoas que moravam nos arredores de Three Points perderam suas casas, e por isso nossa comemoração anual do Dia dos 49 teve de ser adiada em uma semana. No terceiro dia, Tommy e eu saímos cavalgando pela região tentando descobrir para onde os cavalos teriam ido, e também para ver como estava Rose.

Todos os cavalos pareciam estar bem. Estavam espalhados pela velha área de pastagem que ficava ao sul, a mesma onde fomos atirar com Gabriel daquela vez. E todos estavam lá.

Dei um gole do meu cantil enquanto Tommy pegava um naco do seu fumo. Tudo em volta ainda cheirava a papel queimado.

— Tem uns cavalos muito bons nesse bando — Tommy disse. — Acho que nem tinha notado todos eles antes.

— Olha aquela alazã bem alta, toda cor de canela ali no meio. Olha as pernas dela — eu disse. — É um cavalo muito bonito.

— Gosto daquele ali — Tommy respondeu, apontando para um castanho grande, com as pernas pretas e o rosto todo branco. — Até parece um Flecha mais novo, não parece?

Ficamos lá sentados admirando os cavalos um tempo, até que Tommy resolveu falar.

— E aí, o que a gente vai fazer com eles agora? Aposto que foi só por sorte que a gente conseguiu trazê-los para cá daquele jeito tão fácil, sem nenhum de nós quebrar uma perna nem nada assim.

— Precisamos ir ver como está a Rose antes de fazermos qualquer coisa — respondi. — Nem sabemos se a cerca queimou ou não.

— Então vamos lá ver — e deu uma cuspida. — Vai querer?

— Vou deixar pra depois.

Lá onde tínhamos feito o cercado com o curral de treinamento não havia sinal algum da passagem do fogo, mas dali mesmo pudemos ver o chão preto e as árvores queimadas nas terras de Rose. À medida que chegávamos mais perto da casa dela, a queimada parecia ter sido mais intensa.

— Com certeza pegou a casa dela — Tom disse. — Agora vamos saber como aquele barracão de metal se saiu.

Só conseguia me sentir triste por Rose, triste ao ver suas terras.

Não é o lugar mais lindo do mundo, Troy?

Estávamos nos aproximando daquele morro que ficava logo antes da casa e eu notei um montinho preto, completamente torrado. Cheguei perto com o Reno e percebi que era um cabrito queimado, bem ajoelhado como as cabras normalmente fazem quando o vento está muito forte; mortinho e duro, sereno como uma daquelas figuras de Pompeia. Olhei para o Tom.

— Bom, não falei que é difícil ser mais burro que uma cabra? — ele disse.

— Pois é...

Não dava para ver nem ferrugem nem brilho por fora da grande casa de metal de Rose. Ela havia queimado por todos os lados. A pilha de lenha que ficava ao lado da carcaça da picape Chevy ainda soltava fumaça e ardia em brasa, e a lataria do que um dia tinha sido um carro parecia mais fina, uma casca enegrecida em volta de nada, prestes a se despedaçar e desmoronar se tocássemos nela. A casa também estava coberta de densa fuligem preta, mas, ao redor, a cor da terra era de um cinza tétrico. Dava para ver que o metal tinha esquentado demais e assado o chão.

— Rose? Rose? — chamei alto enquanto nos aproximávamos.

Não houve resposta, apenas o rangido cheio de ferrugem do moinho de metal bombeando água, com as pás da ventoinha pretas e girando sem sentido e a água escorrendo da cisterna transbordante para dentro da calha também cheia de cinzas escuras. Não que houvesse em volta alguma cabra para beber aquilo, mesmo.

Descemos dos cavalos.

— Rose? — chamei na porta, que ainda estava trancada tal qual a deixamos quatro dias antes.

— O carro dela não está aqui — Tom disse. — É um bom sinal. Deve estar tudo bem com ela, Stotts.

Pus a mão na maçaneta e imediatamente tive de tirar.

— Está quente!

Puxei a parte de baixo da camiseta em volta da mão e tentei de novo, depois tirando a fuligem negra que ficou na roupa. Empurrei a porta. A casa fedia a fumaça, e eu só conseguia ouvir estalos vindo lá de dentro, como aqueles que a gente ouviria de um fogão a lenha que queimou por dias seguidos.

— Aposto que isso deu um jeito nas aranhas — eu brinquei.

— Não vai lá dentro, Stotts. Olha só — Tommy disse, apontando a janelinha de quatro vidros que ficava próxima à porta. O vidro tinha derretido, com os dois de baixo meio curvos e inchados e os de cima trincados.

— Coitada da velha...

— Não vai nos custar nada se dermos um jeito nesse lugar pra ela, Stotts. Praticamente não tinha nada aqui dentro mesmo, e agora ela pode começar tudo de novo, do zero. A gente traz tudo de que ela precisa e arruma aqui. Vai ficar muito bom.

Passei o dedo no olho com a mão preta, manchando o rosto.

— Mas onde será que ela está? — perguntei.

— Provavelmente em algum lugar onde possa beber seu vinho e mascar seu fumo sossegada.

QUATORZE

Não sei qual era a origem daquela celebração anual em Three Points que chamávamos de Dia dos 49. Acho que tinha a ver com uns trouxas muitos anos antes que acharam que podiam garimpar ouro o suficiente naquelas terras para encher a barriga de comida. Tom Buller e meu pai achavam que era só uma desculpa para as pessoas se juntarem e beberem muito, jogarem e agirem feito idiotas. A verdade devia estar em algum lugar no meio dessas duas explicações.

A data era sempre comemorada no primeiro fim de semana de agosto, mas, naquele ano, foi justamente quando o incêndio aconteceu. Rose ainda não tinha voltado para sua casa de metal, muito embora Tommy, Carl e eu tivéssemos conseguido retornar os cavalos às terras dela, que não tinham queimado de todo. Fiquei um pouco decepcionado com aquela história de adiar a comemoração em uma semana, porque agora, aos 16 anos, já tinha idade suficiente para tomar parte na única coisa daquele dia que me chamava a atenção: o famoso Biatlo de Three Points.

Algumas pessoas vinham de longe, como do Colorado ou de Wyoming, para competir no biatlo, que era uma mistura de trilha a cavalo e tiro ao alvo. Os cavaleiros participavam um de cada vez, começando de manhã cedo logo depois do desfile de rua, e tinham de levar seus cavalos por uma trilha de quase 7km com três pontos de parada, nos quais cada competidor tinha cinco tiros para cinco alvos. Uma das paradas exigia que os disparos fossem feitos a cavalo; em outra, era de pé; a última exigia a posição deitada. Cada tiro perdido significava um minuto a mais no tempo total do cavaleiro, e todos usavam rifles disponibilizados pela organização do evento. Havia juízes em cada parada e, naquele ano, meu pai seria um deles.

Então, com toda aquela movimentação na minha cabeça, e ainda mais sabendo que Tommy, Gabe e eu iríamos para o nosso ponto da fogueira à noite, nem preciso dizer que pulei da cama bem antes do nascer do sol naquela manhã de sábado.

Vesti meus jeans de sempre e fui até a cozinha tomar um copo de suco de laranja. Ainda estava quente em casa e eu estava sem camisa, apenas em pé à luz da geladeira bebendo suco. Meu pai entrou na cozinha e acendeu a luz.

— Bom dia, filho. Dormiu bem?

— Dia, pai. Ahã. Tô meio nervoso, eu acho.

— Por que você não usa aquele cinto que a Luz te deu, para te dar boa sorte? — ele sugeriu, puxando um dos passadores da minha calça. Eu sabia que tinha crescido um pouco nos últimos meses, mas não tinha engordado nada.

— Ah, não preciso de sorte.

— Bom, então... Quer que eu faça uns ovos?

Já estava para falar que não, mas então mudei para sim, porque sabia que meu pai ficaria feliz de me fazer o café. Além disso, eu podia simplesmente não comer muito, já que estava agitado demais mesmo.

— Vou lá arrumar o Reno enquanto você prepara.

Parei ali mesmo na soleira com as mãos prestes a empurrar a porta, olhando para fora e não para meu pai.

— Pai? — eu disse, sentindo que ele se virava para mim. — Vou começar o segundo ano agora e pode ser que o verão do ano que vem seja o último que a gente passe junto, se eu for pra faculdade.

— Pois é.

— Bom, estou dizendo isso porque aquela égua que eu ganhei, a Fantasma, é um cavalo muito bom e de bom temperamento também. Ela vai ser perfeita para montar em breve, assim que eu terminar de adestrá-la. Quando ela estiver prontinha, quero emprestar pra você; assim, no próximo verão, a gente pode ir até aquela cabaninha lá no alto que você disse que queria conhecer. Já estou pensando nisso faz um tempo, mas não tive oportunidade de te perguntar. Então, você acha que a gente pode fazer isso?

Meu pai nunca gostou de cavalos.

— Eu juro que vou, Troy — ele disse, pondo a mão no meu ombro. — Prometo que vou.

Fiz questão de que o Reno estivesse com um visual impecável aquele dia. Estava limpinho e escovado, com a crina perfeitamente penteada e alinhada. A sela e os arreios tinham sido todos lavados e lustrados também, e até o cavalo sentia a excitação daquela manhã.

O Dia dos 49 sempre começava com o desfile, que era guiado pelos cavaleiros que disputariam o biatlo, cada um com seu número. Então vinham a banda da escola de Holmes, um caminhão do Serviço Florestal e outros convidados logo atrás. O desfile era anunciado pelo xerife no sistema de som de seu próprio carro e, imediatamente após terminar, o primeiro competidor do biatlo dava largada.

Claro que não consegui comer mais do que duas garfadas do meu café, mas meu pai não pareceu ficar chateado com isso. Eu já estava arrumando alguma desculpa para me safar quando Tommy chegou com o reboque pronto para levar meu cavalo ao desfile.

Corri até meu quarto e vesti uma camiseta, apanhei meu chapéu e já fui saindo pela porta da frente.

— Estou indo, pai!

— Te encontro lá, filho. Boa sorte! — ele respondeu lá da cozinha.

— Não vou precisar — rebati, já fechando a porta.

Vim trazendo o Reno pela lateral da casa até onde Tommy nos esperava. Assim que o subi na carreta, ele começou a balançar a cabeça para frente e para trás, como se quisesse dizer que preferiria correr. Era um bom presságio, pensei.

Tom e eu fechamos a portinhola e eu fui para a cabine.

— Pronto para a largada, Stotts? — Tommy disse, ligando o carro.

— Obrigado por vir buscar a gente. Seria uma cavalgada e tanto, mesmo para o Reno. Você e o Gabe já confirmaram nosso encontro mais tarde?

— Vou levar o Flecha e o Dusty para a fogueira também, se não tiver problema. Aí a gente se encontra lá depois do churrasco.

— Está ótimo. Não é muito longe. Vai ser divertido.

— Vai. Acho que o Gabe nem pediu permissão pro pai, mas isso é problema dele, porque ele vai com a gente de todo jeito mesmo.

— Você fala como se fosse sequestrá-lo.

Tommy, com seu sorriso de sempre, controlava o volante com os joelhos enquanto abria a latinha de fumo.

— Quer um pouco?

— Agora não, obrigado. Estou meio enjoado.

— Não se preocupe. Você vai atirar e montar como nunca — disse Tom. Me senti muito bem por ouvir meu amigo falar daquele jeito. — O CB e o Ramiro vão tirar a manhã pra levar um pouco de feno no caminhão para aqueles cavalos da Rose. Dei pra ele uma latinha de fumo para entregar à Rose caso ela já tenha voltado, e disse para ele avisar que a gente dá um pulo lá na segunda para vê-la.

— É muito gentil da parte deles. Agradeça ao seu pai por mim, se eu não o vir hoje.

— Não é tão gentil assim. Ele vai descontar do nosso salário.

— Bom, desde que ele não nos cobre o preço do feno no varejo...

— É, o preço na loja e mais a hora dele e do Ramiro.

Tommy cuspiu em sua sempre presente latinha cortada, que pra variar estava cheia até a metade. E eu ri. Sabia que ele estava brincando e que, provavelmente, Carl ia acabar nem cobrando da gente aquele feno, ainda que eu achasse justo que ele cobrasse.

Tom olhou pra mim.

— Cadê sua bandana?

— O quê?

— Você deveria estar usando uma bandana ou algo assim pra competir numa coisa dessas. Nunca se sabe. Pode ser que precise enxugar o suor das mãos ou dos olhos e tirar a poeira do rosto. Pode inclusive ser eliminado por não usar. Vai precisar de uma bandana.

— Eu nem pensei nisso.

— Bom, aqui está — Tommy disse, se inclinando no banco e puxando um pano vermelho todo dobrado do bolso de trás.

— Está usada?

— Isso faria dela um amuleto melhor ainda.

E cuspiu de novo.

Amarrei a bandana em volta do pescoço como um bandido daqueles faroestes antigos.

— Nem vou precisar de mais sorte. Valeu, Tom.

— Só vai lá e ganha esse negócio, Stotts. Nós todos apostamos em você.

— Isso me faz sentir mais enjoado ainda...

Havia muito dinheiro circulando no biatlo. Todo mundo sabia que isso era ilegal, inclusive o xerife, mas no fundo era como se fosse uma corrida de cavalos qualquer, então é claro que Clay Rutledge também apostava como todo mundo. E todo mundo também dizia que ele levava uma parte das apostas. Os apostadores podiam tentar prever quem ganharia, quem chegaria em qual posição ou mesmo na classificação ou não de quantos cavaleiros desejassem, e as apostas eram feitas bem ali no balcão da Lojinha do Papai. Muita gente até achava que era o dinheiro das apostas que mantinha a loja aberta ao longo dos anos.

Havia pelo menos quinze cavaleiros próximos à largada quando Tommy e eu chegamos a Three Points. A maioria eu nunca tinha visto antes, mas havia alguns ajudantes do rancho dos Benavidez que me cumprimentaram. Vi também Chase Rutledge com seu appaloosa pintado, o que não ajudou em nada meu estado de nervos.

— Acho que vou vomitar — sussurrei para o Tom ao chegarmos à mesa de inscrição.

— Então, mira naquela direção — ele respondeu, apontando o polegar de caroneiro para Chase.

Vi então a família Benavidez logo ao lado da mesa, todos sorrindo para mim como se eu fosse algum tipo de herói. Gabriel se aproximou, serpenteando em meio à multidão que se juntava em frente ao estande para preencher a papelada e pagar a inscrição.

— Ei, Troy, você está parecendo um ladrão de banco — Gabe disse.

— Não fala muito alto. Acho que o Rutledge ainda quer me jogar na cadeia — respondi. — Você vem hoje à noite, certo?

— Com certeza.

— Troy! — exclamou o Sr. Benavidez com um sorriso e estendendo a mão para me cumprimentar. Desta vez ele apertou com vontade e ainda deu um tapinha ardido no meu ombro. — Deixa que eu pago sua inscrição. Você vai ser patrocinado pelo rancho Benavidez.

— Sem nenhuma intenção de ofender, Sr. Benavidez, mas... — e senti meu rosto corando. — Não, obrigado. Eu nem saberia o que fazer com esses 50 dólares no meu bolso se eles não forem pra isso, e eu venho me preparando para este momento desde o meu aniversário.

— Você é um rapaz e tanto, Troy — ele disse, e continuou falando alguma outra coisa, mas Luz o interrompeu.

— Oi, Troy. E aí, está se sentindo bem para correr?

Ela olhou para minhas calças se dobrando em cima dos tênis, e então eu soube exatamente o que se passou pela cabeça dela.

— Não posso usar cinto quando vou montar. Machuca muito. Me desculpa, Luz — respondi, olhando para baixo. — E na verdade estou me sentindo péssimo. Acho que estou doente ou algo assim.

Minha mão tremia e eu mal conseguia escrever de maneira legível quando preenchi o formulário de inscrição na mesa. Para piorar, todos ficaram olhando por cima dos meus ombros enquanto eu escrevia.

Paguei minha taxa e puxei um palito de picolé com meu número de dentro de um chapéu. Eu seria o sétimo. Ganhei um quadrado de pano com o número e quatro alfinetes para prendê-lo à camiseta.

— Número sete, pai, ele é o sete — Gabe disse, indicando ao Sr. Benavidez em quem ele deveria apostar na lojinha. Talvez eu tenha delirado, mas juro que ouvi mais alguém dizendo "número sete" no meio da multidão.

— Todos os cavaleiros a postos agora para o início do desfile — anunciou o xerife em seus alto-falantes.

— Tenho que ir pegar meu cavalo — eu disse a todos.

Vi o Sr. Benavidez dar o braço à esposa e se voltar em direção à Lojinha do Papai com Gabe em seu encalço. Em algum lugar em meio à multidão, também vi meu pai enquanto ele conversava com algum outro espectador. Li seus lábios quando eles disseram "número sete".

Comecei a ficar tão tonto quanto da primeira vez em que experimentei o fumo do Tommy. Fui com meu amigo até a velha caminhonete Ford com a carretinha onde Reno estava amarrado, e eu mal me dava conta de que estava segurando aquele pano com o número e que Luz vinha logo atrás da gente.

— Ei, me dá isso aí — ela disse quando viu que eu não estava conseguindo abrir o alfinete por causa das mãos suadas. Pegou o pano enquanto eu limpava a mão na bandana em volta do pescoço.

— Não grita muito alto se eu te espetar, Troy — ela disse ao apertar o pano contra mim e abrir o primeiro alfinete. Então deslizou a mão por dentro da minha camiseta e eu pude sentir seu braço suave e frio roçar em minha barriga e no peito, ao que meus joelhos começaram a tremer lá embaixo.

Tommy deve ter percebido o que estava acontecendo, porque passou as mãos pelos meus ombros e apertou para me passar confiança.

— Calma aí, Stotts. Não é a hora de relaxar com a gente ainda.

E fiquei lá parado, mal me aguentando e desejando que ainda tivesse mais uma dúzia de alfinetes para pregar aquele número sete na minha roupa. Depois que ela fechou a quarta beirada, voltou a palma da mão no meu peito.

— Seu coração está tão acelerado — disse.

— Pois é...

Passou a mão suavemente pela minha barriga, depois esticou minha camiseta e endireitou o pano para assentar bem sobre o corpo. Rodou a bandana vermelha em torno do meu pescoço para que o nó ficasse voltado para trás.

— Assim. Você é, de longe, o cavaleiro mais bonito de todos — Luz disse. Olhou para o Tommy e depois de volta para mim. — Boa sorte, Troy.

Inclinou-se e me deu um delicado beijo no rosto.

— Ah, ele diz que não precisa de sorte — Tommy disse.

Eu não falei nada, mas ouvi o Sr. Benavidez chamando Luz de algum lugar ao longe. Ela se virou e sumiu em meio à multidão bruxuleante e barulhenta.

O mais rápido que pude, corri para trás do reboque, me curvei com as mãos nos joelhos e vomitei bem em cima do pneu.

— Acho que é melhor assim, Stottsy — disse Tom Buller bem atrás de mim, perto do meu cavalo. — Provavelmente, você vai se sentir bem melhor agora.

Só ouvi quando ele cuspiu.

Começaram a tocar o hino nacional. Eu estava atrasado para o desfile. Ele já ia começar e nós deveríamos entrar na ordem certa.

— Vamos lá, Stotts. Sobe no cavalo antes que seja tarde demais.

Me pus do lado esquerdo do Reno com o pé já no estribo. Fiquei imóvel por um segundo antes de montar e então limpei o rosto com a bandana.

— Ah, assim é que dá sorte — Tom disse, apontando para a mancha que deixei no pano.

— Me sinto bem melhor agora.

— Ótimo. Porque estou indo agora mesmo ver o George lá na lojinha e colocar o salário de uma semana no número sete.

— Por favor, não faz isso, Tommy.

— Não se preocupe, Stottsy. Vou apostar em você de todos os três jeitos e aí não tem como eu perder.

Tom deu um tapa na minha perna assim que eu montei e já se virou em direção à Lojinha do Papai. Sem nem olhar, gritou de longe:

— Sei que você não precisa, então não vou dizer nada.

Fui com o Reno até a partida do desfile e encontrei meu lugar bem na frente. Havia 32 cavaleiros, então imaginei que a largada escalonada fosse levar umas três horas e, com sorte, os últimos cavaleiros sairiam lá pelo meio-dia. O vencedor do ano anterior tinha sido o número um; era um velho cavaleiro de Holmes que tinha crescido e passado a maior parte da vida no Texas. Ele era realmente muito bom e ganhou os três últimos anos consecutivos.

Vi o Chase largando atrás de mim com o número 19.

Os porta-bandeiras à nossa frente começaram a marchar, e os cavaleiros foram saindo depois deles, um a um e em fila, com o xerife anunciando nossos nomes no alto-falante. Ouvi a banda da escola de Holmes começar a tocar lá atrás.

Vi Luz e sua família na primeira fila do desfile, sorrindo e acenando para conhecidos. Olhei bem para Luz e vi que ela me encarava também. Ela sorriu e eu só consegui pensar em quando ela me disse que eu era o cavaleiro mais bonito. Aquilo me fez sentir forte e renovado. Cumprimentei-a com o chapéu e sorri de volta. Me perguntei se ela ainda me considerava sério demais, alguém que não sorria para o mundo.

Também vi meu pai em meio à multidão. Enquanto olhava para ele, percebi que outras pessoas chegavam e o cumprimentavam, ou davam um abraço ou um tapinha nas costas. Sabia que estavam perguntando se ele estava bem, se eu estava, se precisávamos de alguma coisa. Fiquei feliz de não ter de ouvir tudo aquilo.

Procurei Rose também, já sabendo que ela nunca viria a Three Points só para ver o desfile. Mas olhei em volta mesmo assim.

Quando foi minha vez de passar pelo Ford Bronco preto e branco, vi Clayton Rutledge sentado em um banquinho alto, segurando um monte de papéis amassados, com o microfone ao lado da boca e anunciando os participantes.

Ele olhou para mim e disse:

— E não, minha gente, não abrimos exceção este ano para os bebês. O número sete é o jovem Troy Stotts que, acreditem ou não, já tem 16 anos.

Ouvi algumas pessoas rirem na multidão.

— O belo animal que ele monta é um cavalo de apartação do rancho Benavidez chamado Rita.

Ele não é um cavalo de apartação.

Me deu vontade de dar na cabeça do xerife ali mesmo com um gancho de feno. Olhei para Luz e só ouvi Gabriel gritando alto:

— O cavalo é dele, o nome é Reno e é um puro-sangue!

Mostrei o punho fechado para Gabe e o cumprimentei.

— Obrigado, Gabey.

Ele moveu os lábios sem dizer nada, mas bem obviamente para que eu pudesse ler. — Ele é um imbecil — disse.

Tommy chegou por detrás deles e o ouvi gritando:

— Mostra pra ele, Troy e Rita!

Tive que abaixar a cabeça porque aquilo me fez rir muito.

Depois do desfile, todos nos reunimos na linha de partida para o biatlo. Como eu seria o sétimo, tinha ainda meia hora depois do início para checar a sela do Reno e me assegurar de que ambos estivéssemos preparados para correr. Mais tempo do que aquilo e eu teria me sentido exausto com a espera, então fiquei feliz com minha posição. O quarto estava prestes a largar com o quinto já se posicionando. Eu teria de me preparar logo.

Tommy estava agachado checando os cascos do Reno.

— Ele parece ótimo. Cadê seu pai?

— Ele vai estar no segundo ponto de parada. O tiro em pé. É o mais difícil, eu acho.

— Você viu os rifles?

— Número cinco — chamou o anunciante, o que significava que o quinto já estava para sair, com o sexto se preparando.

— Eles são bem bons. Rifles de biatlo da Marlin. Custam bem caro. Os melhores que existem.

— Você leva mil dólares se ganhar.

Pus meu pé no estribo e montei. Puxei as rédeas e ajeitei a bandana. Então me inclinei para a frente e disse bem no ouvido do Reno:

— Manda ver, garoto.

— É muito dinheiro.

— Número seis.

— Tommy? — eu disse e comecei a caminhar com Reno para a área de preparação. Tommy pegou meu joelho com firmeza. Eu já estava para dizer que o chutaria se ele chamasse meu cavalo de Rita de novo, porque isso é bem próprio do jeito de coiote dele. Mas disse outra coisa. — Obrigado pela bandana.

— Ah, você já agradeceu — e então cuspiu e ergueu o punho para que eu cumprimentasse.

Bati tão forte que percebi que o tinha machucado, porque eu mesmo senti a mão. Ele deu um tapa no traseiro do Reno e disse:

— E Stotts, lembre-se disso: fique invisível e passe todo mundo.

O primeiro quilômetro e meio do trajeto era uma subida forte. Eu tinha vantagem nisso por causa da força do Reno e do meu peso. Então, quando vi a primeira linha de alvos, me senti bem mais calmo e confiante do que em qualquer outro momento daquela manhã.

O ponto de parada exigia atirar montado em cima do cavalo, o que pode ser complicado se você estiver com o animal errado para a tarefa. Muitos cavaleiros põem tampões nos ouvidos dos cavalos. Mas o Reno sabia se comportar e ficar paradinho, então eu só aparei o cotovelo no joelho para dar estabilidade e mirar. Cada parada tinha juízes que tomavam nota dos participantes e seus pontos, com cronômetros para medir direitinho caso dois cavaleiros chegassem juntos e um tivesse de esperar o outro atirar. Os alvos eram pequenos discos de ferro do tamanho de meia nota de dólar colocados a nunca menos que 15m da posição de tiro. Depois dos cinco tiros, cada cavaleiro tinha de recarregar o rifle para o participante seguinte antes de ir embora.

Gastei um bom tempo atirando na minha primeira parada por medo de errar. Derrubei todos e ouvi o juiz dizer "*Mas que diabos!*" quando terminei. Pensei que ele provavelmente tinha apostado uma grana em algum outro que já tinha passado. Recarreguei as cinco balas no rifle e o entreguei ao juiz, dizendo obrigado antes de cumprir meu próximo quilômetro e meio.

Naquele segundo percurso, passei o competidor de número seis, uma mulher de Holmes que parecia ter uns 35 anos. Nunca fui bom em adivinhar idades. Mas pude perceber que ela ficou bem brava quando Reno e eu passamos por ela.

Estava começando a ficar muito quente e eu suava na sela. Reno também estava suando e arfando muito, mas adorando a corrida entre os pontos de parada. Desamarrei a bandana e limpei meus olhos e mãos, depois a amarrei de volta no pito da sela logo que avistamos o segundo posto, onde meu pai era juiz. E lá estava ele, com o cronômetro pendurado em um cordão no pescoço, um boné azul dos Dodgers, parecendo tão deslocado ali quanto se estivesse usando camisa social e gravata.

— Você passou o seis?

— Deixei lá pra trás — respondi. — Acertei os cinco lá na primeira.

Desci do Reno, me sentindo refrescado pelo vento que batia no suor da minha calça. Meu pai me estendeu o rifle e disse:

— Muito bem, número sete. São cinco alvos para tiro em pé. Só um competidor acertou todos até agora, filho.

Atirar de pé era difícil depois de percorrer todo aquele trajeto a cavalo, porque o atirador treme um pouco e, sem conseguir firmar o cotovelo, tende a ficar tenso. Tentei relaxar meus ombros.

— Pai, lembra da conversa de hoje de manhã? — perguntei. — Vou te cobrar a promessa, hein? Vou te fazer montar aquele cavalo.

Ele fez uma expressão desapontada, mas ainda sorriu um pouco. Ou tentou, pelo menos.

— Não precisa se preocupar com isso, filho. Fico feliz de você ter me falado tudo aquilo. Mas é bom que o tal cavalo seja muito bonzinho mesmo. Agora, é melhor você começar a atirar antes que o seis chegue.

— Vai nevar antes que aquele número seis apareça por aqui.

E então eu derrubei os cinco também na segunda parada. Recarreguei e devolvi a arma para meu pai.

— Obrigado, pai.

— Tom Buller mandou dizer que ele ia ficar te devendo cinco pratas se você conseguisse acertar os cinco aqui — meu pai falou.

— Ele vai ter como bancar isso se eu acertar todos no próximo posto também.

Com um sorriso, ajeitei meu chapéu e parti com Reno para a terceira etapa.

O próximo percurso era quase todo morro abaixo e em meio às árvores, em parte seguindo a margem daquele rio que quase me matou no meu aniversário de 16 anos. Reno e eu fizemos o trajeto bem rápido e eu ainda pude ouvir os cinco tiros do competidor à minha frente enquanto nos aproximávamos da parada final. Quando chegamos, o número cinco tinha acabado de sair.

Clayton Rutledge era o juiz da terceira parada.

Eu já sabia que ele estaria lá, mas ainda assim senti um nó nas tripas quando o vi esperando com a prancheta, os olhos fixos em mim como naquela noite quando ele me parou a caminho de casa.

— Ora, ora, ora, se não é garoto Stotts... — ele disse. — Já passou pelos outros dois pontos? Quantos tiros acertou?

Apeei do Reno. Clayton nem fez menção de me entregar o rifle.

— Acertei todos.

— É muita sorte para um garoto do seu tamanho, eu diria.

Então estendeu o rifle e me entregou. O cano apontava bem para minha barriga enquanto ele checava a arma.

— Vamos ver se o número cinco carregou tudo direitinho.

Cuidadosamente retirou o pente do rifle e apertou os olhos para contar as balas. Eu sabia o que ele estava fazendo e comecei a ficar com raiva, mas não iria dizer nada desta vez.

— Espero que você tenha tomado juízo, garoto. Chase e eu não guardamos mágoa daquele erro que você cometeu.

Respirei fundo e estendi a mão.

— Esses cinco são deitados, certo?

— Cinco alvos em posição deitada. Isso quer dizer de barriga pra baixo, garoto.

Me passou a arma e eu me deitei no chão.

— O vento está vindo pra cá — ele disse. — Talvez você tenha que compensar isso. Porque o primeiro alvo no canto está meio torto. Vi dois atiradores em seguida errarem aquele, mas pensei que poderia ser o vento. Talvez quando eu tiver que arrumar de novo eu o vire um pouco mais pra cá.

E continuou falando enquanto eu tentava mirar.

Errei o primeiro tiro. Esfreguei o rosto com a mão.

— Você errou! — ele disse. — Vamos ver... Número sete... Uma penalidade. Você é o sete, não é, garoto?

— Xerife Rutledge, será que o senhor poderia, por favor, parar de falar?

Minha voz tremia quando disse aquilo. Ele não falou mais nada, mas pude ouvir seus passos enquanto andava próximo às minhas pernas e depois parava bem ao meu lado esquerdo, projetando uma enorme sombra em cima de mim.

— Desculpe, garoto. Vá em frente e termine.

Pude senti-lo olhando para mim e derramando sua sombra preta e ampla sobre mim. Reposicionei o rifle, mas errei de novo.

Rutledge limpou a garganta. Ouvi o som de seu lápis no papel onde ele anotava os erros. Eram dois minutos a mais. Eu estava com tanta raiva de mim mesmo que poderia ter até uivado ali. Clayton não disse nada. Derrubei os outros três alvos um seguido do outro.

— Agora não se esqueça de recarregar.

Minhas mãos tremiam e ele podia ver. Eu tinha que compensar aqueles dois minutos de algum modo no último trajeto, pensando que haveria pelo menos algum outro que acertaria todos os quinze tiros. Recarreguei rapidamente e tive vontade de jogar o rifle no chão, mas o entreguei ao xerife.

— É, não achei mesmo que um garoto do seu tamanho iria acertar todos os quinze. Mas até que você foi bem.

Não falei nada. Apenas pulei em cima do Reno e enfiei os calcanhares na barriga dele para que cumpríssemos aquela última etapa em velocidade máxima.

O último quilômetro e meio passava pelas terras planas e pela ponte. Mantive a cabeça abaixada ao lado do pescoço pulsante do Reno, segurando firme nas rédeas sem puxá-las e deixando-o correr o quanto aguentasse, na esperança de que não fosse escorregar e cair. Alcançamos e passamos o número cinco, e ainda pude ver o quatro passando na linha de chegada ao lado da Lojinha do Papai uns trinta segundos antes de mim. Ou seja, com tiros errados ou não, sabia que tínhamos feito um belo tempo. Só que eu nunca deveria ter errado aqueles dois tiros, os mais fáceis da corrida inteira.

Vi todos lá adiante, comemorando minha chegada: Tommy, Luz, Gabriel e seus pais. Mas eu nem olharia na cara deles quando passasse, porque estava me sentindo tão mal que poderia começar a chorar.

Havia um cercado improvisado para os cavalos atrás da loja. Fui direto para lá. Tirei a cabeçada e a sela do Reno e os coloquei sobre a cerca de tubos. Comecei a escová-lo.

— Você foi muito bem, Reno. Me desculpe por estragar tudo.

Tommy e Gabe chegaram se contorcendo em meio à cerca. Pareciam extasiados.

— Você foi espetacular! — Gabe disse.

— Errei dois tiros.

— Você? — Tommy exclamou sem acreditar. — *Você* errou *dois*? E você viu seu tempo?

— Estou espumando de raiva disso, Tom. Foi na parada com o xerife Rutledge. Ele fez de tudo para que eu errasse.

— Mesmo com a penalidade de dois minutos, você está em primeiro lugar disparado — Gabe disse.

Olhei para os dois.

— Estou?

— E eu estou com um pressentimento muito bom — disse Tom.

— Foi graças ao Reno, só isso — respondi. — Mas ainda tem um monte de cavaleiros para correr.

Então vi Luz com os braços sobre a cerca, nos observando a distância. Sorriu para mim, e eu balancei a cabeça e olhei para baixo. Andei até onde tinha deixado a sela, desamarrei a bandana e enxuguei o rosto e pescoço com ela para depois amarrá-la de novo.

— Não fui bem, Luz.

— Do que você está falando? Você está em primeiro lugar até agora.

— É, mas eu podia ter acertado sem problemas. Errei dois tiros muito fáceis.

— Você foi bem demais — ela disse. — Tenho muito orgulho de você. Está com fome?

Estavam começando a fazer o churrasco na rua.

— Estou — respondi. Mas não estava.

Nos sentamos todos à sombra ao lado da lojinha, longe das bombas de gasolina. Fiquei com aquele número sete pregado na roupa o dia todo. Enquanto comíamos e conversávamos, fiquei de olho nos cavaleiros que chegaram depois de mim. George Hess, dono da loja, servia uma cerveja atrás da outra, puxando dos barris metálicos dentro de tanques cheios de gelo que ele tinha posto em frente à loja.

Quando o último competidor passou, vimos que meu tempo só tinha sido bom o suficiente para o segundo lugar, batido por meros quinze segundos. O que tornava tudo pior era o fato de que Chase Rutledge tinha chegado em primeiro e conquistado o prêmio de mil dólares. Ganhei quinhentos pela segunda posição. Acho que uma bela quantia foi apostada e perdida naquele dia, porque o tal texano que tinha ganhado o biatlo por três anos seguidos acabou chegando em décimo.

Fiquei triste por desapontar tanta gente que tinha investido em mim, mas quando Tommy me mostrou a mão cheia de dinheiro que tinha conseguido por apostar em todas as modalidades, me senti um pouco melhor.

— Teria sido muito mais se você tivesse ganhado. Mas você vai chegar lá no ano que vem.

— Ano que vem, quero que você corra comigo montando aquele seu cavalo novo.

— Primeiro e segundo lugares, Stotts.

— Nós podemos fazer isso.

Encontrei meu pai rindo e bebendo com o Sr. Benavidez. Pedi para ele guardar o dinheiro para mim, já que Tommy, Gabe e eu iríamos para o ponto da fogueira à tardinha.

— Você fez uma excelente corrida, Troy — disse o Sr. Benavidez, apertando minha mão.

— Obrigado. Eu poderia ter feito melhor — respondi. Limpei a garganta e continuei. — Tom e eu estamos indo acampar perto da fogueira hoje à noite e estaremos de volta ao rancho na segunda de manhã, se não tiver problema, senhor. Meu pai já autorizou.

— Está tudo bem, Troy. Divirtam-se.

Não mencionei o Gabe porque não tinha certeza se ele já tinha conversado com o pai ou não.

O sol começava a baixar no horizonte e eu sabia que tinha de preparar o Reno rápido, para que a gente não precisasse correr para o acampamento. Queria saber onde estavam Tommy e Gabe para avisá-los. E talvez achar Luz também para dizer até logo.

George Hess ainda servia cervejas quando retornei ao cercado. Pedi desculpas ao Reno por recolocar a sela e a cabeçada, mas o deixei sem o freio, como sempre fazia, e abri a porteira para que ele saísse à rua. Todas as vezes em que Art Benavidez me via montando o cavalo daquele jeito, ele me repreendia, dizendo que eu parecia um índio. Mas nunca vi muito sentido em colocar aquela barrinha de metal dentro da boca do cavalo. Pelo menos não em um cavalo bom como o Reno.

— Aí, parabéns pela tentativa, número sete — exclamou Chase Rutledge da frente da loja. Estava fumando um cigarro com Jack Crutchfield. Ninguém gostava de Jack exceto pelo Chase. Ele era um daqueles moleques inúteis, mimados e empanturrados de comida que sempre tinha tudo o que queria e só servia para deixar Chase com um ar mais intimidador e difícil de lidar quando ficava ao lado dele.

Eu não disse nada, apenas fingi não ter escutado.

Encontrei Tommy e Gabe perto da caminhonete. O motor já estava ligado, então eu sabia que Tommy estava ansioso para partir logo.

— Estamos indo pegar os cavalos e te encontramos lá — Tom avisou. — Ou então, se você quiser, posso engatar o reboque maior para caber o Reno também.

— Não, tudo bem assim. Mas se você conseguir levar tudo hoje à noite ainda, nós podemos sair juntos pra cavalgar amanhã cedo. Eu e ele vamos bem devagar agora mesmo. Te vejo lá — respondi, mesmo sabendo que ele queria que eu fosse com eles naquele instante mesmo. Olhei em volta, procurando em meio à multidão que se ajuntava em volta dos barris de cerveja. — Onde está sua irmã, Gabe?

— Ela foi para aquele lado ali pegar um refrigerante — disse, apontando para o grande gramado do centro comunitário.

— Oh-oh... — Tommy disse sorrindo, e então subiu para o banco do motorista.

— Encontro vocês lá, então.

Os dois se foram e me deixaram imaginando o que estariam conversando agora, enquanto eu via Luz sentada na grama fria com sua bebida na mão. Andei até lá e soltei as rédeas do Reno. Ele logo abocanhou a grama em volta umas duas vezes e eu torci para que ninguém estivesse vendo.

— Se importa se o número sete se sentar ao seu lado só por um minuto?

Ela apenas sorriu e bateu na grama ao seu lado. Sentei bem próximo dela. Nossos joelhos e pés se tocaram.

— Nós estamos indo acampar no ponto da fogueira agora à noite — eu disse. — Sei que você não pode ir junto, mas talvez possa ir a cavalo até lá amanhã de manhã.

— Não me diga que vocês, rapazes, vão fazer café da manhã.

— Bom, na verdade, estava torcendo para que você levasse pra gente.

Pus minha mão sobre a dela na grama. Pelo que eu pude ver, seus pais não estavam em volta.

— Talvez por 500 dólares...

— Está marcado, então — respondi. Deixei meu chapéu suado na grama ao meu lado e arranquei umas folhinhas, deixando-as cair sobre a aba. — Luz, só queria dizer que você... que este ano está sendo... — e então parei de falar, respirei bem fundo e puxei meu joelho para junto do peito. — Eu te amo, Luz.

Senti a mão dela apertando a minha. Olhei para ela e parecia que ela ia começar a chorar.

— Eu te amo tanto, Troy Stotts, meu cavaleiro número sete.

Eu sei que nos beijaríamos em seguida, apesar de todas as pessoas que estavam ali em volta, mas então ouvimos o pai dela chamando do outro lado da rua.

— Luz! Luz!

E não consegui dizer mais nada.

QUINZE

Reno e eu fomos andando devagar pela margem sul da lagoa grande em direção à fogueira, com a bandana vermelha amarrada como uma bandeira em torno do pito da sela e o amassado número sete ainda atado ao meu peito com os quatro alfinetes. Eu ia olhando adiante sem realmente enxergar em volta, apenas absorvendo a paisagem com os olhos enquanto me imaginava sentado naquele gramado ao lado da Luz Benavidez, sentindo sua mão tocar a minha.

O último fiapo de sol se punha. Morcegos cortavam o céu velozmente entre as árvores, trissando e às vezes vindo bem em direção ao meu rosto.

Na lagoa calma e serena, preta nas bordas e mais iluminada que o próprio céu lá no meio, pequenos círculos apareciam de vez em quando onde peixes beliscavam a superfície. A tardinha cheirava a cavalos e pinheiros e a poeira ressequida do verão, que se levantava à medida em que íamos em frente. E eu balançava para frente e para trás no passo confortável e confiante de Reno. Um filhote de gavião gritou de algum lugar no alto das árvores.

Não é o lugar mais lindo do mundo, Troy?

E era.

Passei pelas grandes pedras perto de onde iríamos nadar na manhã seguinte, ou pelo menos pela estreita trilha que elas permitiam junto à margem da lagoa. Tirei o chapéu, penteei o cabelo para trás com os dedos e o pus de volta ligeiramente inclinado, de modo que eu pudesse ver o céu, as primeiras estrelas que despontavam e aquela pálida fatia de lua que subia por detrás das árvores negras do outro lado da água.

Avistei uma coluna espiral de fumaça se erguendo em meio às árvores à minha frente, assim como um brilho dourado entre os troncos mais abaixo. Já ouvia Tommy e Gabe rindo. Eles já tinham começado o ritual, a contação de histórias, as piadas, as risadas, aquela rotina toda que seguíamos tão regularmente por tantos anos que vieram e se foram, vieram e se foram.

Eles não notaram quando parei o Reno ao fundo, nas sombras das árvores, e me sentei lá para observá-los, com Tommy de cócoras em sua velha sela sobre o chão de terra, olhando para o fogo com as botas ao alto, na pilha de pedras que ficava em volta, bebendo de um copo de plástico vermelho e comprido. E Gabe, de pé do lado oposto, sacudia os braços como se fazendo uma dança esquisita de um pássaro manco, e então caindo no chão e falando alto de alguma coisa que não pude discernir o que era, e os dois então explodindo em gargalhadas.

— Ei, o que é tão engraçado? — eu disse, saindo com Reno para a luz.

— Já era tempo de você aparecer — Tommy disse, pondo-se de pé. — E aí, Stotts? Olha o que eu consegui.

Apeei do Reno, levando-o para a caminhonete onde estavam os outros cavalos, e Tommy acendeu os faróis. Na caçamba, havia um daqueles barrilzinhos de cerveja da loja, dentro de um tonel de metal cheio de gelo quase derretido. Desafivelei a sela do Reno e a joguei sobre a lateral da caminhonete.

— George Hess só me disse para pegar o barril e devolver pra ele vazio. Estava todo feliz. Acho que ele nunca ganhou tanto dinheiro com a corrida antes, então só falou para eu pegar a cerveja e me mandar.

— Talvez o Clayton ainda não o tenha extorquido sua cota — comentei.

Tirei meu chapéu e o joguei pela janela do passageiro.

— Aposto que você não discutiu com o George quando ele disse isso. Ainda sobrou um pouco?

Tommy pegou um dos copos que descansavam sobre o final do gelo.

— Deixa eu te servir um copo, número sete.

Olhei para baixo e lá estava, ainda, meu número preso ao peito.

— Vou aceitar, então.

Tommy me passou o copo cheio de espuma branca no topo. Eu o virei inteiro de uma vez. Tom pegou o copo vazio da minha mão, disse "caramba!" e encheu mais uma vez.

— Gabey! Gabey! Vem aqui. Você disse que tomaria uma também quando o Stotts chegasse! — Tommy disse, já com as bochechas vermelhas. — Vamos com isso, Gabey!

— Bom, tudo bem.

Gabe veio andando até a porta de trás da caminhonete e pegou um copo com Tommy.

— Beba, meu filho, diretamente do altar do templo F-150 — Tom disse, fazendo uma cruz no ar com o copo só para fazer vontade em Gabriel.

Gabe deu um bom gole, como tinha me visto fazer, mas pude perceber que ele quase regurgitou tudo.

— Essa coisa é horrorosa — ele disse com uma careta.

— Melhora com o tempo — eu disse.

Saímos levando nossas cervejas, andando pela luz branca dos faróis, e tomamos nossos lugares de sempre em volta do fogo.

— Atiça! Atiça! — Tom disse para mim.

Peguei dois galhos mais grossos da pilha atrás de mim e os lancei cruzados por cima das chamas. Então adicionei dois outros em cima daqueles e o fogo subiu mais alto do que qualquer um de nós. Tommy se sentou, encostando-se na velha sela surrada, e Gabe e eu sentamos um de cada lado dele, no chão mesmo, com as costas nas pedras que tínhamos ajeitado perfeitamente, de modo que nossos joelhos ficavam dobrados e os pés virados para o fogo. Tommy puxou a latinha de fumo do bolso de trás, deu três batidinhas, pegou um chumaço pequeno e, sem falar nada e nem mesmo olhar para mim, lançou a lata no meu colo como um disco voador. Peguei um pouco também e joguei de volta.

Gabe ainda fazia careta com o gosto da cerveja.

— Não tinha certeza se você viria, Gabey — disse a ele.

— Bom, tive que prometer pro meu pai que estaria em casa de manhã para a missa.

Tommy riu.

— Você podia ter prometido que ia criar asas e voar pra casa também.

— A gente tinha combinado de ir nadar perto das pedras — eu disse.

— Bom... Não vai ser a primeira vez que fico de castigo por faltar à missa — Gabe retrucou.

— Vamos te batizar na água da lagoa — Tommy falou. — É boa igual água benta.

— Sabe de uma coisa que meu pai falou, Troy?

— O quê?

— Não fica bravo nem nada assim, mas ele disse que a única pessoa que ele conhece que precisa ir à igreja mais do que eu é Troy Stotts.

— Acho então que se eu estivesse aqui bebendo cerveja com o capeta ia dar na mesma que com vocês dois, hein? — Tommy zombou, e todos rimos. — Na verdade, vou lá pegar mais.

— Traz uma pro diabo aqui também — eu pedi, estendendo meu copo vazio.

— Bom garoto, Stottsy.

Saiu se arrastando e quase tropeçou no caminho até o carro.

— Por que você acha que ele pensa isso? — perguntei.

— Eu sei por quê — Tommy falou alto lá de trás de nós enquanto servia as cervejas. Percebi que ele já estava voltando. — Eu sei por quê. É por causa da Luz. Aquela garota é louca por você, Stotts. Dá pra ver.

Gabe sorriu e olhou para mim esperando que eu dissesse algo. Bem, eu não ia falar nada. Então ele só deu outro gole, com uma nova careta.

— Já vi o Sr. Benavidez castrar um cavalo — foi o que eu disse. — E ele não pensaria duas vezes antes de fazer a mesma coisa comigo.

Tommy me deu uma cerveja e voltou à sela.

— Sabe, Stottsy, essa era outra aposta que o George Hess andou fazendo com seu nome. Se você ainda teria suas bolas quando fizesse 17 anos ou se elas estariam num potinho bem à mostra no escritório do Art Benavidez.

Gabriel deu uma gargalhada, soltando um jato de cerveja.

— E que lado está pagando mais no momento? — perguntei.

— Olha, não é uma situação muito boa pras suas amigas aí.

Gabe ainda acrescentou com um meio-sorriso:

— E ele já tem as de algum coitado. Ficam lá no escritório. Eu já vi.

— São as suas, Gabey — Tommy disse, também cuspindo cerveja.

Todos rimos.

Virei o resto da minha cerveja. Estava uma delícia. Até mesmo Gabe conseguiu terminar a dele, e então disse:

— Estou com fome. Vamos pegar a comida.

— Você trouxe algo pra comer, Tom? — perguntei.

— Eu sempre trago.

Gabe se levantou e eu estendi a mão para que ele me ajudasse a fazer o mesmo.

— Me ajuda a levantar e vamos ver o que tem.

Ele puxou e eu quase fui para o chão bem em cima dele.

— Você está bêbado, Stotts — Tommy comentou, ainda reclinando na sela.

— Eu sei. Vai mais uma?

Tom estendeu o copo e eu tomei o de Gabriel das mãos dele.

— Você também vai tomar mais uma, Gabey.

Gabriel e eu fomos até a caminhonete. Servi as três cervejas e Gabe abriu os alforjes de couro por sobre a sela do Flecha. Só puxou lá de dentro um pacote de batatas fritas, uns amendoins e um pouco de carne seca.

— Parece que o Tommy se esforçou para trazer comida saudável — eu comentei.

— É o tipo de coisa que eles comem na casa dele.

Voltamos às nossas posições perto da fogueira, nos sentamos e comemos e bebemos por mais algum tempo, olhando dentro das chamas. Já estava me sentindo meio mole. Gabe pelejava com sua segunda cerveja, mas logo começou a corar também, e aí eu sabia que ele já estava ficando tonto.

— Quero que o Stotts conte uma história — Tom disse.

— Que tal se o Gabey fizer isso desta vez? — perguntei.

— Pode deixar comigo — Gabe disse.

— Tudo bem então — Tom concordou.

Joguei mais uns galhos no meio do fogo.

— Isso que vou contar aconteceu há muito tempo, antes de você e seu pai virem pra cá, Tom — começou Gabe. — Mas acho que é até uma boa história sobre o Troy e eu. Não lembro exatamente quantos anos eu tinha, mas é provável que ainda estivesse no jardim ou no primeiro ano, e o Troy devia ter uns 8 ou 9 anos.

Gabe tomou um gole e se recostou na pedra.

— Foi um dia quando decidimos construir um forte em frente da minha casa.

— Eu lembro disso — comentei.

— Beleza. Mas sou eu que estou contando a história, então fica quieto. Nossas mães estavam lá dentro fazendo alguma coisa e simplesmente esqueceram da gente, já que nós não estávamos enchendo a paciência delas. Não sei onde a Luz estava, mas ali éramos só eu e o Troy, e começamos a cavar um buraco bem grande para fazer o forte bem debaixo daquele salgueiro que fica no nosso jardim.

Eu realmente me lembrava daquele dia, com nossas mães sentadas lá dentro tomando café. Era meio estranho ouvir o Gabriel falar alguma coisa da minha mãe. Fez eu me sentir um pouco triste no começo, mas também achei bom que ele tivesse uma lembrança dela na cabeça.

Ele continuou:

— Nós usamos as pás grandes que ficam no estábulo, e também chapas de compensado e tudo o mais. Acho que ficamos horas lá cavando aquela coisa, porque acabou ficando bem grande.

— Ou então nós é que éramos muito pequenos — acrescentei. E ainda me lembro de ter pensado naquele momento, a gente sentado em volta da fogueira e Gabe contando a história, que todo e qualquer garoto cavava para fazer fortes e brincava no telhado.

— É, bom... Nós dois estávamos cobertos de terra na hora em que meu pai chegou em casa. Quando ele viu o que tínhamos feito, fez uma cara de quem iria nos matar. Primeiro, ele entrou em casa e esbravejou com minha mãe por ela não ter ficado de olho na gente, e depois saiu de lá pra nos pegar. Os olhos dele eram como os de um demônio.

— Como você poderia saber? Você estava escondido.

— Bom, eu realmente me escondi embaixo dos compensados, pensando que ele não me acharia. Lembra do que ele nos chamou, Troy?

— Cabritos safados.

— Pois é. Ele disse: "eu não trabalho feito louco todos os dias pra ver dois cabritos safados destruírem minha casa". E eu fiquei com tanto medo que praticamente mijei nas calças.

— Você mijou mesmo, eu acho.

— Ah, cala a boca.

Nós dois bebemos mais um gole de cerveja e Gabe continuou:

— Mas então o Troy virou para ele e falou: "foi ideia minha, Sr. Benavidez. Me desculpe. Nós vamos consertar tudo. Gabe não teve nada a ver com isso". Eu até hoje não sei por que ele disse aquilo.

— Porque pensei que ele ia te matar de verdade, mas sabia que ele não ia me machucar porque meu pai e ele eram amigos.

— Daí então ele nos levou pra dentro de casa pra falar com nossas mães, e nós dois estávamos cobertos de terra e sujando o chão todo, o que deixou minha mãe furiosa. Mas eu acho que meu pai queria que a gente espalhasse aquela terra mesmo. E aí ele falou pra mãe do Troy: "eu nunca bateria em filho dos outros, mas seu menino Troy está me devendo umas horas de trabalho". E a mãe do Troy só virou e falou para ele bater no Troy se quisesse.

— É. Foi aí que eu quase mijei nas calças.

— Meu pai então pegou o Troy pela gola e foi levando até o estábulo e fez ele varrer todas as baias.

— Bom, e não foi só isso — eu disse. — Eu nunca tinha chegado tão perto de cavalos antes e estava aterrorizado com eles. Ele me levou pro estábulo onde ficavam os maiores cavalos, me estendeu o ancinho e falou: "limpa tudo". E me fez entrar logo na primeira baia onde tinha o maior cavalo que eu já tinha visto na vida e eu morri de medo do bicho tentar me matar. Era tão alto que eu podia passar em pé debaixo da barriga dele sem nem bagunçar o cabelo. E eu chorava de medo dele, mas sem dar um pio, e só lembro das lágrimas escorrendo pelo rosto enquanto eu trabalhava. E o pai do Gabe dizia: "não fica parado aí. Você tem muito trabalho pela frente, então é melhor começar logo. Ignore o cavalo. Ele nem liga pra você". Então eu comecei a recolher a sujeira e chorar, tudo ao mesmo tempo. Enquanto eu fazia isso, o Sr. Benavidez se sentou em um caixote, fumou um charuto e começou a ler alto umas histórias esquisitas de horror que pareciam poemas. Eu até me lembro delas, e lembro dele falar que eram de um tal de Octavio Paz. E eu não sei bem dizer por quê, mas pensei que aquilo também era muito assustador.

— Ele lia aquilo pra mim o tempo todo — Gabe interrompeu. — Lembro de um que me deu medo, que falava de um cara que arrancava os olhos das pessoas.

Olhei para Gabe, assegurando-o de que eu também me lembrava daquela história, e continuei:

— Então a Luz foi lá, deu um beijo no pai e riu de mim, mas também disse que eu estava fazendo um ótimo trabalho e que algum dia o pai dela iria me contratar pra trabalhar lá. Naquele dia, eu limpei sete baias até ele dizer que eu podia parar. Quando saí da última, ele se abaixou, pôs o rosto bem em cima da minha cabeça, com os polegares enormes debaixo dos meus olhos e limpou minhas lágrimas. Lembro de ouvir ele respirar fundo e dizer: "pronto. Agora você está com cheiro de cavalo. Gostou?". Eu estava com tanto medo que só disse que sim. E ele disse que eu deveria ir pra casa e falar pro meu pai me cheirar. Quando estava me levando de volta para a sede, ele ainda disse: "Troy, vi duas pás ao lado do buraco que vocês estavam cavando". Fiquei sem saber o que ele queria dizer com aquilo durante muito tempo.

Olhei para Gabe, com seus olhos plácidos como que envidraçados, e pude ver que ele estava se lembrando daquele dia quando éramos tão pequenos. Bebi mais um pouco. Eu já tinha quase me esquecido de que o pai dele tinha limpado minhas lágrimas com as mãos calejadas.

— Está boa essa história pra você, Tommy?

— Só se eu tomar mais uma cerveja.

— Tudo bem. Mas acho que agora todos estamos bem bêbados.

— Eu acharia isso também se eu fosse esperto como você, Stotts.

Tommy saiu meio cambaleando em direção ao barril na caçamba da caminhonete.

— Põe mais lenha aí, Gabey, porque eu tenho que ir mijar.

Depois, todos voltamos aos nossos lugares em volta do fogo, Tommy e eu bebendo as cervejas e Gabriel caindo de sono. Eu estava deitado de costas no chão, assistindo à fumaça e às fagulhas que rodopiavam em seu caminho rumo ou céu estrelado.

— Sei que vocês não vão acreditar no que vou dizer, mas juro que é verdade — Tommy disse. — Venho esperando o melhor momento pra contar isso. É que eu vi um fantasma. Foi na noite daquele dia em que a gente matou o puma, o que deixa a coisa ainda mais estranha. Porque todo mundo aqui se lembra de que pintamos o rosto e o Stotts disse que era a "cura fantasma".

— Como o nome do cavalo — Gabe provocou.

— Mas digo isso por causa do que ele falou que ia acontecer.

Tommy deu uma cusparada e tomou mais um gole de cerveja. Os olhos de Gabe estavam mais abertos agora, atentos à possibilidade de uma boa história de terror.

— Na noite daquele dia em que nós enterramos o puma — Tommy continuou —, eu acordei no meio da noite porque achei que tinha ouvido alguma coisa. Estava bem escuro e bem silencioso, a não ser pelo barulho do vento batendo lá fora como se arranhasse as paredes. Havia um garoto de pé bem no meio do meu quarto, só parado lá e olhando para mim. Ele era mais claro do que a escuridão e eu quase podia ver através dele. Tive certeza de que era um fantasma, um de verdade.

— O que ele fez? — Gabe perguntou.

— Nada. Só ficou lá olhando pra mim. Não se mexeu, seu rosto não mudou, ele não fez nada. E eu só fiquei olhando de volta um tempão também. Fiquei com tanto medo que pus o travesseiro na cabeça.

— Meu pai disse uma vez que a sua casa era assombrada — Gabe disse ao Tom.

— Você está inventando isso agora — eu desacreditei.

— Juro que ele falou isso, Troy.

— Bom, e como era esse garoto? — perguntei.

— Tinha cabelo claro. Era pequeno, talvez tivesse uns 10 ou 11 anos. Não consegui distinguir bem as roupas que ele estava usando. Mas a parte que me deu mais medo foi esconder a cabeça debaixo do travesseiro, porque isso me deixou cada vez mais assustado e quase comecei a tremer de verdade. Não, quase não: comecei mesmo a tremer. Acho que fiquei daquele jeito por horas, suando, com a cabeça escondida, me perguntando se eu teria coragem de olhar pra ele de novo, de ver se ele ainda estava lá. Então falei pra mim mesmo: "eu sei que não estou sonhando agora, então, se eu olhar e ele não estiver lá, é porque eu estava tendo um pesadelo antes". Então olhei de novo — Tommy engoliu em seco e fez uma pausa. — E ele ainda estava lá.

Gabe olhou para os contornos escuros da noite em volta da fogueira.

— Isso é estranho demais, Tom.

— O que aconteceu depois? — perguntei.

— Cobri a cabeça de novo, e aí eu acho que dormi, porque a única coisa que me lembro é de estar tudo claro lá fora. E é lógico que o menino tinha sumido. Mas naquela manhã pensei que ele talvez tenha sido levado lá pra minha casa pela cura fantasma. Peguei a caminhonete e fui sozinho lá onde tínhamos enterrado o puma. Nada tinha mudado, mas deu medo outra vez. Vi aquele círculo com as pedras que a gente tirou do córrego e deixou em cima do túmulo, bem debaixo daquela árvore.

— O anjo dorme no bosque — eu disse.

Tom jogou um graveto em mim.

— Você vê o que falo desse cara, Gabey? — e se virou para mim. — Você é louco, Stotts. Bom, seja como for, deu muito medo ficar lá sozinho. Eu estava com minha arma, mas tava tudo muito quieto naquele dia e eu me senti como se estivesse sendo seguido ou vigiado por aquele menino durante todo o caminho.

— Você chegou a vê-lo de novo? — Gabe perguntou.

— Não. Mas depois disso não consegui mais dormir no meu quarto. Sempre fico no sofá. O CB fica me perguntando se tenho algum problema.

— Bom, talvez tenha sido mesmo um sonho — eu disse.

— É isso que tento repetir pra mim mesmo até hoje — Tommy respondeu. — Mas tem uma parte de mim que tem certeza de que eu estava acordado o tempo inteiro.

Ficamos todos em silêncio, embriagados pela bebida, pelo fogo e pelos acontecimentos do dia.

Eu te amo tanto, Troy Stotts, meu cavaleiro número sete.

Eu ficava ouvindo aquilo sem parar enquanto fitava o céu, sentindo o cheiro da lenha queimando e da terra no meu cabelo.

E fiquei deitado ali com uma das mãos no peito alisando o número sete e sentindo com os dedos o volume dos alfinetes; e nós todos adormecemos daquele jeito mesmo, ali no chão de terra.

* * *

NÓS TRÊS ACORDAMOS com o som dos sinos da igreja de Three Points. Eram 8 horas. O sol já estava secando o sereno da manhãzinha.

— Ih, caramba, perdi a hora da missa — Gabe disse sarcasticamente.

— Preciso de água — Tom disse.

— Preciso muito! — eu respondi.

Nos levantamos trôpegos. Tirei a camiseta e espanei a terra do cabelo com ela, depois a joguei sobre minha sela. Tom serviu dois copos do que tinha sido gelo no dia anterior dentro do tonel de metal e me deu um. Ficamos lá do lado e bebemos dois copos cada um.

— Como que você tá? — Tommy perguntou.

— Em péssimo estado — eu respondi. — Sinto como se minha cabeça estivesse inchada.

— A Rose poderia transformar a minha numa mesa de centro.

Doeu quando eu ri.

— Do que vocês estão falando? — Gabe perguntou.

— Nada — eu disse.

Tommy tirou a camiseta e jogou um copo de água sobre a cabeça e depois na minha.

— Vamos levar o carro até aquelas pedras e depois nadar na lagoa — sugeriu.

Entramos na caminhonete, deixando Gabe plantado ao lado da fogueira que apenas soltava fumaça. Tommy girou a chave. *Clique*. Nada. A bateria tinha arriado. Bateu no volante, frustrado.

— Eu deixei os faróis acesos ontem — disse. — Estamos presos aqui.

— Vamos com os cavalos então. Depois que a gente se refrescar, vamos pra sua casa e pedimos para o Carl vir aqui conosco dar partida no carro.

— Vamos lá! — Gabe disse.

* * *

NEM PRESTAMOS ATENÇÃO no tempo durante aquela manhã. Era como se o sol nem estivesse se movendo. Mas quando Luz chegou em seu cavalo e pegou o irmão faltando à missa, apenas riu ao nos ver, os três, de ressaca e nadando só de cueca. Foi quando percebi que a manhã tinha ido embora.

E então Chase apareceu do nada, montado em seu cavalo, rindo enquanto roubava nossas roupas e saía rodando seguindo pela minha camiseta sobre a cabeça como uma bandeira, montando seu cavalo da clareira onde estávamos até a estrada de terra que levava a Holmes. Tom saltou da água em direção aos cavalos, tentando correr com cuidado sobre os gravetos e pedras por causa de seu joelho ferido.

Gritei:

— Pega o Reno! Ele vai conseguir alcançá-los!

Tom era um grande cavaleiro, mas meu cavalo era o mais rápido.

— Mas que saco! — Gabriel disse dando um tapa na água.

Luz ainda ria de nós. Se virou e saiu correndo atrás de Tom e Chase.

Eu pulei da pedra, respirei fundo e mergulhei, desaparecendo na água escura que ficava no fundo da lagoa.

Foi assim que Gabriel e eu acabamos naquela tarde quente, molhados e empoeirados, seguindo a trilha sem nossas roupas e indo atrás de Tom Buller e do meu cavalo.

DEZESSEIS

— Gabey, posso pegar seu chapéu? Estou queimando todo.

— Claro. Mas está sujo.

— Eu sei.

Quando Gabriel me perguntou a respeito, espantando as moscas e – praticamente nu – levando nossos cavalos pela trilha, contei a ele tudo o que tinha acontecido comigo quando fui para a montanha e como sua irmã tinha me encontrado lá. E como me senti a respeito. Como se ela tivesse me trazido de volta à vida.

— Você fez amor com ela?

Acho que ele estava apenas curioso, que talvez quisesse só saber um segredo da irmã ou meu. De começo, me vi automaticamente articulando um "não" com a boca para dizer a verdade. Então, sei lá por qual razão, pensei em mentir e dizer que sim. E depois fiquei foi com raiva de Gabriel.

— Como você pode me perguntar uma coisa dessas sobre sua própria irmã? — disse, indignado. — E isso é assunto meu e dela, e só.

— Bom, eu diria a você, se fosse comigo.

— Acho que não vou viver o suficiente pra ver esse dia chegar, Gabey.

— É, e isso também é vergonhoso. Logo agora que eu estava para oferecer meu cavalo ao meu melhor amigo Troy Stotts e ia pedir que ele me deixasse pegar esse Flecha velho e aleijado...

Sorri, já sabendo que ele estava apenas brincando.

— Eu sou a única pessoa para quem você contou da sua fuga? — perguntou.

— É.

Gabriel então puxou as rédeas do Dusty, que se virou de lado na trilha e parou a todos nós. Passou a perna por cima da sela e apeou no chão de terra, limpando o suor das coxas com as mãos nuas.

— Aqui, Troy. Vou trocar com você.

Gabriel segurou as rédeas do Flecha enquanto eu descia.

— Tem certeza?

— Não, mas pode montar o Dusty assim mesmo.

E Gabe montou o Flecha, que escoiceou levemente em protesto, indicando que já tinha se acostumado à ideia de ir sem condutor.

— Além disso, o Dusty é o único cavalo por aqui do qual eu nunca vi você cair, então talvez hoje seja sua grande chance.

Fiquei grato pela sombra refrescante das árvores altas naquele trecho, e também pelo passo mais confortável e pela disposição do baio cinzento. Dava para ver adiante o ponto onde não havia mais árvores, com a luz do sol ofuscante refletindo na grama seca e amarelada onde ficava a placa marcando o trajeto de Butterfield e a trilha levava à estradinha de terra rumo ao leste.

— Você sabe que ela está apaixonada por você, Troy — Gabe disse em tom quase questionador.

— Cara, dá pra parar de falar de mim e da sua irmã?

Estava sem jeito com o modo direto com que Gabe falava aquelas coisas comigo. Ao mesmo tempo, senti certo orgulho de ele ter tanta certeza, e senti também que algum dia teríamos laços que iriam além da nossa amizade.

— Bom, é verdade, caso você não tenha notado. Ou caso ainda estivesse em dúvida — continuou, e esfregou o nariz com as costas da mão. — De qualquer modo, por mim está ótimo.

— Ah, que alívio — eu disse. Tentei mudar de assunto, mas sabia que ele o traria de volta outra vez. — Lembra do que você disse sobre o seu pai me dar o cavalo? Como você sabia daquilo?

Segurei Dusty um pouco e Gabe posicionou o Flecha ao nosso lado.

— Ele não me falou aquilo nem nada mais a respeito, mas sei que meu pai é um encantador de cavalos ou algo assim, do mesmo jeito que meu avô era. Mas você sabe disso, Troy, porque às vezes certos cavalos falam com você, e há pessoas que conseguem falar com qualquer cavalo. Como meu pai faz. E você também. Por isso que eu falei aquilo sobre ele te dar o Reno. Inventei aquilo porque estava querendo te provocar a respeito da Luz.

— Ah... — exclamei, olhando à frente na trilha.

— Você não precisa me contar. Digo, se você está apaixonado também. Porque eu já sei. Foi isso que te trouxe de volta quando você sumiu. Se fosse diferente, o Reno teria te levado embora.

Você some...

Gabriel abriu os braços e bocejou. Flecha baixou sua cabeça em meio à grama que ficava nas margens da trilha.

— Um dia você me leva lá em cima?

— Pra cabana? — perguntei. Olhei bem para Gabriel. — Às vezes, sinto que preciso voltar lá, quase como se ela estivesse me chamando para provar a mim mesmo que não foi um sonho louco ou algo assim. Mas se você quer só ir lá em cima e pescar, podemos ir a qualquer hora. E... Gabe, você não vai sair falando nada por aí, não é?

— Sobre onde você foi?

— Não. Sobre ela.

Gabe estendeu a mão e eu o cumprimentei com um soco.

— Gabe?

— O quê?

— Por que você age como se tivesse medo dela?

Gabriel sorriu.

— Porque ela pode me dar um couro, Troy.

— Acho que só porque você deixaria.

— Que seja — ele disse. — Mas ela nunca me dá uma trégua. Acho que é porque sou o filho homem e meu pai sempre quis isso. Então ela tem que se provar mais durona e mais esperta o tempo todo. E aí eu acho que ele acabou percebendo que ela é mesmo.

— Ela só está tentando mexer com a sua cabeça, Gabe — eu disse. — Porque ela sabe que você é muito bom. E ela acha que vai chegar o dia em que seu pai vai perceber que você é bom o suficiente para tocar o rancho. Ela mesma me disse isso.

— Ela disse?

— Juro pra você.

Gabriel bocejou de novo, fingindo não ligar para o que eu estava dizendo. — Foi difícil voltar pra casa?

Enquanto ele dizia isso, o Flecha começou a fazer corpo mole outra vez, fraquejando a pata dianteira direita e fingindo que ia tropeçar a cada poucos passos. Eu já sabia que aquilo levaria a protestos mais enfáticos adiante.

— Nem um pouco.

— Acho que ele não vai mais sair do lugar, Troy...

Gabriel soltou um suspiro de frustração por sobre a cabeça abaixada do Flecha, que fingia pastar.

— Acho que vamos ter que levá-los a pé de novo.

— Já saímos há uma hora e nem chegamos à estrada de terra ainda. A essas alturas, o Tom já deve estar em casa e vestido.

— Você nunca deveria ter dito pra ele pegar o Reno. Aquele Tom agora te deve mais do que poderia pagar.

— O que você quer dizer com isso? — perguntei. Flecha reagiu ao cutucão de Gabriel.

— Bom... — começou a explicar. — Você salvou a vida dele quando ele foi mordido. E faria qualquer coisa por ele e sempre ficaria do lado dele e do pai. Você é um grande amigo que ele tem.

— E ele faria tudo por mim também — respondi, e exalei resignado ao ver que o Flecha tinha ganhado a discussão silenciosa com Gabriel. — Nunca entendi por que alguém que monta bem como o Tommy fica preso a um cavalo como o Flecha. Se você quiser o seu de volta, aceito trocar.

— Não, tudo bem. A gente tem que andar, de qualquer forma. E acho que o velho Flecha aqui pensa que é muito engraçado a gente ficar largado por aí de cueca — Gabriel falou e fez uma pausa. — No próximo verão, se a gente for acampar de novo depois do Dia dos 49, me lembra de trazer uma muda de roupas.

— É. E você me lembra de não deixar mais o Tom Buller convencer a gente a tomar cerveja.

— Isso eu posso fazer.

Fomos andando devagar. Gabriel tomava uns goles ocasionais do cantil. A placa estava logo adiante e, ao lado dela, a estradinha de terra mais larga e menos acidentada que levava a Three Points e depois a Holmes. À direita da trilha, um círculo de luz do sol iluminava uma clareira entre uma arvorezinha mais jovem e um pinheiro alto que se curvava. Em meio àquele círculo, a placa de pedra estava disposta e refletia o sol da estrada principal.

— Ei, Troy, olha isso.

Gabriel se abaixou e pegou uma pedra do tamanho de um pêssego do chão.

— "Gabriel Benavidez trisca a beirada da base com seu arremesso em curva cheio de veneno".

Gabriel então disparou um arremesso abaixo da cintura, mandando a pedra para o alto e depois em queda, inclinando-se toda para a esquerda e entrando na área iluminada até que, *ploc!*, bateu na beirada esquerda da placa, jogando lascas de arenito que brilharam contra a luz.

— Aposto que você não consegue jogar uma ali.

— Se eu fosse apostar, então seria melhor te pagar adiantado — respondi. Apanhei uma pedra do chão assim mesmo. — Por que você não vai jogar na liga de Holmes?

— Acho que isso não me atrai o bastante — e bocejou de novo. — E por que *você* não vai mais à igreja?

— Acho que muita gente por aqui poderia te perguntar a mesma coisa.

— Ah, mas eu vou o suficiente.

— Pra quê?

E lancei minha pedra, mas ela nem passou da arvorezinha.

— Muito bem. Acho que você levou mais 5 dólares. Você e o Tom juntos vão acabar com todo o meu salário.

— É... Mas você poderia pôr o pingo no "i" de Butterfield com uma jogada boa dessas.

Admirei meu amigo por ter a cortesia de fazer vista grossa à minha falta de habilidade.

* * *

AINDA TÍNHAMOS quilômetros pela frente, os dois andando ao lado dos cavalos altos. Estávamos agora fora da sombra da mata e sob a luz do sol que banhava a estradinha ladeada por árvores. Uma faixa escura de suor empapava a aba do chapéu de Gabriel. Tirei-o da cabeça e alisei o cabelo para trás, pensando em Luz, me lembrando de como ela tinha penteado meus cabelos com os dedos quando caí do cavalo e do quanto eu queria que ela estivesse comigo ali naquele momento. Abanei o chapéu em frente ao rosto.

— Me desculpa, Gabe.

— Por quê?

— Pelo chapéu — disse, mostrando a ele a mancha de suor.

— Ah, isso dá personalidade.

— Quer ele de volta?

— Hã, acho que não, Troy. Você sabe que o sol não me incomoda tanto. Mas você está bem vermelho.

Gabriel sempre tinha a pele morena, mesmo no inverno. Durante o verão, ele ficava ainda mais escuro, mas seu cabelo clareava. E parecia que ele nunca suava muito também.

— Eu não deveria ter deixado meu chapéu na caminhonete.

— É, e se a gente não tivesse deixado os faróis ligados, estaríamos levando esse preguiçoso aqui no reboque.

— Vamos montá-los de novo.

— Por que a gente não deixa o Flecha amarrado aqui e vamos os dois montados no Dusty?

— Gabe... — eu disse, já percebendo meu próprio sorriso. — Pensa no ridículo que seria se alguém visse a gente desse jeito que você está pensando aí.

Gabriel deu uma gargalhada.

— Devo estar delirando...

Ouvimos o ribombar de um trovão no alto da montanha do outro lado da lagoa. Gabe olhou para o céu ao seu lado e para aquele risco dourado que piscou por um instante, como se o relâmpago tivesse feito todo aquele som.

— Tomei chuva uma noite quando estava lá na cabana. Nunca vi chover tanto durante o verão.

— Ficou com medo?

— Muitas vezes. Mas não por causa da chuva.

Gabe olhou mais uma vez para os grandes dedos de granito e para as densas nuvens cinza que se formavam e inchavam por cima deles. Pegou o crucifixo que pendia entre seus ombros como se fosse um amuleto de proteção contra o som dos trovões.

— Tive um monte de sonhos estranhos quando estava lá em cima. Acho que é porque eu estava muito cansado e fiquei lá tantos dias seguidos. Ficava com medo à noite, e isso me fazia ficar acordado. Pensava que podia ter alguém lá fora me seguindo. Mas às vezes me dava medo de dia mesmo, porque era tudo muito silencioso e muitas vezes pensei ter visto coisas que na verdade não estavam lá.

— Como o quê?

— Ah, você sabe... Como quando a gente acha que viu uma pessoa ou um bicho ou alguma coisa se mexendo em meio às árvores com o canto do olho. Mas aí a gente vai ver e não é nada.

— Eu não conseguiria ficar lá sozinho aquele tempo todo. É bem assustador.

— Mas eu sempre dizia pra mim mesmo que não era nada de verdade que estava me dando medo. Com as coisas reais, eu podia lidar bem. O problema é o que eu imaginava. Ou sonhava.

Já tínhamos conversado bastante a respeito de sonhos quando estávamos em volta da fogueira. Lembro que foi o Tom Buller quem disse que nunca sonhava; que ele dormia e então acordava. Tive inveja dele por isso, e sabia que ele era assim por causa da cura da cobra que agora ele tinha; que ele conseguia começar cada dia como se estivesse deixando para trás uma casca vazia com o seu formato e se esquecendo dela, renascido, bem vivo e sem medo.

Queria ser daquele jeito também.

Que tal uma história pra assustar, caras?

O fogo estava se apagando na forma de pequenas minhocas que se contorciam.

Qual é o sonho mais assustador que você já teve?

Ninguém estava preparado para responder àquela pergunta. Eu mesmo estava sonolento e só encarava a lenha queimando.

Tive um sonho em que eu estava sozinho no bosque. Vi o Gabe dormindo sob uma árvore, todo envolto em um brilho branco e encolhido feito um bebê. Andei até ele, bem silenciosamente, e ele de repente virou com a barriga pra cima e se sentou. Os olhos dele estavam totalmente brancos, como em uma estátua de mármore. Ele olhou pra mim e me perguntou por que eu o tinha matado. E eu disse que era porque eu queria ser o único filho. Mas ao mesmo tempo estava pensando – sabe, com a parte da minha cabeça que não estava sonhando – que isso era como a história do livro que eu li sobre esse homem cujos filhos são assassinados por um outro filho que ele teve com outra mulher. E aí eu estava olhando para o tronco de uma árvore enorme, uma sequoia, e ele então se transforma em duas portas altas e pontudas de uma catedral.

Stotts, cara, você é esquisito demais.

As portas se desprendem e caem, e de repente se fecham de novo. Quando vou ver, são a tampa do caixão da minha mãe e depois viram a barriga de um avião branco gigante de cabeça pra baixo. Eu estou montando o Reno e olhando pra cima. Sei que o Gabey não está mais ali, mesmo que eu não esteja olhando para baixo, para o lugar onde ele estava. O Reno começa a se afastar e pisa dentro de uma toca de esquilo. Lembra de quando ele fez isso e nós achamos que ele quebraria a perna? Aí o buraco se alarga e nós dois caímos pro fundo da terra. É como uma caverna escura e cheia de terra, e eu consigo até ver as raízes das árvores como se elas estivessem pendendo do teto. E aí eu fiquei com medo demais e acordei.

Os sonhos mais assustadores que eu tenho só envolvem ter que ir pra igreja ou pra escola de cueca.

Vocês dois são muito perturbados.
Muito bem, e você, Tommy?

Eu não sonho nada.

Só com ficar sem fumo.

E ele dorme em pé.

* * *

OUTRA TROVOADA.

— Lembra de quando saímos atrás daquele puma?

— Nunca vou esquecer aquilo.

— Bom, sinto muito pelo que fiz, Troy. Mas não é porque eu estava com medo. Acho que não estava.

— Você ainda está remoendo aquilo? — perguntei. — Eu não tenho problema nenhum em admitir que aquilo me deu um medo danado.

Dusty farejou meu ombro com seu focinho pegajoso.

— E Gabe?

— Quê?

— Me senti muito mal por aquilo tudo. Ainda sinto. Pelo que eu te disse aquele dia.

— Está tudo bem, Troy.

— Não dá pra ficar com raiva do Gabe Benavidez só por ele ser o Gabe Benavidez.

— Claro que dá. Meu pai faz isso o tempo todo. Tenho certeza de que ele gostaria mais de mim se eu fosse mais como você. Ou como o Tom.

— Eu acho que não, Gabe. Seu pai te ama. Ele é só um cara durão que gostaria que você fosse mais durão também — eu disse. Mas sabia que Gabriel jamais seria o tipo de homem que o pai imaginava tocando o rancho, e me senti mal por aquilo também, com o fato de que o Sr. Benavidez não conseguisse ver em seu filho o que eu via.

Limpei a garganta.

— Quando a gente chegar mais perto de Three Points, vamos tentar montar os cavalos e passar pelo meio do bosque ao sul, porque assim ninguém vê a gente. E aí podemos ir até a casa do caseiro e pegar umas roupas emprestadas com o Tommy.

— Aposto que ele só tem aquelas calças. E elas devem estar imundas — Gabe disse.

— Se você acha isso, então fico com elas — eu disse. Gabriel sorriu.

Inclinei o chapéu na minha cabeça. O sol estava descendo atrás da gente agora e nossas sombras se projetavam para a frente. Os trovões sobre a montanha tinham parado e as nuvens pontilhavam o céu, bem altas, como respingos de um pincel encharcado de tinta.

— Troy... — ele disse. — Eu estou pensando em uma coisa meio engraçada. Você sempre anda com o queixo pra cima e olhando para a frente, então não viu isso. Mas estou notando uma coisa e acho que a gente deveria levar em consideração.

— O quê?

— Bom, é que acabei de lembrar que eu e o Tommy não passamos aqui a cavalo ontem à noite, porque levamos o Flecha e o Dusty até a fogueira usando a carretinha. Mas agora eu estou vendo esses rastros de cascos indo para oeste, para o caminho contrário. Está vendo aqui?

Olhei para baixo. É algo que eu deveria ter notado antes, mas é meio que uma daquelas coisas que parecem invisíveis até que alguém esfregue seu nariz nelas.

— Acho que essas marcas aqui são do Doats, porque ele tem essa pata dianteira mais nervosa. Está vendo?

Paramos de andar e olhamos para a terra seca da estradinha. Me virei para o oeste. Eu tinha presumido que Chase teria ido para leste — na direção de Three Points — e agora me sentia muito burro percebendo que eles realmente tinham feito o mesmo caminho que nós até pouco antes, mas virado na direção contrária, rumo aos rochedos da parte rasa da lagoa.

— Então... Chase foi por aqui, e Luz e Tommy devem tê-lo seguido — eu disse.

Gabe olhou para mim como se isso fosse óbvio e ele já tivesse concluído o mesmo.

— Bom, acho que a gente deveria seguir em frente mesmo assim — Gabe disse. — Não vai levar muito tempo para chegarmos à casa do Tommy e arrumarmos umas roupas. Depois podemos ir atrás do Tom e da Luz caso eles não tenham voltado ainda.

— Não suporto aquele cara.

Olhei mais uma vez para a estrada de onde tínhamos vindo, tentando imaginar em que caminho os três teriam seguido rumo à margem oeste da lagoa onde os aclives de pedra se erguiam. Soltei um suspiro desanimado.

— Vamos segui-los.

— Ah, droga...

E isso foi tudo o que ele disse quando nos viramos e fomos para o oeste.

DEZESSETE

— Talvez eles estejam voltando pra caminhonete — Gabe disse.

— Bom, eles estão indo nesta direção aqui, isso é certeza — respondi. — Como o Flecha está se saindo?

— Ele está bem — Gabe disse. — Odeio pensar isso, mas acho que peso ainda menos que você.

— É que ele não gosta de mim. O Dusty é um bom cavalo — eu disse, batendo no pescoço dele e acariciando suas orelhas de pontas escuras. — Você deveria levá-lo para correr mais e deixá-lo saltar.

— Acho muito difícil fazer isso comigo montando — Gabe disse.

— O Tom poderia te ajudar nisso. Sabe uma coisa que ele me falou? "Apenas fique na sela, e a sela vai ficar em cima do cavalo".

— Isso parece com o que ele te disse quando levamos aquele caiaque para as corredeiras.

— Mas, ah, Gabey, você precisava ver como nós dois nos atrapalhamos naquele primeiro dia em que tentamos pegar os cavalos selvagens. Foi um dos dias mais divertidos pra mim.

— E como conseguiram pegá-los, então?

— Só fomos em frente e continuamos tentando até ficarmos bons nisso. Pegamos minha égua preta primeiro. Mas aí precisamos de mais quatro tentativas para conseguirmos o garanhão rosilho do Tom, e ele quase nos matou uma vez.

— E mesmo assim vocês conseguiram amansá-los?

— A minha já está com os arreios e eu já consigo conduzi-la. Eu a amansei um bocado. Mas ela está pra ter filhote em breve.

— Por que vocês a ajudam, digo, aquela mulher?

— Gosto dela. Gosto bastante. E acho que aqueles cavalos vão morrer de fome, especialmente agora que voltamos com eles para as terras dela depois do incêndio. Um dia, ainda vou ter todos eles.

— E aí vai fazer o quê?

Naquela porção da margem sul da lagoa, a mata ficava mais densa e mais alta, e era por isso que gostávamos de acampar por lá. A entrada para a nossa fogueira estava à frente, e quase dava para sentir o cheiro das brasas do fogo que acendemos na noite anterior. Puxei o Dusty bem para perto do Flecha, pedi ao Gabe que parasse um pouco e estendi a mão para pegar o alforje de Tom.

— Já comi todos — Gabe disse.

— Vou pegar um pouco de fumo — respondi.

— Cruzes.

— Quer um pouco?

Gabe não disse nada. Havíamos chegado à entrada para o nosso acampamento, que tinha dois sulcos feitos no mato baixo por causa das nossas constantes idas e vindas com o carro e a carretinha, levando pessoas e cavalos. Podíamos distinguir os rastros dos outros cavalos seguindo ainda mais para oeste na estrada de terra. Sem dizer nada, ambos rumamos para a entrada e de volta ao local do acampamento.

A caminhonete ainda estava lá parada bem onde as árvores davam lugar ao terreno rochoso que se estendia até a margem. Apeei do Dusty.

— Vou tentar de novo.

Gabe ficou em cima do Flecha. Eu sabia que não fazia o menor sentido tentar dar partida na caminhonete mais uma vez, mas esse é o tipo de coisa que as pessoas apenas fazem, esperando que tudo vá se resolver por conta própria mesmo quando está óbvio que não tem como dar certo. Ou seja, não foi exatamente uma surpresa quando girei a chave e não veio barulho nenhum, a não ser aquele *clique* distante e enfadonho. Abri o porta-luvas, me lembrando dos cinco mil dólares desaparecidos que quase custaram os empregos e a moradia dos Bullers e que agora eram uma daquelas coisas sobre as quais ninguém falava mais e que ninguém consegue explicar. Mas eu sabia bem o que tinha acontecido com eles.

Nem precisa me dizer que o Benavidez não está nem aí para o dinheiro e tudo mais, porque eu logo saquei que seria assim.

Havia alguns cigarros e outra latinha do fumo de Tom. Por causa disso, eu soube que ele não tinha retornado até onde estávamos.

Mas lá estava meu Stetson preto com a aba aplainada bem no banco do passageiro onde eu o havia deixado. Tirei o chapéu de Gabe e penteei meus cabelos suados para trás bem rentes à cabeça. Pensei em Luz e até podia vê-la se fechasse os olhos. Pus meu velho chapéu e ele veio como um alívio, como se eu tivesse enfiado a cabeça na água.

Voltei ao ponto onde estavam os cavalos e devolvi ao Gabe seu chapéu sujo, que ele logo tratou de pôr de volta na cabeça.

— Achei que você não estava fazendo muita questão do seu chapéu. Me desculpa, Gabey. Quer o cavalo de volta também?

— Nah, eu nem queria o chapéu. É só que é mais fácil usá-lo na cabeça do que fazer qualquer outra coisa com ele. E tudo bem a respeito do Dusty também. Pode montá-lo. E vamos embora daqui. Aposto que a gente consegue alcançá-los logo e ir pra casa.

Então voltamos à estrada e viramos para o oeste de novo. Os cavalos estavam indo com mais confiança agora, talvez sentindo o cheiro dos outros cavalos no caminho. *Mas só talvez*, pensei.

— Ei, Troy! — Gabe exclamou, apontando para a nossa frente. — Olha pra isso. Marcas de pegadas. Quer dizer que o Tom desceu do Reno aqui.

Claro que Tom tinha deixado o chapéu e as botas lá debaixo das árvores quando fomos nadar, e depois saiu rápido demais atrás do Chase e nem se lembrou de pegá-los.

— Bom, parece que foi isso mesmo — eu disse — porque ele está bem ali.

Logo à frente, na estrada, se afastando de nós descalço e só de cuecas, meio inclinado e andando duro por causa do joelho ruim, estava Tom Buller.

— Meus heróis! — Tommy disse quando cavalgamos até ele. — Minha salvação chegou e eu nem tinha pedido ainda.

— O que aconteceu com você? — Gabe perguntou.

— E o que aconteceu com meu cavalo? — perguntei, jogando para ele a latinha de fumo.

— Bom, você sabe como é... — Tom começou a contar depois de abocanhar um chumaço de tabaco escuro junto ao lábio, sorrindo com aquele ar de coiote de olhos apertados, de modo que eu então entendi que ele não iria nos poupar dos detalhes dramáticos. — Vou contar pra vocês que montar um cavalo grande e rápido como o Reno usando só cueca não é das experiências mais confortáveis, se é que vocês me entendem. Por causa disso, depois que o moleque Rutledge virou nessa direção, eu tive que parar um minuto. Porque percebi que era um caminho sem volta mesmo, a não ser que ele conheça algum atalho que eu mesmo nunca vi lá em volta daqueles rochedos. Então eu desci, dei uma mijada ali, e logo atrás vieram Luz e o Doats mais rápido do que em qualquer outra vez que eu os tenha visto. Aí eu tive de me virar mais no meio das moitas e o Reno disparou atrás deles, achando que estava em uma corrida ou algo assim. Depois disso, só sei que eu fiquei a pé e estou seguindo os rastros. Isso foi há coisa de meia hora, eu acho.

— O que ela está pensando? — Gabe perguntou.

— Não sei, mas ela não deveria ir atrás do Chase — respondi.

— E aí, qual dos dois vai andar agora? — Tom perguntou.

Desci do Dusty, me abaixei em um joelho e apertei os cadarços do tênis bem forte.

— Eu vou correr. Vocês dois vão a cavalo. Tenho certeza de que aqueles cavalos deles não vão ser páreo pra mim, mesmo.

Tirei o chapéu de novo e o entreguei a Tom, que o pôs na cabeça e lançou um olhar questionador para Gabe, que não esboçou reação alguma. Então Tom foi em frente e montou o Dusty.

Comecei a correr.

Uma coisa que eu já tinha notado muito tempo antes é que, quando corro, a cada passo parece que vou ficando menor. Não fisicamente, claro, mas é que depois de uns dois minutos, é como se a maior parte de mim deixasse de existir. À medida que o suor começava a escorrer e a pulsação se acelerava combinando com as passadas, eu meio que me transformava em um conjunto de respiração, suor, pés tocando o chão de maneira ritmada e a visão periférica meio borrada do mundo passando por mim em um fluxo como se fosse uma corrente de água morna.

Imagino que seja assim que se sente um cavalo: você corre, respira, sua, seus pés vão marcando o chão e você só olha para a frente, enquanto dos lados as coisas fluem umas atrás das outras. E você continua correndo porque a sensação é ótima.

* * *

EU ESTAVA BEM à frente dos cavalos, mas eles estavam chegando perto agora, mesmo o Flecha. Eu não ia para aqueles lados do entorno da lagoa havia anos, e fiquei surpreso de ver que o fogo tinha ido tão longe ao norte, tão perto da água.

— Caramba, está tudo queimado — ouvi Gabe falando.

Ali, as árvores que margeavam a estrada estavam pretas e secas, ainda fedendo a incêndio. A maioria tinha queimado até ficar de um tom preto forte, quase reluzente, nos troncos de maneira geral e depois se ramificando em braços retorcidos e murchos que seguravam porcos-espinhos cheios de agulhas. Algumas até não estavam completamente carbonizadas e tinham um galho ou a copa mais verde lá em cima, mais alto do que as chamas conseguiram alcançar. Tudo o que podia ficar preto ficou, inclusive as pedras. Somente a terra da estrada parecia reter sua cor de costume, ainda que salpicada de cinzas, e isso dava uma aparência surreal para o que um dia havia sido mata.

Parei. O suor escorrendo nas minhas costas parecia aranhas apostando corrida. Esperei até Tom e Gabe me alcançarem.

— Ainda tem alguma água nesses cantis? — perguntei ao Gabe.

— Aqui — respondeu, estendendo-o para mim.

Bebi, joguei um pouco na cabeça e passei a mão no cabelo para trás. Depois entreguei o cantil para o Tommy.

— A gente deve estar perto — ele disse.

— Luz! Luz! — Gabe gritou. Não houve resposta, apenas o som do vento em meio às árvores mortas.

Tom retornou o cantil para mim e dei outro gole. Limpei a testa com as costas da mão e entreguei o cantil ao Gabe. A água estava boa. E eu estava pronto para correr de novo.

Depois que deixamos para trás aquele pedaço de terra incinerado onde o incêndio quase se encontrou com o lago, me senti bem melhor. As árvores agora eram verdes de novo e de algum modo faziam o ar da tarde ficar mais fresco. Gabe e Tommy mais uma vez estavam atrás de mim. Flecha tinha voltado a andar apenas. Os cavalos tinham percorrido distâncias muito grandes naqueles últimos dois dias e eu sentia muito por eles, ainda que o teimoso Flecha estivesse mais acostumado a trabalhar duro que o baio de Gabe.

Parei no meio da estrada suando aos baldes. Meu cabelo estava empapado e grudado no pescoço e dos lados da cabeça. O elástico da cueca estava completamente encharcado e enegrecido pelo suor, com marcas de sal nas beiradas onde o calor o tinha evaporado.

Então vi o Reno lá adiante, no meio da estrada e olhando para mim. Suas orelhas se empinaram quando assobiei para ele, e ele logo veio trotando na minha direção. Podia jurar que ele estava sorrindo, olhando para mim com aqueles olhos calmos e misericordiosos e ainda trazendo na sela a bandana que Tommy tinha me emprestado na manhã do dia anterior.

O cavalo então chegou bem ao meu lado e apertou o focinho no meu peito, me farejando e até tentando lamber o suor salgado na minha pele, o que fazia cócegas e me fez rir.

— Tenho certeza de que não estou com o melhor dos cheiros agora, amigão — disse, acariciando seus ombros e o abraçando pelo pescoço, sentindo seu calor suave contra meu corpo. — E você também não está lá muito perfumado, cara.

Gabriel e Tom já tinham me alcançado.

— Muito obrigado por fugir de mim — disse Tommy ao meu cavalo.

— Eles têm que estar em algum lugar por aqui — Gabe disse.

— Nós vamos pegar aquele sujeito agora — falei e comecei a chamar. — Luz! Luz!

* * *

TODOS NÓS crescemos um pouco naquele dia em que Tom Buller, Gabriel Benavidez e eu deixamos nossas roupas na margem e fomos nadar ao lado das pedras da lagoa. Tanto eu quanto Tommy, Gabe, e também Luz. Mas não que tivéssemos pedido por isso, muito embora seja bastante comum garotos quererem ser mais velhos quando estão na nossa idade. E talvez eu soubesse melhor que meus amigos que crescer não era algo que aconteceria enquanto estávamos dormindo, como um sonho. E sim com acontecimentos em cima de acontecimentos, se empilhando e construindo um muro entre o hoje e o garoto que eu era, sentado no colo de minha mãe e olhando pela janela que parecia de igreja para além da cerca de orelha de cão. Cada tijolo, uma vez colocado no lugar, nunca mais se moveria – cada adeus, cada morte, segredo, paixão, e cada instante em que amássemos nossos amigos mais do que a nós mesmos.

Parecia que tinha se passado um ano desde que eu tinha participado da corrida no dia anterior. E ali estávamos nós, cavalgando pela estrada de terra rumo ao oeste e usando nada além das cuecas samba-canção. Os rochedos se erguiam à nossa frente, então eu sabia que a trilha se desviaria para o sul logo adiante, passando pela propriedade de Rose e terminaria na estrada asfaltada, já completamente fora das terras dos Benavidez.

— Quer seu cavalo de volta? — Tommy perguntou para Gabe.

— Pode ir em cima dele até quando a gente conseguir achar as roupas. Aí vou levar ele pra casa porque acho que o Flecha não vai aguentar o caminho de volta — Gabriel disse. — Mas eu meio que comecei a gostar desse seu malvadão aqui.

— Vocês dois estão planejando ir embora e me deixar pra trás, então? — perguntou Tom.

— Eu poderia ficar com ele aqui — respondi. — Você leva o Reno e vai chamar o Carl. Só que, se eu fizer isso, é melhor você trazer alguma coisa pra eu comer.

— Que tal cerveja? — Tommy brincou.

— Não, obrigado.

— Que tal um pouco de peru? — Gabe perguntou.

Fiz uma expressão de desgosto para ele e puxei meu chapéu bem fundo entre as sobrancelhas.

— Olha ali — eu disse para Tommy, apontando para a estrada de terra. Um largo e sinuoso rastro de cobra cortava a estrada da esquerda para a direita, desaparecendo em meio às florzinhas de mostarda.

— É das grandes — Tommy disse. — Ela deve estar bem ali descansando na sombra e vigiando a gente.

— Acho que elas não enxergam muito bem.

— Elas nem precisam enxergar se você estiver perto demais — Gabe disse.

* * *

ESTÁVAMOS NO LUGAR que chamávamos de fim do caminho. Não é que o caminho realmente terminasse ali, ainda que, anos atrás, esse fosse mesmo o caso. Mas é que ali ele dava uma guinada forte para a esquerda, na direção sul, e acabava desembocando naquela estradinha que ia para as terras de Rose – e, de lá, bem mais para a frente, na estrada de asfalto.

— Ainda dá pra ver as marcas de pneu de ontem, quando o Ramiro e o CB foram levar feno para os cavalos — Tommy disse.

— É, notei também.

— Ei! — Gabe exclamou. — O cavalo dela está ali!

Uns 180 metros adiante, onde as árvores davam lugar a um extenso campo plano, vi os dois cavalos, Doats e o appaloosa de Chase, sozinhos, pastando na grama ao lado da estrada. Nossas roupas estavam penduradas na sela de Chase e algumas tinham caído na terra. Afundei os pés no Reno, fazendo-o correr.

DEZOITO

— Luz!

Foi quando ouvi seu grito — mas ele foi silenciado e percebi que ela estava em apuros.

— Eia, Reno!

Vi minhas calças na traseira do cavalo de Chase Rutledge quando passei por ele, e minha camiseta ainda com o número sete pregado caída no chão. Logo depois, vi Chase Rutledge naquele campo, onde ele tinha perseguido Luz Benavidez.

E então vi Luz, com o rosto para baixo em meio à grama, Chase apoiado sobre os joelhos em cima dela. Chase agarrava o cabelo dela com a mão esquerda e o puxava para o chão enquanto ela tentava segurar o outro braço dele com as duas mãos.

Ele estava tentando estuprá-la. Me dá náuseas até hoje quando digo isso.

As calças dele estavam abertas e abaixadas até o joelho, e ele estava em cima de Luz, mordendo sua nuca, agarrando sua cintura pela frente com o braço direito e tentando desabotoar a calça dela e puxar a blusa para fora.

Pulei de cima do Reno e aterrissei com o pé direito bem na lateral da cara vermelha e suarenta de Chase, o que o fez rolar de lado ainda sem soltar o cabelo de Luz. Mas ela conseguiu se soltar, arfando e chorando, e correu para trás de mim.

Chase sacudiu a cabeça e olhou para mim com ódio. A cena era ridícula, com ele sentado na grama e nu até os joelhos. Um corte profundo se abriu sob seu olho esquerdo e o sangue grosso descia aos borbotões.

— O que diabos você acha que está fazendo??? — eu gritei, com o punho fechado e recuado, pronto para acertá-lo de novo.

Chase pelejou para ficar de pé, desajeitadamente tentando subir as calças, mas eu o ataquei de novo antes que ele conseguisse se firmar. Ele conseguiu se desviar do meu soco e subiu a mão com um gancho bem no meu esterno, me deixando de joelhos.

Estava prestes a me atingir de novo quando ouvimos um tiro e Chase caiu bem na minha frente.

Eu não conseguia respirar. Ainda estava me recuperando de seu contragolpe. Olhei para a estrada lá atrás. Luz estava de pé, de costas para mim, tremendo, ao lado de Tommy. Gabey estava à frente deles segurando a arma calibre .40 que tinha vindo dentro do alforje do Flecha.

Ele apenas ficou parado lá, ainda apontando o revólver para o chão à nossa frente. Tommy, descalço, mancava e tentava se desvencilhar da grama para chegar até mim. Luz vinha atrás dele. Ela se ajoelhou e pôs os braços em volta de mim, pousando o rosto em meu ombro sem camisa. Pude sentir suas lágrimas mornas e suaves em minha pele.

— Machucou muito? — Tommy me perguntou. Então se virou e começou a rir desbragadamente. — Gabey! Você o acertou bem na bundona branca!

Foi quando eu percebi Chase gemendo na grama à minha frente.

— Bem na bunda, Gabe! — Tommy disse, ainda rindo. — Você precisa ver isso! Cara, não sei se você é o melhor ou o pior atirador de todos os tempos!

Chase murmurava. Tom cuspiu nele.

— Cala a boca, moleque! Ele nem te acertou direito.

Eu ainda não conseguia respirar. Gabriel chegou perto de Tommy e olhou para baixo.

— Bom, é que eu tentei acertar a outra nádega...

— Você atirou em mim! Eu vou te matar! — Chase gritava para Gabriel. — Eu vou te matar!

Tom cuspiu nele de novo.

— Você não vai fazer é nada. A única coisa que vai fazer é encarar seu pai com essa bala na bunda por causa do que tentou fazer com a irmã do garoto aqui.

Eu sentia os cabelos e o rosto de Luz sobre meu ombro. Ela ainda tremia um pouco. Pus meus lábios bem perto do ouvido dela, sentindo o cheiro de seu cabelo, e sussurrei:

— Está tudo bem agora, Luz. Eu te amo. Está tudo bem.

Ela deu um beijo no meu pescoço e me abraçou forte. E eu pensei em como as coisas eram estranhas às vezes; eu parado ali, de cueca, com os braços em torno dela, seu corpo tocando minha pele. Penteei os cabelos dela com os dedos.

— Ah, meu Deus, Troy! Se você não tivesse me achado, ele teria...

— Ainda bem que Gabe viu os rastros e nos pôs nessa direção. Caso contrário... — mas eu não queria pensar no caso contrário. — Mas você está bem agora. Ele te machucou?

— Não. Ele só me sacudiu um pouco. Ficou com raiva porque eu ri quando ele caiu do cavalo. Aí eu desci do meu para pegar sua camiseta e ele já estava em cima de mim.

Dei outro beijo nela. Não me importava que Tommy e Gabe estivessem ali olhando. Então andei até Gabe e estendi a mão.

— Me dá essa arma — disse a ele.

— Você não quer fazer isso — Tom disse.

— Me dá!

Gabe me entregou a arma engatilhada, pronta para atirar.

Fiquei em cima de Chase, que estava de cara para baixo na grama, com o boné imundo de beisebol virado ao contrário. Dava para ver o corte do lado esquerdo onde eu o tinha chutado, e ele ainda estava com as calças arriadas e sangrando nas roupas. O ferimento no lado esquerdo do traseiro não era nada além de um belo corte, bem feio, com uns sete a oito centímetros rasgando a pele.

— Puxa as calças e rola para o lado — eu disse.

Ele tentou subir as calças sobre o tiro de raspão e pude perceber que a dor foi agoniante. Peguei a cintura da calça dele com a mão esquerda e a puxei de uma vez para cima, o que deixou minha mão ensanguentada, assim como suas costas pálidas. Uma mancha de sangue começou a aparecer nos fundilhos das calças.

— Vira! — ordenei.

Chase se virou e tentou fechar o zíper e os botões da calça. Pisei com o pé direito em seu peito e ele gemeu. Me inclinei para a frente e apertei o cano da arma de Tommy no nariz dele. Ele começou a resfolegar. Uma gosma descia da outra narina.

— Troy, não! — Gabe disse.

— Vai com calma, Stottsy.

— O que será que você e seu pai vão falar pra todo mundo a respeito disso? — eu disse. Apontei a arma bem acima da cabeça dele e dei um tiro no chão. A cápsula pulou na barriga dele.

Chase soltou um murmúrio.

— Você não merece um tiro na cabeça — eu disse. Apertei a arma com força bem no meio das pernas dele. Vi que aquilo o machucou. Ele engoliu em seco e parou de respirar.

— Parou, Stotts! — Tommy disse com uma urgência na voz.

— Diz pra eles que você pegou o dinheiro do carro do Carl.

Chase não disse nada. Desviei um pouco a mira e atirei na terra bem entre suas pernas. Um cheiro de urina começou a subir vindo dele e a mancha se espalhou pela frente da calça. Voltei o cano da arma para as bolas dele.

— Eu peguei o dinheiro — Chase disse meio que sussurrando.

Dei outro safanão com a arma, então a puxei e dei mais dois tiros no chão bem ao lado de sua virilha. Chase gritou. O cão do revólver desengatilhou. Não havia mais balas. Chase começou a chorar.

Tommy arfava, mas estava aliviado. Entreguei a arma a ele e disse:

— Fico feliz de você pensar que eu teria feito isso — e dei as costas para Chase.

— Eu teria feito se fosse com a minha garota.

— Então que bom que ela ficou vazia, Tom. Porque eu não sei o que estava pensando. Vamos pegar nossas roupas.

Voltamos e pegamos nossas roupas na terra, deixando um lamurioso Chase largado na grama. Sacudi a camiseta com o número e a vesti. A sensação era quente e incômoda.

Peguei minhas calças da sela de Chase e as vesti. Luz ficou longe, sem dizer nada nem olhar para nós.

Esfreguei meus pés e calcei os tênis.

— Sinto muito pelas suas botas, Tom.

Tom ainda estava descalço.

— Pelo menos tenho minhas calças de volta.

Abriu a latinha de fumo, já sabendo que não deveria me oferecer aquilo na frente de Luz, e depois a colocou junto com a arma na sacola de Flecha.

— Talvez a gente devesse voltar lá pra ver se ele está morto — Tom disse.

— Você fica aqui — eu disse a Luz.

Chase Rutledge estava de joelhos quando voltamos, com a mão em concha apertando o bolso esquerdo da calça ensopada de sangue. O olho esquerdo estava fechado por causa do inchaço logo abaixo, onde eu o tinha chutado.

— Você está horrível, Chase — Tommy disse.

Ele virou a cabeça exageradamente para conseguir nos enxergar com o olho direito.

— Eu vou atrás de você primeiro, Benavidez! Você vai ouvir falar de mim!

Tommy cuspiu uma gosma marrom em Chase, que se retorceu todo para sair do caminho.

— Ah, então acho que, se você não conseguiu nada com a irmã, vai tentar ir atrás do Gabe magrinho aqui.

— Se você resolver vir atrás de nós, só se lembre de que tem muita sorte de ainda estar vivo — eu ameacei.

— Vamos pegar as calças dele e fazer ele ir embora pra casa de cueca — Gabe disse.

— Eu não consigo montar! Não consigo nem andar! — Chase gritou.

— Deixa as calças — Tommy disse. — Eu nem ia querer encostar nisso mesmo, ensopadas de mijo e sangue desse jeito.

— Você está por sua conta, Chase. Vai dar seu jeito de voltar. Se não conseguir, vamos só falar pro seu papaizinho vir aqui seguindo os urubus — eu disse. — E quando você voltar, acho que vai ter que inventar uma história muito boa sobre como tomou um tiro na bunda sem ter marca de bala nas calças ou na cueca. Vai ser ótimo. Tenha uma boa viagem de volta pra casa. Recomendo montar de lado.

— Vocês não podem me deixar aqui! — Chase gritou enquanto voltávamos pelo campo.

— Depois de a gente te deixar com as calças e não roubar seu cavalo, Rutledge, te deixar aqui é a melhor coisa que podemos fazer por você — Tommy disse.

Ainda o ouvi lá atrás chorando como um menininho quando juntamos os cavalos e montamos. Então eu disse:

— Eu fico pra trás com o Tommy caso o Flecha resolva não andar mais, mesmo que leve a noite toda pra gente voltar pra casa.

— Bom, então eu também não vou voltar — Gabe disse. — Diabos, você bem sabe que vou acabar tendo muito problema por causa disso, mesmo.

Luz não precisou dizer nada. Sabia que ela ficaria comigo.

Fomos conduzindo os cavalos vagarosamente na direção leste pela estrada de terra, nossas sombras se projetando compridas à nossa frente. Sabia que Chase não tinha nenhuma intenção de nos alcançar, e me peguei com um certo sentimento de vergonha, pensando que a situação poderia ter terminado de maneira bem pior para ele. E aí, como ficaríamos? Mas também ainda estava morrendo de raiva porque, se não tivéssemos tomado o caminho contrário, nem queria pensar no que Chase teria feito com Luz.

E me perguntei também onde Gabriel teria mirado seu tiro.

— Gabey, o que você faria se o tivesse matado?

— Roubaria o cavalo dele e daria pro Tommy montar — ele respondeu. — Estava tentando errar de propósito. Só queria assustá-lo para que ele não te batesse de novo.

— Obrigado.

— Você estava tentando errar de verdade?

— Não...

* * *

FOI UMA INCÔMODA cavalgada de volta para casa. Dava para perceber que todos queríamos dizer alguma coisa, mas ninguém deixava as palavras saírem. A cada passada, eu me via mais e mais inclinado a voltar lá e matar Chase Rutledge.

De vez em quando, disfarçava uma olhadela para Luz, mas ela não dizia nada nem retribuiu os olhares que timidamente lançamos em sua direção.

* * *

JÁ ESTÁVAMOS quase de volta ao ponto da fogueira quando Tommy disse:

— Bom, já que ninguém vai falar nada, então acho que sobrou pra mim. O que nós vamos fazer a respeito desse assunto quando voltarmos pra casa?

— Vai dar problema. O xerife provavelmente vai nos prender — eu disse.

— Então vai ter que prender o Chase também — Luz disse.

Levou um tempo para percebermos que ela finalmente tinha falado alguma coisa.

— Já passei por isso com Clayton — continuei. — Podem saber, nada vai acontecer com o Chase de novo, mas eu, Tommy e Gabe vamos ser enquadrados.

— A gente deveria ligar para o xerife do condado — Gabe sugeriu.

— Como seu pai fez quando Clayton quebrou meu nariz? Talvez a gente só devesse ficar calado e esperar pra ver o que o Chase faz — respondi.

— Não vai dar em nada de bom, de qualquer jeito — Tom disse. — Você sabe que não vai. Mas, o que quer que aconteça, estamos nessa juntos.

* * *

PARAMOS PARA PEGAR as botas de Tommy. Já estava escuro na hora em que conseguimos chegar à casa do caseiro.

— Será que eu posso ficar aqui hoje à noite? — perguntei a Tom. — Ligo pro meu pai pra avisar.

— Claro, Stotts. A gente vai amanhã de manhã com o CB pegar a caminhonete.

— Estou com medo de voltar pra casa — Gabe disse.

— Você também pode ficar — Tom disse.

— Ele precisa voltar ou então meu pai só vai ficar com mais raiva — disse Luz.

Gabe deu um suspiro. Ele realmente estava com medo, mas não do pai. Dava para notar.

— Vou levar o Reno e o Flecha pros lugares deles, Tom.

Conduzi os cavalos até suas baias. Estavam felizes de voltar para casa, sentir o cheiro da alfafa em seus cochos e se libertar dos arreios. Luz foi comigo. Deixei meu chapéu em cima da sela do Reno que já estava sobre o poste e tirei a sujeira de feno dos braços depois que os cavalos já estavam acomodados. Ela não disse nada, só se encostou no poste e ficou me olhando trabalhar no escuro. Eu ainda estava com o número sete pregado no peito. Podia ouvir Tommy e Gabe conversando lá dentro da casa. Me perguntei o que eles estariam dizendo.

— Fico feliz que esse fim de semana do Dia dos 49 tenha finalmente acabado — eu disse. — Parecia que ia durar para sempre.

— Eu estava apavorada, Troy.

— Eu também estava. Agora, nós só precisamos fazer com que as coisas saiam do jeito certo. Isso quer dizer que vamos ter que contar o que aconteceu, porque ninguém além dele deveria ter problema por causa disso. E eu vou dizer que fui eu que atirei.

— Você não sabe mentir, Troy.

— E também não sabia que eu conseguia atirar em alguém, Luz, mas se aquelas balas não tivessem acabado, é isso mesmo o que eu teria feito. Tenho certeza.

Luz se virou para mim e nos abraçamos. Pus a mão em seus cabelos e ela me agarrou pela cabeça. Caímos em meio à grama ao lado do poste, eu por cima, a segurando.

— Queria que a gente pudesse fugir daqui — ela disse.

— Nós podemos. Se estivéssemos sozinhos aqui agora, eu...

Ouvi a porta de tela se abrir lá fora e me levantei, puxando Luz em seguida pelas duas mãos. Pus meu chapéu de volta. Olhamos um para o outro e sorri para ela com minha boca sem sorrisos. Segurei sua mão enquanto dávamos a volta em torno da casa rumo à fachada.

Luz e Gabriel foram embora, enquanto Tommy e eu ficamos na casa dele. Liguei para meu pai e o avisei que ficaria por ali mesmo pois teríamos muito trabalho logo pela manhã, com toda a história de ir buscar a caminhonete e ainda enfardar a palha dos campos secos.

Carl estava com uma expressão severa e disse que precisava conversar conosco. Nos sentamos todos na sala da frente, onde eu iria dormir, enquanto ele tomava uma cerveja, o que me fez ficar um pouquinho enjoado.

— O Ramiro e eu deixamos uns fardos para aqueles cavalos lá ontem — ele começou. — Levamos também uns cochos coletivos para distribuir e conservar melhor a comida, então acho que os cavalos vão ficar bem durante um tempo. Mas também encontramos aquela mulher, rapazes.

Ele deu um gole mais longo.

— Ela estava morta em seu carro na estradinha de acesso, só sentada lá como se estivesse dormindo. Mas já estava morta fazia um tempo.

Me senti como se tivesse tomado outro murro no estômago. Olhei para o Tom e percebi que ele também estava chocado. Nenhum dos dois disse nada, só olhamos de volta para o Carl.

— Acho que deve ter sido o coração dela ou algo assim — Carl disse. — O fogo nem chegou perto de onde a encontramos. O legista do condado já foi naquela tarde mesmo e a levou.

— Ela estava com um gato... — Tom disse.

— Não tinha nenhum gato lá ontem – Carl disse. — Só a mulher.

— O que vai ser daqueles cavalos? — perguntei. — E da casa?

— Bom, acho que o legista vai procurar saber se ela tinha herdeiros. É o que eles normalmente fazem — Carl respondeu.

— Ela tinha um advogado em Holmes — eu disse. — Mas não sei quem é. É ele quem lida com o dinheiro e a papelada dela.

Abaixei a cabeça entre as mãos.

— Podemos tentar encontrá-lo amanhã — Carl disse. — Sinto muito, rapazes. Eu não sabia que vocês tinham ficado tão próximos.

DEZENOVE

Não consegui dormir. Só fiquei deitado no sofá debaixo dos cobertores, suando e encarando o teto escuro. Então comecei a ficar com medo, pensando no que teria acontecido a Chase e também naquela história de fantasma que o Tom tinha contado. Me levantei e fui até o quarto de Tommy. Ele estava na cama com o rosto virado para a porta. Não consegui ver se seus olhos estavam abertos ou fechados, mas o ouvi se assustar quando me viu parado lá.

— Pensou que eu era um fantasma, hein?

Tommy se sentou.

— Talvez.

Me sentei na poltroninha que ficava na outra parede.

— Me desculpa. É que eu não consigo dormir de jeito nenhum.

Ele me jogou um travesseiro.

— Nem eu. Você pode acampar por aqui, se quiser.

— Eu estava com muito medo agora há pouco, Tom — eu disse. — Às vezes, me dá esse medo de pensar que todas as pessoas em volta de mim vão morrer.

— Bom, mas elas vão, Stotts.

— Eu sei.

— Acho que isso pode dar medo mesmo — ele disse.

Deitei a cabeça no travesseiro e me encostei, mais uma vez olhando para a escuridão acima, com os joelhos dobrados porque a poltrona era bem pequena.

— Fico com muita pena da Rose — disse, enxugando os olhos com a mãos. — E daqueles cavalos e da casa dela.

— Não chora, Stotts.

— Tá certo.

— Talvez tenha algo que a gente possa fazer. Mas vamos ter de sair daqui bem rápido de manhã, antes que aquele xerife venha nos procurar.

— Acho que ele não acorda nem um pouco cedo.

— Bom, vai acordar, se o filho dele aparecer sangrando pra todo lado e reclamando que a gente atirou nele.

— Acho que, se fosse assim, ele até já estaria aqui.

* * *

DE ALGUMA FORMA, acabei dormindo, e então acordei com Tommy chacoalhando meu ombro. Senti o cheiro do café vindo da cozinha. O sol não tinha nascido por completo ainda. Tommy me emprestou uma camiseta limpa e eu me vesti, coloquei o chapéu e fui para a cozinha, onde Carl estava sentado à mesa fumando um cigarro, com uma caneca de café e a lista telefônica à sua frente. Tommy serviu mais dois copos e eu me sentei ao lado de seu pai.

— Parece que só tem um advogado na lista de Holmes — Carl disse. — Não sei se é ele, mas circulei o nome aqui: Clifford Wickham. Belo nome de advogado, hein?

Dei um gole no café. Estava bom.

— Que horas são agora?

— Cinco e quarenta — Tommy respondeu.

— Provavelmente não é horário comercial de advogado, acho — eu disse.

— Então acorda ele — Carl disse para mim. Virou-se para o filho. — Precisamos ir buscar aquela caminhonete.

Enquanto Tom e Carl iam até o estábulo pegar a caminhonete reserva, liguei para o Sr. Wickham e o acordei, conforme Carl tinha pedido, e descobri que ele era mesmo o advogado de Rose. Ele inclusive já sabia da morte dela, mas estava mais interessado em mim por algum motivo, como se já esperasse pela minha ligação. Disse então que Rose tinha posto meu nome e o de Tom Buller como beneficiários de seu testamento, uma vez que não tinha mais nenhum familiar, e que eles tinham dado entrada nos papéis há poucas semanas. Perguntou se podia vir nos encontrar mais tarde, e eu o ensinei a chegar na casa de Tommy. Antes de desligar, eu ainda disse:

— Mas pode ser que a gente esteja na delegacia de Holmes hoje mais tarde. Então vou anotar seu telefone na mão em todo caso.

Estava servindo outra caneca de café quando os dois voltaram e me apressaram para sair e ir fazer tudo o que deveríamos. Gabe veio junto na outra caminhonete, e por isso percebi que ele também não tinha dormido muito bem. Ele nunca acordava cedo por conta própria, e sua aparência era pálida e enferma. Subi na caçamba da caminhonete, tomando cuidado com o copo de café quente. Pude ouvir quando Carl disse lá da cabine "por mim, tudo bem", e então a porta abriu, deixando sair uma nuvem de fumaça de cigarro. Tommy e Gabe saltaram e vieram para a parte de trás se sentar comigo. Tommy tirou sua latinha de fumo e a caminhonete partiu na estrada cheia de altos e baixos rumo à lagoa.

Puxei Gabe pelo ombro e perguntei:

— Você a viu hoje de manhã?

— Vi.

— Me diz se tem alguma coisa de errado com ela, Gabey.

— Nada, Troy, ela está bem. Ela mesma pediu para eu te dizer isso.

— Ela pediu?

— Pediu.

— E falou mais alguma coisa?

Gabriel olhou para Tommy brevemente e depois de volta para mim.

— Não. Só me disse pra te avisar que ela está bem.

Mas algo no olhar dele me dizia que havia mais.

* * *

A MANHÃ estava parada e fria. O sol só agora aparecia, enquanto nós o observávamos encostados na cabine, assistindo ao rodopiante rastro de poeira deixado atrás da caminhonete. Virei o resto do café, senti o gosto dos grãos no fundo e virei o resto pela beirada da caçamba.

— Aquele tal Wickham era mesmo o advogado dela, Tom — eu disse. — E você nem vai acreditar nisso, mas ele me disse que ela fez um testamento deixando tudo dela para mim e para você.

— O quê?

— As terras, os cavalos, tudo o que ela tinha. Ela não tinha mais família, então deixou tudo pra nós. O que você acha disso? E ele disse que vem conversar com a gente hoje à tarde na sua casa.

— E o que você falou?

— Que pode ser que a gente esteja na delegacia — e estendi a mão para que ele visse o rabisco de tinta preta. — Então anotei o número dele.

— A Luz falou que não vai contar nada pro meu pai — Gabe disse. — A não ser que precise. Ela disse que prefere esquecer tudo.

— Bom, não vai ser fácil pro Chase Rutledge fazer a mesma coisa — eu disse. — De certa forma, eu gostaria muito de ver a Luz contar pra todo mundo o que aconteceu. E, de certa forma, queria que a gente tivesse matado aquele cara.

Ninguém disse nada depois disso. Mas percebi que o Gabe e o Tommy estavam evitando olhar para mim.

Tommy então se virou de lado e perguntou a Gabe:

— E o que o seu pai fez com você, a respeito de ter faltado à missa e tudo?

— Nada, ainda. Saí escondido hoje. Ele não sabe que estou aqui.

— Está vendo o que acontece quando a gente dá cerveja pro coroinha da igreja? — eu disse para o Tommy.

Gabe me chutou e esboçou um sorriso, mas estava com medo. Todos sabíamos que ele estava pensando na ameaça de Chase de vir atrás dele. Me senti enjoado, como se estivesse bêbado e não conseguisse tirar aquilo da cabeça.

Tommy estava sorrindo, olhando para longe na estrada que ia se desdobrando atrás de nós.

— Caramba... Nós vamos ter nossa própria criação de cavalos, Stotts.

— Bom, é um pedaço de terra incendiado pela metade, junto com uma casinha de metal também queimada e cinquenta cavalos que podem morrer de fome agora no inverno e mais um monte de cabras de que a gente vai ter de se livrar — respondi. — Vamos ter muito trabalho pela frente, Tom.

Depois de conseguirmos dar partida no carro e de inventarmos uma explicação meia-boca para o barril de cerveja na caçamba, Carl nos deixou ir ver os dois cavalos que mantínhamos presos ao lado da cerca, desde que Tom e eu prometêssemos encontrá-lo no estábulo para o trabalho antes do meio-dia. Carl foi embora deixando só a advertência:

— Se vocês encherem a cara e deixarem a bateria arriar outra vez, é melhor vocês mesmos se amarrarem ao para-choques e irem puxando o carro de volta, porque não vou voltar aqui de novo.

Nos amontoamos dentro da cabine. Tommy manobrou a caminhonete e seguiu em direção às terras de Rose. Tirou do bolso seu fumo de sempre, me passou a latinha e eu tirei um pouco também.

— Se eu for pra cadeia, é melhor ir me acostumando com esse troço também — Gabe disse, e Tom começou a rir.

— Caramba, Gabey. Atirar no filho do xerife realmente te transformou em um criminoso malvadão, hein? — ele zombou, entregando a latinha para Gabriel.

Tom tinha de assistir à cena, apesar de estar dirigindo. Gabe se atrapalhava todo com a latinha e seu potente conteúdo. É claro que acabou deixando cair um pouco no colo logo que conseguiu abrir, porque não soube dar os tapinhas e girar o punho do jeito certo. E ainda derrubou mais um pouco quando apanhou um punhado entre o polegar e o indicador. Segurou à sua frente e ficou olhando como se aquilo fosse algum inseto.

— Você só põe isso na boca? — perguntou.

Fiz que sim com a cabeça.

— E aí faz o quê? — disse, ainda segurando.

— Faz essa primeira parte que depois você vai entender o que fazer — Tommy instruiu.

Gabe fechou os olhos, puxou o lábio com a outra mão e enfiou o tabaco, fazendo careta.

— É bom... — disse, com uma lágrima quase escorrendo do canto do olho. Tommy e eu rimos. Tom cuspiu para fora da janela e eu na minha caneca.

— Precisa cuspir, não pode engolir — avisei.

— É difícil não engolir uma coisa que está na sua boca — Gabe disse, falando como se tivesse um pregador de roupa preso na língua. Um fio de baba marrom descia de seu lábio. Pôs a cabeça para fora da janela e cuspiu.

— Que nojo — ele disse. — Cuspi na lateral toda.

— Coitada da caminhonete — Tommy disse. — Mira direito, Gabey. Você não vai querer lavar ela toda cheia de cocô de cavalo do jeito que ela está.

— Tô me sentindo estranho... — Gabe disse. Estendeu os braços, segurando com as mãos no painel.

— Ah, diabos... Se não fosse tão cedo, ia te oferecer uma cerveja — Tom disse.

— E se ela não estivesse quente feito xixi, eu até que beberia — respondi.

Gabe riu e babou um pouco do tabaco, e aí rimos todos. Então, olhei pelo vidro da frente e percebi que Tommy tinha acabado de passar por aquele lugar que chamávamos de fim do caminho. Gabe e Tommy também perceberam isso, porque de repente se fez um silêncio enorme dentro da cabine da caminhonete barulhenta. Tommy pisou no freio quando estávamos no gramado onde tínhamos encontrado o cavalo de Luz.

— Quer ver se ele está morto e estendido lá? — perguntou.

— Foi só um arranhão, Tom. Não tem a menor chance de ele estar morto a não ser que tenha tido um ataque do coração ou coisa assim — eu disse. — Mas a gente pode ir lá e recolher as cápsulas vazias.

— Nós já fizemos isso enquanto você estava brincando de "meu herói" com a minha irmã — Gabe balbuciou tentando segurar a baba. Abriu a porta e cuspiu na terra.

Saímos todos da caminhonete e começamos a andar como se estivéssemos enfeitiçados. Quando chegamos ao ponto onde Gabriel tinha atirado em Chase, era quase como se esperássemos por algum tipo de recepção além do campo, da grama verde e das florzinhas brancas. Ficamos parados olhando para baixo como se presenciando uma cerimônia fúnebre.

— Tem um pouco de sangue ali — Gabe disse, apontando.

— E que tipo de cura é essa, mestre? — Tommy perguntou.

— Não é cura. É veneno.

Olhei para as costas da minha mão e me lembrei de que a tinha lambuzado com o sangue de Chase no dia anterior. Menos de vinte e quatro horas antes. Gabe tirou o fumo da boca, jogou no chão e depois cuspiu.

— Vamos sair daqui — ele disse.

Mais para o sul, passamos por outra porção de floresta queimada antes de chegar ao pasto onde Tommy e eu mantínhamos o garanhão dele e minha égua. O macho estava pulando para frente e para trás, muito agitado, com a cabeça para cima e para baixo. Minha égua tinha parido, provavelmente no dia anterior, porque tanto ela quanto o filhote já estavam de pé e se movimentando bem. Tommy encostou a caminhonete junto ao curral, todos nós saímos para ver os cavalos.

— É um potrinho macho — eu disse. — Bem como o Carl tinha previsto.

Ficamos lá do lado de fora, eu com o pé na cerca do curral, assistindo ao recém-nascido e sua mãe, Fantasma. Ele olhava para nós, corria e se espreitava atrás dela. Tommy cuspiu e se virou para o outro lado. Vi que ele estava olhando para além da cerca, para as terras que Rose tinha deixado para a gente.

— Foi por causa do seu fumo — eu disse.

— O quê?

— Foi por isso que ela deixou tudo pra gente. É porque você deu pra ela aquela primeira latinha de fumo ainda cheia, lembra?

— Eu nem fui legal com ela... — ele disse.

— Mas depois foi — respondi. — Sei que ela gostava de você, e você dela.

— Mas foi por sua causa — ele disse. — Ela gostava mesmo era de você. Ela nem ligaria se eu nunca tivesse voltado lá com você. Você mesmo poderia ter levado o tabaco pra ela.

Olhou de volta para o terreno.

— Ela nos embebedou daquela vez.

— É porque a gente quase se matou aquele dia — eu disse.

Tom sorriu.

— Que nome você vai dar pra ele? — Gabe perguntou.

— Vou batizá-lo inspirado em você, Gabey. O nome dele vai ser Atirador.

— Ih... – Gabe exclamou e me bateu com o chapéu sujo.

Subi nos tubos da cerca do curral. Fantasma estava nervosa, com as orelhas voltadas para trás e sempre se interpondo entre nós e seu filhote. Tom e Gabe se mantiveram longe e em silêncio enquanto eu caminhava devagar, bem calmamente em direção à égua, com a cabeça baixa e a mão estendida. Ela estava assustada e tensa, mas, depois de correr em volta de mim duas vezes, me deixou tocá-la. Acariciei seu focinho e aproveitei para me aproximar mais alguns centímetros, chegando bem ao lado dos ombros dela e vendo, por cima dela, o potrinho de costas prateadas.

— Vamos levá-lo lá pra casa, Tom — eu disse.

— Para a sua casa?

— Tenho quatro baias no celeiro. Vou precisar tomar conta deles agora e não posso mais deixá-los aqui.

— E quanto ao grandão ali? — Gabe perguntou.

— Acho que a gente deveria tentar levá-lo também — respondi.

— Vamos deixar ele sair — Tommy disse. — Depois eu pego ele de novo.

Olhei para Tommy sem acreditar no que ele estava dizendo, ao que ele repetiu:

— Vamos deixar ele sair, Stotts. Aí ele pode correr pelas terras de Rose outra vez.

— Tenho certeza que você consegue pegar esse aí de novo — eu disse.

Tom Buller tinha um olhar triste e orgulhoso ao mesmo tempo no momento em que abrimos a cancela do lado do garanhão e nos afastamos, deixando o cavalo sair em disparada, seus cascos levantando uma nuvem de cinzas pretas e terra. Tommy não disse nada a respeito e só ficou olhando em silêncio o cavalo ir. Pareceu para mim que Tom Buller estava libertando também uma parte de si mesmo. Ele caminhou de volta para a caminhonete, olhando para o outro lado, e deu ré com a carretinha pelo lado da cerca onde ficava a égua, enquanto Gabe pegava uma corda para amarrar o filhote.

— Não sei se você vai conseguir passar isso pelo pescoço dele, mas, se conseguir, vai ser suficiente — ele disse, passando o arreio por cima da cerca do curral. — Talvez você tenha de carregá-lo para cima e torcer para ele não se debater demais.

Tom parou a caminhonete e eu abri a porta da carretinha enquanto ele vinha também para o curral. Gabe ficou atrás da carreta para fechar a porta e eu peguei a égua pelos arreios.

— Se eu não conseguir guiá-la para dentro, nós vamos tentar espantá-la nessa direção com os chapéus — eu disse.

— Acho que isso vai ser suficiente — Tom disse.

Eu tinha conseguido colocar na égua preta uma guia comprida, de modo que agora poderia usá-la como corda de treino. Eu a tinha amarrado na base da cabeçada e a estava segurando enrolada na mão esquerda. A égua viu a corda quando comecei a me aproximar e se afastou, levando o filhote junto. Tive de dar a volta, tentando abordá-la de um jeito e de outro por uns bons dez minutos antes que ela finalmente decidisse ficar parada e me deixasse chegar perto. Consegui que ela virasse a cabeça para o meu peito e acariciei seu pescoço, falando com ela mansamente e dizendo que ela era um bom cavalo. Passei a corda em torno dela e ela se moveu só um pouco, mas já entendia que a corda significava que deveria ficar imóvel. Viu a cabeçada chegando por baixo e mexeu a cabeça mais um pouco, mas eu consegui passar o arreio com o braço direito e o amarrei. Ela então começou a andar para longe, mas eu deixei e só fiquei ao seu lado, seguindo-a e mantendo a guia frouxa na mão enquanto acenava com a outra mão para que ela se acalmasse e virasse a cabeça de volta para mim. Durante todo esse tempo, o potrinho a acompanhava em volta, soltando relinchos baixos e estridentes.

— Vou tentar conduzi-la primeiro, Tom.

— Talvez o pequenino siga — ele respondeu.

Ela ainda hesitou e empacou logo na porta da carreta, mas Tom ficou atrás, abanou com o chapéu e ela então entrou. O filhote queria acompanhá-la, mas Tommy o parou para que eu pusesse a cabeçada.

O potrinho não gostou nada dos arreios e protestou bastante. Era incrível como ele era forte e como conseguia se mover rápido mesmo com aquelas patas ainda desengonçadas, mas eu consegui amarrá-lo bem e agora poderia colocá-lo ao lado da mãe na carretinha. Quando estavam os dois lá dentro – a égua batendo os cascos para todos os lados e o filhote só tentando esconder o rosto debaixo da barriga dela – Gabe fechou a porta.

Tommy estendeu a mão fechada para nos cumprimentar.

— Bom trabalho — eu disse.

— Obrigado, Gabey — Tom disse. — Vamos levar os dois pra casa do Stotts agora e a gente consegue voltar antes do meio-dia.

Bem, meu pai ficou bastante surpreso com as novas adições à família, mas não se importou porque sabia que só eu teria que tomar conta deles. Chegamos a carretinha no corredor que já estava com as portas abertas, e eu entrei no celeiro e abri as baias para os cavalos. Gabe controlou a porta mais uma vez. Meu pai ficou observando na ponta do corredor.

— Pai, acho que você não vai querer assistir ao descarregamento — eu disse. — Pode ser bem assustador.

— Acho que a gente vai precisar da ajuda dele — Tom disse. — Se o senhor puder, por favor fique nesse meio aqui entre a carreta e o celeiro, porque aí ela não corre nessa direção.

— E se correr? — meu pai perguntou.

— Bom, não se apavore.

Tirar aquela égua da carreta deu muito mais trabalho do que colocá-la. Ela simplesmente se recusava a sair. Eu a puxava pela frente, Gabe segurava a porta, Tommy passou uma guia pela traseira dela, mas ela puxava e freava e reclamava, girava para o lado contrário e até tentou dar um coice em Tom. Quando finalmente desistiu, eu soltei a corda dela e a deixei andar pelo corredor. Uma vez que a baia era a única porta aberta lá no fim, ela foi diretamente até ela e o pequenino seguiu logo atrás.

— Meu Deus... — meu pai disse. Percebi que levaria pelo menos um ano até que eu conseguisse convencê-lo a montar naquele cavalo depois de ver aquela luta.

Tommy entrou na baia e tirou os arreios e guias da égua, enquanto Gabe fechou a porta da carreta.

— Vamos conseguir voltar pro rancho em tempo, eu acho — Gabe disse.

— Me faz um favor? — eu disse. — Por favor, dê água e comida para eles enquanto eu tiro só uns cinco minutos para ir lá dentro, tomar uma chuveirada e vestir uma roupa limpa. Estou com essa aqui há três dias.

— Eu sei, Stotts — Tommy disse. — Pode acreditar que eu sei bem. Tudo certo, cinco minutos.

Chegamos ao portão principal do rancho Benavidez bem antes do meio-dia, então sabíamos que Carl não se zangaria conosco por nenhum atraso. Passamos pela casa do caseiro e tomamos o rumo do estábulo principal. Tommy mascava seu fumo e cuspiu pela janela quando passamos por Reno e Flecha em suas baias. Quando chegamos ao alto do morro, nós três tomamos um susto ao mesmo tempo, e pude perceber Gabe e Tom gelando atrás de mim.

— Eu nunca deveria ter deixado você entrar pra tomar banho — Tom disse. — Porque aposto que você trocou sua cueca da sorte.

O Bronco preto e branco do xerife Rutledge estava parado em frente ao estábulo e lá estava ele, de pé, olhando para nós.

VINTE

Eu também já vi fantasmas, Tommy. Só que os que eu vi me seguem para todo lugar.

* * *

— PARE O CARRO! — Gabe disse.

— É tarde demais — disse Tommy. — Ele já está olhando direto pra nós.

Gabe se encolheu com o rosto entre as mãos e os cotovelos nos joelhos.

— Só não fala nada, Gabey — eu disse. — Não conta nada pra ele.

— Vai ficar tudo bem — Tom disse. — Nós somos a tribo, lembra?

Ele estendeu a mão direita e nós dois a seguramos e nos cumprimentamos. Nenhum dos três tirava os olhos da viatura preta e branca e do homem de pé ao lado dela. Tom manobrou na frente do estábulo e parou a caminhonete bem de frente para o carro de Rutledge. O xerife estava sem chapéu e sob a sombra do estábulo. As entradas em seu cabelo ralo revelavam a testa larga e suada. Com a barriga encurvada sobre o cinto, ele sempre parecia estar morrendo de calor e desconforto.

Atrás dele havia um homem magro e franzino de cabelos pretos, repartidos ao meio, espichados e compridos até o alto do pescoço. Usava óculos de aros pretos e finos e vestia uma camisa branca desabotoada no alto, com as mangas dobradas e enfiada para dentro da calça jeans também preta. Tinha uma aparência quase asiática, de pele muito clara e lábios meio cinzentos.

— Acho que é isso — Tom disse. — Espero que eles tenham comida na cadeia, porque eu estou com fome.

Abriu a porta e cuspiu no chão.

— Você não vai abrir a sua porta também? — perguntei ao Gabe.

Gabriel, segurando o chapéu pela aba com as duas mãos como se pudesse se esconder atrás dele, deu um suspiro e saiu. Escapuli atrás dele. Rutledge olhou para mim e depois para Gabe.

— Você é Tommy Buller? — perguntou o xerife a Gabe.

— Eu sou — Tom disse com a voz bem firme como se estivéssemos prestes a participar de um tiroteio.

— E você não é o filho do Art Benavidez, é? Gabriel?

— Sou.

— Diabos! Você não parece mexicano.

— Minha mãe é da Itália — Gabe disse.

— Achei que ela fosse mexicana também — Rutledge disse balançando a cabeça. — Diabos! Aposto que ela cozinha muito bem.

— Acho que essa linha de interrogatório vai nos fazer confessar qualquer coisa — sussurrei para Tommy.

— O que você disse aí, garoto?

Achei que ele não tivesse visto, mas desta vez pelo menos eu não estava perto o bastante para ele tentar me acertar de novo.

— Nada.

Tom cuspiu.

Carl saiu do estábulo, encostou na caminhonete e acendeu um cigarro. Deu uma longa tragada e disse:

— Deixei uma lista de coisas pra vocês fazerem no quadro lá dentro. É melhor começarem logo que resolverem isso aqui, porque vão ter uns bons dois dias de trabalho pela frente.

Soltou uma nuvem de fumaça sobre a cabeça e olhou para o xerife.

Rutledge coçou o pescoço e começou:

— Esse senhor aqui apareceu no meu escritório agora há pouco. Eu disse que o traria aqui. É o advogado daquela mulher dos bodes.

— Meu nome é Cliff Wickham — disse o homem, estendendo a mão para mim.

— Troy Stotts — respondi, olhando para a mancha preta na minha mão onde eu tinha escrito o telefone do advogado e depois borrado com o banho. — E este aqui é Tom Buller.

Tom cumprimentou o senhor.

— Bem, como eu te disse esta manhã, Troy, não faz nem duas semanas que Rose veio até mim e me pediu para redigir um testamento no qual deixava todos os seus pertences e economias para vocês dois.

Ela tinha algum dinheiro guardado, provavelmente o suficiente para pagar o enterro, mas a propriedade e as criações são mais substanciais, algo como 12 hectares com uma casa e outras construções adjacentes. Vocês provavelmente sabem disso, eu creio.

Wickham parecia muito calmo e honesto.

Carl deu outra tragada.

— É um bocado de coisa...

— Já estivemos nas terras dela — disse Tommy.

— Ela nos deu cavalos — eu disse.

— Ela gostava muito de vocês. Falava de vocês todas as vezes em que nos encontrávamos — o advogado continuou. Notei que ele olhava para meus pés.

— Ah, sim, eu sou o do tênis.

— O único marido que ela teve morreu há mais de cinquenta anos. Ela não tinha família alguma — continuou. — É apenas questão de preencher a papelada e mudar a titularidade. Deve ficar tudo pronto em no máximo dois meses. Vou dar um cartão para vocês — e entregou para mim e para Tommy seu cartão de visitas.

— Posso pegar um também? — Rutledge perguntou, estendendo a mão.

Wickham ficou sem jeito.

— Eu só tinha esses dois.

Tom e eu enfiamos nossos cartões no bolso.

— E eu que achava que aquela mulher nem tinha amigo nenhum — disse o xerife. — A gente nunca a via em lugar nenhum.

— Nós a ajudávamos a fazer as coisas. Levávamos mantimentos para ela — eu disse a Wickham. — Ela era muito legal com a gente. Nós fomos lá e a tiramos quando teve o incêndio, mas acho que o esforço foi demais pra ela. Bem, de qualquer forma, a casa dela queimou bastante.

— Mas nós vamos consertar — Tom acrescentou.

— Bem, se vocês precisarem de algum contrato para formalizar a parceria...

— Já cuidamos disso — eu disse.

— Ah...

Ele deu um pigarro. Gabe só estava parado ao nosso lado, branco como cera.

— Sr. Wickham? – eu disse.

— Cliff.

— Sim. Bem, hã... A respeito do funeral dela... Se o senhor puder cuidar de tudo, eu garanto que será tudo pago como deve, caso não haja o suficiente na conta dela. Eu mesmo vou ajudar a pagar qualquer despesa que o senhor tiver nesse sentido — eu disse. — Poderia inclusive pagar quinhentos dólares agora mesmo.

Meu pai ainda estava com o dinheiro que ganhei no biatlo.

— É mesmo? — ele disse. — Bem, eu dou notícias, Troy. E obrigado.

— Obrigado a você, Cliff — Tommy disse, então se virou e cuspiu mais uma vez.

Wickham abriu a porta do passageiro do Bronco.

— Ei! — Rutledge disse. — Isso me lembra de uma coisa. Depois daquela corrida...

Olhei bem para o xerife e pensei "é agora". Senti como se todo o sangue estivesse se esvaindo do meu corpo.

— Algum de vocês, garotos, viu o Chase? Não o vejo desde sábado à noite.

Me virei para o Tommy, ambos com as bocas entreabertas e nos perguntando se deveríamos mentir, ao mesmo tempo aliviados por Chase não ter aparecido em Three Points até aquela altura.

— Não sabemos dele — Gabe disse com a voz firme e calma como se estivesse na igreja. — E nós estávamos os três juntos o tempo inteiro nos últimos três dias, desde a hora da corrida.

— É, bem, eu imaginava — Clayton disse. — Agora que ele fez 18 anos, eu mal o vejo. E ele, com dinheiro no bolso daquele jeito, desaparece até ficar sem. Bom, então vamos voltar, Sr. Wickham. Meu estômago já me diz que é hora do almoço.

Ambos entraram no carro do xerife e fecharam as portas.

— O cinto dele devia falar pra barriga calar a boca — Tommy disse.

— Obrigado mais uma vez, Cliff — eu disse, acenando enquanto eles iam.

Quando o carro chegou ao alto do morro e começou a descer do outro lado, caí de costas no chão de terra. Carl só ficou olhando para nós, intrigado e fumando. Gabriel sorriu quando Tommy deu um tapa em suas costas e disse:

— Caramba, Gabey!

— O que é isso tudo...? — Carl perguntou.

Tommy olhou para mim e para Gabe e só balançou a cabeça.

— Acho que é melhor voltarmos ao trabalho — disse. — Vamos, levanta aí, Stottsy.

Me cutucou com o pé e estendeu a mão para me puxar de volta para cima.

— Vocês podem começar limpando a carreta, que é pra eu poder desengatar e guardar. E vamos com isso porque eu também estou esperando pra pegar meu almoço — Carl disse.

— Você bem que poderia levar aquele barril de volta pro George e trazer alguma coisa pra nós — Tommy disse. — Não comemos nada o dia todo.

— É, talvez.

Carl acendeu outro cigarro enquanto Tom e eu varríamos a carretinha. Gabey ficou para ajudar também.

— Você vai ter que voltar pra casa em algum momento — eu falei para ele.

— Eu sei — Gabe disse, puxando a mangueira para dentro do reboque pela porta da frente. — Talvez, se eu implorar bastante, posso conseguir que eles me deixem ficar na sua casa por umas duas noites. Sei que eles não me deixariam ficar na do Tommy.

— Não teria problema com meu pai.

Acabamos o trabalho na carreta e Carl a levou embora. Então fomos para dentro do estábulo para ver as tarefas que ele tinha nos deixado escritas no quadro. Era lá que todos os empregados do rancho viam o que deveriam fazer.

Começamos com as baias ali mesmo. Gabe também pegou um ancinho. Nós todos tiramos as camisetas e suávamos como se estivéssemos em uma sauna, tocando e espantando moscas como se fôssemos cavalos com mãos. Conversávamos uns com os outros por cima das separações das baias.

— Lá diz "olhar cascos" — Tommy disse, apontando para o quadro. — Isso é comigo.

— Vi isso também — eu disse.

— Os cascos deste aqui estão achatados — Gabe avisou do corredor.

— Valeu, Gabey — Tom disse. — E eu espero que vocês dois estejam bem cientes de que a gente deu sorte até agora, mas isso não significa que vai dar tudo certo.

— Bom, pelo menos eu não matei aquele cara — Gabe disse.

— Eu preferiria que você tivesse matado. Já acabou com esse lado aí?

— Bom, meu pai não me paga pra fazer nada. Paga vocês — Gabe disse. — Então eu estou indo.

— Hora de ver os cascos, então — Tom disse. — Porque eu já acabei aqui.

— Rapazes, que tal uma comidinha?

Era Luz, chegando pela porta corrediça e nos chamando. Abri a porta da baia e cheguei ao corredor, onde pude ver sua silhueta segurando uma cesta na mão, com o sol reluzindo em seus cabelos.

* * *

COMEMOS JUNTOS, os quatro, e conversamos sobre nossas novas terras e os cavalos que Rose tinha nos deixado. Luz quis saber o que faríamos com tudo aquilo, e Tom e eu nos vimos surpresos por nunca termos pensado nem debatido a respeito do que fazer. Quando terminamos, Luz e eu caminhamos até os fundos do estábulo e ficamos na sombra, recebendo a brisa suave que secava o suor em minha pele. Me encostei em uma das vigas de madeira dos curraizinhos, de modo que a parte de cima da cerca ficava na altura da aba do meu chapéu, como se eu estivesse tentando olhar para o cavalinho que estava lá dentro, quando na verdade estava era olhando para ela.

— Obrigado pelo almoço — eu disse.

— É que vi o Carl e ele disse que estava indo buscar alguma coisa para vocês. Aí eu falei que ele podia deixar isso por minha conta.

— Seus pais estão furiosos com o Gabey?

— É, ele vai levar a dele na hora do jantar.

— Talvez eu pudesse conversar com eles e falar da caminhonete parada e do cavalo do Tom que também não anda — ofereci.

— Isso até poderia funcionar.

Bom, pelo menos não é nenhuma mentira — disse e olhei bem para ela. — E como você está hoje?

— Estou bem. De verdade — respondeu. — Ontem à noite eu pensei muito no que aconteceu, porque não estava conseguindo dormir. Queria tanto conversar com você, Troy.

— Eu também não consegui. Mas estou preocupado com essa história do Chase. Ele com certeza vai tentar fazer alguma coisa ruim de verdade agora. Ele é assim.

— Acho que agora ele tem medo de você.

— Ele tem medo é do Tom. E eu tenho que ficar de olho no Gabey — respondi, apertando o chapéu junto à ripa do alto da cerca e olhando para Luz mais uma vez. — Queria ver com seus pais se eles deixam ele ficar na minha casa uns dias. É mais afastado da cidade e assim fica menos provável ele trombar com o Chase em algum lugar.

O jovem cavalo no estábulo chegou farejando minha mão.

— Troy, ontem à noite você disse que se a gente estivesse sozinho, você iria... E então o Tommy apareceu. O que você ia dizer?

Olhei para baixo. Senti como se estivesse engolindo um ovo cozido inteiro, com casca e tudo.

— Nada — respondi e olhei para longe. — É que sou um idiota.

Ela pegou minha mão em meio à cerca. O potro se afastou.

— Não acho que é — ela disse. — Às vezes, queria que a gente estivesse lá naquela cabana de novo, Troy. E que a gente pudesse reviver aquela noite.

Ela então me deu um beijo bem suave perto do ouvido e se virou para voltar ao estábulo.

— Melhor deixar vocês dois voltarem ao trabalho — ela disse. — Mas passa lá em casa antes de ir embora, Troy, porque aí você conversa com meu pai sobre o Gabey. Acho que isso vai ajudar.

E ela entrou pela escuridão do estábulo e me deixou de pé lá, olhando para o cavalinho.

* * *

FIQUEI SURPRESO ao ver a Sra. Benavidez perdoar Gabey tão facilmente por ter faltado à missa e desrespeitado o acordo que tinha feito com os pais. Me espantei mais ainda quando ela disse:

— Não sei o que vocês andam tramando, Troy, mas desde que seu pai também esteja lá, por mim está tudo bem se o Gabriel ficar uns dias com você.

— Ele vai vir trabalhar comigo e com o Tommy todos os dias, mesmo. E eu vou obrigá-lo a escovar os dentes — eu disse, tentando dar um sorriso.

— Ah, cala a boca... – Gabe me cutucou.

— O pai dele vem tentando fazê-lo trabalhar aqui também. Se vocês conseguirem isso, ele vai ficar muito feliz — ela me disse com aquela boca que franzia os cantos e sempre parecia insatisfeita. — Confio em você, Troy. Mas é melhor vocês dois saírem antes que o pai dele volte.

Era final de tarde. Gabe e eu fomos para o norte margeando a lagoa para a minha casa. Aliás, finalmente eu estaria em casa depois do que pareceu ser um bom tempo.

— Obrigado por me ajudar, Troy.

— Bom, só espero que eles não me culpem se você voltar mais magro, porque lá em casa nós mesmos é que vamos ter que cozinhar. Meu pai já não faz mais nada porque eu fico fora a maior parte do tempo mesmo.

— Você sabe cozinhar? — Gabe perguntou.

— Não exatamente. Mas também não morro de fome.

— Sei lá... Conheço gente que seria da opinião de que é exatamente isso o que você está fazendo agora mesmo.

— E você, sabe cozinhar alguma coisa? — perguntei.

— Sei despejar leite no cereal sem derramar.

— Bom, então nós vamos sobreviver nos próximos dias. Você pode dormir no sofá-cama que fica no meu quarto. Não iria querer dormir na sala, porque às vezes meu pai fica acordado até de manhã. Pelo menos desde que minha mãe morreu.

Gabe não disse nada. Os cavalos se arrastavam preguiçosamente. Os dois se davam bem, mas o Reno certamente ficaria com ciúmes e iria aprontar alguma gracinha quando chegasse em casa e visse aqueles dois outros cavalos no estábulo que antes era só seu. Pensei em deixá-lo junto com Dusty no curral do lado de fora aquela noite, para ver se ele se acostumava com os novos cheiros e o fato de agora ter companhia.

Minha camiseta com o número sete pregado estava por cima do Reno. Estava ensebada e imunda agora, mas eu provavelmente nunca mais a lavaria e talvez até a pendurasse no estábulo daquele jeito. A bandana vermelha que Tommy tinha me emprestado ainda estava amarrada no pito da sela.

Já estávamos quase na pontezinha, aquele lugar onde nos encontramos no dia em que saímos à caça do puma; o mesmo lugar onde Clayton Rutledge me parou aquela noite.

O chapéu de Gabe estava bem voltado para trás.

— Você vai mesmo pôr o nome de Atirador naquele potrinho?

— Vou.

— Em minha homenagem?

— Bom, o atirador é você, Gabey.

— É meio embaraçoso...

— Só você e eu e o Tommy sabemos por quê. É uma piada interna nossa. E o nome é bom.

— Acho que gosto dele. Cabe bem praquele cavalinho — ele disse, fazendo uma pausa. — Quando você for colocar o cabresto nele, me chama. Quero ajudar. Sei como fazer, cresci vendo isso.

— Vou gostar muito se você ajudar. Aliás, poderia ajudar com todos eles. A gente agora tem um bocado de cavalos.

* * *

MEU PAI LEVOU um tempinho até finalmente entender que Rose tinha deixado aquelas terras e o cavalos para nós, mas depois ficou bem animado com a notícia. Passei para ele o cartão de Wickham e disse que ele deveria ligar para o advogado caso quisesse saber qualquer coisa.

O Sr. Benavidez tinha ligado para avisar que estava de acordo com o Gabe ficar lá em casa conosco uns dias. E ele queria falar comigo logo pela manhã. Fiquei um pouco nervoso e com medo de ouvir isso; parecia algo ameaçador.

— E vocês vão ter que preparar o jantar agora, porque eu já comi — meu pai avisou.

— Estava falando isso com o Gabe agora há pouco — respondi. — Tudo bem, pai. Vem, Gabe, vamos guardar os cavalos e dar comida para eles.

Deixamos Reno e Dusty no curral aberto, demos comida e os escovamos. Percebi que o Reno sentia o cheiro dos outros cavalos que estavam lá perto pelo modo como ele enrolava o beiço e trotava pelo curral junto ao baio despreocupado.

Dei um bocejo enorme; estava muito cansado e já com sono. Entramos no estábulo para ver os novos cavalos e também para dar comida a eles.

— Esse garotão é mesmo bem bonito — Gabe disse.

— Ele parece uma zebra com essa crina escovada.

— Ele vai ser bravo. Dá pra notar.

— Você acha? — perguntei. — Bom, tudo bem se ele ficar bravo, desde que não seja burro.

— Eu também sempre prefiro que um cavalo seja bravo a burro.

— Quer ele pra você? — perguntei.

— Pra ficar pra mim? — Gabe disse, olhando para mim.

— Você pode ficar com ele — eu disse. — Tenho muitos agora. Quero dizer, se você quiser...

— Obrigado, Troy! — Gabe pôs a mão no meu ombro.

— Só que você não pode trocar o nome dele.

— Não, ele vai ser o Atirador — Gabe disse. — Posso encostar nele?

— Pode tentar.

— Obrigado, Troy. Muito obrigado.

— Vai lá ficar com ele.

Gabe entrou na baia e o potrinho não ficou com medo algum, mas meu amigo teve que evitar a égua porque ela estava pronta para dar um coice nele. Gabe pôs a mão no cavalinho, que ficou parado por uns segundos e então se revirou e correu para longe.

— Se ela te der um coice, seu pai me mata — eu disse. — Vamos lá pegar alguma coisa pra comer.

Apaguei as luzes do estábulo e voltamos para casa, com Gabe ainda dizendo mais uma dúzia de obrigados antes mesmo de abrirmos a porta.

VINTE E UM

Pela manhã, Gabe agradeceu pelo cavalo mais uma vez, quando fomos dar comida para eles depois do nosso desjejum a base de torradas e café. Quando saímos, ainda estava escuro, de modo que chegaríamos ao rancho por volta das 6h da manhã.

Eu já sabia que o Sr. Benavidez estaria esperando, então nossa primeira parada foi na porta da sede.

— Você vai entrar comigo — falei para Gabe assim que bati na porta, com um certo cuidado e suavemente, quase esperando que ninguém lá dentro fosse ouvir.

O próprio Sr. Benavidez abriu a porta. Sorriu e apertou minha mão.

— Bom dia, Troy — e então beijou Gabriel no alto da cabeça. — Vocês já tomaram café?

— Tomamos, na casa do Troy — Gabe respondeu.

O Sr. Benavidez então chegou à varanda.

— Bem, então não vou atrasar seu trabalho, Troy. Só queria te contar que o Carl, a Sra. Benavidez e eu vamos de carro até o Novo México hoje à tarde para pegar uns cavalos. Pode ser que a gente fique fora uma semana inteira. Queria saber se você gostaria de vir conosco, claro, se o seu pai permitir. Seria uma ótima experiência para você.

Eu não sabia o que dizer.

— Gostaria muito de ir, Sr. Benavidez, mas minha égua acabou de parir e eu acho que preciso ficar por perto um tempo.

Era um pensamento aterrorizante ir para qualquer lugar sozinho com o pai de Luz, porque eu sabia que ele ia querer conversar sobre as coisas.

Ele só me encarou com uma expressão desapontada. Podia jurar que estava travando uma discussão mental, talvez mesmo aquela que não teria chance de ter comigo.

— Bem, então eu vou dizer pro Carl deixar uma lista de tarefas para você e pro Tom se ocuparem enquanto a gente estiver lá. Luz e Gabriel vão comigo também.

Gabe se pronunciou.

— Pai, sabe esse potro que nasceu? O Troy me deu. Será que não posso ficar na casa dele e vocês vão sem mim?

— Meu pai estaria de acordo — eu disse.

Ele olhou para baixo, pensativo.

— Tem certeza de que não quer ir com a gente? — perguntou a Gabe.

— Eu realmente prefiro ficar — Gabe disse. — Inclusive minhas roupas e tudo mais já estão lá na casa do Troy mesmo.

O Sr. Benavidez apenas suspirou.

— Vá lá falar com sua mãe, então.

Gabe se enfiou por entre nós e passou pela porta correndo.

— Luz também não vai querer ir — disse Benavidez, e então olhou bem firme para mim, sem nem piscar. — Vou dizer a ela que você pediu para se despedir.

Eu encarei de volta, apavorado.

— Talvez eu tenha a chance de me despedir pessoalmente antes que todos viajem mais tarde — eu disse, engolindo em seco. — Se o senhor não se importar.

Eu realmente pude me despedir de Luz. Ela foi até o estábulo na hora do almoço enquanto seu pai, sua mãe e Carl esperavam na picape, com o motor a diesel já ligado e um reboque cheio de mantimentos engatado. Percebi que ela tinha chorando. Sabia que ela não queria ir. Todo mundo podia ver isso. E a gente nem podia se encostar, porque todos estariam de olho lá da picape. Fiquei vigiando por cima dos ombros dela.

— Não é tanto tempo assim — eu disse. — Você vai se divertir. Eu ainda vou estar aqui quando você voltar.

Ela tocou as costas da minha mão suavemente, deslizando os dedos.

— Eu te amo, Troy.

Só pude olhar para baixo e, quando me dei por mim, ela já tinha ido e desaparecido por detrás da porta da picape. Acenei enquanto eles iam embora.

* * *

SEM O CARL por perto, Tom e eu ficamos a cargo das tarefas que geralmente cabiam a ele, mais agradáveis e mais divertidas do que as nossas.

Então, quando a tardinha começou a dar lugar ao começo da noite, ainda estávamos em pleno campo aberto com o trator transportando um reboque lotado de fardos de alfafa para deixar nos cochos, que ficavam espaçados por todo o comprimento da cerca. Todos aqueles belos quartos de milha dos Benavidez conheciam bem o som do trator que vinha sempre na mesma hora do dia, de modo que se juntavam então em pequenos grupos, todos com as orelhas em pé, nos seguindo com os olhos enquanto deixávamos os fardos um a um em cada cocho. Tommy ia dirigindo e eu ia sentado atrás no reboque, cortando o encordoamento para melhor espalhar o feno.

No último cocho, Tommy se virou no banco, pôs o pé sobre o enorme pneu preto e deu uma cusparada.

— Sabe, Stotts, eu não quero ficar sozinho naquela casa assombrada — disse. — Por que você e o Gabe não se mudam pra lá comigo enquanto todo mundo está viajando? Vai ser divertido.

— Divertido... — eu disse estoicamente. — Em uma casa assombrada... Férias perfeitas, mesmo...

Tommy tirou e agitou a latinha de fumo. Peguei um pouco também e continuei:

— Se você for conosco lá em casa pra gente pegar roupas e tudo mais, e depois todas as manhãs para que eu possa alimentar os cavalos, então acho que pode ser.

— Aposto que você não consegue ficar de pé nessa caçamba aí durante toda a volta para o estábulo sem eu te derrubar.

— Posso tentar, se for a dinheiro.

Tommy deu um tranco para a frente no trator enquanto eu ainda estava de pé, e foi como se eu estivesse em cima de uma prancha de surfe gigante correndo e pulando sobre a pastagem. Às vezes, um dos cavalos levantava o focinho do cocho e olhava para nós como se fôssemos loucos, e depois voltava a comer. Mas eu não caí em momento algum. Quando chegamos, Tom admitiu que me devia 5 pratas.

Fomos para a minha casa à noitinha, e Gabe e eu pegamos nossas coisas. Meu pai era do tipo que gostava de ficar sozinho às vezes, então parece que ficou até feliz de se ver livre de nós por uma semana, ainda que eu fosse voltar todos os dias para cuidar dos cavalos.

E eu sabia que ele só estava esperando uma chance para conversar comigo longe dos meus amigos, e que ele queria me dizer que não deixaria minha herança – as terras de Rose e os cavalos – interferir nos meus estudos. Por isso, mantive Tommy e Gabe o tempo todo ao meu lado enquanto recolhia minhas coisas, de modo que ele nunca conseguiria começar a tal conversa que eu sabia que teríamos algum dia daqueles.

Meu pai apenas disse que tinha falado com Wickham e que ele parecia ser um bom sujeito realmente disposto a resolver tudo para mim e para o Tom. O funeral de Rose seria na igreja de Three Points na segunda-feira seguinte, e claro que todos nós estaríamos lá para nos despedirmos dela.

Saímos e levamos o carro até a Lojinha do Papai para comprar mantimentos. Logo que escureceu, já estávamos de volta à casa do caseiro.

Brincamos de jogar ferradura até que ficou escuro demais e não conseguíamos mais ver a estaca. Gabe venceu com aquele braço de ouro dele. Tommy disse que faria o jantar na primeira noite, então comemos macarrão com queijo e uma caixa de rosquinhas. Estávamos os três sentados em volta da grande mesa da cozinha comendo. Tom e Gabe bebiam leite, mas eu me contentei com um copo d'água. Tommy disse que precisava nos mostrar uma coisa e correu até seu quarto.

O telefone tocou, algo que raramente acontecia na casa dos Bullers, e Tommy me gritou:

— Ei, Stotts, atende aí pra mim. Deve ser o CB checando se está tudo bem.

Atendi.

— Alô?

— Fique sabendo, Buller, que aquele menino para quem você trabalha já era. E você é o próximo — *clique*, desligou.

Não reconheci a voz. Com certeza não era Chase Rutledge. Pus no gancho. Gabriel estava bebendo leite e nem olhou para mim.

Já tinha ouvido Chase falar aquele tipo de coisa antes, e nunca tinha levado a sério. Mas ameaçar Gabriel Benavidez era diferente, porque todo mundo que o conhecia sabia que ele era uma pessoa inocente e de bom coração. Naquele momento, apenas me resignei a ficar mais ainda de olho nele até que sua família retornasse, ou até que as coisas se resolvessem.

Tommy voltou à cozinha com um bloquinho de papel na mão.

— Quem era?

— Ninguém — respondi. — Ninguém falou nada do outro lado.

Tommy deu de ombros.

— Quero te mostrar uma coisa que eu desenhei — ele disse.

Pôs o bloco na mesa à minha frente, varrendo as migalhas com a mão. Na hora, percebi o que era – Tommy era mesmo um excelente artista. Era a casa de Rose, vista de cima e com muitas coisas construídas em torno dela.

— Vamos fazer uma estradinha indo pra esse lado aqui, junto ao córrego — ele ia fazendo o traçado com o dedo. — Desse lado, a gente faz um pasto bem grande. Aqui vai ter uma área fechada, talvez para os potros que a gente estiver treinando. Puxamos a água encanada desse poço e, atrás da casa, fazemos cercados e um outro cercado maior e redondo. Aqui vai ser um abrigo coberto para cavalgar, e podemos pôr outros abrigos aqui e aqui para mantermos o feno durante o inverno. O estábulo principal fica logo ao lado da casa, com dez baias e um corredor grande o bastante para passar uma caminhonete com carreta.

— Isso ficou fantástico, Tommy — Gabe disse.

— Temos de começar aos poucos, Tom. Primeiro é consertar a casa, fazer a tubulação de água, subir as cercas em volta dos campos e talvez já ir providenciando umas baias e o cercado redondo maior — eu disse. — Mas gosto muito. É tudo o que eu sempre quis.

— Eu também, Stotts. Vamos fazer isso.

Demos nossos soquinhos de cumprimento.

— Fechado!

— Será que podemos começar esta semana?

Subitamente, me senti triste por Rose, e nem sabia se eu queria voltar lá tão cedo assim. Mas havia sempre algo de energizante e de redentor nas palavras de Tommy Buller, um senso de renovação que eu não podia negar. Tinha inveja dele por isso.

— Vamos sim — respondi. Olhei para Gabriel. — Desde que o Gabe participe com a gente.

— Estou dentro — ele disse, limpando o bigode de leite dos cantos da boca. — E, se a gente estivesse na fogueira agora, eu ia te pedir para contar ao Tommy aquela história de quando você sumiu. Sobre onde foi e o que fez por lá.

— Ah, Stotts... Essa parece ser das boas. Acho que vamos ter que passar a noite em claro pra ouvir.

Ficamos acordados até bem tarde enquanto eu contava a Tommy toda a história do que tinha acontecido comigo na montanha, com Gabe ouvindo atentamente, porque dessa vez, ao contrário daquele dia em que fomos atrás de nossas roupas, tive tempo de adicionar mais detalhes. Quando terminei, Tommy fez uma cara um pouco desapontada.

— Como é que você nunca tinha me contado isso antes?

— Eu nunca tinha contado pra ninguém até uns dias atrás — eu disse. — Acho que estava com certa vergonha de ter fugido de casa como uma criancinha. Na verdade, me deu vontade de voltar lá pra cima naquela vez em que quase pedi demissão do rancho, mas não consegui fazer isso e só fiquei me sentindo bobo e deprimido, ainda mais depois de tomar um soco daquele jeito do Clayton. Depois disso, já não importava mais. Mas acho que eu passei muito tempo com medo de tudo.

— Caramba, Stotts. Não sei se você é o cara mais sortudo que eu conheço ou se tem alguma maldição — Tommy disse.

— Nunca me senti sortudo...

— Porque você não precisa de sorte.

— Acho que é porque as coisas simplesmente acontecem de qualquer forma, sem envolver sorte nenhuma.

— Ah, mas agora eu quero ver esse lugar — Tom disse. — Nós três vamos subir lá antes que eles voltem do Novo México.

* * *

TOM ESTAVA FAZENDO café na cozinha quando acordei. Ainda estava escuro e Gabe estava apagado na cama que ele tinha improvisado no chão da sala de estar. Eram 3h30 da manhã e Tommy já estava vestido e tinha calçado as botas. Saí do sofá, cambaleei até a cozinha bocejando e me sentei à mesa.

— Estou vendo que você vai querer ir lá hoje mesmo — eu disse.

— Vamos precisar carregar bastante coisa nos cavalos — ele respondeu, servindo dois copos de café. — E depois tenho que conversar com o Ramiro para ele segurar as pontas pra gente durante uns dois dias.

Chamei Gabriel.

— Gabey, acorda! O maluco aqui quer subir a montanha agora mesmo.

Gabe apenas murmurou algo debaixo da pilha de cobertores.

Pusemos todo o equipamento de Tommy no Flecha e fomos de carro até minha casa para pegar Reno e Dusty. A casa estava escura quando chegamos, e por isso eu sabia que meu pai estaria dormindo. Tommy parou a caminhonete com a carreta ao lado do nosso estábulo. Antes, demos um pulo dentro de casa e pegamos umas roupas, minha escova de dentes, meus utensílios dos escoteiros, equipamento de pesca e o rifle. Tinha também dois sacos de dormir, um dos quais era para o Gabe. Meu pai acordou enquanto mexíamos nas coisas; estávamos entusiasmados e alegres, e talvez por isso tenhamos feito barulho demais também.

Expliquei que iríamos acampar e voltaríamos dali a poucos dias. Implorei para que ele desse comida à minha égua enquanto eu estivesse fora, e ele até disse que poderia fazer isso desde que não tivesse que entrar lá e ficar perto dela. Pude ouvir Reno fungando e dando suas risadas lá do curral. Ele sabia que eu estava em casa e já tinha até detectado nossa animação.

Tiramos o Flecha da carretinha e carregamos as coisas no Reno e no Dusty. Fomos então ao estábulo dar comida para a Fantasma. Gabe e eu pegamos um pouco de feno do quartinho e passamos pelo corredor, deixando para trás um pouco para as cabras e indo ao outro lado para ver a égua e o potrinho de Gabe.

A égua estava parada, de cabeça baixa, farejando e cutucando seu filhote com a pata dianteira. O potro estava deitado de lado. Pude ver metade de uma flecha de caçador se projetando em meio às suas costelas, outra no pescoço e uma terceira afundada até as penas na barriga. Havia sangue escuro e grosso por toda a porta da baia e no chão.

Soltei o feno ali mesmo nos pés e corri para abrir o trinco do portão. Gabe só ficou parado, pálido e espantado.

— Tommy! Tommy! — gritei.

Consegui abrir o portão e deixei aberto. Gabe se segurou nele e pôs o queixo sobre a beirada.

— Ah, meu Deus. Ele o matou! — a voz de Gabe soou suave e aguda como a de um garotinho. Ele abaixou a cabeça entre os braços e começou a chorar.

Caí de joelhos ao lado do cavalinho. Tom veio correndo para dentro da baia atrás de mim. A égua abaixou as orelhas e se virou como se fosse me dar um coice, mas Tommy a espantou e fechou o portão atrás dela, trancando-a na parte de fora do cercado. Ele se virou, olhou para Gabe e depois para mim e para o potro.

Acariciei o peito do potrinho, rígido e frio.

— Sinto muito, Gabey — eu disse. — Coitadinho do potrinho.

Do lado de fora, a égua chorava. Era um som terrível, repetitivo, expressando pânico, perda e derrota. Dava para notar que ela sabia que o pequenino estava morto, mas, como qualquer mãe, não deixaria de tentar chamá-lo.

Gabriel não disse nada, com o rosto ainda em meio ao braço dobrado e coberto por seu chapéu Stetson branco e sujo.

Tommy cuspiu.

— Isso não está certo, Stotts. Não está certo de jeito nenhum.

Ouvi o barulho de metal quando a égua mexeu com o focinho no trinco da baia.

— Tenho que chamar meu pai aqui.

Saí da baia andando com o corpo todo dormente e parei ao lado de Gabriel. Pus meu braço em volta de seus ombros e encostei o rosto contra a aba do seu chapéu.

— Sinto muito, cara — sussurrei. — Vai ficar tudo bem. Vamos dar um jeito nisso.

Ouvi quando ele disse em meio ao choro:

— Não temos como!

Andei para longe dali. Gabe foi lá dentro da baia e se ajoelhou ao lado do potro, limpando o nariz na manga da camiseta.

* * *

MEU PAI INSISTIU em chamar Clayton Rutledge, ainda que todos tenhamos implorado para que ele não fizesse isso. O xerife apareceu mais tarde naquela manhã, logo depois de o carro do veterinário levar embora o potro morto.

As flechas eram farpadas e por isso não consegui arrancá-las. A que estava na barriga o tinha atravessado. Eu a empurrei pelo buraco e puxei do outro lado. A passagem da flecha pelo corpo do cavalo fez um ruído enojante de sucção, e o cheiro que veio lá de dentro foi horrível. Não sei por que quis ficar com aquela flecha, como se ela fosse dar algum testemunho de quem a tinha atirado. Minhas mãos estavam pegajosas com todo o sangue. A flecha era inteira preta e as penas estavam endurecidas pelo sangue do animal.

Tommy, Gabe e eu não precisamos dizer nada um ao outro; sabíamos quem tinha matado o cavalo.

— A gente devia era sumir daqui — Gabe disse quando o Bronco do xerife parou na porta.

Lá do lado do estábulo, vimos que havia duas pessoas na viatura preta e branca. Chase Rutledge, com seu indefectível boné, estava sentado no banco do passageiro. Olhei para Tommy e Gabe. Era como se estivéssemos vendo um fantasma.

— Eu ainda quero ir lá pra cima — Tommy disse.

— Diabos... — Gabe disse. — Vamos embora.

Os cavalos já estavam prontos.

— Então vamos — eu disse.

Calmamente, montamos em nossos cavalos e rumamos para o pomar de maçãs que ficava depois do estábulo. Nem olhei para trás, com medo de que eles estivessem nos vendo ir embora.

— Ele vai ficar muito fulo da vida — Tommy disse.

— O xerife ou meu pai?

— Eles todos, eu acho — Gabe disse, e mais uma vez limpou o nariz com as costas da mão.

Cavalgamos para além do pomar, nós três mais altos do que as próprias árvores, sentados naqueles cavalos enormes. Os galhos estavam ficando mais pesados com os frutos verdes que apareciam e os dobravam como se fossem salgueiros. Em questão de minutos, já tínhamos passado pelos buracos na cerca e estávamos indo rumo ao abrigo das árvores altas que ficavam nas encostas íngremes daquelas montanhas com os dois dedos de granito apontando para o céu azul, ardente e sem nuvens.

Subimos as montanhas, eu e Reno mostrando o caminho, seguindo o curso do riacho, agora mais cheio, mais agitado e mais espumante do que estava em junho.

Passava do meio-dia quando avistamos o lugar onde eu tinha acampado na primeira noite, perto da cascata e em meio às sequoias. Deixamos os cavalos descansarem e almoçamos carne seca e pudim enlatado.

* * *

TRÊS FLECHAS. Eu não queria dizer nada, e nem precisava. Sabia que eles estavam pensando a mesma coisa. Três flechas. Nós três. E eu só pensava que não queria mais ver sinais em tudo à minha volta. Fui carregando aquela flecha preta comigo, na esperança de que aquilo nos oferecesse qualquer conforto, ou, mais ainda, que aliviasse o peso que tinha se abatido sobre nós.

— Com certeza aqui é um bom lugar — Gabe disse.

— Dormi bem aqui embaixo dessa árvore — eu disse. — E pendurei a sacola com comida bem ali pra evitar ursos.

Apontei para um galho que ficava perpendicular ao gigantesco tronco da sequoia.

— Se formos ficar aqui por muito tempo, seria melhor pendurarmos o Gabey lá também — Tommy disse. — Tem pudim de chocolate na cara dele toda.

— Ah, cala a boca. Aposto que os ursos iam adorar fumo se eles conhecessem — Gabe disse. — Tem até a foto de um na sua latinha.

Havia certa raiva na voz de Gabriel. Ele ainda estava perplexo, e por isso Tom olhou para nós com um ar de desculpas.

Me levantei e fui até a margem do rio, me deitando de frente no granito branco e quente para pôr o rosto na água e beber. Sequei a boca com a barra da camiseta.

— Temos como chegar lá em cima quando estiver escurecendo, se vocês acharem que os cavalos aguentam — eu disse.

Tom chegou perto de mim e bebeu também, e depois puxou a latinha de fumo do bolso da calça.

— Acho que a gente deveria continuar subindo — Tom disse. — Vamos com calma e, se escurecer antes de chegarmos lá, podemos voltar e passar a noite aqui mesmo.

Me jogou a latinha de fumo e eu peguei um pouco.

Ambos olhamos para Gabe, que estava agora lambendo o interior de sua lata de pudim.

— Por mim tudo bem — ele disse, se levantando para vir ao nosso encontro na margem.

Voltamos aos cavalos e continuamos a subir a montanha sempre seguindo o som das águas revoltas. Por fim, chegamos ao campo onde eu tinha adormecido e caído do Reno, ferindo minha cabeça em uma pedra. Juro que encontrei a mesma exata rocha mostrei para Tom e Gabe.

— É... — Tom disse. — Aquela pedra casa certinho com o buraco na sua cabeça, Stotts.

Cuspi de lado.

— Por que vocês acham que ele foi junto hoje de manhã? — Gabe perguntou. — Digo, o Chase.

— Ele provavelmente queria ver como a gente ficou depois que encontramos o Atirador — eu disse. — Só pra ver nossa cara mesmo, aposto.

— Eu até meio que queria ver a cara dele também — Tommy disse. — Porque tenho certeza que ele está com um belo olho roxo no lugar onde você o chutou, Stotts.

— Espero que ele tenha tido que levar uma almofada pra sentar no Bronco do pai dele — Gabe disse.

— Olha, alguém que faz aquilo com um potrinho... — eu disse. — Sabe, acho que não fica só nisso, não.

— Eu também não — Tom disse.

Ouvi Gabriel suspirar. Então começou a assobiar.

Ele estava com medo.

* * *

AINDA HAVIA mais ou menos uma hora de luz do dia ou coisa assim quando chegamos ao límpido laguinho onde terminava a linha das árvores, e ainda havia nos cumes rochosos à nossa frente uma boa quantidade de neve, que se tornava rosada com os raios do sol do entardecer. Os dois dedões pálidos cutucavam o céu, um ligeiramente mais inclinado que o outro, como se pudesse tombar a qualquer momento.

O lago dessa vez parecia maior e mais calmo. Eu já podia ver o sombreado das árvores juntas mais para o norte, onde tinha encontrado a cabana.

— Fica por ali — eu disse. — Vamos torcer para não ter ninguém em casa.

Olhei para Gabe. Ele parecia um pouco nervoso e ficava se ajeitando na sela.

— Posso ir lá dar uma olhada primeiro — eu disse. — Afinal, conheço bem o lugar.

— Eu vou com você — Tommy disse.

— E eu não estou com medo — mentiu Gabe.

Seguimos pela margem do lago e apontei para o lugar nos picos onde eu tinha visto o avião. Também contava a meus amigos como era fácil pegar peixes ali. Não havia qualquer sinal de que outra pessoa tivesse estado no local, nem mesmo evidências de que eu e Luz estivemos lá em algum momento. A cabana estava exatamente como eu a tinha deixado.

— Caramba... — Tom disse. — A gente nem notaria que isso existe se não soubesse de antemão que ela estava aqui. Digo, ela é como parte da montanha.

— Vamos entrar.

Deixamos os cavalos ao lado da cabana, onde havia a velha calha de metal e entramos pela portinha bem devagar. Tudo lá estava intocado: a mesa sob a janela, com o prato e os garfos exatamente onde eu os havia deixado, o engradado de madeira da Coca pendurado na parede, os dois livros empilhados em cima dele, a cama de tábua onde Luz tinha adormecido enquanto eu segurava sua mão, o velho fogão. Até gruminhos de pó de café que ela tinha preparado naquele dia ainda estavam ressequidos como fumo velho dentro da barriga do fogão.

— Este lugar é ótimo! — Tom disse.

— Vamos trazer nossas coisas e pegar lenha para acender o fogo — eu disse.

Quando já estávamos instalados na cabana, com meu saco de dormir nas tábuas e os outros dois no chão, conseguimos acender o fogão. Já estava escuro e estávamos morrendo de fome. Sentamos para comer batatas fritas e os sanduíches que Tom havia preparado naquela manhã.

— Cara, eu podia viver o resto da vida em um lugar assim — disse Tom.

— Você já vive — eu disse.

— Stotts, lembra do peru que você teve que limpar?

— Claro.

— Bom, eu trouxe outro peru pra gente limpar aqui em cima — e puxou da mochila uma garrafa cintilante de uísque Peru Selvagem.

— Você perdeu o juízo, Tom.

— Ainda não, Stottsy. Ainda não.

— Estou fora — Gabe disse. — Não vou ficar bêbado com vocês de novo.

Tommy girou a tampa da garrafa e então a balançou sob o nariz, sentindo o cheiro. A expressão que ele fez me convenceu de que ele nunca tinha provado uísque na vida, e até eu senti aquele cheiro do outro lado da cabana. Tommy olhou para mim com aquele sorriso malicioso que era bem próprio dele, apertando os olhos que brilhavam sob a ligeira luz que vinha do fogão, levou a garrafa à boca e inclinou a cabeça. Logo que voltou à posição normal, dobrou-se para a frente e cuspiu tudo com força, balançando a cabeça. Então tossiu como se tivesse levado um soco no estômago.

— Isso não pareceu lá muito divertido, Tom — eu disse.

— Nem me fala... — ele respondeu, estendendo o braço na minha direção, com a cabeça baixa e oferecendo a garrafa.

— Vai ser só uma vez — eu disse. — Só isso.

Prendi o fôlego para não sentir o cheiro do uísque enquanto chegava a garrafa perto da boca. Era como pular de uma ponte; ninguém quer ficar na borda pensando no que vai ser. Então, só encostei a garrafa nos lábios e virei de uma vez, enchendo a boca e tentando engolir aquilo tudo em um só gole. Meu estômago se contraiu e se contorceu, e eu tive de lutar contra a ânsia de vômito. Voltei a cabeça para a frente como Tom fizera, sentindo tudo arder como se metal derretido tivesse entrado pela minha boca e aberto caminho até a barriga.

Não conseguia falar. As lágrimas se juntavam nos cantos dos olhos. Me virei para Gabe.

— De jeito nenhum — ele disse.

Dei a garrafa de volta para Tommy, que tomou dois fôlegos como se fosse um nadador prestes a mergulhar e então virou outra vez, longamente. A segunda vez não pareceu tão árdua para ele. Tom apenas segurou a garrafa à altura dos olhos e admirou o rótulo, como se tentasse se assegurar de que aquele era o mesmo líquido que tinha bebido apenas um minuto antes. Passou a garrafa para mim de novo.

— A segunda é bem mais leve — disse.

Dei outro bom gole, mais longo que o primeiro. E ele tinha razão. Meu estômago não se rebelou contra o uísque. O gosto não era mais tão horrível. Olhei bem para a garrafa, que já estava quase na metade com apenas aqueles quatro goles. Comecei a me sentir quente e zonzo.

— Pra mim chega — disse, entregando de volta para Tom.

— Talvez por enquanto — ele respondeu.

Limpei a boca.

— Esse troço me faz sentir vontade de socar alguma coisa só pra ver se vai doer.

Tommy sorriu para mim.

— Você está fedendo a uísque — ele disse.

Inclinei para a esquerda e cheguei perto de Gabe.

— Até o Gabey cheira a uísque agora.

Tommy se encostou em seu saco de dormir, com os pés voltados para o fogão e as mãos nuas servindo de travesseiro sob os cabelos negros.

— Você e Luz dormiram aqui? — perguntou.

— Sim.

— E vocês...?

— Nem pensei nisso, Tom. Não naquele dia.

— Aposto que ela pensou — ele disse.

— Tenho certeza que pensou! — disse Gabe.

Os dois riram e Tommy deu um soquinho no braço de Gabe como se compartilhassem algum tipo de segredo engraçado.

Empurrei o ombro de Gabriel com força e o fiz cair para o lado. Ele se recostou em seu saco de dormir e chutou a perna de Tom, morrendo de rir mais uma vez.

— É da sua irmã mais velha que estamos falando — eu repreendi. — É ela que vai à igreja na sua família.

— É... — Gabe disse, sorrindo maldosamente. — E talvez ela sinta mais vontade que eu e você juntos.

Me levantei e fui até a porta pisando com as meias e deixando bem óbvios meus chutes em ambos enquanto eu passava. Fiquei parado na porta olhando para as estrelas que salpicavam a superfície do lago.

Queria que ela estivesse ali comigo.

— O que você tá olhando aí? — Tom perguntou.

— Nada.

— Podemos pescar amanhã? — Gabe perguntou.

— É isso ou então ficar com fome — eu disse.

— Quanto tempo vamos ficar aqui?

— Podemos dar um dia ou dois de descanso para os cavalos. Então a gente volta antes dos seus pais chegarem. Antes do enterro.

— Gosto daqui de cima, Stotts.

— Eu também — Gabe disse.

— E gosto daquele uísque — eu disse. — Pelo menos nesse momento eu gosto.

Bebemos de novo. Tom Buller então começou a cantar: "*cause you're wanted by the police, and my wife thinks you're dead*". Era uma velha canção de Junior Brown. Eu e Gabe rimos demais, e Tom continuou repetindo até que aprendêssemos a letra e cantássemos junto.

VINTE E DOIS

É claro que nem fazíamos ideia disso, mas, na manhã seguinte, Chase Rutledge passou pelo pomar de maçãs e seguiu nossa trilha.

Fomos dormir bem tarde. O sol já tinha nascido horas antes e o dia esquentava rápido quando eu pulei da cama. Tommy e Gabe ainda dormiam enquanto eu fuçava em minha mochila e tirava o café e a cafeteira.

Também vi lá dentro a flecha negra com o sangue seco.

Aticei o fogo com umas brasas que ainda estavam dentro do fogão e enchi a jarra com a água que pingava lá fora. Sentei na cama e fiquei esperando pelo apito que indicava o café pronto. Enquanto isso, abri minha faca Dawson e lasquei uma das toras da parede da cabana. Logo que o primeiro traço de vapor subiu da cafeteira, eu já tinha escrito um TS na parede.

O café estava fervendo. Chutei Gabe no ombro e as costas de Tom, que só deu um gemido. Gabe encolheu a cabeça dentro do saco de dormir.

— Os peixes não vão pular do lago e vir andando até o fogão — eu disse.

— Só joga o café na minha cabeça — Tom disse.

— Talvez eu tenha que fazer isso mesmo. Só trouxe uma caneca.

— Também tenho uma — ele disse. Levantou-se e se arrastou até sua mochila.

— Também quero um pouco — Gabe disse, abafado lá de dentro de seu saco de dormir. — Tommy, pega minha caneca na mochila, por favor?

Lentamente, Gabriel saiu de dentro de seu saco de dormir, com os cabelos atrapalhados e eletrificados. Nos sentamos todos na beirada da cama de madeira, segurando o café com as duas mãos para esquentá-las.

— Ouvi você fazendo aquilo ali — Tommy disse, apontando com a cabeça para as minhas iniciais na parede.

Gabe viu minha faca largada sobre a tábua e a pegou.

— Também quero estar na parede — disse, abrindo a lâmina. Tommy se encolheu exageradamente como se Gabe estivesse para cortá-lo por acidente.

— Ah, fica quieto — Gabe disse.

— Eu nem disse nada.

Quando a cafeteira ficou vazia, já estávamos os três entalhados em uma linha só: TS GB TB.

— Isso faz com que a cabana seja tão nossa quanto se tivéssemos feito xixi nela — Tommy disse.

— E isso me lembra... — Gabe disse, calçando os sapatos e indo lá fora, comigo Tom e em seu encalço.

* * *

EU SÓ TINHA uma vara de pescar e um pedaço de queijo fedido para usar como isca, então nós três nos revezamos. Gabe já tinha sete trutas bem antes da hora do almoço. Eu as deixei amarradas em uma linha ali mesmo na margem com as outras que Tom e eu tínhamos pescado, esperando pela hora do jantar. Ainda havia também um pouco de carne seca e umas barras de chocolate, que foram nosso almoço. Depois, todos tiramos um tempo para cuidar dos respectivos cavalos e catar mais lenha para o fogão.

Passado o almoço, Tom perguntou:

— E aí, você não vai nos levar para ver o tal avião?

— Não sei...

— Como assim não sabe? — Gabe perguntou. — Queremos ver também.

Olhei para os dois longamente para que eles percebessem que eu falava sério.

— Olha, foi uma época bem estranha da minha vida. Achei que estava ficando louco ou coisa assim — confessei com um suspiro. — Na maior parte do tempo, achava que estava sonhando e talvez eu nem tenha visto nada.

— Sei como descobrir se sim ou se não — Tommy disse, dando uma cusparada.

Pegamos os cavalos e seguimos para o norte, onde, depois do lago, havia uma clareira repleta de pedrinhas entre os picos, e as árvores apareciam cada vez mais espaçadas sob a vigilância dos elevados dedos de granito. Gabe estava bebendo do seu cantil e Tommy observava curioso as terras altas à frente, onde o avião poderia estar, ainda que talvez oculto por um ajuntamento de árvores baixas e retorcidas e uma pilha de pedras.

Eu me sentia cada vez mais incomodado à medida que avançávamos.

— É ali! — Gabe exclamou.

Eu nem estava olhando na hora. Gabe apontava para um "V" que ficava entre os picos que pareciam dedos e um outro rochedo mais baixo a oeste, com um laivo de neve branca pontilhado por pedras pretas que rolavam sozinhas a cada degelo. Foi lá que vimos o avião. Estava bem mais frio ali, conforme podíamos sentir pela brisa que acariciava o gelo lá do alto e descia.

— Bom, é de verdade, Stotts — Tommy disse. — E ele é dos grandes.

A fuselagem estava rasgada no alto, formando uma fenda negra enorme de um lado ao outro, e a única asa que podíamos ver de onde estávamos tinha sido totalmente empenada para trás, quase arrancada do resto do avião. Aquilo tinha uma aparência de morte, como se fosse um grande animal, triste e sem vida, largado para apodrecer devagar.

— Alguém com certeza deve ter morrido ali — Gabe disse. — Dá pra ver uma hélice na encosta logo abaixo, na neve. Está vendo?

Segui a direção para onde o dedo de Gabe apontava, logo abaixo da brancura salpicada, e vi, estreladas como uma flor, três pás de uma hélice preta.

— É uma hélice ou um corpo? — Tommy perguntou.

— Aquilo está lá há muitos anos. Não tem como ser um corpo — respondi.

Eu ainda não tinha visitado o túmulo da minha mãe, nem mesmo uma única vez. Nunca tinha visto a lápide, nunca tinha deixado flores.

Me conta a respeito do Will, mãe.

Ela sempre se lembrava de coisas e as carregava consigo. Uma vez, enquanto eu estava escovando o Reno, ela se colocou atrás de mim e disse:

— Hoje faz exatamente um ano que você trouxe o Reno para cá.

E eu nem sabia. Ela adorava o Reno, ainda que nunca o montasse. Me dizia que ele nunca iria querer que qualquer outra pessoa além de mim o montasse, o que ela podia ver pelo modo como ele levantava a cabeça todas as vezes em que eu estava em cima dele.

Eu sabia quando era o aniversário do Will. Sempre a via segurando no colo uma fotografia dele, acariciando a borda amarelada do papel brilhante, e então quando ela tocava os lábios com os dedos e depois os levava suavemente à foto. E ela nem piscava.

Me sentei ao lado dela no sofá da sala. Meu pai ainda estava na escola. Segurei sua mão que se curvava com cuidado sobre as beiradas do retrato.

Ele adorava desenhar, Troy.

Eu sei. Já vi os desenhos que a senhora guarda.

E adorava cantar.

Eu não me lembrava disso, mãe.

Ainda consigo ouvi-lo em minha mente.

Ele era um bom garoto?

Nunca fez nada de mau a ninguém.

E ele gostava de mim?

Você era o melhor amigo dele.

Eu não me lembro de nada disso, mãe.

— Nós devíamos ir lá em cima — Tommy disse. — Aposto que tem gente morta lá.

— Não podemos — eu disse. — Levaria tempo demais. E acho que os cavalos não aguentariam. Bom, eu mostrei pra vocês e agora meio que só quero ir embora.

— Estou com fome — Gabe disse. — Vamos comer aqueles peixes.

— Então a gente vai voltar — disse Tommy.

— Ótimo.

Virei o Reno na direção de volta à cabana.

— Ei, Stotts?

Segurei o cavalo e me virei. Tommy ergueu a mão fechada e nos cumprimentamos.

— A gente volta uma hora dessas — ele disse, tirando a latinha de tabaco. — Vai um pouco?

— Quero.

Tommy me jogou a lata e disse:

— Você não precisa dizer nada.

* * *

O JANTAR estava excelente. Cozinhamos mais peixe do que conseguiríamos comer, e ainda esquentamos feijões em latas em cima do fogão. Em seguida, Gabriel disse que queria deixar uma linha de pesca na água antes do pôr do sol para que tivéssemos peixe no café da manhã. Nos sentamos todos na margem do lago enquanto o céu escurecia e passava por todas as suas cores antes da chegada da noite. Dessa vez, no entanto, ele não estava tão disposto a encarar qualquer peixe que pegasse, e então deixou os pequenos irem embora, mantendo apenas os três maiores amarrados. Todos tiramos os sapatos e as meias para esfriarmos os pés brancos na água gelada.

— Eu trouxe aquela flecha comigo, sabia? — eu disse.

— Vai lá pegar. Quero ver — Gabe disse.

Manquei em meio às pedrinhas e terra e arbustos até a cabana e peguei a flecha, com sua ponta triangular sulcada coberta com o sangue do potrinho. Também encontrei a garrafa de uísque de Tommy, que já estava pela metade.

A lua cheia surgia por detrás de nós.

— Aqui — eu disse, e estendi a flecha para Gabe com a ponta para cima.

Então abri a garrafa e dei um trago no uísque, o que praticamente me tirou todo o ar e embrulhou meu estômago com o peixe que eu tinha comido na janta.

— E aqui — falei, engasgando e entregando a garrafa para Tom.

— Caramba, Stotts — Tom disse. — É melhor eu ficar em pé pra isso.

Puxei Tom e assisti enquanto ele virava a garrafa no bico, arqueando os ombros para trás em um longo gole.

Foi então que vimos Gabriel Benavidez fazer algo que nunca achávamos que ele pudesse fazer. Segurou com firmeza a flecha na mão esquerda, como se fosse um lápis, e enfiou a ponta bem na base da mão direita, não tão fundo que fosse machucar demais, mas o suficiente para tirar bastante sangue. Ficamos olhando estupefatos enquanto ele erguia o braço direito em frente ao rosto e um razoável filete de sangue corria vagaroso rumo ao seu cotovelo.

— Me fala da cura do cavalo, Troy — ele pediu.

Peguei a garrafa com Tommy sem hesitar. Dessa vez, virei o conteúdo duas vezes antes de devolver.

— Mas que diabos, Gabey...? — Tommy disse.

— Faz isso em mim também — eu disse, mostrando a mão fechada para Gabriel.

Ele olhou para mim, seus olhos quase brancos bem fixos nos meus e sem nenhuma expressão no rosto. Então enfiou a ponta da flecha bem na parte macia do meu braço. Cerrei o punho. Ele apertou um pouco mais.

Senti dor quando a ponta rompeu a pele, e fiquei vendo o sangue brotar em volta do corte, até que escorreu pelo meu braço e pingou no joelho de Gabe.

— Você é valentão, Gabey — eu disse. — Me furou mais forte do que a você mesmo.

Tommy também bebeu dois bons goles do uísque. A garrafa já estava quase vazia. Ambos olhamos para ele já sabendo o que ele faria. E ele estendeu o braço para Gabriel.

— Vai fundo, Gabey.

Tom apenas recuou um pouco quando a ponta da flecha cortou sua pele e fez um estalo antes que Gabe a puxasse de volta e revelasse a fenda na carne e o sangue vermelho-intenso que escorreu pelo braço de Tommy dos dois lados.

— Conta da cura pra mim também — Tommy disse.

Me sentei do lado de Gabriel e peguei seu braço direito. Ergui o meu e apertei os pulsos ensanguentados um contra o outro. Estendi o braço para Tom e senti uma ferroada quando ele também apertou seu sangue contra o meu, e ele selou o pacto fazendo o mesmo com Gabriel.

Tom se sentou e nós terminamos a garrafa.

— Não há nada que eu possa falar pra vocês sobre a cura do cavalo que vocês já não saibam. Especialmente você, Tommy. O cavalo é a resistência, é nunca ceder. É o triunfo da vontade sobre o mundo físico, porque um cavalo pode correr até a morte se ele achar que está correndo por um bom motivo. E tudo o que você pedir a um cavalo, a resposta vai ser sempre sim. O cavalo a tudo perdoa. Porque todo dia é um novo começo para ele, e ele vai esquecer todos os erros horríveis que você cometeu mesmo que você ainda os esteja guardando. As pessoas acham que os cavalos são burros por causa disso, mas a gente bem sabe que o cavalo na verdade está perguntando "quem é mais burro aqui?"

Gabe esfregou dois dedos em seu sangue, depois cheirou e lambeu.

— Não acho que eles sejam burros.

— É melhor que pense assim. Porque agora ele está em você — Tommy disse.

— Gosto do jeito como você fala, Troy — continuou Gabe. — Não foi à toa que ela se apaixonou por você.

— A minha égua preta ou sua irmã?

Gabe nem respondeu. Eu pedi:

— Me deixa ver essa flecha, amigo.

Ele a entregou e eu a lancei como um dardo dentro do lago. Já estava escuro e, enquanto nossos olhos seguiam o curso da flecha rumo à noite para cair na água, vimos na margem oposta do lago, em meio às altas árvores da floresta, o brilho laranja de um outro acampamento.

Vimos todos ao mesmo tempo e todos ficamos tensos juntos. Gabriel sussurrou:

— Quem você acha que é ali?.

— Pescadores, talvez — Tommy disse.

— Talvez... — eu disse. — Mas acho que eles estariam mais perto da água.

Balancei a sujeira das minhas meias e as calcei junto com os tênis.

— O que você vai fazer, Stotts?

— Acho que a gente não devia esperar pra saber quem está lá ou o que eles querem aqui. A luz da lua está forte o bastante, então eu acho que a gente deve ir lá bem escondido e ver do que se trata.

Os olhos de Gabe sob a luz do luar estavam arregalados sem piscar. Tommy calçou as botas.

— Já volto — sussurrou e foi em direção à cabana. Eu sabia o que ele tinha ido buscar. Gabe calçou as meias.

— Acho que a gente não vai ter escolha.

— Provavelmente não é nada de preocupante, mas, se for, é melhor a gente ficar sabendo de uma vez.

Tommy já vinha de volta. Vi quando ele tropeçou e caiu, e então começou a rir. Só se levantou, cuspiu mais uma vez e disse:

— Ah, diabos...

— Muito bom, Pé Certeiro. Só não vai fazer isso lá do outro lado.

Começamos a margear o lago na direção sul em direção ao ponto onde vimos as árvores iluminadas pelo fogo. A lua estava tão brilhante que projetávamos sombras, mais escuras do que todo o resto em volta, no chão à nossa frente. Tommy ia na dianteira. Eu estimei que o fogo estivesse mais ou menos a um quilômetro e meio de nós, então ainda não precisávamos nos preocupar em ser sorrateiros. Mas ainda sussurrávamos sempre que tínhamos de falar alguma coisa. Nem eu nem Tom conseguíamos caminhar em linha reta depois de todo aquele uísque. Peguei Gabe pelos ombros e me escorei nele. Podia sentir meu próprio bafo de bebida, quente e azedo, quando eu falava.

— Gabe, você está no comando, certo? — eu disse. — Não deixe a gente fazer nenhuma estupidez.

— Agora é meio tarde pra falar isso — Gabe disse. — Estamos indo na direção daquele fogo. Já é estupidez o bastante.

Tom se virou de imediato.

— E como é que *você* vai me impedir de fazer alguma estupidez?

E então caiu de costas com os pés para o alto, e Gabe e eu rimos muito, ainda tentando não fazer barulho.

Gabe pulou sobre Tommy e imobilizou seus braços com os joelhos.

— Vamos jogá-lo na água!

Agarrei os dois pés de Tom, que se debatiam em protesto, enquanto Gabe lutava com ele e não o deixava se virar. Gabe rolou por cima e pegou Tom por baixo dos braços, e assim o levantamos do chão. Com três passos à minha direita, jogamos Tommy no lago gelado.

Ele logo se levantou, bufando e tirando a água dos cabelos.

— E é assim que vou fazer — Gabe disse.

Tommy veio se arrastando para fora da água, pegou o chapéu onde ele tinha caído e pôs na cabeça encharcada. Estendeu a mão fechada e Gabe o cumprimentou com um soquinho.

— Essa foi boa, Gabey. Boa mesmo. Mas você também vai ficar molhado.

E então Tommy levantou Gabe como se ele não pesasse nada e, com toda facilidade, o jogou bem uns dois metros para dentro da água. Tommy disparou a rir e eu também não pude evitar, porque ver Gabe voando daquele jeito foi muito engraçado. Joguei meu chapéu de lado, sentei no chão e comecei a tirar as meias e os sapatos.

— E o que você vai fazer? — Tommy perguntou.

— Vou dar meu jeito pra não ter o mesmo destino de vocês dois — e mergulhei de roupa e tudo no lago também. Estava tão gelado que eu mal consegui respirar no começo, mas era justo do que eu precisava para clarear as ideias. Enxuguei os olhos, comecei a voltar para a margem e vi Gabe e Tommy jogando minhas meias e meus tênis na água.

— Ah, muito obrigado...

— Você merece, Stotts, depois de colocar esse cara aqui no comando. Agora todos vamos morrer.

— Nem que seja de pneumonia — eu disse.

Consegui calçar de volta as meias e os tênis, mas não muito certinho. Seguimos adiante, pingando e tremendo, mas ainda sorrindo uns para os outros, na direção do acampamento misterioso.

Quando chegamos à margem sul do lago, entramos na floresta. Ficamos em silêncio, então, já perto o suficiente para ouvirmos ou sermos ouvidos por quem quer que estivesse junto àquele fogo, que ficava mais forte à medida que nos aproximávamos.

— Vamos nos assegurar o tempo todo de que tenha muitas árvores entre a gente e aquele fogo, hein — Tom sussurrou.

Nos esgueiramos atrás de Gabe, olhando o chão para não tropeçarmos e, ao mesmo tempo, nunca perdendo de vista o fogo adiante. Logo pudemos ver os contornos brilhantes de uma barraca redonda e o branco intenso de uma chama de propano. Uma sombra carregava a lanterna para lá e para cá.

— Tem pelo menos uma pessoa lá — Gabe sussurrou.

Chegamos mais perto, ainda atrás de uma sequoia.

— Tem duas — eu disse.

Um deles era grande e gordo com uma barriga enorme e estufada. O outro saiu da barraca, mais magro e alto. Então vimos esse último pegar o inconfundível boné de beisebol e se mover meio retesado em torno da fogueira. Era Chase Rutledge, e o outro era o amigo, Jack Crutchfield.

VINTE E TRÊS

Quando retornamos à cabana, imediatamente vestimos roupas secas e começamos a juntar nossas coisas para ir embora. Muito embora ninguém quisesse cavalgar à noite, os três concordamos que a melhor forma de evitar mais problemas seria sumir dali antes do nascer do sol.

Tommy puxou sua arma do monte de roupas molhadas e a enxugou com a camiseta. Ejetou o pente, limpou cada uma das balas e as carregou novamente.

— Quero que vocês saibam que ela está totalmente carregada dessa vez — disse.

— Não vamos atirar em ninguém — Gabe falou.

Carreguei uma bala em meu rifle.

Pusemos os pertences nos cavalos e deixamos a cabana limpa. O fogão já estava frio, o que era uma boa coisa, já que tínhamos certeza de que Jack e Chase apareceriam de manhã e eu só queria apagar qualquer vestígio de que tínhamos estado ali. Torci para que eles seguissem nossos rastros até o local do avião, pois, até que chegassem lá, eu sabia que já estaríamos em casa. Fomos levando os cavalos bem vagarosamente, com a lua cheia nos fornecendo bastante luz para seguirmos com confiança.

— Eles vieram atrás de mim, não foi? — Gabe cochichou.

— Vieram atrás de *nós*, Gabe — eu disse, ouvindo de novo em minha cabeça aquela ligação de alguns dias antes. Todos sabíamos quem eles mais queriam pegar.

Gabriel tinha agora a mesma expressão de quando entrou em pânico naquela manhã do puma, e eu não estava gostando nada daquilo. Não sei, talvez ele finalmente estivesse deixando afetá-lo toda aquela dúvida que o pai tinha a respeito dele, mas o caso é que tinha alguma coisa em Gabriel que sempre me fazia pensar em protegê-lo.

— Bom, se eles aparecerem, vão ter que encarar nós três — Tommy disse. — Então é melhor a gente virar o jogo pra cima deles, porque não podemos fugir para sempre.

— Me dá um pouco de fumo — pedi a ele. — Eu estava pensando a mesma coisa aqui.

— Nós vamos matá-los? — Gabe perguntou, apertando os olhos e mordiscando o lábio.

Tom e eu não tínhamos resposta para aquela pergunta.

Sabíamos que não podíamos voltar lá para baixo pelo mesmo caminho que usamos para subir. Chase e Jack estavam acampados bem na ponta da trilha que pegamos para chegar à cabana, e eu sabia que os cavalos deles ouviriam os nossos se tentássemos passar por lá no escuro.

Então conduzimos os cavalos bem próximos à margem e viramos para oeste, o que nos levava ainda mais para o alto, mas era o jeito de nos mantermos longe daquele acampamento enquanto procurávamos outra trilha em volta do rio que nos permitisse continuar descendo.

— Que dia é hoje? — Gabe perguntou.

— Estamos entrando na sexta-feira.

Gabe bocejou e tombou para a frente em sua sela.

— Você vai acordar rapidinho quando o tiroteio começar — Tommy disse. Depois se virou para mim. — A lua está sumindo.

— Estou vendo.

Estava cada vez mais difícil ver o chão à nossa frente. Eu nem fazia ideia de onde estávamos ou para onde íamos. A intenção era circular o ponto onde Chase e Jack estavam, então pegar a direção contrária e procurar o rio para nos orientarmos na descida. Mas agora a lua estava se escondendo atrás da cadeia de montanhas, e as árvores em volta de nós ficavam mais altas e mais densas, então tudo o que eu podia fazer era supor a direção certa pela qual guiaria meus amigos.

Uma coruja das grandes estava pousada em um galho acima de nós e chamava por outra em algum lugar da mata escura. Seguíamos em fila indiana, eu na frente e Tommy por último. À medida que avançávamos, eu só conseguia enxergar uns três metros adiante. Os pontos de onde saímos e para onde íamos estavam engolidos pelas trevas. A lua tinha sumido. Podia sentir os cascos do Reno afundando na forragem macia do chão. Virei para o sul depois que achei que já tínhamos nos afastado o suficiente. O sul, no meu entender, significaria descer a montanha, mas também, com aquele terreno mole, cansaria as pernas dos cavalos, de modo que, de tempos em tempos, eu tinha de me voltar para trás e me certificar de que Tommy e o Flecha ainda estavam junto conosco.

Gabe, exausto e dormindo, começou a cair de sua sela, mas as rédeas entrelaçadas o mantinham preso. Dusty deu um puxão forte para a esquerda e começou a refugar, algo que eu nunca tinha visto aquele cavalo fazer antes. Gabe acordou e o acalmou, mas o baio girou e deu uns passos para trás, trombando na traseira do Reno, que se encolheu como se estivesse prestes a dar um coice.

Os cavalos estavam nervosos. Gabe estava com raiva.

— Bom, é isso. Vou descer aqui mesmo e dar uma cochilada — ele disse. — Vocês dois podem continuar, se quiserem. Não vou ligar.

— Tudo bem, Gabey — eu disse. — Podemos descansar agora. Acho que já nos afastamos o bastante. Mas... não tenho certeza — suspirei.

— Eu devo estar bem cansado também, porque nem ri das suas macaquices, seu palhação — Tom disse a Gabe.

Amarramos os cavalos e nos sentamos com os joelhos curvados para cima e as costas voltadas para troncos grossos, abaixando os chapéus. Tommy segurava sua arma ao lado da cintura, e o meu .22 estava ao meu lado. Gabe logo caiu no sono. Olhei por debaixo do meu chapéu e vi Tommy se sentindo desconfortável e mudando de posição. Talvez nós tivéssemos nos afastado o suficiente, pensei. Estaria ótimo assim, e afinal já estávamos muito cansados de qualquer forma. Formamos um triângulo de cavaleiros exaustos sob as árvores altas. O céu não dava qualquer sinal de que a manhã estava chegando, pelas poucas clareiras que conseguíamos ver por entre as copas.

Dormindo no bosque.

Te vejo lá embaixo das corredeiras, e depois é a vez do Gabey.

Escuridão. E então pequenos pontos iluminados, como estrelas; a luz refletia nos frascos de morfina que ficavam na mesinha ao lado da cama de minha mãe.

Isso vai ajudá-la quando chegar a hora.

O médico me mostrou como romper os lacres e espremer o conteúdo sob a língua dela.

Isso vai ajudá-la a morrer com mais serenidade. Com mais conforto. Vocês dois saberão quando a hora chegar.

Meu pai também estava no quarto naquela noite terrível. Uma noite longa demais. Minha mãe fitava o teto sem desviar os olhos, sem piscar, sua respiração vindo com engasgos sofridos apenas uma vez ou outra. Soltava o ar com dificuldade e lamentos. E ele então abriu o lacre de um dos frascos.

Não faz isso, pai.

Ela precisa disso agora, Troy.

Você não pode ajudá-la a morrer. Ela não precisa disso.

Ela não vai mais voltar.

Não!

Eu o agarrei por trás e puxei seu braço. Quando ele se virou, dei um safanão em sua mão e joguei longe o frasco. Quando voltei minha mão, já fechei o punho, pronto para atingi-lo de novo, no rosto mesmo, e ele me levantou com as duas mãos pegando bem firmes o colarinho da minha camiseta e me jogou contra a parede. Enquanto apertava o tecido contra mim daquele jeito, chegou a cortar minha pele. Percebi que estava para desmaiar, e ele então me arremessou de novo contra a parede e me largou lá.

Corri do quarto. Entrei no bosque.

E encontrei alguém no mato, um homem, eu acho, mas eu não conseguia ver seu rosto porque ele era só uma silhueta, quase como se eu pudesse ver através dele. Como um fantasma. Mas pude ouvir sua voz saindo daquela boca sem contornos.

Estou vendo que você se meteu em algum tipo de briga. Seu pescoço está sangrando. Alguém tentou te machucar?

E Clayton Rutledge estendeu sua mão gorda para tocar meu pescoço, e vi seus dedos, em um dos quais faltava um pedaço que tinha sido mordido por um cavalo. Olhei bem e era Ramiro, e ele me tocou com sua mão incompleta, e seus dedos eram frios e suaves.

A mão de Luz entrando pela minha camiseta, com seus dedos suaves de mármore em meu peito, pregando em mim o número sete e então continuando para baixo e acariciando minha barriga.

Aqueles dedos. Aqueles dedos de granito se erguendo por cima de mim. Me chamando com vozes que ecoavam como se viessem de um minarete, como se alguém lá no alto estivesse olhando para mim.

* * *

— ACORDA, STOTTS! Acorda! Ele foi embora! — Tommy me balançava pelo ombro. — O Gabey foi embora!

Levei a mão à testa, empurrando o chapéu. Já era dia, talvez até estivesse de tarde. Eu estava deitado de lado no chão de terra sob a árvore. Me arrastei para ficar sentado.

— O quê?

— O Gabe fugiu!

Olhei para Tommy; ele estava me encarando com ar questionador, desesperado, olhando bem dentro dos meus olhos. Olhei para os cavalos; Dusty tinha ido também. Virei os olhos remelentos para a árvore onde Gabe tinha se encostado para descansar depois de quase cair. Ele também não estava lá.

Me levantei, virei e dei um chute na árvore tão forte que podia ter quebrado meu pé.

— Diabos! — eu disse. — Eu sabia que ele estava a fim de fazer alguma coisa estúpida desse jeito! Quanto tempo a gente dormiu?

— Muito tempo, eu acho — Tommy respondeu. — Acho que já é de tarde. Pelo menos ele não levou nossas armas.

— Talvez devesse ter levado. Você também acabou de acordar?

— Eu dei uma andada por aí e tentei seguir o rastro dele, pra ver se via ou ouvia alguma coisa, mas ele já tinha ido. Muito tempo atrás, Stotts. Ele está indo de volta na direção do rio, mas, quando começar a atravessar por aquelas pedras, nós vamos perdê-lo.

— É melhor a gente sair atrás dele.

Ouvi um ribombar de trovões em torno dos picos perto de onde tínhamos vindo na noite anterior.

— É tudo de que a gente precisava...

Dei um gole do cantil e o ofereci a Tommy, que já estava montado no Flecha. Subi no Reno e partimos em direção à única trilha de cascos de cavalos que ia para o oeste, e na hora pensei que aquela era a direção do rio que tínhamos seguido para subir.

Perdemos o rastro dele quando saímos do bosque e atravessamos uma enorme laje de granito lisa e curva. Ambos acreditamos que estávamos indo na direção que Gabriel tinha seguido, e ambos ouvíamos o incessante som espectral de água correndo, mas, à medida que caminhávamos, ficávamos cada vez menos convencidos de que estávamos na trilha certa.

— Me lembre de nunca mais beber uísque — Tommy disse, cuspindo.

— Certo. E eu continuo ouvindo o rio — eu disse.

— E eu estou ouvindo cavalos atrás de nós.

— Eu também.

* * *

NO FIM DA TARDE, chegamos ao campo onde eu tinha caído do Reno daquela primeira vez, então pelo menos me senti bem por ter seguido o caminho certo até lá embaixo. Mas nada indicava que Gabriel tivesse passado por ali. Claro que bem poderia ser o caso, talvez uns poucos metros à nossa esquerda ou direita, mas, em nossa ressaca de uísque, nem eu nem Tom teríamos notado.

— Preciso descer desse cavalo daqui a pouco, Tom. Estou cansado e dolorido e preciso mijar. Quando chegarmos no alto das corredeiras ali, vamos parar um pouco, tudo bem? Depois a gente continua descendo o rio. Ele vai estar lá embaixo.

— Eu é que não vou reclamar dessa ideia de parar um pouco, Stotts.

— Ele provavelmente está lá em casa tentando convencer meu pai a dar comida pra ele.

— Espero que sim.

Não gostei do modo como Tommy disse aquilo.

Ambos sabíamos que alguma coisa estava errada. Algo de ruim estava para acontecer.

Mas esse aqui...? Ele tá sempre feliz, num tá? Nóis sempre qué tê uns amigo assim, que é pra quando nóis tá morrendo de fome ou de frio, cê sabe que ele só vai dizê que pudia sê pió.

Puxei um casaco da minha mochila e, quando Tom me viu fazendo isso, fez o mesmo. Eu podia sentir o cheiro da chuva que se aproximava, e ouvia as ocasionais trovoadas atrás de nós. Assim que passamos por baixo da primeira leva de árvores que margeava o campo, o céu despencou, cuspindo grossas e pesadas gotas de chuva de verão. Em um minuto, tudo ficou escuro como se fosse crepúsculo e ambos estávamos encharcados até os ossos. Mantive a cabeça baixa e fiquei assistindo à água cair como se uma torneira tivesse sido aberta, correndo pela aba do meu chapéu e descendo pelos ombros do Reno.

— Nunca vi chover forte assim — Tom meio que resmungou.

O céu ficou todo branco quando um relâmpago pareceu cair logo atrás de nós, e o estrondo do trovão correspondente se seguiu de súbito, tão alto que podia jurar que ele criou um vento que levou todo o nosso ar embora.

Os cavalos estavam escorregadios e enegrecidos pela chuva, com o pelo eriçado e pegajoso, mas eles agora andavam mais rápido, ainda que relutantes, percebendo ou pelo menos presumindo que Tom e eu sabíamos o que estávamos fazendo. Paramos sob as árvores mais frondosas ao lado do rio. É certo que ali ficávamos mais protegidos da chuva, mas Tommy e eu já estávamos tão molhados quanto se tivéssemos escalado pelo meio do rio turbulento.

Foi um alívio descer dos cavalos e tentar espremer um bocado daquela água maldita das roupas, que estavam pesadas e colavam em minha pele como tinta. Tirei o casaco e torci o que pareceu ser cinco litros dele. As corredeiras, rolando por cima das fendas do granito e morro abaixo entre pedras enormes até o ponto mais plano onde eu tinha acampado antes e onde nós três tínhamos almoçado enquanto subíamos, agora urravam com todo o volume de água que descia do topo da montanha. Uma arvorezinha, quebrada e toda torcida, passou boiando ao meu lado e ficou presa em um rochedo logo antes da queda, para então se ver lançada para cima e continuar como um braço quebrado de uma catapulta.

Tommy se encostou no tronco da árvore ao meu lado e disse:

— É provável que a gente tenha que esperar um tempo ou procurar um jeito de descer que não seja tão íngreme. O Flecha vai começar a escorregar com as patas da frente e eu fico com medo de ele machucar os joelhos.

— Podemos só sentar e esperar passar. O céu vai abrir logo e o sol não demora a se pôr — eu disse. Dei um suspiro. — Sinto muito, Tom.

— Pelo quê? Você por acaso mijou nessa árvore onde estou encostado?

Eu sorri.

— Não. Eu não sei por quê. Só achei que deveria dizer isso. Tem alguma coisa pra comer?

Pensei em contar para ele a respeito da ligação que atendi naquela outra noite. Não importava mais, não naquele momento. Mas eu tinha certeza de que tinha sido o Jack Crutchfield.

— Deve ter uma carne seca nem um pouco seca...

A chuva apertou e ficou ainda mais ruidosa. Tommy escavou seus alforjes em busca de comida e apareceu com a carne seca e um pacote de batatinhas com a borda de cima dobrada e bem fechada. Comemos tudo aquilo. Nem estava fazendo muito frio, mas minhas mãos estavam geladas e a comida estava ótima.

— Tem também um pouco de fumo — Tom disse.

— Ainda tem uísque?

— Você acabou com tudo, seu bebum.

Tommy apertou um pouco do tabaco junto ao lábio e me passou a latinha. Me encostei em uma árvore e cuspi para longe, puxando os joelhos para junto do peito.

— Estou com frio.

— Eu também. E não tenho mais nada seco depois da bagunça de ontem à noite.

— Nem eu. Você se lembra de tudo?

— Eu não estava tão bêbado assim.

Tom se sentou ao meu lado.

— Não o bastante para cantar de novo.

— Nunca mais...

Tirei o chapéu e penteei os cabelos molhados para trás. Pensei em Luz e me perguntei onde ela estaria e se eles já estariam voltando. Só ficamos sentados sem dizer mais nada, olhando para o rio e para o topo das corredeiras, ouvindo a competição entre o rugido do rio e o da tempestade.

— É como um cavalo mijando na pedra lisa — Tommy disse, desgostoso.

— Como se fossem todos os cavalos do estado.

— Do mundo.

A chuva durou ainda mais uma hora e finalmente cessou para dar lugar a um começo de noite quente e muito úmido. Dava para sentir o vapor subindo do chão da floresta e a água evaporando das grandes pedras lisas ao longo do rio. Estávamos muito molhados, com o corpo todo rijo, aninhados sob a árvore. Tommy foi o primeiro a se levantar. Tentou tirar um pouco da lama da traseira da calça. Também me levantei. Minhas calças, duras e pesadas, roçavam em minha pele de um jeito que até machucava.

— Montar agora vai doer — eu disse.

— Estava pensando nisso — Tom disse. — Quero ver você montar aquele seu cavalão.

Cuspi para o lado. Reno estava tão encharcado quanto nós e sua sela estava escorregadia e gelada. Me ergui com dificuldade no estribo esquerdo e girei a perna direita por cima do cavalo. Tentei me sentar tão confortavelmente quanto pude, mas realmente doeu e eu soltei um resmungo. Tommy deu aquele sorriso de coiote, com os olhos brilhando apertados sob o chapéu molhado de chuva.

Joguei meu cantil para ele.

— Aqui. Enche aí pra mim.

— Com água, certo?

— Ah, muito boa, Tom...

Tommy mancou até a margem do rio, equilibrando-se em uma pedra redonda no alto das quedas, segurando o cantil pendurado ao seu lado. Reno se virou para vê-lo.

Foi quando Chase Rutledge, todo escuro e molhado, saiu de trás das árvores empunhando uma pequena pistola preta na mão direita, que ele apontou, mirando na altura da cabeça de Tom, e então atirou.

Tommy rodopiou sobre as pernas, torcendo-as uma contra a outra, e caiu de uma só vez, pesado e encharcado, de costas no granito, com um baque surdo como se fosse um objeto oco, mandando meu cantil chacoalhando para a face rochosa das quedas.

VINTE E QUATRO

Tudo ficou borrado e começou a rodar como se eu estivesse em um sonho — um sonho muito ruim. Logo que comecei a me mover, Jack Crutchfield surgiu atrás de mim, me agarrou pela cintura da calça e me puxou para baixo por sobre a traseira do Reno. Bati a cabeça no chão com tanta força que quase apaguei. Meu chapéu voou para o lado e eu percebi que estava sangrando. Tentei me erguer de novo sobre os cotovelos. Reno estava assustado, começou a recuar e acabou pisando com tudo em meu joelho direito. Então se conteve e se afastou.

Eu gritei e me retorci sob todo aquele peso. Senti algo se partir em minha perna com um estalo alto, e Reno então se virou de repente para mim. Acho que ele percebeu que tinha me machucado. Tentei sentar, mas a dor era lancinante, intensa demais, e me invadia em ondas.

Podia ver as pernas de Tommy com os joelhos dobrados, se movendo como se ele estivesse tentando se arrastar de costas para longe dali, de alguma forma. Mesmo com todo o rugido da água, podia também ouvi-lo gemer, ainda que baixo e distante. Vi quando levantou o braço e o passou por cima do corpo, depois o deixou desabar como se estivesse tentando se proteger se contorcendo daquela forma.

Tentei de todo jeito ficar de pé, mas minha perna direita estava quebrada e eu não conseguia fazer mais nada com ela. Jack se postou atrás de mim. Também tinha uma arma, que estava apontada bem para o topo da minha cabeça. Soube então que iríamos morrer todos ali, juntos. Mas eu não podia assistir ao Tommy morrendo. Olhei para cima, para o sol que se escondia atrás das árvores do outro lado do rio. Tentei fechar os olhos, mas eles não obedeciam.

O sangue descia quente e grosso pelo meu cabelo e para o pescoço, dando a sensação de uma gema de ovo que endurecia e ia se espalhando em minha camiseta molhada como um fungo rosado.

Chase andou até Tom, ainda segurando a pistola preta à sua frente. Era a mesma arma que eu tinha jogado em meio às árvores perto da igreja aquela vez – há quanto tempo mesmo?

Ele ficou parado de pé. Pude ver seu rosto claramente, com os olhos para baixo, fixos em Tom.

— Você está horrível, Buller — disse. Depois cuspiu em Tommy.

As pernas de Tom tremeram.

— Quero que você assista a isso bem de perto, Stotts — Chase gritou para mim. — Porque você sabe muito bem onde vou enfiar essa arma antes de te matar.

Chase se abaixou devagar e pôs o cano bem na testa de Tommy.

Foi então que, do nada, de algum lugar em meio às árvores, vi uma pedra do tamanho de um pêssego cortar o ar, girando e fazendo uma curva, e então atingir Chase Rutledge bem na têmpora. A pistola escapuliu de sua mão e caiu na água, Chase levou a mão à cabeça, que já jorrava sangue escuro. Ele tropeçou nas pernas dobradas de Tom e, tentando aparar sua queda com as mãos nas rochas lisas, caiu de cabeça dentro do turbilhão de água.

— Jack! Jack! — Chase gritava em meio à correnteza. Só vi quando ele levantou um braço para fora e então mais nada.

Jack Crutchfield correu até ele, enfiando sua arma na cintura da calça. Parou por um segundo sobre Tommy, olhando para baixo com um meio sorriso sombrio e odioso, e então olhou de novo para o rio.

— Jack!

O gordo caminhou pelas pedras até a margem. Vi sua cabeça baixando por detrás como se ele estivesse descendo uma escada até desaparecer totalmente.

Ouvi Tommy ainda dizer algo como um grunhido bem baixinho, como se estivesse tentando dizer algo sem acordar ninguém. Girei o corpo e tentei ficar em uma posição mais ereta, com a perna esquerda fazendo toda a força. Doía demais. Então vi Gabe se movendo silenciosamente entre as árvores. Olhou para mim. Eu estava tão aliviado de ver meu amigo, tão agradecido por ele ter seu braço de ouro, que por um instante até esqueci o quanto eu mesmo estava ferido.

Ele foi até o Flecha e pegou a arma de Tommy. Puxou o *slide* e deixou uma bala pular. Havia uma na câmara. Andou até mim, pegou meu chapéu e passou a mão nos meus cabelos, sempre com a arma apontada para a água. Meu sangue manchava seus dedos. Ele tentou tirar um pouco, esfregando entre os dedos.

— Meu Deus, Troy...

— Vá ver o Tom, Gabey. Por favor! Vai lá ver como ele está.

Gabriel, tão encharcado quanto nós dois depois daquela tempestade, andou sem fazer barulho até Tommy, como se estivesse caminhando no gelo, segurando o revólver com as duas mãos e apontando para onde Jack tinha desaparecido próximo à água.

— Gabey... Gabey... — Tommy dizia, desfalecendo.

Gabriel olhou para ele lá embaixo por um momento, mas voltou a se fixar no rio. Andou até a margem, altivo, e pude ver com clareza quando ele olhou para onde as águas terminavam adiante.

— Eles sumiram — disse, se virando para mim. — Os dois sumiram.

Tentei me arrastar até o rio.

— Tom! Tommy!

Ele não se mexia.

Eu me contorci tão rapidamente quanto pude sobre a terra molhada, puxando a perna direita inválida, cavando com a ponta dos dedos e tomando impulso com o pé esquerdo. Gabriel se ajoelhou ao lado de Tommy, olhou para mim e viu que eu me arrastava, e então deixou a arma calmamente ao seu lado. Tocou a mão de Tommy que repousava sobre a barriga.

— Tommy? — ele disse.

Eu mal conseguia enxergar com as lágrimas se juntando nos olhos. Senti o catarro descendo do meu nariz, o sangue quente e pegajoso em meu pescoço e a dor tão forte que achei que iria vomitar. Consegui chegar até o lado de Tommy. Sua perna se esticou sobre a pedra. Me ergui um pouco para ver seu rosto. Eu chorava muito, na certeza de que estava vendo meu amigo morrer baleado.

Ele abriu os olhos. A bala tinha atravessado seu ombro bem por cima da clavícula. Esqueci completamente minha perna quebrada e passei as duas mãos em volta da cabeça dele.

— Meu Deus, Tom! Achei que ele tivesse te acertado na cabeça.

Afastei os cabelos dele da testa, surpreso de que não houvesse nenhum buraco de bala por ali.

— Eu levei um tiro? — ele perguntou fracamente.

— O tiro passou reto — Gabe disse. — Acho que é melhor quando é assim.

Gabe embolou sua camiseta e a apertou contra o ombro de Tommy.

— Você está sangrando muito, Tom. É melhor se sentar.

Começou a ajudar Tom a se erguer, mas logo teve de relaxar o puxão quando ele gritou de dor. Gabriel exalou com força e mais uma vez olhou nervosamente rio abaixo.

— Jesus... Ele ia matar vocês. Ia matar vocês dois!

— O Gabey te salvou — eu disse a Tommy. — Você tinha que ver como ele jogou aquela pedra. Nunca vi alguém levar uma pedrada tão forte na cabeça daquele jeito. Fez o som de um balão estourando. Eu poderia te dar um beijo agora, Gabey!

Gabe olhou para nós e disse:

— Como vou fazer pra descer com vocês?

Me inclinei para o outro lado e vomitei.

— Estou sentindo que minha perna já era — eu disse.

Descansei a cabeça sobre o braço esticado. Me sentia sonolento, mas sabia que tinha que manter os olhos abertos. Vi meu chapéu jogado no chão lá onde ele tinha caído antes de eu me arrastar pelo granito liso, e dava para notar que ele estava empapado de sangue do lado de dentro.

— Eu levei um tiro? — Tommy repetiu.

— Você vai ficar bem, Tom. Vai ficar tudo bem — Gabe disse. — Eu só tenho que saber agora como diabos vou fazer para descer com vocês dois.

— O que aconteceu com eles? — perguntei.

— Caíram na água — disse Gabe. — E então não sei. Só desapareceram.

— Você fica com essa arma, Gabey — eu disse.

— Não, Troy, você fica com ela, em qualquer caso. Os cavalos deles estão amarrados bem ali — Gabe respondeu, apontando para a mesma direção de onde ele tinha atirado a pedra. — Vou lá ver se eles têm alguma coisa que pode ajudar a estancar o sangramento de Tommy. Fica aqui com a arma. Já volto.

Gabe pousou a arma bem ao meu lado esquerdo e saiu em meio ao bosque, deixando nós dois deitados lá, sangrando e arfando ao lado da água inclemente.

— Stotts, eu acho que preciso me sentar. Não consigo sentir meu braço.

Tommy tentou se erguer usando a mão esquerda. Eu o empurrei por trás. Quando ele finalmente conseguiu, pude ver todo aquele sangue que cobria suas costas e formava uma poça onde ele estava deitado. Seu rosto estava muito pálido.

Sentei ao lado dele.

— Tom, isso não está com uma cara nada boa...

Ele voltou os olhos para mim, ainda mantendo o pescoço imóvel.

— E você está todo coberto de sangue. Vira a cabeça.

Eu mal conseguia me mover, porque sentia como se estivesse abrindo ainda mais o ferimento quando tentava.

— Você está com um corte bem feio de uns dez centímetros aí — ele disse. — E é bem fundo.

— É, não está com uma cara muito boa para mim também... — eu disse. Toquei seu ombro bem de leve. — Se encostar assim, dói muito?

— Sinto como estivesse pegando fogo. Tudo, no meu braço, nas costas e nas costelas. Está difícil de respirar.

— Vou apertar aqui neste ponto. Está sangrando bastante aqui.

Passei a mão direita por detrás dos ombros dele e apertei a palma sobre o lugar onde havia um pequeno buraco nas costas da camiseta. Pus os dedos por cima dos ombros para tentar apertar o outro lado também, e Tommy estremeceu e tomou fôlegos curtos repetidas vezes.

— Sinto muito, Tom.

— Quantas vezes mais você vai dizer isso hoje, Stotts? Eu também sinto muito. E o que aconteceu com você aí? — perguntou olhando para minha perna. Meu pé estava virado e parecia desconectado do resto.

— O Reno quebrou minha perna.

— Juro que eu sempre soube que ele queria te matar.

Tommy puxou os joelhos para junto do corpo, mas doeu demais e ele esticou as pernas novamente, com um suspiro.

— Que desgraça, meu amigo. Nós estamos muito mal.

— Você vai ficar bem, Tom. Você precisa ficar bem.

Limpei o rosto com as costas da mão.

Gabriel veio por detrás do mato com um alforje de couro no ombro.

— Soltei os cavalos e deixei eles irem, caso os dois... — e parou na metade. — Arranjei umas coisas aqui.

Tom sussurrou:

— Conserta a gente, doutor Gabey.

Gabe se sentou ansioso à nossa frente e abriu a sacola.

— Primeiro o que deve vir primeiro — e tirou lá de dentro uma garrafa de uísque Jack Daniel's. Abriu a tampa e entregou para o Tommy, que a pegou com a mão esquerda ainda com a cabeça pendendo para a frente, morrendo de dor e sem conseguir levantar o queixo.

— Era pra eu te lembrar de nunca mais fazer isso — eu disse.

— Por favor, me deixa tomar só um pouco. Prometo que não vou cantar.

Virou a garrafa ainda com o queixo para baixo, de modo que o uísque pingou um pouco em seu colo. Fez uma careta ao engolir, mas tomou três bons goles, depois abaixou a cabeça e me passou a garrafa. Antes, girou para ver o rótulo preto e branco.

— Olha só, tem até o seu número nela.

Eu te amo tanto, Troy Stotts, meu cavaleiro número sete.

— Eles não tinham nada de primeiros socorros — Gabe disse.

— Tinham isso aqui — eu disse, virando a garrafa e depois voltando-a para Tom.

— Me empresta sua faca.

— Está no meu bolso de trás — eu disse e me inclinei para que Gabe pudesse pegá-la.

Gabe abriu a faca e começou a cortar a camiseta de Tom em volta do ferimento. Puxei a mão que ainda estava sobre ele, e aquela parte do tecido colou na minha palma por causa de todo o sangue. Os furos eram até pequenos, mas tinham uma aparência perversa, vazando sangue e com a carne em volta amarelada e morta.

— Tem jeito de que aquilo era mesmo uma .22 — eu disse. — Os buracos são pequenos.

Tom tomou outra dose e virou o queixo para baixo mais uma vez, tentando ver o furo em seu ombro.

— Mas a sensação não é nada pequena.

Ele já estava se sentindo um pouco melhor, e eu também. Peguei a garrafa e virei mais um pouco de uísque.

— Me dá isso — Gabe disse. Juro que, no momento em que Gabe pegou a garrafa comigo, vi Tommy olhar para cima com uma expressão de choque. Mas percebi que Gabriel não ia beber. Só que, quando ele nos viu boquiabertos daquele jeito, acho que mudou de ideia. Respirou fundo e virou a garrafa como nós fizéramos.

Não fez careta nem som nenhum. Apenas enxugou a boca, estendeu a garrafa e virou um pouco de uísque no ombro de Tom, que quase deu um pulo quando o álcool se embrenhou em suas feridas.

— Desculpa — Gabe disse. Tirou meias e uma camiseta de dentro de sua própria sacola. — Desculpa também por eu usar minhas meias, mas elas estão limpas.

Dobrou-as ao meio e pôs uma de cada lado do ombro de Tommy. Eu as segurei no lugar enquanto Gabe rasgava a camiseta e usava as tiras para amarrar em volta do pescoço e da axila de Tommy com bastante força.

— Você é o próximo — ele me disse, já se levantando e andando para o meu lado. Vi quando ele derramou um pouco do uísque em um pedaço de tecido e me segurei, porque seria horrível.

— Você vai precisar de pontos. Acho que não tem mais nada que nós possamos fazer com relação a esse corte.

Então apertou o pano com o álcool atrás da minha cabeça. Eu me contorci para a frente com o ardor, e doeu ainda mais quando ele limpou o sangue coagulado em volta, grudado no cabelo. Pude sentir as lágrimas se formando em meus olhos.

— Está bem feio — ele disse.

— Seria pior se você usasse o resto do uísque todo.

— Me desculpa, Troy. Nós não temos mais nada que esteja bem limpo.

Gabriel tirou sua camiseta e enrolou o colarinho em meus cabelos ensanguentados, amarrando-a em seguida. Eu deveria estar parecendo um ermitão ferido e perdido vagando por entre as montanhas. Olhei para ele, que àquela altura era um borrão sem camisa à minha volta, me enfaixando enquanto sua pequena cruz dourada dançava como uma marionete pendurada em seu pescoço. A camiseta tinha o cheiro dele e isso me fez sentir melhor. Senti também o uísque, o *tum tum tum* do meu coração ficando mais alto e ondas de dor e de náusea percorrendo meu corpo. Prestei atenção ao ruído de fundo da água que corria ali perto e do vento soprando contra as árvores. E também àquela cruz indo, voltando e brilhando entre o rio e o céu e eu, como se fosse o relógio de um hipnotizador.

Ele me passou a garrafa de novo.

— É melhor você usar seu chapéu, Troy. Deve ajudar a manter a bandagem no lugar até a gente conseguir ajuda.

Pôs o chapéu na minha cabeça depois de limpar o sangue com as mãos nuas. Ele ficou inclinado, com a parte da frente da aba voltada para cima.

Gabe olhou para suas próprias mãos e para as linhas escurecidas pelo nosso sangue. Ficou boquiaberto e com os olhos parados. Chacoalhou-as um pouco como se aquilo fosse deixá-las limpas. Apertou os olhos por um momento.

Eu bebi e voltei a garrafa para Tommy. Podia sentir o movimento da água reverberando pelo chão de granito, o som vibrando por dentro do meu corpo.

— Você acha que eu consigo imobilizar essa perna?

— Acho que você poderia cortá-la fora agora, se quisesse.

— Estou me sentindo melhor agora, Gabey. Obrigado — Tom disse. — Acho que eu poderia ser de alguma ajuda se você precisar.

Tom pôs a garrafa no chão entre nós dois.

— Vamos fazer uma tala na perna dele e depois vamos fazer uma tipoia pro seu braço, porque o caminho pra casa vai te machucar um bocado. Mas nós precisamos descer o quanto antes.

Gabriel se virou e andou em meio às árvores, à procura de galhos retos, eu acho. Só levou um minuto para encontrar o que queria e já voltou com dois gravetos que veio medindo ao lado das pernas. Eu bebi mais um gole e, por algum motivo, comecei a sentir vontade de rir. Olhei para a arma de Tommy, ainda do meu lado.

— Aqui, Gabey — disse, entregando-lhe o revólver. — Guarda isso.

Gabriel ejetou o pente e a bala que estava na agulha. Depois recarregou e a colocou no bolso. Foi um gesto muito esperto, pensei.

— Está aí uma boa razão pra você usar um cinto, Troy — Gabe disse, desafivelando seu cinto e tirando dos passadores em suas calças. — Vou pegar o seu também, Tommy. Desculpe. Agora nós todos vamos ficar iguais a esse cara aqui, puxando as calças pra cima.

Gabe puxou o cinto de Tom, pôs os dois sobre a pedra e os posicionou debaixo da minha perna. Perdi o fôlego por um segundo quando ele correu os cintos. Depois de colocar os galhos um de cada lado do joelho, passou os cintos pelas fivelas.

— Olha, Troy, isso vai doer agora. Eu vou ter que apertar.

Abriu minha faca e a pôs na boca. Então puxou o primeiro cinto até ficar bem firme. Eu só pude jogar a cabeça para trás e morder meu lábio para não gritar. Tom deu mais um trago e me passou a garrafa.

— Vocês dois, é melhor pararem de beber esse troço agora. Vocês não querem ficar piores do que já estão.

Gabe abriu um furo no cinto com a faca para que ficasse bem apertado, depois fez a mesma coisa abaixo do meu joelho.

— Não faço ideia do quanto isso vai ajudar, nem se está prestando, porque nem sei se vamos conseguir te colocar em cima do cavalo.

— Se precisar, só me deixa aqui. Mas deixa o resto do uísque também. O Tom está precisando de ajuda mais do que eu no momento.

— Fica quieto. Ninguém vai te deixar aqui em cima. Vocês dois precisam de atendimento agora — Gabe disse, abrindo o alforje de novo. — Só fica quieto.

Bateu a mão fechada por cima da bolsa, como que desapontado. Olhou para mim por um instante, mas eu não soube dizer o que sua expressão significava.

— Está tudo bem, Gabey.

Ele então puxou a camiseta lá de dentro, ainda molhada por ter sido jogada no lago na noite anterior. Cortou-a pela metade. Respirou fundo e disse:

— Essa aqui está suja. Provavelmente não está com um cheiro nada bom, também.

— É melhor assim. Vai me manter acordado — Tom disse.

— Vou passar isso aqui pelo seu braço, aí você agarra a sua camiseta desse jeito — Gabe segurou o punho fechado sobre o coração, mostrando a Tom como ele deveria deixar o braço. — E aí eu vou passar o outro lado pelo seu pescoço. Vai doer, mas você vai se sentir melhor se não mexer esse braço.

— Tudo bem.

Depois de passar a tipoia em volta de Tom, Gabe cortou a camiseta e a apertou com um nó para manter o braço estabilizado.

Eu estava maravilhado de ver Gabriel agindo daquele jeito, sem aparentar medo, sem ficar confuso. Ele era outra pessoa naquela hora.

Me senti enjoado de novo, com minha cabeça boiando como se tivesse sido separada do corpo e como se as pernas também estivessem em outro lugar.

— Vou lá buscar os cavalos.

— A gente te espera aqui — eu disse, com a minha língua afiada, mas esgotado.

Reno estava com aquele ar de inocente que os cavalos sempre têm, mesmo depois que fizeram alguma coisa terrível. Gabriel parecia determinado, como se estivesse pronto para descer a trilha, mesmo que eu ainda não soubesse se tinha condições de subir em um cavalo. Mas eu não estava nada disposto a discutir com ele, também.

— Eu vou montando o Reno — Gabe disse. — Vamos tentar colocar você no Dusty primeiro.

Considerando que o Dusty era uns 20 centímetros mais baixo que o Reno, aquilo fazia sentido – ainda que, naquele momento, para mim, ambos tivessem a mesma altura de uma girafa.

Gabe estendeu a mão para Tommy e perguntou:

— Você está disposto a tentar? Porque vou precisar de ajuda.

Tommy tomou outro gole de uísque e me passou o restante. Segurou a mão do Gabe e precisou de dois impulsos e mais alguns grunhidos para conseguir ficar de pé. Bambeou um pouco, mas Gabe o segurou pelo braço.

— Só me deixa acostumar a ficar de pé um minuto.

— Me fala quando puder soltar — Gabe disse, segurando Tom.

Tom fez que sim com a cabeça, e eu virei o final da garrafa. Achei que nem sentiria mais minha perna, mas estava enganado. Tommy me segurou por sob o braço direito e Gabe puxou o esquerdo. Posicionei o pé esquerdo embaixo de mim e empurrei para me erguer. Então senti aquela dor imensa como se uma espada quente estivesse atravessando minha perna até a coluna. Dei um grito, e eles apenas continuaram me levantando. Ficou tudo escuro à minha volta, e eles puxaram mais e mais, e finalmente eu estava de pé sobre a perna esquerda, completamente tonto. Teria caído no chão, mas Gabe me abraçou pelo peito e Tommy, também desequilibrado, fez o possível para ficar ao meu lado.

— Você vai ter que subir pelo lado direito, sentar de lado e então tentar passar a perna boa por cima.

— Se eu o chutar e ele disparar, é melhor vocês atirarem em mim.

— Eu vou segurar ele e você tenta. É o que a gente tem que fazer.

O sol já tinha se posto. Ficaria bem escuro em breve. Tom e Gabe me sustentaram de pé e, me equilibrando entre eles, consegui por o pé esquerdo no estribo direito e me postar sentado em cima do Dusty. Quase caí de costas, mas Gabe me segurou pelas calças enquanto puxava as rédeas para manter o cavalo parado. Depois, com Gabe empurrando meu pé para cima e Tommy segurando o cavalo, consegui sentar na sela, já me perguntando se conseguiria seguir adiante.

Tommy abraçou o pescoço de Dusty e se apoiou nele.

— Eu não sei... — ele disse. — Não sei se...

A tipoia que Gabe tinha feito já começava a se embeber de sangue.

— Sobe logo no seu cavalo, Tom — Gabe disse friamente. — Precisamos ir agora.

Tommy sacudiu a cabeça como se estivesse tentando acordar, e Gabe passou o braço em volta dele.

— Vamos lá, Tom.

— Dói demais...

Vi lágrimas no rosto de Tom. Era uma das piores coisas que eu já tinha visto. Virei pro outro lado.

— Aposto que dói mesmo. Sei que dói — Gabe disse, levando Tom até o Flecha e levantando seu pé até o estribo. — Vou te ajudar a subir. Vamos.

Tom apertou os maxilares e tomou impulso enquanto Gabe o empurrava para a sela. Só quando ele conseguiu subir, vi seus ombros se levantarem um pouco. Ele estava chorando em silêncio, com a cabeça abaixada e o rosto escondido sob a aba do chapéu, apertando os olhos com a mão esquerda. Cutucou o Flecha e ambos começaram a andar, seguindo a trilha que nos tinha levado para lá dias antes, agora de volta para casa. Dusty o seguia, enquanto Reno dava risadas nervosas, se perguntando por que eu estava indo para longe dele. Finalmente, Gabe montou o Reno e nos alcançou.

— Eu não vou conseguir — Tommy disse. — Preciso parar. Preciso parar agora.

— Então eu vou te carregar. Vai ser de um jeito ou de outro. Não dá pra parar, Tom — Gabe disse.

Tom manteve a cabeça baixa. Estava escurecendo, e ainda mais debaixo daquelas árvores altas que cobriam os aclives que margeavam as montanhas.

— Eu tenho que lembrar vocês dois que, quando chegarmos, vamos ter que contar pra todo mundo o que aconteceu — Gabe disse.

— E o que aconteceu? — Tom perguntou.

— Disparei meu rifle por acidente quando o Reno me derrubou — eu disse. — Foi isso o que aconteceu, Gabe. Foi tudo um acidente.

— Por que nós temos que mentir, Troy? — Gabe perguntou.

— Porque, se a gente contar o que aconteceu, vamos ter que contar também o que o Chase tentou fazer com a Luz — eu disse, apertando os olhos fechados. — E nós não precisamos falar nada disso, precisamos?

— E quanto ao Jack e ao Chase?

— A gente não sabe! Não os vimos aqui em cima.

— Eu nunca vi — Tom disse baixinho. Sua cabeça ainda estava abaixada e o queixo virado para o lado oposto ao que tinha sido alvejado.

Sofri por ver aquilo. Me sentia muito mal por Tommy, me perguntando como ele chegaria lá embaixo, me perguntando o que meu pai diria quando nos visse. Gabe ficou em silêncio por um tempo e depois disse:

— Então eu também não vi.

Gabriel Benavidez amadureceu naquele dia em sentidos e proporções em que eu mesmo nunca teria acreditado se não tivesse visto com meus próprios olhos.

Quando passamos pela cerca em direção ao pomar de maçãs, me perguntei se Tommy ainda estava vivo. Ele não falava nada já havia tempos. Gabriel foi na frente até a minha casa para chamar meu pai e conseguir ajuda, enquanto Tom e eu levamos nossos cavalos em passo lento até o estábulo.

Eu estava tremendo e não conseguia me controlar. Minha perna parecia estar se arrastando junto com os cavalos, e eu me encontrava mais apavorado do que já estivera em qualquer outro momento da minha vida

— não pelo que eu tinha visto acontecer lá na montanha, mas pelo que eu vi se desenrolar em volta enquanto atravessávamos o pomar escuro. Queria gritar para Tommy e acordá-lo, fazê-lo olhar para mim de modo que eu pudesse ver seus olhos. Mas ele só manteve a cabeça baixa entre os ombros que subiam e desciam.

E eu até disse *"Tom, você está chorando"*, e ele enxugou o rosto e disse bem baixinho que sentia muito, mas que estava com muito frio, e eu disse que sentia muito também. E realmente sentia tanto... Nunca tinha visto Tom Buller daquele jeito, e fiquei com muito medo de nunca mais enxergá-lo da mesma forma de sempre, com seu sorriso de coiote e cheio de energia. Então, tentei fazer piada, dizendo que, depois que ele voltar do médico, podia me trazer alguma coisa para comer e um penico onde eu pudesse urinar, porque achava que nunca mais conseguiria descer daquele cavalo. Mas ele não respondeu nada, nem se mexeu. Só ficou com a cabeça baixa e deixou o cavalo seguir junto ao meu, rumo ao estábulo.

Aposto que eu vou andar igual a você agora. Talvez até devesse fazer uma tatuagem de cavalo.

Ele meio que fez que sim com a cabeça. Não entendi se ele estava chorando de soluçar, se tentava não rir ou se concordava comigo.

Me lembro de ver as luzes em minha casa se acendendo todas. Vi as costas de Tommy ensopadas de sangue e até enegrecidas em alguns pontos onde ele estava secando. Sabia que ele estava quase morto quando percebi aquilo, e nem conseguia engolir mais de tão nervoso. Lembro-me também de ouvir as passadas se aproximando rápido para ver onde estávamos, e pude distinguir os passos curtos e suaves de Gabriel, quase levitando, dos de meu pai, pesados e apreensivos.

Juro que vou fazer essa tal tatuagem depois disso tudo. Você vai me levar lá, amigo.

As coisas acontecem por uma razão. Tudo é posto em movimento antes mesmo de chegarmos a este mundo. É cruel e injusto, e eu nem me preocupo mais em perguntar duas vezes o porquê, já que nunca tive qualquer resposta para isso até hoje. Tom Buller sabia disso a meu respeito, mas eu nunca soube no que ele acreditava, mesmo que já tivesse tido vontade de perguntar a ele muitas vezes.

Juro que vi Rose e minha mãe e aquele mesmo menininho que Tommy tinha visto antes na casa dele — e agora eu sabia quem ele era — de pé lá na escuridão apagada, olhando para nossos corpos repletos de dor e dignos de pena em cima dos cavalos cansados e resfolegantes, com as narinas se dilatando atiçadas pelo cheiro da comida e do abrigo que os esperavam. Pensei então em dizer àqueles fantasmas que eu estava em casa agora, e se, por favor, eles podiam nos ajudar; se podiam nos ajudar a parar de sofrer, se podiam ajudar Tommy a se recuperar e ser ele mesmo outra vez, e se podiam fazer todo o resto sumir, porque agora eu podia deixá-los ir, mas eles precisavam se desligar de mim também, e eu já estava pronto para fazer isso. Pude ouvir os cavalos arfando naquele mesmo *vum vum vum* que minha pulsação fazia em meus ouvidos, e que o rio fazia ao correr e os cascos ao tocar o solo. Naquele pomar de fantasmas, vi dezenas de outras pessoas que se postavam atrás daqueles três, a maioria encurvada e horrível, de dar medo mesmo; e pensei ainda que os cavalos não conseguiam vê-las, e também que eu não sabia mais se os olhos de Tom estavam abertos. E me veio a dúvida, enquanto um gato preto corria de árvore em árvore nos seguindo... *São apenas árvores, não são?*

E vou fazê-la logo abaixo do coração, Tom. E depois vamos sair para pegar aquele cavalo que deixamos solto.

Eu sei que não sei nada sobre o amor, nada que eu consiga expressar com palavras. Sei que eu amava Luz e a desejava, e queria tanto vê-la naquela hora e era terrível ter consciência disso justo quando minha cabeça estava tão tomada pela dor lancinante em meu corpo. E também sabia que eu amava Gabriel, e que amava Tommy e era desesperador e abominável ter que vê-lo daquele jeito, escornado e ensanguentado, enquanto eu queria a todo custo levar seu sofrimento para longe e ver seu sorriso de coiote e aqueles olhos escuros apertadinhos e cintilantes. Em vez disso, o que eu testemunhava era a vida se apagando dentro dele a cada respirada curta e dificultosa, enquanto a aba de seu chapéu se movia vagarosamente para cima e então para baixo, para cima e depois para baixo. E eu chamava "*Tommy, Tommy*" e a borda do chapéu só afundava e se erguia devagar, cada vez mais devagar. "*Eu sei que você pode me ouvir e eu estou vendo a casa daqui, Tom, e também posso ouvi-los chegando para nos socorrer, amigão*". Para cima e para baixo ia o chapéu, voltado para o pescoço do cavalo. Subindo e descendo. Sumindo.

Tommy Buller estava morrendo e não havia nada que eu pudesse fazer.

Acho que eu ainda disse para ele "*Tommy, você ainda tem aquele amuleto que fez com o chocalho da cobra e a bala? Você não vai morrer, Tommy. Não vai morrer*". E pensei na cura da cobra, que traz a mudança.

Deve ser uma sensação muito boa deixar para trás a pele antiga e sair dela inteirinho outra vez, novo e rejuvenescido, sentindo tudo de novo pela primeira vez. "*Você não vai morrer, Tommy.*"

Olhando para ele enquanto os cavalos cansados nos arrastavam pelo velho pomar, pude jurar que conseguia ver através dele, e via estrelas e árvores e sombras onde ele estava, e sabia que ele estava desaparecendo, mas, como com todos aqueles fantasmas de antes, eu só repetia para mim mesmo "*é o uísque, eu bati a cabeça muito forte, é a perna, é o uísque, é o uísque*". E Tommy chorando e eu dizendo a ele "*cara, nós bebemos uísque demais lá em cima, então aguenta firme, Tom, e já está quase acabando e como você está?*".

Vi o Reno lá adiante sob a luz do estábulo e pensei "*o que ele está fazendo lá?*", como se fosse um sonho, mas eu sabia que não era. Olhei para baixo e vi o baio em que eu estava montado e os galhos atados com os cintos dos meus amigos em uma perna que eu nem conseguia acreditar que um dia tinha sido parte de mim.

Nós conseguimos, Tom.

Meu pai correu até nós com um telefone na mão. Pensei comigo "*preciso te dizer um monte de coisas que eu nunca falei desde aquela noite em que fugi, e coisas que eu venho adiando ou deixando para a próxima oportunidade; sempre na próxima, sempre na próxima.*" Mas as coisas sempre acontecem por uma razão, e eu juro que essa é a única coisa de que tenho certeza.

E isso é tudo de que eu me lembro daquela noite em que desci a montanha com Tom Buller.

Meu pai está vindo. Nós conseguimos.

VINTE E CINCO

Tom Buller morreu naquela noite.

* * *

ACHO QUE NÓS nunca nos recuperamos do que nos aconteceu naquela montanha. Ainda penso naquilo todos os dias; provavelmente a cada minuto, ainda me vejo olhando para a luz do sol refletindo nas folhas do outro lado do rio e Chase Rutledge levantando a arma, o estalo do tiro, a luz da fagulha que saiu e a fumaça branca como em um canhão de circo, e então Tommy girando sobre as pernas e caindo no chão.

Garotos como Tommy Buller nunca deveriam morrer, mesmo que pareça que é isso o que eles sempre fazem, por alguma razão. Ele nunca voltou daquela montanha, nem mesmo nos meus sonhos, e uma grande parte de mim morreu com ele, tão grande que me senti oco por um tempo interminável.

Ainda hoje sinto o vazio, uma dor que não passa, uma sensação de que não consigo prender a respiração porque estou preso na água sob o gelo por tempo demais e não tenho como relaxar e tomar fôlego, por mais curto que seja.

Talvez Luz estivesse certa sobre mim quando disse que na maior parte do tempo eu não contava aos meus amigos como me sentia de verdade. Mas às vezes as palavras só querem ficar guardadas.

Ela foi me ver quando eu estava no hospital. Eu estava tão quebrado que os médicos precisaram pôr pinos de metal e uma placa na minha perna. Foi bom demais ver a porta abrir de leve e depois o rosto dela aparecendo com um sorriso. Levantei a cabeça da cama enquanto ela pareceu flutuar para dentro do quarto e então ajeitou meu cabelo para trás e me beijou nos lábios e de novo na testa.

— Troy.

— Olha só, eu estou de vestido...

Ela puxou uma cadeira para o lado da cama e pôs a mão sobre a minha.

— Luz, você alguma vez vai me beijar de novo?

Ela sorriu.

— Você está ligado naquele monitor cardíaco?

— Não, só em um aparelho para fazer xixi.

Ela chegou o rosto bem junto ao meu no travesseiro e me beijou de novo.

— Eu chegaria para o lado pra você deitar, mas não posso me mexer.

Ela olhou para as barras de metal brilhante que trespassavam as bandagens em minha perna e iam até os ossos.

— Está doendo?

— Está bem melhor agora.

Pôs a mão sobre minha perna enferma. Juro que pude sentir alguma coisa saindo da pele dela.

— Pode tocar, se quiser. Todo mundo aqui faz isso e eu nem conheço eles.

Ela encostou em minha perna do jeito mais suave, com o peso de um floco de neve. Pousou a mão em meu peito.

— Eu vim aqui na semana passada e fiquei do seu lado. Você estava dormindo o tempo todo.

— Você deveria ter me acordado.

O anjo dorme no bosque.

— Eu segurei sua mão. Beijei seu rosto. Você estava tão bonito dormindo, Troy. Acho que fiquei aqui umas duas horas e depois alguém veio e me disse que eu tinha que ir embora. E aí eu chorei.

— Eu estou aqui há mais de uma semana?

— Fez uma semana ontem.

— Não tive nenhum sonho esse tempo todo.

— Você estava muito mal.

— Acho que sim — eu disse. Pus minha mão sobre a dela e a apertei junto a mim. — E o Gabey?

— Ele está aqui. Fiz ele esperar lá fora no corredor.

Dei um sorriso.

— Aposto que fez.

— Troy, quero que você saiba de uma coisa — ela disse. Olhei bem atento, sem piscar, bem dentro de seus olhos claros. Acreditaria no que quer que ela tivesse a me dizer, mesmo que fosse impossível. — Nunca vai haver nenhum outro. Não pra mim.

— Eu te amo, Luz — sussurrei para ela.

— E Tommy te amava também, Troy. Ele era bom. Era um ótimo rapaz.

— Eu sei — respondi, mal conseguindo falar. Olhei para o outro lado.

Ela me beijou de novo e disse:

— Melhor eu ir lá fora buscar o Gabe.

Eu estava com muito medo de vê-lo de novo; com medo de nunca mais podermos ser aqueles dois garotos que conversavam alto em volta da fogueira; medo de que aqueles garotos tivessem desaparecido para sempre. Quando ele entrou, arrastando os pés pelo chão frio e liso, chegou ao lado da cama como quem chora em um velório, olhando para mim como se eu fosse tão frágil, enquanto eu percebi que o olhava do mesmo jeito. Nenhum dos dois conseguiu pôr em palavras aquele sentimento tão horrível e pesado que havia entre nós. Era como se houvesse uma carcaça, malcheirosa e sangrando, pendendo do teto, e nós estávamos preocupados demais em sermos agradáveis um com o outro e fingindo não ver.

Gabe não disse nada por muito tempo, e então olhou para as barras e parafusos que se projetavam da minha perna e disse:

— Caramba. Frankenstotts!

— É... Isso dói... — eu disse. Respirei fundo e olhei pela janela. — Não aguento ficar aqui, Gabey. Pode ser que eles deixem meu pai me levar pra casa amanhã. Mas eu vou ter que faltar na escola por um bom tempo quando as aulas começarem.

Olhei para os olhos dele, aqueles olhos plácidos e claros como os de sua irmã. Precisava dizer algo a ele, mas não consegui. Precisava levantar daquela cama e chacoalhá-lo, pedir que ele calasse minha boca ou até me socasse, mas sabia que isso não ia acontecer.

Chorei quando eles se foram. E então dormi.

* * *

ENCONTRARAM OS CORPOS dos dois outros garotos alguns dias depois. Não foi uma cena bonita pelo que me disseram. Acharam Jack Crutchfield primeiro, flutuando na lagoa. Depois foi Chase Rutledge, preso em meio às árvores das terras planas ao lado da ponte onde a água estava mais baixa.

Aquilo estava me enlouquecendo. Em todos os meses em que fiquei em casa, supostamente me recuperando, sem fazer nada além dos trabalhos da escola, Luz me visitava com frequência. Eu sabia que ela tinha que sair escondida de casa porque o Sr. Benavidez tentava mantê-la em rédea curta, ainda que ela estivesse escapando de seu domínio. Mas todas as vezes em que tentei falar com seu irmão, ele não estava em casa, ou então deu alguma desculpa óbvia para não atender. Ela me disse que o pai não queria que eles viessem me ver; que ele havia dito que eu precisava daquele tempo para me recuperar junto ao meu pai, mas eu sabia que era mais do que isso. Eu achava que o Sr. Benavidez tinha medo de que, se Gabe e Luz ficassem perto de mim, coisas ruins aconteceriam com eles também, como aconteceram comigo e com Tom. Ele nunca me disse isso abertamente, mas eu sabia que isso era algo que ele nunca faria. Mas só de pensar no Gabey e ficar me perguntando o tempo todo se ele estaria com raiva ou só com medo era algo que estava me deixando louco.

Gabriel nunca contou a Luz a história toda do que tinha acontecido conosco, porque ele achava que tinha sido tudo culpa dele e que ele tinha feito algo horrível. Contou a ela a maior parte, exceto que ele tinha jogado aquela pedra e que isso tinha feito Chase cair na água. Na versão dele, Chase tinha apenas tropeçado nas pernas de Tommy quando estava para atirar nele outra vez, então Luz pensou que se tratara de algum tipo de milagre.

Mas eu me sentei pra conversar com Carl meses depois, logo antes do meu aniversário de 17 anos. Bebemos cerveja e eu contei tudo a ele, inclusive do dia em que Chase roubou nossas roupas e Gabriel atirou nele. Nunca contei a história toda para mais ninguém, nem mesmo para o meu pai, muito embora tivesse começado meia dúzia de vezes e depois desistido. Carl fumou dois maços de cigarros enquanto eu contava e, no fim, disse que era até melhor que eu não tivesse conversado com mais ninguém, porque agora não importava mais.

VINTE E SEIS

Já era quase inverno quando fiquei bom o suficiente para voltar a trabalhar no rancho. Quando voltei, o Sr. Benavidez me disse para ir vê-lo de imediato. Achei que ele iria me despedir, mas ele não fez isso. Acho que eu pensava àquelas alturas que o mundo inteiro estivesse com raiva de mim, e talvez esperasse por uma punição. Não sei bem.

Agora, eu andava mancando ainda mais que o Tommy Buller depois da mordida de cobra, mas a pior parte é que doía muito para correr, coisa que eu tentei fazer já no mesmo dia em que tiraram o gesso. Mas eu nem me importava com a dor. Correria assim mesmo.

Também não culpava o Reno. Talvez aquela cura do cavalo que nós três experimentamos à beira do lago tenha funcionado ao me trazer a habilidade de perdoar, pois a verdade é que eu nunca guardava mágoa. Ainda mais de um cavalo.

— É muito bom te ver de volta à velha forma, Troy. Venha, entre — disse o Sr. Benavidez na porta de seu escritório. Apertou minha mão com um cuidado quase excessivo, enquanto eu me perguntava qual seria a minha tal "velha forma".

Eu estava um pouco nervoso, mas nem me importava mais se ele quisesse me demitir, ou se dissesse que eu nunca mais poderia ver Luz de novo, porque eu já sabia o que ia fazer, não importava o que acontecesse. Segurei o chapéu à minha frente e manquei até a cadeira de couro em frente à mesa.

— Olha, Troy, não quero que você se preocupe com nada. Você parece nervoso. Já conversei com Luz e Gabriel. E, bem, o Gabriel tem você na mais alta consideração. Tenho certeza de que você sabe que ele pensa em você como um irmão.

Olhei para minhas mãos.

— Estou pronto para voltar ao trabalho, senhor.

— Então você deveria fazer isso mesmo.

Parei na porta, de costas para o Sr. Benavidez enquanto ele acendia um charuto.

— Seu filho salvou minha vida. É só isso. Nós dois teríamos morrido se não fosse por ele.

Ouvi quando ele deu a primeira tragada no charuto. Sem me virar, saí e fechei a porta atrás de mim. E só pensei: "*esse velho tolo provavelmente acha que o filho fez alguma coisa de errado de novo. Ele nem conhece bem seu próprio filho. Ou a filha*".

Não via Luz havia muitas semanas e senti que aquilo estava me deixando louco. Não dormia bem, e todas as vezes em que pensava nela, minha boca secava e eu ficava com um nó na garganta. Então pensei em ligar para ela, mas achei que ouvir sua voz me deixaria ainda mais louco para sair um pouco e ir atrás dela.

Mas lá estava Luz, me esperando bem do outro lado da porta da enorme casa. O dia estava bem limpo e frio, com muito vento. Os salgueiros já tinham perdido quase todas as folhas, que agora estavam jogadas embaixo deles como escamas amarelas e penas. Já tinha abotoado meu casaco e estava arrumando o chapéu quando a vi lá fora.

— Você está bonito — ela disse.

— Você está muito mais — eu disse. — Às vezes dói, como hoje.

Olhei bem para ela. Seu cabelo estava solto e da mesma cor das folhas de salgueiro, se espalhando por sobre o colarinho levantado de seu casaco. Os olhos brilhavam quando ela sorria para mim.

— Estou com saudade, Luz. Estou com tanta saudade. Estar aqui com você é... Só espero que tudo fique bem agora.

Ela pegou minha mão.

— Posso ir com você até o estábulo?

— Aposto que seu pai está vigiando.

— Eu sei que está — ela disse. — Eu disse a ele que eu iria encontrar você aqui. Só isso.

Passamos de mãos dadas pelo portãozinho que ficava depois dos salgueiros onde Gabriel e eu um dia tentamos construir nosso forte. Eu quase podia sentir o cheiro do charuto e os olhos dele nas minhas costas. Naquele momento, quase desejei que os estábulos ficassem a mil quilômetros de distância, só para que a gente pudesse andar por muito mais tempo daquele jeito, com ele olhando e matutando a meu respeito, se perguntando o que teria acontecido. Apertei mais forte ainda a mão de sua filha e tive que resistir à tentação de olhar por cima do ombro para a janela onde eu sabia que ele estava observando.

— Vou voltar para a escola na semana que vem, Luz.

— Ah, lá se vão minhas notas...

Já estávamos longe da casa e além da vista.

— Posso te beijar?

Ela agarrou meu colarinho com as duas mãos e me puxou para junto dela, passando os dedos pelo meu cabelo, justo no lugar onde eu tinha levado os pontos.

— Está bem cicatrizado agora — eu disse. — Mas olha, o cabelo está bem mais curto aqui. E está castanho.

Tirei o chapéu e me virei, senti seus dedos se emaranhando em meus cabelos, abrindo-os para ver a cicatriz. Ela se ergueu na ponta dos pés e me deu um beijo naquele ponto da cabeça.

— Preciso falar com o Gabey — eu disse.

Começamos a andar de novo rumo aos estábulos.

— Eu gostaria que você fizesse isso, Troy. Ele não está bem.

— Ah, eu sabia. Eu sei. Vou levá-lo pra dar uma volta. Talvez amanhã depois do trabalho. Você avisa ele por mim, por favor? Diz pra ele ficar pronto. Insista pra ele ir.

— Ele precisa muito disso.

— E eu também. Eu não monto em um cavalo desde... — e não terminei a frase. Não precisei terminar.

* * *

PEGUEI A CAMINHONETE e fui para Holmes aquela noite.

Afinal, ainda me lembrava muito bem da promessa que tinha feito a Tom enquanto passávamos pelo pomar de fantasmas na noite em que descemos da montanha.

Em meio às coisas do meu amigo, encontrei a ilustração de um cavalo que ele tinha feito. Parecia com o garanhão que ele tinha ganhado de Rose. Percebi que Tommy tinha se esmerado bastante. Muito embora eu estivesse receoso quanto a fazer uma tatuagem, o desenho era muito bonito, todo em preto, com o cavalo correndo com a cabeça baixa e as pernas espraiadas tentando alcançar o chão, como se ele estivesse indo muito rápido, sua crina e o rabo de pé com o vento. A cena era bem próxima daquela que presenciamos quando deixamos aquele mesmo cavalo correr livre de volta para as terras de Rose.

Fizeram os contornos do cavalo do lado esquerdo do meu peito, sobre as costelas e logo abaixo do coração. Levaram quase duas horas para terminar. Durante todo o tempo, senti como se Tom estivesse sentado ao meu lado, sempre sorridente. Eu, estendido lá sem camisa, assistia ao tatuador trabalhando com sua agulha que vibrava, ferroando feito uma abelha, e ouvia Tom perguntando "tá doendo?" uma dúzia de vezes ao mesmo tempo em que cuspia fumo. Fiquei encarando o teto e contando as marcas pretas no desgastado forro de isopor, repetindo em silêncio para mim mesmo "não e não e não", porque na verdade aquilo não doía tanto quanto minha perna quebrada ou como assistir à morte de Tom. Mas até que doeu bastante, e a dor aumentava à medida que o trabalho ia ficando pronto.

O tatuador passou um filme plástico sobre minha pele quando terminou, e gotículas de sangue se formaram das bordas. Olhei para o desenho no espelho, meio tonto e anestesiado pela dor de algo que parecia a carne sendo arrancada dos ossos. Gostava daquele cavalo em minha pele ainda mais do que gostei quando o vi no papel onde Tommy o desenhara.

Paguei e fui embora. Tinha guardado com cuidado algumas cervejas na caminhonete e então tomei duas antes de tomar rumo de casa outra vez, naquela estrada de terra tão escura.

O anjo dorme no bosque.

Continuei sem camisa para que ela não ficasse manchada de sangue, e também para que pudesse admirar o cavalo de vez em quando.

Passei quatro meses tentando entender o sentido de tudo o que tinha acontecido, mas nunca cheguei nem perto de compreender. Encostei o carro na beira da estrada, no escuro, olhei de novo para o cavalo tatuado em meu corpo e abri uma latinha de tabaco.

Talvez existam algumas coisas neste mundo que a gente simplesmente não tem que saber o que significam. E você fica tentando entendê-las, e acaba só ficando frustrado, quando na verdade deveria esquecer delas e pensar em outras coisas. Porque você nunca vai entender mesmo por qual razão é obrigado a ver pessoas que você ama irem embora e desaparecerem da sua vida.

Cuspi para fora da janela enquanto o gélido ar da noite arrepiava minha pele seminua.

Tentei esquecer. Tentei muito não me perguntar os porquês de novo e de novo.

Talvez, às vezes, um garoto jogue uma pedra na água e as ondulações dela venham a balançar um barco cheio de pescadores lá do outro lado do mundo, e eles vão se entreolhar e se perguntar "mas o que foi isso?".

E talvez cada um deles se saia com uma explicação diferente, e todos estarão errados. Quem poderia saber?

Estava frio. Subi o vidro de volta.

* * *

PROMETI A MIM mesmo que um dia contaria a meu pai toda a história sobre Tommy e Gabe e Luz e eu. Mas, mesmo meses depois, quando ele perguntava a respeito do que tinha nos acontecido naqueles dias, eu só respondia que "nada".

VINTE E SETE

Gabriel estava apertando a sela do Dusty quando cheguei com o Reno no grande estábulo que ficava atrás da casa dos Benavidez. Só deu para ver sua silhueta de contornos pretos contra a luz brilhante que vinha do fundo do corredor. Ele endireitou o corpo quando ouviu meu cavalo e eu senti meu rosto se iluminar quando o vi. Não o via desde aquele dia no hospital, meses antes.

Durante aquele tempo todo, me perguntei se Gabe não queria me ver e do que ele estaria com medo agora, porque ele não me pareceu nem um pouco apavorado enquanto estávamos na montanha. Então, fui me convencendo de que talvez aquele era apenas o modo que Gabe tinha encontrado para lidar com seus próprios fantasmas.

Eu o segurei pelos ombros e dei um abraço bem forte, e ele também me abraçou, só que mais fraco.

— Gabe, onde você esteve esse tempo todo?

— Em casa, na maior parte do tempo.

— Senti muito sua falta. Senti tanto, Gabey. Está tudo bem com você?

— Achei que só arrumaria mais problemas pra gente. Pensei que você estava com raiva.

Tirei meu chapéu e o deixei pendurado na mão direita.

— Mas por quê? Só porque agora você está mais alto que eu?

Estendi a mão e pus no alto da cabeça dele. Ele parecia ter crescido uns dez centímetros naqueles poucos meses.

— Bom, você precisa comer mais.

Ele tinha um chapéu novo que naquela hora estava pendurado no pito de da sela. Era um Stetson cinza de aba reta. Peguei para ver.

— Bonito, esse aqui... — disse, rodando-o em minhas mãos. Era bem do jeito que eu gostava.

— Eu prefiro o meu antigo, sabe. Mas ele ficou muito... Não sei. Tinha sangue nele. Esse agora é muito rijo. Fico me sentindo um manequim de vitrine.

Pegou o chapéu comigo e apertou na cabeça.

— Nós vamos amaciá-lo. E juntar uma poeira nele — brinquei, pondo meu chapéu de volta. — Acho que os chapéus pretos têm uma vantagem, porque, você sabe, o meu estava todo cheio de sangue por causa dessa coisa aqui — e pus a mão atrás da minha cabeça. — Mas fiquei com ele assim mesmo.

— Bom, e como você está agora?

— Estou bem — respondi. — Mas é a primeira vez que monto no Reno d... — e parei de falar, porque ele sabia o resto. — Você está pronto para ir?

— É por isso que estou aqui. E porque ela disse pra eu fazer isso, também. Aonde você quer ir?

— Não sei — eu disse. — Está ficando tarde. Que tal se a gente for até a ponte nas terras planas e voltar?

Montamos os cavalos e os conduzimos para fora do estábulo e depois para longe da casa, chegando ao grande portão de sequoia e até a estradinha de terra que levava à cidade.

Era uma sensação muito boa voltar a montar o Reno. Não dissemos nada até passarmos pelo portão de madeira com o nome da família gravado na viga de cima. Nem me importei com isso. Gabe só foi junto, determinado e firme, enquanto o sol poente ia tornando tudo laranja e frio naquela tardinha do começo de dezembro.

— Aliás, eu perguntei primeiro e você ainda não respondeu — comecei.

— Perguntou o quê?

— Se você estava bem.

Gabriel segurou o passo de Dusty um pouco.

— Não sei. Meu pai disse que está cansado de mim. Me perguntou quando é que vou crescer e parar de ficar chorando pelos cantos e de ficar contando o tempo inteiro com Troy Stotts para me defender.

Percebi que doía para ele contar aquilo.

— Ele não sabe... bem, ele não quis dizer exatamente isso, Gabey.

— Acho que quis dizer isso sim.

— Conversei com ele ontem — eu disse. — E contei pra ele. Contei que você salvou minha vida. É tudo de que ele precisa saber para parar de ficar duvidando de você. Porque foi isso que aconteceu e foi assim que eu contei.

— Bom, obrigado, então.

Nunca consegui entender por que o Sr. Benavidez não achava que Gabe era bom o bastante.

Parei o Reno e Gabe parou ao meu lado.

— Esqueci de te mostrar o que eu fiz.

Abri o casaco e subi a camiseta para que ele visse o cavalo preto no meu peito. Ele chegou bem perto e ficou admirando as linhas ainda se recuperando das agulhadas.

— Aposto que isso doeu.

— E muito — respondi.

— Você é doido mesmo, Troy.

— Foi Tommy quem desenhou.

Baixei a camiseta de volta e Tommy inclinou a cabeça para o outro lado, olhando para as nuvens que ganhavam cores sobre as árvores mais a oeste.

— Ele era doido também — Gabe disse com um suspiro. Apertou as costelas do Dusty e o cavalo começou a andar de novo. — Eu nunca conseguiria fazer isso, sabe? Nunca conseguiria ser como você e o Tommy.

— Eu não sou nenhum Tom Buller. E quem iria gostar de você se você fosse assim?

Aticei o Reno em um galope mais rápido e Gabe se esforçou em nos acompanhar.

— Corrida até aquela árvore? — apontei. — Você fala "já".

Gabe deu o comando de imediato e afundou os calcanhares em Dusty. O baio já saiu atropelando. Eu nunca tinha visto Gabriel cavalgar de maneira tão solta e livre em seu cavalo, com a mão voltada para trás, relaxada, os dedos pousados sobre as costas de Dusty. Também nunca tinha visto Gabriel por trás em uma corrida.

Reno resfolegou e bufou quando atravessamos a chegada. Dusty apenas girou em círculos no mesmo lugar, a cabeça para trás e as patas traseiras ainda pedalando, os olhos fumegantes e arregalados como se ele quisesse dizer que já estava pronto para outra. Estendi a mão fechada para Gabriel e nos cumprimentamos.

— Espero que você não me tenha deixado ganhar, hein — ele disse em tom desafiador.

Soltei o ar pelo nariz e só olhei para ele.

— Gabey... — e não precisei dizer mais nada.

Podíamos ouvir o barulho do rio vindo de trás das árvores. O sol já tinha se posto agora e o céu se alternava da cor de um pêssego para o azul e o cinza logo acima de nós. A ponte estava logo à frente.

Ouvi um carro passar sobre ela. Levamos os cavalos, que ainda arfavam, por debaixo das árvores que abriam uma clareira para a estrada e a longa ponte elevada. Fomos até a metade dela e paramos, olhando para as terras planas e calmas que ficavam em volta de onde as corredeiras, em seu ponto mais baixo, desciam para descansar.

— Sei o que anda te incomodando, Gabriel.

Ele apeou do Dusty e se postou em frente à mureta, olhando lá para baixo onde a água corria.

— O quê?

Desci também do Reno, com a perna doendo muito depois dos dois dias de trabalho, e me coloquei ao lado dele.

— Você prefere que eu diga?

— Tudo bem por mim. Pode falar.

— Muito bem, então, eu falo — respondi e olhei para a água que refletia como obsidiana a luz que se esvaía. — Você acha que foi você quem matou aqueles garotos todos. Que foi tudo sua culpa.

— Cala a boca, Troy!

— Você disse que tudo bem se eu falasse, Gabe. Então, estou falando — continuei, tirando o chapéu e penteando os cabelos para trás. Segurei o chapéu sobre a borda da mureta, girando-o no dedo. — Acho que é hora de eu arrumar um novo também.

Olhei para Gabe e percebi, sob a luz fraca do fim do dia, seus olhos se enchendo de lágrimas. Me senti muito mal por ele. Respirei pela boca e continuei falando e olhando para a água negra que rolava por baixo de nós.

— Bom, não foi culpa sua e você não os matou. Foi só uma coisa que aconteceu, só isso. O que você fez de verdade foi me salvar. Eu não estaria aqui se não fosse por você.

Gabriel começou a chorar. Abaixou a cabeça, olhando pela extensão da ponte para a escuridão das terras planas lá adiante.

— Não consigo parar de pensar nisso — ele disse. — Dói demais. Eu sinto tanto, tanto...

— Eu sinto muito também — eu falei. — Sinto tanto que me deixa doente, Gabe, mas não tem mais nada que a gente possa fazer a respeito. E não é sua culpa que tudo isso tenha acontecido, e o Tom também sabia muito bem disso. Tenho saudades demais dele. Por que você nunca veio me ver?

— Porque eu não queria ter que pensar no Tommy.

Ficamos em silêncio por um longo tempo. Gabe fungava e limpava o nariz na manga do casaco. Os cavalos batiam as patas dianteiras nervosamente.

— Eles acharam o Chase bem por ali — Gabe apontou para um ponto na água e enxugou o rosto. — Ele estava todo quebrado. Os velórios foram todos juntos. Meu pai me obrigou a ir. Disse que a gente devia isso ao Clayton. Vi todas aquelas pessoas e as mães deles e as famílias chorando daquele jeito e eu mesmo quis morrer. Queria dizer a todo mundo que eu era o culpado. Que eu matei todos eles. Eu assassinei aqueles garotos. E parecia mesmo que todo mundo sabia disso.

Peguei a mão direita do meu amigo com as duas mãos.

— Gabriel, eu devo minha vida a você. Você é meu irmão e eu nunca vou ter como te pagar isso. Você precisa saber disso.

Ele suspirou profundamente. Tentou enxugar os olhos com a outra mão e espalhou as lágrimas pelo rosto todo.

— Gabe, você faria tudo de novo, se precisasse. Eu sei que faria. Você não teve escolha. Foi Chase Rutledge quem fez as coisas acontecerem daquele jeito.

Ele começou a soluçar e pôs as mãos no rosto e os cotovelos sobre a mureta da ponte. Passei o braço por seus ombros e disse:

— Cara, vai ficar tudo bem. Você vai ficar bem.

Pensei em Tom Buller desaparecendo aos poucos no pomar de fantasmas, chorando, com o chapéu mal se mexendo ou dando qualquer sinal de que ele estivesse vivo em nossa longa cavalgada no escuro. E me lembrei também de Gabriel sob os chuviscos cinzentos naquela manhã que já ia distante, empurrando meu rifle para longe do puma.

Ele esfregou os olhos e apertou o nariz.

— Você se lembra de como choveu forte aquele dia? Odiei aquilo. Foi a pior chuva que eu já vi na vida. Fiquei morto de medo, porque estava sozinho e tinha certeza de que eles estavam me seguindo. Estava tão encharcado que pensei que ia morrer afogado em cima do cavalo.

— Nós também estávamos.

— Fiquei perdido e andei em círculos. Estava chovendo tanto que eu não conseguia ver para onde estava indo. Mal conseguia ficar com os olhos abertos pra saber se estava para dar de cara com uma árvore. Aí, encontrei os cavalos deles, escondi o Dusty e comecei a segui-los. Quase topei de frente com eles. Tinha certeza de que eles tinham me visto, mas no fim não viram. Consegui ouvir a conversa, e Chase dizendo que ia atirar em mim e no Tommy primeiro e ia te fazer assistir. Fiquei com tanto medo que não sabia o que fazer. Mas continuei seguindo e só fiquei parado e vi quando ele saiu de trás das árvores e atirou no Tommy. Eu não acreditava no que estava vendo. Então, fiquei furioso e peguei aquela pedra. Quando o vi em cima do Tommy daquela maneira, só imaginei a cabeça dele como sendo a luva de um receptor e arremessei tão forte que meu braço até doeu.

— Ouvi quando ela voou, Gabey. Logo soube que tinha sido você.

— Eu o vi cair na água. Ele tentou se levantar uma vez, mas foi empurrado para baixo. Sei que ele sentiu a dor toda antes mesmo de cair, porque eu o atingi com força demais. E vi o Crutchfield ir atrás dele e até conseguir alcançar a mão dele por um momento, bem no ponto do rio onde era mais fundo, mas aí escorregou e caiu também justo onde a correnteza estava mais forte. Eu vi então que eles não iam conseguir escapar.

Cuspi do alto da ponte e vi o cuspe descer e girar até ser engolido pela escuridão.

— Nunca te perguntei... Por que você fugiu aquela manhã enquanto nós estávamos dormindo?

Gabriel engoliu o soluço e respondeu:

— Eu sabia que eles estavam atrás de mim. Ele falou isso aquele dia, que viria atrás de mim por ter atirado nele. Eu não queria que eles encontrassem você e o Tom, então fugi, pensando que eu chegaria lá embaixo sem problemas. Pensei que, se muito, eles me seguiriam, mas não você e o Tom. E eu sabia que vocês dois podiam se cuidar sozinhos. Nunca pensei que eles fossem fazer alguma coisa com vocês, juro, juro.

Já estava escuro àquelas horas. Um carro se aproximava pela estrada com os faróis nos cegando. Gabe abaixou a cabeça para cobrir os olhos com o chapéu e eu ergui o meu à minha frente, fazendo um círculo escuro contra a luz, enquanto segurávamos as rédeas dos cavalos. As lanternas traseiras vermelhas desapareceram na extremidade da ponte em meio à escuridão do outro lado.

— Bom, eu sei de tudo o que você fez, Gabey, então pode tirar isso tudo da cabeça agora. Você salvou minha vida — eu disse, olhando pro chapéu. — E eu preciso mesmo de um novo.

Deixei-o cair da ponte e ele flutuou para longe, se misturando ao escuro.

— Troy... — ele disse, olhando mais uma vez para a água negra. — Eu até pensei em me matar. Peguei uma corda e fui até aquele carvalho em formato de cogumelo que fica lá onde a gente ia atirar. Sentei embaixo da árvore o dia todo e fiquei olhando para a cruz que fica no morro e chorei. Que grande bobagem, não é? E aí eu só deixei lá aquela corda ridícula enrolada embaixo da árvore e voltei pra casa.

— Todo mundo já pensou em se matar, eu acho. Mas Gabey, você precisa se dar um desconto nessa história. Eu já perdi um irmão e acho que não consigo passar por isso de novo. Sei que você consegue, Gabey. Você tem que fazer isso. Por mim e pela Luz — e olhei bem para ele. — Por favor.

Ele esfregou os olhos.

— Nós vamos voltar lá amanhã de manhã e vamos pegar aquela corda. E você tem que me prometer que, se alguma vez se sentir desse jeito de novo... Me promete que nunca mais vai se sentir mal de novo por causa disso, Gabey.

Gabe não falou nada, só assentiu levemente com a cabeça. Foi como Tommy fez, balançando a cabeça quase sem se mexer, em nossa jornada de volta para casa.

— Olha — eu disse, puxando a manga do casaco. — Lembra disso aqui? — e mostrei a ele a cicatriz na base da mão direita. — A cura do cavalo. Nós três somos irmãos, não somos? Se um de nós morrer, os outros dois morrem um pouco também. Um pouco não, muito. Eu sei disso e você também sabe. Foi por isso que você fez o que fez lá em cima na montanha. Você salvou a si mesmo quando me salvou, só não estava pensando nisso naquela hora.

— Tenho tido sonhos horríveis — ele disse. — É muito difícil parar de pensar nisso tudo.

— Eu parei de tentar. Porque acho mesmo que a gente nunca para realmente de pensar nas coisas. O que acontece é que, depois de um tempo, aqueles fantasmas já não parecem mais tão assustadores. Mas eles nunca vão embora.

Pus a mão em sua nuca e fiz como que uma massagem. Me sentia péssimo pelo tanto que Gabriel estava sofrendo; pelo que sofremos todos, até mesmo o Chase. Reno empurrou meu ombro com o focinho, cansado de ficar de pé no asfalto da ponte por tanto tempo.

— Vem. Você acha que já está pronto pra voltar pra casa agora?

— Eu não queria voltar. Mas estou.

Montamos em nossos cavalos e seguimos na noite escura e fria, para fora da ponte e de volta à direção de onde tínhamos vindo.

Não tinha chovido muito nem nevado nada aquele ano. Seria um inverno bem seco. Seria mais fácil trabalhar, pelo menos. Seguimos cavalgando devagar. Uma nuvem grande, pesada e sombria pendia sobre a cabeça do meu amigo Gabriel Benavidez, e eu só esperava que ele soubesse que tudo de que precisava era ter alguém por perto, alguém que tinha estado lá também e que soubesse que o que ele fez tinha sido certo. Foi quando percebi que Gabriel, aquele garoto de quem eu me lembrava ainda correndo só de fraldas, que tinha escavado o forte no chão comigo e nos metido em problema, que largou a arma e quase nos matou naquele dia em que Tommy foi mordido pela cobra, tinha perdido muito mais do que só sangue naquela noite na montanha. Eu estava agora ao lado de um garoto bem diferente daquele que tinha subido comigo para a cabana.

— Essa tatuagem ainda está doendo?

— É como se eu tivesse me esfolado feio.

— Acho que eu nunca conseguiria fazer isso. Ter uma tatuagem — Gabe disse. — Se você exagerar um pouquinho a dor, sabe, acho que a Luz te dá um beijo aí.

— E eu te daria um soco por dizer isso, mas acho que você agora está grande demais e conseguiria me bater.

Gabriel sorriu.

VINTE E OITO

Não dissemos nada durante o longo caminho até o carvalho da área de tiro. Só fomos atiçando os cavalos nervosamente e evitando olhar um para o outro, como se estivéssemos indo a uma consulta médica ou algo assim. Estava me sentindo meio enjoado, e me amaldiçoava em silêncio por ter bebido café demais, mas também sabia que não era bem aquilo o que me embrulhava o estômago daquele jeito.

Pude perceber que Gabe sabia do que se tratava. Percebi também que ele tinha certeza de que eu deixaria as palavras saírem da boca quando o momento certo chegasse, e que seria algo de que falaríamos em uma daquelas noites em volta da fogueira que cercávamos de pedras.

Talvez, eu pensei.

Vi a cruz no morro. A grama estava marrom e encurvada, úmida e pesada pela densa neblina da manhã, que brilhava em branco acinzentado para todos os lados de maneira homogênea, limitando o universo a quinze metros à nossa volta. A silhueta meio verde e meio negra do carvalho em forma de cogumelo se erguia solitária como um gigante corcunda tentando esconder algo precioso sob seu manto.

Naquele exato ponto ali, entre a cruz e a árvore, senti algo que não me agradou nem um pouco.

— No que você está pensando? — Gabe perguntou.

Eu ia dizer que nada, mas nem consegui.

— Queria que a gente estivesse em casa, Gabey.

Não conseguia olhar para ele.

— Me desculpa, Troy. Você não deveria ter vindo aqui.

Tentei respirar mais normalmente.

— Você também não.

E então pensei no quão estranho era ver Gabriel tão sem emoção e apático ali, enquanto eu me sentia horrorizado e com raiva e pronto para chorar como um bebê só por estar naquela situação. Senti a mesma coisa de quando Tommy Buller desaparecia no lado escuro da montanha. E me lembrei de minha mãe deitada na cama, com os olhos abertos e fixos no teto, apenas respirando e sem fazer mais nada. Apenas respirando e sem fazer mais nada.

Tirei os cabelos dos olhos, jogando-os para trás. Estavam úmidos pela neblina fria e pesada. Passei os dedos pela cicatriz na cabeça, tentando me deixar mais desperto de alguma forma. Até me peguei me perguntando onde estaria meu chapéu.

Percebi que ainda estava sentado no mesmo lugar. Gabriel tinha levado Dusty pelo declive do morro à minha direita até o abrigo da árvore, desaparecendo suavemente em meio à neblina acinzentada que desbotava a luz e as cores entre nós.

— Vamos, Reno.

Gabriel tinha descido do cavalo. Estava apenas de pé sob a enorme árvore, me observando, ou talvez olhando através de mim para o alto do morro. Deixei Reno lá e me embrenhei pela grama úmida e marrom.

A ponta da bota de Gabriel estava encostada na grossa corda enrolada, com uma ponta saindo para o lado em meio aos restos envelhecidos que o carvalho deixava cair no chão, quase como aquela cobra que persegui no dia em que Tommy foi mordido. Amarrado no alto havia um laço muito bem feito e firme, aberto de modo que parecia estar pronto para receber uma oferenda. Gabe olhava para mim no momento em que vi aquela corda monstruosa.

— Eu te disse.

— E eu acreditei.

Não queria encostar naquilo. Me curvei e peguei a ponta que estava no chão. Meu cabelo deixou cair pingos, de tanta umidade, e eu puxei aquela ponta para junto de mim e para longe de Gabriel. A sensação dela era fria, quase reptiliana, úmida, como ter que apertar a mão do padre no funeral da minha mãe. Me senti enjoado e tonto com aquilo, e minhas mãos pareciam não querer funcionar enquanto eu me atrapalhava tentando desfazer o nó. Não podia levar a corda de volta para casa daquele jeito; mas uma das pontas continuou retorcida e enrolada com a úmida lembrança de seu propósito original. Me arrastei até a sela do Reno pelo campo encharcado e deixei a corda sobre o cavalo.

Gabe apenas se recostou no tronco cheio de protuberâncias e ficou assistindo enquanto eu ia e voltava. Eu sabia o que ele estava pensando — que ele estava mesmo disposto a levar aquilo adiante —, mas é claro que eu não queria dizer isso e até hoje não quero.

Senti uma lágrima querendo sair do meu olho direito, então só olhei para as botas de Gabriel, pensando ingenuamente que meu rosto já estava molhado mesmo e também que talvez estivesse escuro o suficiente para que ele nem percebesse. Sentia tanta raiva naquela hora que queria uivar para aqueles galhos até conseguir sacudir a árvore, mas não fiz nada.

Me sentei no lugar onde a corda estava antes e fiquei olhando para o Reno e para a cruz, enfiando as mãos de maneira automática e inconsciente nas folhas e na terra, esperando que ele dissesse alguma coisa que fosse consertar tudo para que finalmente pudéssemos ir embora e o dia começasse e a neblina se dissipasse e o tempo esquentasse de novo.

— Você quer saber por que não fiz isso?

Continuei encarando o morro. Aquele devia ser o exato local onde ele havia se sentado antes.

— Porque tenho medo de ir pro inferno. Só por isso.

— Gabe...

— Que estupidez, né?

Abaixei o rosto entre as mãos e fechei os olhos, puxando o cabelo molhado por entre os dedos. Não queria que ele me visse chorando.

— Quer usar meu chapéu?

— Não.

Limpei o rosto e fiquei de pé, me virando de costas para o morro. Olhei para ele, calmo e relaxado, encostado na árvore.

— Aqui, Gabey — eu disse. — Põe isso no bolso. Com isso, se eu começar a ficar pra baixo, sei que você vai dar jeito em mim.

Deixei uma pedrinha em sua mão.

— Não tem graça, Troy.

— Sei que não tem.

— Bom, vou guardar isso, então — e pôs a pedra no bolso.

— Aposto que vai nevar hoje à noite — eu disse, olhando para longe.

Gabriel olhou para baixo e pegou uma pena listrada que estava emaranhada no capim.

— É de um gavião — ele disse. — Cura do mensageiro. É o que você disse uma vez. Lembra?

Eu me lembrava.

— Sim. Significa que alguém está tentando te dizer alguma coisa, então você deveria ouvir.

— Eu ouvi.

— Bom, não sei quanto à outra pessoa, então, porque alguns fantasmas nunca vão embora. E eles não morrem também. Pelo menos alguns deles não.

Gabe enfiou a base da pena em uma fissura da casca da árvore.

— E... Gabey? Seu pai estava errado sobre aquela história de eu sempre precisar te proteger. Isso é só porque ele não consegue ver de verdade como é a nossa amizade.

— Bom, quer montar nos cavalos e voltar, Troy?

— A gente pode só ir levando eles pelas rédeas.

— Gostei dessa ideia.

E assim, molhados até os joelhos, nos distanciamos daquela árvore em meio ao campo úmido e cinza, vagarosamente conduzindo nossos cavalos em nosso encalço, provavelmente fazendo-os se perguntar por que éramos tão loucos de voltar andando quando eles estavam devidamente selados e prontos para serem montados.

Gabriel Benavidez nunca disse nada mais a respeito da corda que queimamos na fogueira naquela mesma noite, mas ela soltou muita fumaça e um cheiro bastante ruim.

VINTE E NOVE

Ganhei um novo chapéu quando fiz 17 anos. Também era preto, e já veio do jeito que eu gostava, mas ainda muito rijo e meio difícil de acostumar até que recebesse umas boas camadas de suor. Eu ainda não queria saber de usar botas e nem gostava de cintos, mas pelo menos sabia que tinha crescido um pouco, porque vinha me alimentando mais regularmente. Também tinha ficado mais forte, já que vinha usando todo o meu tempo livre para trabalhar pesado no lugar que todo mundo começou a chamar naturalmente de "Canto do Troy".

Achei que pararia de sonhar depois de um ano, mas isso jamais aconteceu. Os sonhos apenas evoluíram para algo menos problemático. E também cheguei em um ponto no qual quase desejei que meus fantasmas apenas fossem embora e me deixassem em paz, para que eu não me frustrasse mais pela saudade que sentia deles a cada vez que eu acordava.

Talvez eu queira desaparecer.

A primavera terminou tão rápido quanto tinha chegado antes, naquele ano tão seco de pouca chuva e neve. A lagoa estava baixa, os rios corriam mais lentos e estreitos. Mesmo em maio, o calor já estava insuportável. E eu ia dirigindo a velha caminhonete que tinha comprado para mim, carregada de novos mourões tratados para substituir os antigos que tinham se queimado no incêndio do ano anterior ou apodrecido ao longo dos anos na cerca de arame farpado.

Não sabia muito bem por que sentia aquela necessidade de consertar a cerca. Talvez fosse meu jeito de me assegurar do que me pertencia. Ou talvez fosse um jeito de manter as outras coisas longe.

Tinha praticamente me mudado da casa de meu pai naquela época de tanto calor. Dormia quase todas as noites na casa de metal ou então lá no ponto da fogueira, onde Gabey e eu vínhamos passando mais noites juntos do que em qualquer outro momento desde que construímos o lugar.

As coisas sobre as quais conversávamos em volta do fogo no passado tinham desaparecido por detrás das grossas cortinas formadas pelos assuntos de que falávamos agora.

Gabriel ainda faltava à missa uma vez ou outra, e também pagava o preço por fazê-lo. Com quase 16 anos, tinha crescido bastante e deixado de ser aquele menininho irrequieto e assustado com o qual eu tinha crescido. Os acontecimentos do verão anterior continuavam a assombrá-lo, mas agora ele falava mais abertamente disso quando estávamos em volta da fogueira, e às vezes ainda me preocupava o fato de ele não superar o assunto. Sabíamos que ninguém mais, a não ser nós mesmos e alguns poucos, jamais saberia o que realmente aconteceu lá em cima e como aqueles garotos morreram.

Nas duas vezes em que subi a montanha, deixei algo para trás. Naquela manhã em que fomos buscar a corda de Gabriel e voltamos andando em meio à neblina, ele me perguntou "Troy, você não gostaria de voltar lá em cima algum dia desses?", e eu acho que fiquei pensando sem dizer nada por uns dez minutos, enquanto mancava pela grama morta do inverno, e finalmente respondi "só se você for também, Gabey. Só se você for também".

À noitinha, às vezes, eu montava o Reno e ia para longe conversando com ele. Ficávamos quietos observando os cavalos que vagavam pelas terras que Rose tinha me deixado. Via o garanhão de Tom lá no meio, e ele parecia se virar para mim como que sorrindo e dizendo "*vai tentar me pegar de novo?*". Mas nunca tentei fazer isso. Ver aquele cavalo correr livre era como ter outra chance de ver Tom Buller e sentir mais uma vez como ele era indomável, e também uma forma de saber que, de algum modo, tudo iria ficar bem e se ajeitar.

* * *

NÃO COBREI de meu pai a promessa de subir comigo a montanha até a velha cabana onde Gabriel Benavidez, Tom Buller e eu tínhamos entalhado nossas iniciais. Nunca mais nem tocamos no assunto. A verdade é que eu meio que esperava que ele tivesse esquecido a respeito, como os pais fazem às vezes para tornar tudo mais fácil para todo mundo. Meu pai e eu ficamos amigos no ano em que fiz 17, e eu entendi que coisas não ditas entre homens às vezes criam laços mais fortes do que as promessas mais declaradas e feitas com testemunhas e tudo o mais.

De qualquer modo, a égua que eu tinha batizado de Cura Fantasma estava prenha de novo, e, por mais que eu tivesse feito planos de ele subir com ela em nosso passeio, ela ganharia seu filhote lá para setembro e não podia ser montada. Prometi o potro para Gabriel e ele ficou muito feliz com isso, mas me fez jurar que eu o deixaria pôr o nome dessa vez. Eu só disse que ele não poderia batizá-lo em minha homenagem, e Gabriel apenas sorriu e disse "*Ah, diacho...*", porque tinha pensado em dar o nome de Sortudo.

Mas eu sempre senti aquelas montanhas me puxando para lá. O lago, os destroços do avião, os grandes dedos de pedra, o rio... Tudo me esperava e parecia querer me segurar por lá de um jeito que eu nunca mais fosse escapar de novo.

* * *

A CERCA na qual eu estava trabalhando era bem na extremidade sul das terras de Rose, no alto de alguns morrinhos baixos, bem depois da estradinha de acesso que passava pelas terras dos Benavidez até a estrada principal. Eu estava usando uma camiseta fina do tipo que se usa por debaixo da roupa, encharcada de suor e toda manchada de terra e ferrugem do arame farpado. Estava cavando um buraco para plantar um dos mourões de cerca quando vi Luz Benavidez chegar pelo morro com seu malhado.

As aulas já tinham praticamente acabado naquele ano, e o ano seguinte seria nosso último. Eu me debatia com a decisão do que fazer depois. Já tinha começado a ganhar algum dinheiro com os cavalos e me sentia cada vez mais confortável com a ideia de me tornar um negociante de cavalos, e bem menos à vontade ao pensar em ir para uma faculdade bem longe dali. Não conseguia me imaginar deixando aquele lugar, aquela garota.

Você não acha que este é o lugar mais lindo do mundo, Troy?

Eu não conseguiria pensar em nenhum lugar melhor.

Vê-la chegar subindo o morro todo banhado pelo sol, olhando para mim, enquanto eu segurava a pá, seus cabelos dançando soltos por seus ombros à medida que o cavalo trotava e saltitava, era certeza de fazer abrir um sorriso em meus lábios sempre sérios. Levantei a mão para que ela visse onde eu estava, sob a sombra de velhos carvalhos.

Ela disse que tinha trazido um piquenique inteiro para mim, e que Gabey tinha indicado para ela o lugar onde eu estaria construindo a cerca. Eu certamente já estava bem cansado e faminto, então o intervalo foi muito bem-vindo, ainda mais com ela indo me ver e nós dois sozinhos ali.

Ela abriu uma toalha no capim sob a sombra e serviu dois copos de chá gelado de uma garrafa térmica.

— Dá pra ver a tatuagem pela sua camiseta — ela disse. — Gabey me contou sobre ela.

Gabe era o único que a tinha visto até aquele dia. Nem mesmo meu pai sabia a respeito. Fiquei meio envergonhado e puxei a camiseta para que o suor não a agarrasse na pele e mostrasse o desenho.

Bebi meu copo de chá. Ela serviu mais um. Ficamos sentados na toalha e ela desembrulhou sanduíches e morangos.

— Posso ver? — ela perguntou.

Tirei o chapéu suado e pus na grama ao meu lado. Joguei os cabelos para trás com a palma da mão, levantei a camiseta molhada e a tirei, embolando-a ao lado do chapéu. Deitei de costas e pus os braços no chão para que meu peito ficasse bem visível e o desenho do cavalo se esticasse bem. Luz chegou perto e examinou os detalhes da tatuagem.

— Foi Tommy quem desenhou — eu disse.

Ela estava tão perto que eu podia sentir sua respiração secando o suor do meu corpo. Então, ela tocou a tatuagem e deslizou os dedos pelas linhas do desenho. Senti seus lábios e a língua acariciarem meu peito e sua mão passar por minha barriga, tocando a cintura ao lado da calça, como que seguindo o caminho para minha perna. Ela se sentou e desamarrou meus cadarços, tirou meus tênis, depois as meias e esfregou meus pés com as duas mãos. Chegou o rosto bem próximo ao meu com o hálito quente cheirando a chá e morangos.

— Cavaleiro número sete, seu coração está tão acelerado... — ela disse.

— Eu sei.

Mas eu mal conseguia tirar as palavras do bolo que se formava em minha garganta. Nervosamente, tremendo, desabotoei sua blusa e a puxei para junto de mim.

Luz sempre me trouxe de volta. Ela me fez descer da montanha daquela vez em que tentei fugir, e depois manteve minha mente e meu coração guardados em um lugar seguro onde todos os meus fantasmas, desguarnecidos, ficavam em silêncio.

* * *

NUNCA MAIS me preocupei com o pai dela outra vez, porque agora sabia que nada neste mundo poderia me fazer ficar longe dela.

* * *

DISSE A GABRIEL que a cura fantasma era tudo o que a gente sempre quis; que ela tinha muito mais poder do que podíamos imaginar, mais do que poderíamos conceber. No fim, acho que ela nos fez desaparecer. Mas não foi como em um show bobo de mágica, porque o efeito dela nos fazia sumir em partes, não de uma vez. As outras pessoas conseguiam perceber aqueles pedaços indo embora, enquanto eu – nós – podíamos senti-los em nossos corpos e pensávamos "*é isso o que eu quero, é isso o que eu quero*", até que as partes faltantes voltassem para nos visitar em sonhos e nos fizessem nos debater e tentar agarrá-las, apenas para fecharmos nossas mãos suadas no ar, cheias de nada.

Mas ela nunca fez os outros fantasmas nos deixarem em paz. Não os meus e não os de Gabriel.

* * *

HÁ COISAS FORA da minha vida que ficam querendo entrar. Algumas delas representam segundas chances. Hoje sei disso. Vendo pela janela lá fora, na escuridão, há a loucura do outro lado que tenta me pressionar. E eu vejo apenas sinais e o bafo enfumaçado contra a janela, não os rostos.

Eu sempre desejei ser Tommy Buller; sorrir e apertar os olhos negros e andar todo despachado e confortável como ele, nunca me importando com as agruras do mundo. De nós três, era ele quem sabia se portar melhor, porque ele era ainda mais forte que a cura fantasma. E ele nunca precisou dela, porque sabia espantar seus fantasmas a qualquer momento só com seus olhos e o sorriso e dando de ombros e uma cuspidela para o lado. Consegui me sentir desse jeito também quando usei suas roupas, como um cavalo usa seu cheiro em um dia quente, naquele dia em que ele me emprestou seu macacão e suas botas. E eu só queria me sentir daquele jeito para sempre, mas esqueci como era, esqueci cedo demais qual era a sensação.

Mas percebi também que era tudo como o Sr. Benavidez tinha me dito: quando chegava o fim do dia, só restava eu, obcecado e inconsolável, contando as coisas que tinha perdido enquanto Tommy Buller sorria seu sorriso de coiote e se aconchegava a todas as coisas a que ele se apegava e nós nos apegávamos.

Eu quero ser desse jeito mais que tudo na vida, e só deixar as coisas irem embora. É isso o que eu quero.

Me entregando a Luz, um se entregando ao outro, fizemos a maioria daquelas coisas irem embora. A maior parte. *É isso o que eu quero.* Continuei repetindo para mim mesmo e sei que ela fez o mesmo. *É isso o que eu quero.* Gabriel e Tom viram isso também.

* * *

ANJOS DORMEM à nossa volta, mas lá, no alto daquela montanha, lá se fizeram suas sepulturas. Ficaram marcadas pelo avião caído, como uma imensa cruz de cemitério que diz "é para cá que você vem", pousada na sombra de uma mão de pedra que continua a me ocorrer em sonhos e que eu vejo todos os dias quando olho por cima do ombro, como me lembro de Gabriel fazer quando ouviu trovões. Aqueles dedos cinzentos apontam para o alto e dizem "é para lá que você vai. É para lá que você vai".

Três garotos subiram a montanha.

Nenhum deles voltou.

Talvez todos os garotos morram desse jeito.

* * *

ÀS VEZES, ainda me vejo deitado de costas no chão de terra, em uma noite quente e estrelada, com os pés apoiados nas pedras, em volta de uma fogueira rodopiante e estrepitosa, ouvindo, rindo, assistindo às fagulhas subirem em espirais, girando acima de mim rumo ao céu negro como se fossem estrelas moribundas, se apagando e desaparecendo, se tornando outra coisa.

Sei que você vai achar que este lugar e estas pessoas e esses eventos todos não poderiam ter acontecido neste mundo. Por mim, tudo bem, porque não preciso mesmo de ninguém vindo aqui para os meus lados procurando saber o que houve. Tem coisas demais sobre as quais ainda não sei a respeito.

Mas contei a verdade aqui.

Disse a todos que era isso o que eu faria.

Este livro foi composto com tipografia Electra LT Std e impresso
em papel Off-White 70 g/m² na Intergraf.